ありふれた職業で世界最強 零

ARIFURETA SHOKUGYOU DE SEKAISAIKYOU ZERO

白米 良
shirakome ryo

illust.たかやKi
takayaki

ありふれた職業で世界最強 零6

白米良

OVERLAP

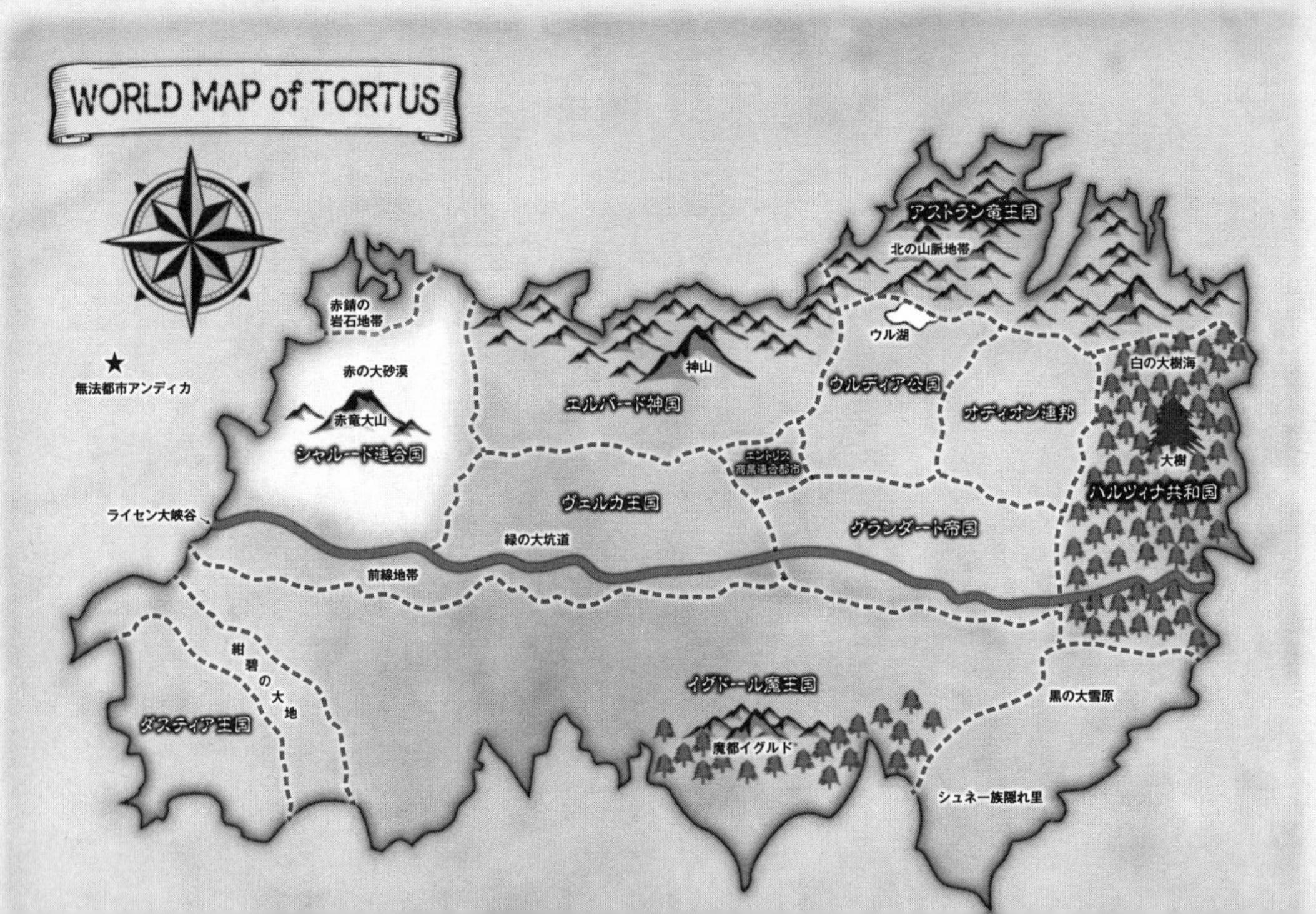
WORLD MAP of TORTUS
無法都市アンディカ
赤錆の
岩石地帯
赤の大砂漠
赤竜大山
シャルード連合国
ライセン大峡谷
神山
エルバード神国
アストラン竜王国
北の山脈地帯
ウル湖
ウルディア公国
オディオン連邦
白の大樹海
大樹
ハルツィナ共和国
エントリス
商業連合都市
ヴェルカ王国
グランダート帝国
緑の大坑道
前線地帯
紺
碧
の
大
地
ダスティア王国
イグドール魔王国
魔都イグルド
黒の大雪原
シュネー族隠れ里

CONTENTS

イラスト／たかやKi

プロローグ

「ねぇ様ぁーーーっ!!」

「ディーーネェーーーっ!!」

魔装潜艦宮ラック・エレインの船倉に、姉妹の歓喜が木霊した。お互いに空中ダイブするような勢いで抱き合い、目尻に涙さえ浮かべている。

まるで十年来の再会。別れてまだ半年程度なのに。

「オーくん、お帰り。どうだった?」

「問題ないよ。少し時間はかかったけれどね」

教会との決戦を前に、召集をかけた最後の集団——メルジーネ海賊団を迎えに行っていたオスカーのもとへミレディが駆け寄る。

本来ならメイルが行きたかっただろうが、彼女には別の役目があり、オスカーにも迎え以外の目的があったので、それが故、最後の到着となったのだ。

「……何よ、あんた達《たち》。なんか雰囲気が前と違くない?」

「野暮だぜ、キャティー。分かんだろう?」

海賊団の猫人《ねこびと》キャティーと副船長のクリスが歩み寄ってきた。キャティーが「まさかっ」

と頬を赤らめ、クリスはニヤニヤしている。

ごほんっと咳払《せきばら》い。ちょっと距離感を誤ったかとミレディが一歩退く。そこへ、

「ミレディさん、まだお話が」

「勇者くん、遠慮してくれないかい？　姫君は私との会話を……おや、恐ろしナイトが帰ってきてしまったか」

勇者ラインハイトと、魔王ラスールがやって来た。ミレディがげんなりした様子で、さりげなくオスカーを盾にする。ラインハイトがキッとオスカーを睨《にら》み、ラスールは底の知れない笑みを浮かべた。

「ええいっ、お前達！　いい加減にせんか！　ワシの可愛《かわい》いミレディは、誰にも嫁にやらんと言っとるだろうが！」

「ラスール様ぁ！　ライセンの姫君など！　魔王たる御身には相応《ふさわ》しくありません！」

更に、顔を真っ赤にして憤慨している解放者統括長サルースと、魔王軍の女将軍レスチナまでやってくる。

「え？　ええ？　勇者と魔王からも？　はぁ？　ミレディ、あんたいったい何股かけてんの!?　ちょっと見ない間に恋愛強者になりすぎでしょう!?」

「とんでもない誤解なんですけど!?」

キャティーが恐れ戦《おのの》いたように後退《あとずさ》る。かと思えば「あんた達、大変よぉ！」と海賊団仲間のもとへ走り去り、ミレディも「誤解だってばぁ！」と追いかけていく。

苦笑いしつつ、改めて船倉内に視線を巡らせたクリスが感慨深そうに溜息《ためいき》を吐《つ》いた。

「壮観たぁこのことだなぁ」

ここに全ての種族がいた。

魔人の将軍エルガーと獣人の戦団長シム、そしてラウスが杯を片手に語り合っているのを筆頭に、大勢の他種族が飲食を共にしながら言葉を交わし合っていた。

解放者最終計画〝変革の鐘〟。

遂《つい》に発令されたそれに応え集結した者達だ。人間も魔人も獣人も関係なく、世界に挑む前のささやかな決起パーティーに参加している。

「垣根が全くないわけではないけどね」

オスカーの言う通り、微妙な距離感は否めない。思想も価値観も違う者達なのだ。

「同じ種族でさえ、直《す》ぐに通じ合うのは難しいことですわ」

しゃなりと静かに歩み寄ってきたリューティリスが、憂いの宿る瞳を一角へ向ける。

そこでは、遊撃戦士団の狼人《ろうじん》戦士長ヴァルフが、元ライセン支部の戦闘員でハーフ狼人のシュシュに神妙な面持ちで語りかけている光景があった。

かつて、教会の尖兵《せんぺい》に堕《お》ちたシュシュを追い返したのはヴァルフの部隊だったらしい。

マーシャル達の付き添いもあってシュシュに明確な拒絶の雰囲気はない。

先程、リューティリスが直接話したことで少し態度が軟化したようだ。とはいえ、少しの会話では長年のわだかまりが直ぐに消えないのも当然だ。

「それでも奇跡のような光景だよ」

「魔王陛下に同意します。神殿騎士のままでは、決して見られなかった光景です」

魔王と勇者が互いに柔和な笑みを浮かべていた。

ここには拒絶がないと。距離感はあれど、誰もが暗中を模索しながら必死に進もうとしているような、分かり合うための努力が満ちていると。

確かに、と釣られるようにしてオスカー達も相好を崩した。

「さて、無事に集結完了したことじゃし、我等《ら》がリーダーのお言葉《ことば》でも貰《もら》おうかの？」

サルースが空気を変えるように柏手《かしわで》を打つ。

視線の圧力がオスカーに突き刺さった。海賊団にからかい倒され、レスチナに詰め寄られて半泣きになっているミレディの救援に行け、ということらしい。

ミレディの視線が、先程からずっとオスカーに助けを求めているから。

オスカーは困った表情になりながらも、求めに応えて歩き出したのだった。

それから。

木箱を積んだだけの台の上に、ミレディが立った。

喧噪《けんそう》が広がっていた広大な船倉が、しんと静まる。

魔王軍と共和国軍だけで合わせて五千。もちろん全てが船倉にいるわけではなく、別の場所で映像付き通信〝天網《てんもう》〟を注視している者も多くいる。

その全てを意識して、少し瞑目《めいもく》。咳払いを一つ。すぅと息を吸う。

「今日、この場に集まってくれた皆に、最大最高の感謝を。ありがとう」

静かな声が響いた。ミレディが目を開き、蒼穹《そうきゅう》の瞳があらわになる。

「話をする前に確認しておこうか。今回の作戦に疑問・異論のある者はいるかな？」

急遽《きゅうきょ》参加することになった魔王軍を意識して問う。

ラスールが振り返り、部下達に視線を巡らせ、頷《うなず》く。再びミレディを見て肩を竦《すく》めた。

「サル爺《じい》。密使は無事に、各国首脳陣へメッセージを届けられたかな？」

サルースがビシッとサムズアップを返す。

「オーくん。アーティファクトに問題はないね？」

オスカーが眼鏡をクイッとしながら、大きく力強く頷いた。

全て了解済みのことだが、改めて全員で確認することで不安を払拭し、自信を湧き上がらせる。うんっと満足げに頷いたミレディは、一拍おいて厳かに告げた。

「これより三日後、私達は未来を決する戦いに挑む」

冷徹と熱情の狭間《はざま》にあるような表情、眼差《まなざ》しに、誰もが意識を惹《ひ》き寄せられる。

「敵は強大で、準備万端で待ち構えてる。この場にいる全員が生きて再び顔を合わせることは、きっとできない」

少し声が震えている。噛《か》み締めるような声音だった。空を写し取ったような瞳は、今日この場の光景を焼き付けているかのよう。

「それは、教会の殉教精神に似ていると思う。だけど、〝それでも〟なんだよ」

不可視の力が広がったようだった。ミレディの凜《りん》と佇《たたず》む姿に息を呑《の》む。

「私達は戦う。神の遊戯を終わらせるために。弄ばれる世界を変えるために！」

言葉に力が込められていく。その言葉が、心を揺さぶっていく。

「私達は神の駒じゃない! 生きる理由も、戦ってきた意味も、全て私達の信じるもののためだ! 断じて! 神を愉《たの》しませるためじゃない！」

そうだ、その通りだっという呟《つぶや》きが、そこかしこから溢《あふ》れ出す。

「自分で決めたいんだ！　大切なものも！　信じるものも！　何を憎み、何を許せないのかも、全部！　自分の心と意志で！」

その当たり前を神が奪ったから。だから戦うのだ。だって、

「私達は〝人〟だ！　心と意志を持った〝人〟だ！　どんな理不尽も私達の意志を砕くことはできない！　抗《あらが》う意志は決して潰《つい》えない‼」

心の奥が薪をくべられたみたいに熱くなって、自然と拳が握られていく。

「解放しよう！　神の呪縛から世界を！　大切なものを大切だと言うために！」

ミレディが握り締めた拳を振り上げた。僅かな間の静寂。

「自由な意思の下に！」

かつて一人の巫女《みこ》が抱いた願い。

それが今、無数の雄叫《おたけ》びと共に、世界に響けと叫ばれた。

第一章◆総力戦

異端者組織〝解放者〟の公開処刑日。

市井の人々からすれば、対共和国戦争の主要な戦犯達への断罪であり、神国の完全勝利と〝絶対性〟の裏付けにすぎず。

神殿騎士団からすれば、処刑という撒き餌《まえ》に釣られてやってくる〝真の解放者〟を一網打尽にできる神敵撃滅の日であり、雪辱を晴らせる絶好の機会。

いずれにしろ、確信があった。確信しかなかった。

輝かしい教会の歴史の一ページが、また新たに刻まれると。

聖光教会の、神の国の威光が異端の暗雲を振り払い、遍《あまね》く下界を照らすのだと。

だが、その暗雲は……

想像の埒外《らちがい》にある姿を以《もっ》て現れた。

天を覆わんばかりの黒き巨船。一瞬、誰もが空飛ぶ巨大な鯨の魔物と錯覚した異形の戦艦として。

そして、伝説の古竜が〝咆哮《ブレス》〟を放つが如《ごと》く、逆に天を斬り裂く極光を以て威光の一つを吹き飛ばした。

——神都大結界

それは創世神の加護。神の都を難攻不落にせしめ、歴史上、ただの一度も破られたことのない〝絶対〟の象徴が一つ。

砕け散った障壁の残滓《ざんし》がキラキラと宙を舞い、誰もが魂でも抜かれたかのように呆然《ぼうぜん》と頭上を仰ぎ見る中、異形の黒き巨大戦艦から、ぽとりと一滴、雫《しずく》が落ちる。

否、それは人影。船首より飛び降りた、一人の少女。

極光の残影がまだ消えぬうちに、今度は燦然《さんぜん》と輝く蒼穹の星が人々の視線と意識を搦《から》め捕る。

直後、凛とした声が衝撃波の如く迸《ほとばし》った。

「我等は〝解放者〟‼　神の意思に抗う者‼」

逆巻く風に乗るでもなく、魔法障壁の足場に立つでもなく、ふわりと。

「悪《あ》しき神の遊戯につ、終止符を打つが我等の目的‼」

万物が逃れ得ない星の楔《くさび》を意にも介さず、白きバトルドレスと羽衣を風になびかせ、目の覚めるような蒼穹の燐光《りんこう》を散らして宙に浮く。

「解放者のリーダー‼　ミレディ・ライセンが告げる‼」

その姿は、いっそ世の理《ことわり》からさえ浮き上がった一種の神性、超越的な存在を思わせ、敬《けい》虔《けん》なる神民や司教達にすら〝美しい〟と思わせた。

だが、そんな少女が放った直後の言葉は、彼・彼女等の呆然を破城《は》槌《じょうつい》で粉砕するかの如く吹き飛ばした。

「エヒトッ。お前から世界を取り戻すッ」

御名《みな》を呼び捨て。神おわす遥《はる》か霊峰の頂を睨み付け、指をさす不敬。

畏れ多き、宣戦布告。

ざわっと、怖気《おぞけ》にも似た感覚が人々の心中を駆け抜けた。

理解の範疇《はんちゅう》を超えていたのだ。異端者とは、もっと矮小《わいしょう》で、非力で、〝絶対〟の前にはすり潰されるだけの存在であるはずだ。

〝絶対〟とは、決して揺るがぬからこそ〝絶対〟であるが故に。

なのに、その威風堂々たる姿、鋼鉄の如き意志を宿した宣言ときたら。

信心深き神民の心にすら、〝あるいは〟と教会の絶対神話が崩壊する可能性を過《よ》ぎらせ

「笑止千万ッ！　神は絶対なり!!」

煮え立つマグマを彷彿《ほうふつ》とさせる声音が広がった。

処刑台を囲う十二の鉄塔。その北の天辺に立つ筆頭大司教キメイエス・シムティエールだ。開眼された糸目の奥は冷徹そのもの。しかして口元は憤怒で僅かに歪《ゆが》み、それが底知れない凄《すご》みを感じさせる。

処刑執行人の長たる彼が第二聖杖《せいじょう》をカンッと足下に打ち付ければ、残り十一の鉄塔の上に立つ三十三人の司教達の顔にも認め難き存在への憤怒が浮かび、それぞれの鉄塔の上で

第二聖杖が掲げられた。

処刑台を囲む十二の鉄塔の頭上には、まだ輝く光の輪がある。

ギロチン代わりの滅びの光は、高速で回転しながら規模を増大させた。巨大な天使の輪のようだったそれは一瞬で円状の壁となった。

――光属性複合最上級魔法　神威《かむい》・輪禍
包囲状態から〝神威〟による全周囲攻撃を行う魔法。高速回転による掘削効果を持った最上位の滅光を前にして、消滅を免れた者は未《いま》だ存在せず。

しかも、十二鉄塔が大地より吸い出す無限魔力と、全司教の使徒化による爆発的スペック上昇、第二聖杖による効果激増を合わせれば、教会史上最高位の処刑法に相違なく。

「異端者に滅びを!!」

光の円柱が一瞬にして縮小した。強烈な閃光《せんこう》が迸り、視界が白に染まる。

上空のミレディには構わず処刑を優先したキメイエスの即断には、きっと使命以上に悪意があった。ミレディを見上げる瞳の奥に、愉悦を孕《はら》んでいるのが何よりの証拠。

だが、その目は直ぐに怪訝《けげん》へと変わり、そして、

「相変わらず、死を好まれるようだ」

パァンッと弾《はじ》ける音によって処刑台へと引きずり落とされた。

処刑の光が淡い粒子となって消えていく。司教達から「馬鹿な……」と驚愕《きょうがく》する声が漏れ出し、神民や各国首脳陣が目を見開く中、キメイエスが狂気に目を剝《む》いた。

「……貴様。やはり来たか」

どうやったのかは分からない。

だが、彼は、そこにいた。

「ラウス・バーンッ!!」

解けるようにして宙へと消えていく光の狭間で、不敵に笑う。

その身に纏《まと》う夜闇色の魔力と同じ色の戦棍《せんこん》を一振り。

風が唸《うな》り、衝撃が迸り、包囲絶死をもたらす光の残滓を消し飛ばす。

あらわになった処刑台を見て、キメイエスは目を疑った。否、誰も彼も、だ。

司教団も、民も、そして各国首脳陣も。

檻《おり》の中の異端者が無傷だったから？　それもある。

筆頭大司教と三十三人の司教が放つ最強の複合魔法を防がれたから？　それもある。

それをなしたのが、ラウス・バーンだったから？　もちろん、それもだ。

だが、真に思考を停止させるような衝撃を与えたのは、別のこと。

「うん、とてもいいね。こういう状況での登場は大好きだ。注目が実に気持ちいい」

「まぁまぁ！　魔王陛下は視姦《しかん》趣味がおありですのね！　わたくしも――」

「女王よ。人生最高の悪戯《いたずら》が決まって最高の気分だ、という意味だよ。私をそっち側へ引き込もうとするのはやめてくれるかな？」

「お前達……少しは〝らしく〟しろ」

頭の痛そうなラウスの他に、檻を囲むようにして他に二人いたから。

何より、その二人が……

「らしく？　いいとも！　名乗りは大切だからね！」

「ふふ、承知いたしましたわ、ラーちゃんさん」

浅黒い肌と、その身に膨大な血色の魔力を纏う魔人族――

「我が名はラスール・アルヴァ・イグドール！　今代の魔王である‼」

白金の髪に特徴的な長い笹《ささ》のような耳の森人族《もりびとぞく》――

「わたくしの名はリューティリス・ハルツィナ。共和国の女王ですわっ」

ただの異種族ではない。その頂点だ。漣《さざなみ》の如く広がる動揺の中、二人は声を揃《そろ》えて響かせた。

「「我等《ら》、人の敵にあらず！　義により解放者に助力する‼」」

なっなっと、そこかしこから言葉にならない感情が溢れ出す。端的に言ってパニックだ。

理解できない。目の前の事象を脳が受け入れず、現実と認識できない。

魔人族と、獣人族の長が手を結ぶことだってあり得ないことなのに。

なぜ、処刑される人間を守るために背を預け合っている？

〝義〟とはいったい？　何を言って？

「未来だ」

ただただ混乱する人々に、その一言が浸透する。

「人間と、魔人と、獣人。全ての〝人〟が共存する未来のために！」

そう、教会の説く〝罪〟を、誰かの〝夢物語〟を声高に叫ぶのは、

「元、白光騎士団団長ラウス・バーンっ。義により解放者に助太刀する!!」

まるで、深き森の奥。あるいは、広大な雪原のど真ん中。そう錯覚するほどの圧倒的な静寂が神都を包み込んだ。

仇敵《きゅうてき》のはずの魔王。

被差別種族の女王。

神威の象徴たる最強の騎士。

敵対が必然で、それが宿命的でさえある三人が、ただ一つの目的のために手を結んだ。

そうとしか見えない。誰の目にも。

あり得ない、まさに〝絶対〟の一つを完全に覆す光景。

「この神の都に、よくもこのような光景を」

おぞましい。ただひたすらに。そう、キメイエスの表情が物語る。

だが、その効果のほどは認めざるを得ない。教会からすれば、まさに悪魔の発想だ。この〝演出〟を考えた者は悪辣極まりないと。

誰もが動揺せずにはいられない衝撃的で破壊的な〝主張〟を前に、キメイエスはただ殺意と号令を放った。

「だが、撃滅の神意は何も変わらん。全軍、攻撃開始ッ」

一人で、上位の神殿騎士が数人がかりで放つような〝神威〟を処刑台へと即座に撃ち放つ。鉄塔の司教達も即座に複合威力の〝神威〟を放つ。全方位から閃光の槍《やり》が殺到する。

若草色の輝きを帯びたリューティリスが守護杖を一振り。

「わたくしの守りを抜くことは、樹海を抜けるに等しい至難であると知りなさい」

直接の戦闘能力は低くとも、守護と支援の魔法に特化した女王の〝多重障壁〟は、一息で二十枚。当然ながら昇華魔法の恩恵付き。

処刑台目掛けて放たれた五つの鉄塔からの閃光十五発を受け止め、食い破られようとも内側から補充し続けることで絶対防壁となす。

ラスールの方も、四塔から放たれる計十二発の〝神威〟を前にして不敵に笑い、

「さて、パーティーの時間だぞ――イグニスッ」

血のような赤い魔剣イグニスを縦横無尽に振るう。刹那のうちに赤い弧月が宙を走り、迫り来る〝神威〟の魔力そのものを斬り裂いて霧散させていく。

そして、キメイエスの〝神威〟を、突き出した片手から同じく〝神威〟を放って相殺し、更に二塔六人の司教達が放つそれを戦棍を振って放つ衝撃波で消し飛ばしたラウスは、人々にこそ聞かせるように叫んだ。

「行けッ、ミレディ・ライセン！　ここは我等に任せよ！　神の支配を、神兵共をっ、未来のために打ち払え!!」

キメイエスの号令と同時に動き出していた神都上空の飛空船団が、その砲塔の照準を終

え、更に聖竜部隊も甲板から飛び立ち、ラック・エレインとミレディに向けて一斉攻撃を開始した。

轟音《ごうおん》に人々が悲鳴を上げ、夢から覚めたように逃げ惑い始める中、都の外、その頭上にて滞空していた巨大戦艦――魔装潜艦宮ラック・エレインも滑るように動き出す。

ふわりと浮き上がったミレディを船首に乗せ、そのまま一気に神都上空に突入していく。

纏う輝きがにわかに増大し、まるで卵の殻のように船体を包み込んだ。敵船団や聖竜部隊のブレスが槍衾《やりぶすま》のように直撃するが、煌《きら》めく防壁は一切寄せ付けず。虚《むな》しく四散する攻撃魔法は、まるで花火のよう。

当然、神都防壁の外、東西と正面の南門に各一万ずつ展開している騎士団も黙ってはいない。リリス総長率いる南門の師団も頭上に向けて攻撃を開始、更には乗り込んでやろうというのか、白翼を展開して飛び上がろうとするが……

「なんだ!?」

唐突に、師団上空に巨大な楕円形《だえんけい》の輝き《ゲート》が生じ、そこから黒い雨が降り注いだ。否、それは黒い小さな箱――〝黒門〟。東と西の空にも同じく。

地面を転がるなり起動した〝黒門〟は、直後、幾百幾千の魔獣と黒い騎士を吐き出した。

「なっ、まずい！　陣形を――」

リリスが声を張り上げる。が、騎士達の悲鳴で掻《か》き消されてしまった。

使徒化し、かつ第二世代聖武具を身につけているにもかかわらず、あまりにもあっさりと奪命される騎士達《たち》。

　その原因は、全ての魔獣が神話級アーティファクトで重武装し、また黒い騎士も全身アーティファクトのゴーレムだったからだ。

　もはや陣形も何もない。三千近い重装魔獣と黒騎士の混成軍がいきなり懐に現れたのだ。現場は一瞬で大混乱に陥った。

　西門と東門からも喧噪《けんそう》が響いてくる。どちらにも混成軍が転送されたのは明白。都市外戦力はどこも同じ状況に叩き込まれた。

　そんな地上の大混乱をさらりと置いてけぼりにして、ラック・エレインは一気に神都上空へと突撃した。

　後部から煌めく魔力の奔流を火炎放射の如《ごと》く噴き出せば、大気が唸り、一気に増速。対抗するように飛空船が増速しながら正面に相対するが、訪れたのは、まさに轢殺《れきさつ》と言わんばかりの無慈悲な結果のみ。

　故に、それはある種の恐慌だったのかもしれない。

　操舵《そうだ》をミスした飛空船が空中で半ば錐揉《きりも》みしながら主砲を放ち、それはラック・エレインを掠《かす》めるようにして外れ、そのまま地上へと――よりにもよって各国首脳陣が集まる貴賓席へと迫ったのだ。

　あ、と声を漏らしたのは誰か。決死の覚悟で障壁を展開した各国の近衛《このえ》騎士達か。

　誰にせよ、問題はなかった。

この変革の戦いにおいて、解放者は教会戦力以外の死を決して許さないが故に。

「──〝極大・神威〟ッ」

巨大な光の砲撃が主砲を正面から押し返し、それどころか放った飛空船までをも呑《の》み込んだ。飛空船は木っ端微塵《こっぱみじん》に砕け、小さな破片だけが地に落ちていく。

処刑台に釘《くぎ》付けにされているラウス達の隙を突くべく殺到していた、中央広場と北の大通りに配備されていた神殿騎士達が一瞬、動きを止めた。

キメイエスも攻撃を放ちつつ閃光の狭間《はざま》に貴賓席を見る。

そこには、一人の青年がいた。白銀の鎧《よろい》を纏い、荘厳な剣を以《もっ》て残心する若い騎士が。

ヴェルカの王が、自分達を守るようにして背を向ける青年騎士に、思わずといった様子で尋ねた。

「お、お前は？」

青年騎士は振り返らないまま、少し困ったような、けれど、確かな自負を感じさせる声音で堂々と名乗りを上げた。

「ラインハイト・アシエ。今代の勇者！　解放者に義を認め、参戦する!!」

各国首脳陣が、神民達が、揃って目を見開いた。

勇者まで、この襲撃に大義があるというのか。神を、教会を、否定するというのか。

混乱と驚愕《きょうがく》の荒波に呑まれる気分を誰もが味わいながら、しかし、事態は津波のように突き進む。

貴賓席周辺にいた神殿騎士達がラインハイトに襲いかかり、しかし、その背後から更に飛びかかった二人により、瞬く間に吹き飛ばされた。

「お歴々よ、お初にお目にかかりる。共和国戦士団戦団長シム・ガトーと申す」

「こちらはエルガー・インストだ。魔王国にて将軍の地位を預かっている。とはいえ、ご安心めされよ。我等に敵対の意志なし。勇者殿と共に、お守りしましょうぞ」

馬鹿な、と呟《つぶや》いたのは、きっとエルガーのことをよく知る帝国の面々に違いない。

ラウス達三人が背を預ける光景にも魂消《たまげ》る思いであったが、ここに来て、勇者と、獣人と魔人の将軍達まで肩を並べるという、その事実。

「本当に、変わるのか……」

その呟きは、きっと首脳陣だけでなく、少なくない人々の心にも過《よぎ》ったに違いない。

彼等の疑念を、あるいは希望を否定すべく、処刑台へと殺到していた騎士達が一斉にラウス達へと襲いかかった。

もっとも、勇者達が突然出現できたのなら、当然、他の戦力とて同じであるわけで。

「おっと、そうはいかねぇぞ？」

「うっふぅっ、お姉さんの熱い抱擁をお望みかしらん？」

「即死攻撃とかエグいな。流石《さすが》、漢女《おとめ》」

本部第二部隊隊長レオナルド、漢女道の開祖で魔人のジングベル、元アンディカの無法者キプソンが、ラウスの足下から飛び出すようにして姿を見せ、騎士達を人間ピンボール化させて迎撃する。

リューティリスの方へ迫っていた騎士達も、

「ようやく近衛の本分を全うできる」

「うへぇ、今すぐ帰りたい。スイだけ隠れてちゃダメですかね？」

「ダメに決まってんだろう」

「働きなさい、駄ウサギ」

近衛戦士団戦士長クレイド、隠密《おんみつ》戦士団戦士長スイ、遊撃戦士団戦士長ヴァルフ、飛空戦団戦士長ニルケが出現して行く手を阻み。

ラスールの方にもレスチナを筆頭に魔人達が処刑台の足下辺りから飛び出して、殺到する騎士達を阻む。

「転移のアーティファクト……それも量産型か」

キメイエスが唸《うな》り声《ごえ》を上げる。見れば、いつの間にか処刑台を囲むようにして複数の輝く楕円形の膜が出現していた。

まるで盾のように展開しているそれは、しかし、実際は盾ではなく〝ゲート〟だ。ラウス達が〝神威《かむい》〟を防ぎながらばらまいた〝黒門〟である。

その〝黒門〟から続々と解放者、獣人戦士団、魔王軍が飛び出して、処刑台の守護に加わっていく。おまけに、

「チッ、何をしている！　逃がすな!!」

いつの間にか檻《おり》の中にも出現していたゲートから虜囚達が次々にどこかへ脱出していく光景まで。

だが、できるのは歯噛《はが》みすることくらい。

途方もない強化を行ったはずなのに、檻の中の異端者共には攻撃の一欠片《ひとかけら》も届かず、そうこうしている間に、遂《つい》に巨大な影が頭上を覆い……

「世界のみんな～っ。見てろよ見てろよ～。ミレディちゃんと愉快な仲間が世界を変えるぜぇ!!」

通過。檻の中の異端者達の、大気さえ吹き飛ばすような歓声を受けながら、真《ま》っ直《す》ぐに王宮を目指して。

先程までの神聖さすら感じさせた雰囲気はどこにいったのか。もしや別人では、と疑ってしまうほど明るく、どこか人をイラッとさせるうざったい拡声された声が降り注ぎ、それがまた困惑と動揺を生み、神都中央広場は完全に混沌《こんとん》へと陥った。

「おのれ……」

見上げるキメイエスの呪詛《じゅそ》じみた声が虚しく響く。

しかし、そこは筆頭大司教だ。直ぐに意識を切り替えた。

ある意味、分断できたとも言えるのだと。最悪の背信者と、魔王と女王。この三人を同時に仕留める絶好の機会でもあるのだ、と。

「あちらは三光に任せよ！　異端者共に神の裁きを!!」

迸る筆頭大司教の魔力を合図に、中央広場は更なる激闘の坩堝《るつぼ》へと突入したのだった。


そんな地上の光景を後にして。

まるで流星群の集中爆撃を食らっているかのような苛烈極まりない攻撃をラック・エレインの結界が阻む中、ウザったい声音とは裏腹に少し心配の表情を晒《さら》すミレディの細い肩を、オスカーが優しい手つきで叩《たた》く。

「大丈夫だ。みんなを信じよう」

肩越しに振り返って、少し見つめ合う。眼鏡の奥の温かな瞳と。

「……ふんっ。疑ったことなんてありませんけどぉ？」

にんまり笑って応えて、オスカーもくすりと笑って。

「はいはい、集中砲火受けてる中でイチャイチャしないの！」

「貴様等《ら》、いったいどんな神経をしてるんだ。桃色か？」

メイルとヴァンドゥルに窘《たしな》められて、二人揃《そろ》って「んんっ」と変な声が。

呆《あき》れた様子のナイズが溜息《ためいき》交じりに忠告する。

「ここからは時間との勝負だ。神が致命的な何かをする前に、少しでも早く山頂の一本柱を破壊する。そうだろう？」

「お、おう、分かってるよぉ！　それより、ナっちゃんこそ転移は!?」

「さっきから何度も試しているんだが……無理だ。すまん」

本作戦は、如何《いか》に早く山頂の〝白亜の一本柱〟を破壊し、神の影響力を削《そ》ぐかが肝要だ。

故に、教会戦力の足止めと救助をしつつ、ミレディを総本山に運ぶことを優先する。

空間転移が可能なら最速だったわけだが、どういうわけか転移できないらしい。

「気にしない気にしない。予想してたことでしょ？」

全てを遊戯とする最悪の愉快犯からの遊びのお誘いである。過程をすっ飛ばすなんて無粋な真似《まね》を許さないだろうことは予測できることだった。

メイルが獰猛《どうもう》に笑って、真っ直ぐ前を見る。

中央テラスにて純白の魔力を迸らせ、何やら祈りを捧《ささ》げている教皇ルシルフルを。

「なら計画通り、突き進むってことでいいわね？」

「第二プランだね。山頂への道を破壊する」

王宮から総本山へのルートは三つ。登山、魔法具《リフト》、王宮の一室にある転移陣。

公開処刑というビッグイベントに教会の主戦力が地上にいないはずがなく、先んじてルートを破壊できれば、一本柱の破壊を邪魔されずに済む。

それが、直接転移できなかった場合の〝第二プラン〟だ。

『来るぞい！　衝撃に備えよ！』

艦長を務めるサルースから警告の全体通信が飛んだ。

同時に、王宮が燦然《さんぜん》と輝き出す。否、正確には王宮の前面を美しく装飾する空中回廊だ。

立体的な幾何学模様を描くそれは、決して利便や芸術性を追求したが故ではない。

――空中回廊型対軍殲滅《せんめつ》魔法　聖光《せいこう》
守護の要が〝神都大結界〟なら、攻撃の要がこれ。

霊峰【神山《しんざん》】が青白い光を纏《まと》い、雪崩のように光の奔流を王宮へと流し込む。それは王宮から空中回廊を伝って魔法陣としての姿を浮き彫りにした。

ラック・エレインに旋回する猶予はなく、そして、するつもりもない。

飛空船と聖竜部隊が泡を食ったように離脱していく中、ただただ進撃する！

『ハーハッハッ!!　突撃じゃぁぁっ』

テンションがおかしくなっているサルース老のハイな声が響くと同時に、空中回廊魔法陣がスパークを放った。

魔法陣外縁から青白いスパークの円が浮き上がり、ヴヴヴヴッッと大気に奇怪な悲鳴を上げさせながら中央に集束。

刹那、音が消えた。

ラック・エレインの主砲すら児戯に思える圧倒的な規模。まるで霊峰【神山】の怒りの咆哮《ほうこう》が、具現化したと錯覚するような閃光《せんこう》だ。

「なに、こっちだって攻防一体さ」

『黒壁分離！　〝放逐防壁〟前面最大展開！』

オスカーの自信に満ちた呟きと、サルースの怒号が飛んだのは同時。

ラック・エレインを覆う黒い外壁が弾《はじ》けるようにして分離し、進路上へと自ら飛んで整然と並び巨大な盾と化す。

教会の名を冠する極光がラック・エレインを正面から呑み込み……

そのまま後方へと貫通した。と、見紛う光景だ。

そう、前面に展開した浮遊外壁の盾は、オスカーの保有する〝黒盾〟と原理は同じ。その表面にゲートを開き、敵の攻撃を転移させて放逐する防御機構なのだ。

と、その時、頭上に巨大な気配が。

ミレディ達を散々に苦しめてきた銀光が、使徒のもたらす分解砲撃が三つ、頭上より降り注ぐ。

流石に、放逐防壁は〝聖光〟を凌《しの》ぐのに全力だ。結界も純粋な外壁の防御力も、最凶にして最強の分解砲撃を前には抗しきれないが……

「ま、そう来るよねぇ!!」

問題ないと、ミレディは笑う。

お手玉でもするみたいに、掌《てのひら》大の黒く渦巻く球体を三つ、頭上へぽんっと。

実にお手軽な様子でなされた結果は、しかし、完璧であった。

全てを消し飛ばす銀光は、ラック・エレインに届く前にかくりと軌道をねじ曲げられ一発足りとて届かず。そのまま虚《むな》しく王宮前の広場を穿《うが》つに終わる。

更に、分解砲撃が雨のように降り注ぐが、やはり、結果は同じ。重力場によって進路をねじ曲げられ、誰もいない地を消し飛ばすだけ。

そして、そこでタイムリミット。

〝聖光〟が急速に細くなり、ふっと霧散する。

使徒の下方を無視するように通り過ぎながら〝放逐防壁〟を解除。左右にばらけた防壁が船体に追随しながら飛翔《ひしょう》する。

そうすれば、正面に見えるのは僅かに目を見開くルシルフルと、明らかに顔を引き攣《つ》らせている軍団長達《たち》。

何をする気か、理解したのだろう。

護光騎士団だろう一人の騎士が屋内から飛び出してきた。

同時に、空中回廊から壁と見紛《みまが》う魔弾の嵐が掃射される。ラック・エレイン全部武装を正面に向け、魔弾の殴り合いに応じる。

冗談のような流星群のぶつかり合いは、いっそ幻想的。

だが、その激突の間隔は凄《すさ》まじい勢いで短くなり、防壁を抜けた敵の魔弾がラック・エレインを損傷させ、逆に王宮と空中回廊もあちこちを吹き飛ばされていき……

なお、減速せず！

「万雷の拍手喝采で出迎えなぁ！　最強天才美少女魔法使いミレディちゃんの参上だぜぇーーーっ!!」

『ヒーハーッ！　結界、前面集中展開じゃ！　突撃ぃいいいいっ!!』

まるで無法者のような雄叫《おたけ》びを上げて――

そのまま、ラック・エレインは王宮に突っ込んだ。

轟音《ごうおん》を超える轟音。

大地が、霊峰が、大気が震え上がる。激震が神都を襲い、凄まじい衝撃波が放射される。

飛空船も聖竜部隊も錐揉《きりも》みしながら墜落回避に必死となり、中央テラスから上――玉座のある最上階までが一気に崩落する。

その光景は、あまりに凄絶だった。

敢《あ》えて表現するなら、家の壁に大型馬車が突っ込んできた、という状況が一番近いだろうか。

ただし、規模は格別。ラック・エレインという巨大潜艦が、その全長の三分の一ほどを王宮内部に突っ込んで停止しているのだ。

【神山】の山肌を削って仕立てた王宮であるから、一見すれば巨大な生物が霊峰に食らいついたようにも見えた。悪夢の如《ごと》き光景である。

「狂ってやがるっ」

「正気とは思えん……」

危うく死ぬところだった神殿騎士団第二軍団長ストラスが瓦礫を押しのけながら吐き捨て、同第四軍団長モルクス・クレアントも戦慄に太い眉と巨軀《きょく》を震わせる。

屋内――中央テラスに面した王宮最大規模の部屋〝大礼拝堂〟に控えていたカイムとセ

ルム率いる白光騎士団千人も呻き声《うめごえ》を上げて倒れ伏している。

使徒化のおかげか死んだものこそ少数だが、衝撃でまともに動けない者が大多数だ。それでも彼等の内心が軍団長達と同じであることは雰囲気から察せられる。

狂人の誹《そし》りを専売特許の如く独占していた教会の騎士達に、頭がおかしいと断定されるとは、これ如何に。

「チィッ。教皇はやっぱり逃げたかぁ。あのまま死んでいれば良かったのにね！」

船首甲板からふわりと降りてくる、その頭がおかしい組織のリーダーが明るい声音で恐ろしいことを言う。

その視線の先、大礼拝堂の最奥には護光騎士団に囲まれたルシルフルの姿があった。

かと思えば、刹那の内に護衛ごと姿が消える。短距離転移系の固有魔法《こゆうまほう》を有する護光騎士がいたようだ。

総本山に上がる気だろう。その前に転移陣やリフトを破壊したかったが間に合いそうにない。追いついたとしても、ミレディ達が使う前に停止させられるだろう。

つまり、追いかけても無駄足になる可能性が大だ。と、一瞬で判断したミレディは、

「ナっちゃん」

「委細承知だ。行け」

ナイズに後を任せた。転移陣とリフトの破壊で、せめて後続を足止めするため。そして、もう一つ、大事な役目を果たしてもらうために。

ナイズの姿が消えたと同時に、ミレディも踵《きびす》を返す。

大惨事を起こしておいて騎士達には目もくれない。その眼中にない姿が、未《いま》だ衝撃に不自由する騎士達の体に燃料をくべた。憤怒と屈辱の燃料を。

「少々好き勝手が過ぎるぞ、ライセンの遺児よッ」

背中に車輪の軸の如く十本もの剣を背負った新第三軍団長〝剣聖〟ヴァプラ老が咆《ほ》える。腰の二本を引き抜き、ぬるりとした歩法で一息に間合いを詰め――

「おいおい、まさかあんた、剣聖か？」

「貴様は」

ガキンッと金属の衝撃音が鳴り響き、ミレディの背を襲った剣聖の凶刃は漆黒の大鎌に阻まれた。ミレディと背中合わせになるようにしてヴァプラを止めたのはバッドだ。

「うちのリーダーは忙しいんでな。ナンバー2の俺で我慢してくれや」

「騎士狩りッ」

ヴンッと〝魔喰大鎌《まぐいたいれん》エグゼス〟がドス黒いオーラを発し、刹那、小さな黒い三日月が爆裂でもしたかのように放たれた。

ヴァプラが双剣を風車のように回転させて防御しつつバックステップし、彼の後に続いていた白光騎士達も思わず足を止められる。更に、

「おおっと、ここから先は通行止めだぜ！」

「ええいっ、どかんかぁっ」

フルアーマーのマーシャルが〝金剛《こんごう》〟の輝きを纏いながら、モルクスの長大な斧槍《ふそう》の一撃を受け止め、

「穢《けが》らわしい混じり者の分際でっ」

「うるせぇドカスが！　弾けろや!!」

両手ダガーで斬りかかったストラスを、シュシュが〝拒絶〟の魔力衝撃波で弾き返し、

「お揃《そろ》いの白頭たぁ気持ち悪さが極まってんなぁ、おい」

「ちょっと、クリス！　あたしの髪も白なんですけど!?」

殺到する騎士達を、クリスの空間割断〝一閃《いっせん》〟と、〝加速〟したキャティーによる怒濤《どとう》の攻撃が阻む。

その後に続々と。

解放者全戦力の約七割三百人、及びメルジーネ海賊団全戦力二百人が大礼拝堂へと乗り込んでいき、戦力数には倍の開きがあれどミレディ達の後を追わせない。

教会最強戦力への足止めを送り込み、ラック・エレインが瓦礫《がれき》を振り落とすようにして後進する。崩壊した壁の向こうは腹立たしいほどの快晴だ。

「お姉様！　こちらはお任せください！　ご武運を！」

「ディーネ……ええ、さくっと終わらせてくるわ！　クリス、ディーネに何かあったら、もぐわよ?」

「何を!?」

そんな会話を後に、ミレディ達は外へと飛び出した。

直後、待ち受けていたように降り注ぐ銀光。今まで見たことのあるどれよりも太く破滅的なそれは、おそらく、先程の使徒三体が複合集束させたもの。

カイム達から「おぉ！　使徒様！」と安堵《あんど》にも似た希望の声が漏れ出す。

当然だろう。〝神の使徒〟が三体だ。彼女等《ら》が道行きを阻むなら、何人たりとて前へ進むことは叶《かな》わない。

これもまた、〝絶対〟の理《ことわり》が一つ。

だがしかし。

その〝絶対〟が放つ最強の滅びの光を、かつてない威力を秘めたそれを。

ミレディの前にスッと進み出たオスカーが、多重浮遊防壁〝黒盾〟をかざして真っ向から受け止めた。

本来なら数秒もあれば分解されてしまうだろう〝黒盾〟は、しかし、ゲートによる放逐すら使わず驚異的な堅固さを見せつける。

「ミレディの邪魔はさせないよ」

「あら、オスカーくんったら！　こんな時にも惚気《のろけ》だなんて！」

「やんっ♪　オーくんの女ったらし！　ミレディさん、困っちゃう！」

「馬鹿なことを言ってる場合か」

背中に張り付くようにして隠れたメイルとミレディのからかいに、オスカーが青筋を浮かべ、ヴァンドゥルが呆《あき》れ顔《がお》になる。

反して、白光騎士団も、そして集結し包囲を固め始めていた聖竜王アドラに騎乗するムルム率いる獣光騎士団も、驚愕《きょうがく》、戦慄、困惑の入り交じった唖然《あぜん》顔を晒《さら》していた。

そして、きっとそれは、今まさに砲撃を放っている上空の使徒三体も同じ。

だが、使徒の攻撃を受け止めた事実など、今のミレディ達にとっては〝その程度〟のことに過ぎず。そして、三体の動きを止めておいた時間も十分。

にんまりしていたミレディの顔から、スッと感情の色が抜け落ちた。

「邪魔」

その声はゾッとするほど冷たく、まるで天空の王が裁定を下すかのよう。

ゆるりと、たおやかですらある手が頭上に向けられる。

その直後、オスカーに防御を任せて密《ひそ》かに練り上げた魔力が開放された。蒼穹《そうきゅう》に輝く瞳が、ひたと、何かを予感して目を見開く使徒三体を捉える。

咄嗟《とっさ》に分解砲撃を中断して退避しようとする使徒三体だったが、驚愕という心の隙が生み出した停滞は、致命的。

「――〝黒天窮《こくてんきゅう》〟」

いっそ、囁《ささや》くようですらあった静かな声音。

しかし、訪れた結果は絶大にして無慈悲。

使徒三体が、一瞬にして黒く渦巻く禍星の中に囚《とら》われた。黒いスパークを放つそれは、かつてミレディが放ったものとは一線を画す。

三体を丸ごと捕らえるほどの巨大さ。そして、三体が力を振り絞っても逃れ得ない圧倒的な圧力。

全てを呑《の》み込み滅する禁忌の魔法は、制御下にあってなお地上の瓦礫を吸い上げ、王宮を更に崩壊させ、【神山《しんざん》】の山肌すら抉《えぐ》り取るようにして平らげていく。

もし、ミレディが重力場の魔法を複数同時に展開していなければ、王宮前の広場やラック・エレイン、外壁をなくした大礼拝堂の敵味方も、それどころか術者たるミレディ達《たち》ですら呑み込んだに違いない。

獣光騎士団が、まだそれなりに距離を置いていたのは運が良かった。急降下して建物の陰に隠れれば難を逃れることができたのだから。

それでも、聖竜部隊のうち数十体が空中で藻掻《もが》きながらも為《な》す術《すべ》なく吸い込まれ、黒に塗り潰されるようにして圧壊していく。

大気が轟々《ごうごう》と悲鳴を上げ、引きずられるようにして飛空船団も次々と呑まれていく中、中心部の使徒達も、バキッベキッと体を折るようにして圧縮されていき……

「人を見下ろすのも今日までだ」

使徒の目を通して、その向こうの悪意に告げて、掌《てのひら》をキュッと。

握り潰す。

禁忌の星が自らに呑み込まれるようにして縮小し、使徒三体はあっけないほど簡単に暗黒の向こう側へと消え去った。

「……あり、えない……」

それは、誰の言葉だったのか。しんとした戦場に、やけに明瞭に響いた。

最強が、神威の具現が、まとめて鎧袖一触《がいしゅういっしょく》。

なるほど、あり得ない。自らの正気を疑う方が、よほど現実的。

騎士達が、狂信の深淵《しんえん》にある者達が、初めてミレディ・ライセンという存在に憤怒や侮蔑以外の、そう、〝畏怖〟を感じた瞬間だった。

その硬直した戦場は、先を急ぐミレディ達にとっては好都合。

「よっし！　そんじゃあサル爺《じい》！　バッド！　こっちはまっかせっるよぉ〜！」

『うむ、任された。行っておいで、ミレディ』

『応よ！　存分に暴れてこい！』

二重人格を疑ってしまうほどの鮮やかな切り替え。王の如《ごと》き雰囲気は一瞬で霧散し、ニヒッと笑う姿は道化じみてすらいて。

それで、真っ先に金縛りから解放されたムルムが聖弓を構えた。

「っ、行かせんぞ！　アドラッ、咆えろぉ!!」

アドラが主の命に従い顎門《あぎと》を開く。

刹那のうちに放たれた矢は、使徒化の影響か淡い銀に輝き、百に分裂しながらミレディを狙う。同時に、ほぼノータイムでアドラの〝咆哮《ブレス》〟も放たれた。

「行け、連中はここで片付ける」

迎撃は一瞬だった。倍する数の矢が迎え撃ち、ブレスにも同等のブレスを以《もっ》て正面から相殺する。

ヴァンドゥルだった。黒い弓を構え、それどころか周囲にも幾十の弓を浮遊させている。

そして、いつの間にか黒い鱗《うろこ》と全身鎧《よろい》に身を固めた飛竜、否、魔竜ウルルクの姿も。

「うん。なるべく早く来てね、ヴァンちゃん」

「ただ総本山への足を潰すだけの作業だ。直《す》ぐに追いつく」

オスカーが拳を突き出し、ヴァンドゥルが打ち合わせる。そのヴァンドゥルの肩を、メイルがポンッと叩《たた》き、次の瞬間、ミレディが重力を反転させた。

一瞬のうちに、天へと落ちていく三人。

「行かせないと言ってるッ」

「言うだけならタダだ。存分にわめけ」

再び聖弓をミレディに放つムルムだったが、結果は先程の焼き直し。恐るべき弓の腕前を以て、空中で撃墜するという離れ業をなんなくやってのけられる。

「ならば数だ！　押し切れ！」

団長の号令に、聖竜部隊約七百が山頂へ飛び上がろうとするが、

「数だけではな。質はどうだ？」

ヴァンドゥルが弓を〝宝物庫〟にしまい、代わりに三つ編みの髪飾りに付いた真珠を一

つ取り外し、頭上へと投げた。

途端、強烈な閃光《せんこう》を放つ真白の宝珠。目潰しかと警戒して、ムルムと獣光騎士達が思わず目元を庇《かば》う。

光は直ぐに収まった。そして、代わりに展開された。

「っ、転移で喚《よ》び出したかっ。魔獣使い!!」

行く手を阻むように、獣光騎士団の頭上に現れたのは完全武装した魔竜の群れ、およそ二百体。更に、それらを十体ずつの小隊に分けて指揮する騎乗者、

「ようやく戦場を共にできますね。ヴァン様」

マーガレッタ率いるシュネー一族二十人も。

ヴァンドゥルが背中の大剣を抜いた。轟《ごう》ッと一振り。肩に担いでトントンと。

「さて、いい加減、お前の顔も見飽きた。聖竜と魔竜、どちらが上か。先の戦争での決着をつけるとしよう」

「ほざけっ。あの時と同じと思うなよ！」

「それは俺のセリフだ」

世界最高の空中戦。その開戦のゴングは、双方の相棒による〝咆哮《ブレス》〟の衝突で始まった。

山肌が激流のように下方へ流れていく。

目指す場所は標高八千メートルの山頂。今のミレディなら一分とかからない。

気圧変化や酸素の確保もアーティファクトで対策済みだ。途中の妨害もない。

結果、ミレディ達はあっさりと総本山に辿《たど》り着いた。

正面に、ほとんど断崖絶壁ともいうべき急角度の階段と芸術的な白亜の門。

高度を上げて見下ろせば、驚くべきことに、門の向こうには噴水と緑の庭園があった。

そして、その先に息を呑むほど荘厳な大神殿がそびえている。

五階建て、二百メートル四方の巨大さ。四隅に高さ百メートルの尖塔《せんとう》、一番奥にはドーム状の一際大きい建造物。

「やっぱり一足遅かったようだね」

「出迎えは万端というわけね」

大神殿の屋上に整然と並ぶ護光騎士団、約九十人。

そして、その先頭に立つ教皇ルシルフルが、真っ直ぐにこちらを見上げていた。

「関係ないね」

ミレディが蒼穹の光を爆発させた。初撃決殺と言わんばかりに、その視線はルシルフル達を無視して大神殿の奥へ。

ひっそりと伸びる荒い岩の階段の先に見える聖堂。神と交信するための白亜の一本柱が存在する聖域。

「――〝黒天窮〟!!」

上がってくる間に練り上げた魔力を以て、問答無用に急所を狙う！

黒き禍星が聖堂を中心に創生され、そのまま粉砕……できなかった。

「っ、やっぱり一筋縄ではいかないってことかなっ」

極彩色の結界が聖堂を包み込んでいた。使徒すら一撃で消滅させる力を以てしても亀裂一つ入っていない。

「ミレディ！」

腰を抱かれ、一気に離脱させられる。間一髪のところで天を穿《うが》つような閃光が通り過ぎた。それは、聖槍《せいそう》の一撃。

「無駄だ」

よく響く指揮官らしい声音が響いた。

「何人も聖域には触れさせない。このダリオン・カーズが許しはしない」

護光騎士団の先頭に立つ白髪の青年が、そう言い放った直後、

「ここを如何《いか》な場所と心得る？」

しわがれた、けれどゾッとするほど冷徹なルシルフルの声も響いて、

「――〝聖戦宣言〟」

カンッと聖杖《せいじょう》を一突き。途端に大神殿自体が白銀の輝きを帯び、ルシルフル達の存在感が跳ね上がるのが分かった。更に、間髪容《い》れず。

「――〝異教否定〟」

大神殿の輝きが噴火の如く放たれ、霊峰の空を白銀のオーロラで覆う。

「っ、これは！　オーくん！」

「〝衰罰執行〟対策は発動してる。それでなおこの減衰効果なんだ」

「再生してもキリがなさそうね？」

体の芯から力が抜け、魔法の行使を阻害される感覚。第二聖杖の比ではない衰弱効果だ。

流石は総本山というべきか。大神殿そのものが信者強化と異教徒排除の絶大な効果を持ったアーティファクトなのだ。完全発動せずとも、ナイズの転移を阻害してしまうほど強力な。

加えて、背後から絶大なプレッシャーが一つ、二つ、三つ……

肩越しに振り返れば、波打つ空間から滲《にじ》み出てくる使徒が四体も。

見上げてくるルシルフル達の、そして背後の使徒達の、その視線が何より雄弁に物語っていた。すなわち──

我等《ら》と戦え。

どちらかの殲滅《せんめつ》なくして、この闘争《ゆうぎ》は終わらない、と。

「上等」

ミレディは笑った。オスカーも黒傘をくるり。メイルも蛇腹刀をしゃらんと抜く。

使徒達が双大剣を斬り払い、銀翼をばさりと広げ。

ダリオンが聖盾を突き出し、聖槍を脇構えに前傾姿勢を取り、それを合図に護光騎士達も第二世代聖武具を構える。

ルシルフルが枯れ木のような腕を一振り。真白の法衣が一瞬で白銀の鎧――〝聖鎧《せいがい》〟へと変わった。

そうして、聖光教会の教皇と、解放者のリーダーは、

「神の遊戯である。心ゆくまで踊って滅びよ」

「存分に遊んだでしょ？　そろそろ永眠《おやすみ》の時間だよ」

啖呵《たんか》と一緒に、闘争の火蓋を切ったのだった。

――王宮・大礼拝堂
時は少し戻り、ミレディ達が去った直後のこと。

静寂に包まれた大礼拝堂に、断末魔の悲鳴が乱れ飛んだ。首や血飛沫《ちしぶき》と共に。

「ッ⁉　団長ッ、ご指示を‼」

「あ？」

〝神の使徒〟が三体、いとも簡単に葬られた。

それも、まるで眼前を飛び回る羽虫を振り払うような容易《たやす》さで。

三軍の騎士団長も、白光騎士達も、その理解し難い現実を前に揃《そろ》って己の時を止めたのは無理もないことで。

だがしかし、それは生殺与奪の権利を相対者に譲渡するのと同じ。愚行の極みは、何十人という団員の命を以て払うことになった。

師団長――白光騎士団の実質ナンバー3に昇格したレライエ・アーガソンの怒声に、同団長カイム・バーンは呆《ほう》けたような声を漏らして振り返る。

彼女が構えた第二聖弓から固有魔法《こゆうまほう》〝償いの矢〟を付与した鋼鉄の矢が放たれ、カイムの頬を掠《かす》めた。

「おっと！　怖いお守《も》りがついてやがるなぁ、お坊ちゃん！」

慌てて視線を戻せば、そこには大鎌で矢を斬り払った直後のバッドがいた。

「おぼっちゃっ――貴様っ！　私を誰だと思っている！」

泡を食ったのも束《つか》の間《ま》、バッドのふざけた言動とニヤついた顔により一瞬で激昂《げきこう》したカイムが、第二聖剣を振りかぶり肉薄する。

「団長！　挑発に乗ってはいけません！」

レライエの忠告も届かない。小馬鹿にしたようなニヤニヤ顔と、渾身《こんしん》の一撃をあっさり逸《そ》らされた屈辱で、カイムは顔を真っ赤に染めた。

怒りのまま白翼を展開し、ノータイムで無数の白羽を撃ち出す。分解能力こそないものの一発一発が〝天翔閃《てんしょうせん》〟並みの力を内包する凶悪極まりない弾幕だ。

しかし、白き流星の如きそれを近距離で受けてなお、バッドの軽薄な笑みは消えない。風車のように回転したエグゼスが、白羽を巻き込むようにして逸らし、あるいは内包魔力

を喰《く》い散らかしていく。おまけに、

「分解能力、咄嗟《とっさ》に使えねぇぞ！」

と、仲間との情報共有まで。カイムが「なっ」と羞恥で目尻を吊《つ》り上げる。

カイムの精神的未熟さは、スイの情報により既知のこと。

激昂させれば、要警戒だった〝使徒化による分解能力〟を、どの程度使えるのか教えてくれるだろう、という狙いは当たりだったようだ。

「おのれっ、どこまで虚仮にッ」

「団長っ、落ち着いて！　乱戦状態です！　指示を!!」

見かねたように隣に並び立ったレライエ。使徒化により変じた純白の魔力を迸らせ、第二聖弓を構えると同時に、その魔力を矢に変換。凝縮され、帯電でもしているかのような魔力の迸りを見せる白き矢に、バッドの顔色が変わる。

刹那、ドッと放たれた矢は一条の閃光となりバッドを襲った。

余裕綽《よゆうしゃく》々《しゃく》だったバッドが、ここに来て全力の回避。横っ飛びしつつ下からすくい上げるようにして白矢を弾《はじ》く。

軌道を無理やり変えられた白矢は大礼拝堂の支柱の一本を直撃した。かと思えば、まるで濡《ぬ》れた紙を貫くような容易さで貫通した。それは紛れもなく分解魔法の力。

「二、三秒、溜《ため》あり！　予兆、魔力の圧縮！」

カイムの白羽を体術のみでかわしつつ声を張り上げるバッド。視線の先には、レライエの固有魔法〝償いの矢〟の効果でUターンしてきた白矢がある。

エグゼスが咆哮《ほうこう》を上げた。オォオオオッとドス黒いオーラが膨れ上がる様は、まるで一度で魔力を喰らい尽くせなかった己への怒りのようでもあり。

「今度は残さず喰えよぉ――エグゼスッ」

ドクンッと波打ったオーラが大鎌の刃に纏《まと》わり付き、凝縮、一閃《いっせん》。戻ってきた〝分解の白矢〟を今度こそ斬り裂き、霧散させた。

視界の端で、通常の光の矢を放ちながら、カイムを落ち着かせようとしているレライエの姿が見える。

(はんっ。団のトップツーがお子様だと大変だねぇ!)

副団長はセルムだが、実質カイムと二人で一人の団長だ。つまり、レライエこそが白光騎士団の副団長。その責任感が、内心の苛立《いらだ》ちを押し殺して必死に未熟な団長を団長たらしめんとしている。

本来なら、どれだけ有能な力を有していようと圧倒的に経験の足りない子供二人がトップであることは、バッド達《たち》にとってはありがたいこと。敵に対する絶好の枷《かせ》である。

実際、指示がない故に、白光騎士達は襲撃者達に対し個別・場当たり的な対応しかできておらず、上手《うま》く乱戦に持ち込めた。

そこかしこで解放者の戦闘員達と海賊達が連携をとって一騎当千のはずの白光騎士達を抑え込んで――否、この瞬間も彼等の動揺という名の隙に容赦なく致命的一撃を叩《たた》き込んでいる。

神殿騎士団の三軍団長もまた同じ。

第二軍団長のストラスにはクリスやキャティー達メルジーネ海賊団の幹部級が。

第四軍団長モルクスにはハウザーにマダム・ジャクリーン、それにナディア、ソラス、バカラ達シャンドラ支部の者達が。

そして、第三軍団長ヴァプラにも、マーシャルにシュシュ、トニー、エイヴが。

それぞれ自由を許さない。彼等とて動揺はあるだろうに、間断なき攻撃を四方八方から受けてなお凌《しの》いでいる点は、流石、軍団長というべきだが……指示を飛ばす余裕がないのは確か。

ただ、一喝。

上位者の声さえ響けば、白光騎士達は使徒三体同時瞬殺という衝撃から抜け出すことができるだろうに。と、レライエは苛立ちながら、頭に血を昇らせているカイムに今一度、責務を果たせと言外の叱咤《しった》を含めて叫ぶ。

「団長!!」

「チッ、分かっている！　栄えある白光騎士達よ――」

「おいおい、いいのかい、お坊ちゃん！　良い子はおうちに帰る時間だろう？　パパが迎えに来てるぜぇ！」

カイムの顔が盛大に引き攣《つ》った。

嫌に響いたそれは、少し離れた場所にいたセルムにも届いた。

ビキニアーマーにコートという変質者的恰好《かっこう》の筋骨隆々の漢女《おとめ》――スノーベルという冒瀆《ぼうとく》的な存在に肉薄されて、半狂乱で結界を張っていたのだが悪夢から覚めたように顔色を変えた。

レライエは思わず舌打ちしてしまう。バッドを黙らせるべく、再び〝分解の白矢〟を放とうとする。が、それは悪手だった。バッドの読み通り、発動には最低でも三秒もの時間を要するが故に許してしまう。その口撃を。

「まぁ、お坊ちゃん達がパパに勝てるわけないしな！　逃げてもしょうがねぇよ！」

実にやっすい挑発である。見え透いているにもほどがある。

だがしかし、バッドの煽《あお》りは表情・言動共に完璧で、バーン兄弟はプライドが【神山《しんざん》】よりも高い子供であるが故に。

「レライエェッ‼　ここの指揮を執れっ。雑魚共ぐらい、お前達で片付けておけぇ‼」

ズドンッと、超脚力がもたらす爆発的な踏み込みで突進するカイム。同時に、とんでもなく巨大な〝天翔閃〟が放たれる。

それをマタドールのようにひらりとかわし、目の前を行くカイムを素通りさせるバッド。

視界の端に、同じく白翼を用いて飛び上がったセルムをスノーベルがにこやかに見送っているのが映る。

そう、挑発して二人を離脱させたのは作戦だった。たとえ敵に対する有効な枷であっても、兄弟の処遇は父親に一任すると満場一致で決めていたから。

スノーベルが「作戦成功ねん♪」と可憐《かれん》なウインクを飛ばしてくる。

思わず、〝分解の白矢〟よりも必死に回避するバッド。実際に何か飛来したわけではないのだが、回避必須の〝何か〟を感じたのだ。漢女あるあるである。

「なんたる醜態っ、所詮は背信者の血筋か！」

「ハッハッハッ。自分のことで手一杯なんてかわいらしいじゃねぇの、なぁ？」

「黙れっ、騎士狩り！」

激昂しつつも、やはりレライエは冷徹で歴戦の騎士だった。〝分解の白矢〟と同時に数十の矢を一息の間に放ちながら、風属性の拡声魔法をも発動する。

「総員、聞けぇっ。指揮権は我にあり！　数で圧《お》せ！　我等は神の白き威光なれば本分を全うせよ!!」

空気が爆裂したような怒声であった。バッドが鼓膜にダメージを受けて思わず顔をしかめるほど。当然というべきか、腹の底から出された声に混乱と動揺のまま押されていた白光騎士達の目の色が変わる。

「異端者共に鉄槌《てつつい》を!!」

「「「「異端者共に鉄槌を!!」」」」

動揺は未《いま》だにあるだろう。だが、やることは変わらない。

そのことを了解した白光騎士達が息を吹き返すように精彩を取り戻した。

「あらま。殺《や》れたのは……五十くらいか？」

もうちょい殺れると思ったんだがなぁと、思わず舌打ちが漏れる。

先の戦争で見覚えのある白光騎士は一人も倒せていない。おそらく、倒せたのは先の戦争で失った人員の補充要員。つまり、先日まで白光騎士には一歩及ばないとされていた神殿騎士達だろう。

その新人相手ですら目標の三桁打倒には遠く及ばず。

使命のもとに精神を立て直した白光騎士達を相手に、優勢を誇っていた解放者側が早くも押し返され始めている。

各軍団長も、白光騎士達の復活で余裕が出たようで。

「ちょろちょろと鬱陶しいわっ、小蝿《こばえ》共がぁっ」

第四軍団長モルクスが獣の如《ごと》き咆哮を上げた途端、彼を中心に強烈な引力が発生。相対していたハウザー、マダム、そしてナディア達が一斉に引き寄せられる。

――固有魔法　封引《ふういん》
神敵の逃亡を封じ、断罪者たる己のもとへ引き寄せる魔法だ。一斉に集められたハウザー達に、第二聖槌《せいつい》・斧《ふ》槍《そう》モデルが薙《な》ぎ払われた。

時間が逆巻いたかの如く放射状に吹き飛んでいくハウザー達。

呻《うめ》き声《ごえ》を上げつつも、全員直《す》ぐに立ち上がったことから凌いだようだが、各支部のトップクラスが五人がかりで苦戦しているのは明白。そして、その苦戦は、

「こいつ！」

「ハッ、獣風情が。速いだけなら直ぐに見切れるのですよ」

第二軍団長ストラスの相手をしていた海賊団の幹部達も同じだった。

固有魔法〝加速〟により超速度での攻撃が可能な猫人族《ねこびとぞく》キャティーが、逆に翻弄されている。両手のダガーがストラスを捉えたかと思えば素通りし、いつの間にか側面に現れた彼等《ら》の第二聖剣・短剣モデルが逆にキャティーを襲うのだ。

――固有魔法　幻影舞闘
幻影を自身や武器に重ね、相手に認識のずれを強いる魔法だ。

今も、キャティーが回避したと思った移動先に本当の刃が迫っており、それを危ういところでクリスの海賊刀《カットラス》が弾いた。ネッドとマニアは既に一撃を受けたようで、致命傷ではないが無視できない傷を負っている。

第三軍団長ヴァプラの相手をしていたマーシャル、シュシュ、トニー、エイヴも、

「くっそ、流石《さすが》は剣聖ってか⁉　爺《じい》さんのくせに強すぎだぞ！」

「貴様……嫌に頑丈であるな」

もし、マーシャルに固有魔法《こゆうまほう》〝金剛《こんごう》〟がなければ、既に斬られていただろう。

それほどの双剣術の冴《さ》え。しかも、包囲攻撃をしかけるシュシュ達にも、周囲に浮遊させた八本の剣で対応し寄せ付けない。

――固有魔法　十剣

達人級の双剣術を両手以外にも四人分、浮遊する双剣にて自在に実現する魔法だ。

クロリスやアルセル老、スノーベル達も小隊ごとに指揮を執りながら白光騎士達と戦っているが、そもそも数的不利を背負っているのだ。

一応、バッド達もスペックを一・五倍にしてくれる昇華魔法を付与した宝珠を装備している。それでもスペック差は明らか。追い込まれていくのは必然だった。

(使徒化のスペックと装備の質が想定以上に厄介だな……)

最悪、ミレディ達が総本山を制圧するまで時間を稼げばバッド達の勝利だが、昇華の宝珠がなければ持ちこたえられなかったかもしれない。

少し冷や汗を流しつつも戦場に一瞬で視線を巡らし、バッドは通信を繋《つな》げた。

『総員、生存優先！　アデルは急いでくれよ！』

まだ、手札は尽きていない。否、手札など何も切ってはいない。不敵に笑うバッドに、帝国の〝魔法狂い〟ことアデル・ラックマン男爵が、やはり絶望など微塵《みじん》も感じさせない怒声を返してくる。

『急《せ》かすな！　魔法とは貴様のような馬鹿には理解できんほど奥深く繊細なのだ！』

『へいへい、悪ぅございましたねぇ！』

チラリと肩越しに振り返れば、アデルは崩壊した壁際で青空を背景に、何やら必死の形相を晒《さら》していた。

彼の前には柩《ひつぎ》のような黒い立体物が盾のように置かれており、それに手を置いて魔力を迸らせている。柩形の盾モドキは明滅するように幾つもの魔法陣を表面に浮かべては消してを繰り返していた。

アデルからレライエへ意識を戻す、その瞬間。

「ぐぁっ」

バッドが消えた。と錯覚するような勢いで吹き飛び、空中を錐揉《きりも》みしながら支柱の一つに激突する。

（やっべぇ。揺れるっ）

頭部への直撃だ。凄まじい反射神経と神技というべき刹那の脱力が衝撃を逃がしたが、視界が揺れる揺れる。ぬるりとした赤色まで流れ込み、まるでレッドアラートが点灯しているかのよう。

（報告にあった護光騎士かっ）

予想は大当たり。大礼拝堂の奥に第二聖槌を振り下ろした状態の大柄な騎士がいた。装備している第二聖鎧《せいがい》の胸元には〝輪後光の中の盾〟が記されている。

かつてウルルクを打ちのめした空間跳躍攻撃〝見えざる断罪〟の使い手、護光騎士セイスの冷めた視線がバッドを捉えている。

「終わりだっ、騎士狩り!!」

直ぐには動けまいと、絶好のタイミングで〝分解の白矢〟を放つレライエ。

必殺の一撃は、しかし、阻まれた。予想外の方法で。

「なにっ!?」とレライエが目を剝《む》く。バッドの懐からにゅるりと飛び出した鈍色《にびいろ》の流動体が、瞬時に硬化し防御したが故に。塞《せ》き止《と》められた矢を斬断し、バッドがケケッと笑う。

「うちの錬成師の対応力を舐《な》めてもらっちゃあ困るぜ?」

解放者の装備は全て、オスカー製のアーティファクトだ。衣服すら各種防御機能を付与された金属糸で編まれている。その中でも、再び懐へ戻った格別の防具がこれ。

――防御特化型流体金属スライム　メタル・バトラム
明確な意思はないが自動硬化防御と衝撃緩和が可能な変成生成複合魔法の産物だ。

もちろん、既知の手札は対策済み。

「レライエ師団長に報告！〝衰罰執行〟に効果見られず!」

「くっ、一度見せただけで！」

正確には聞いただけだが、希代の錬成師にはそれで十分。

と、そこでバッドの首筋がチリチリと。危険の知らせ、ではない。気が付けば肌が焼けただれたように変色している。

「しまっ」

背にしている支柱の向こう側から毒々しい魔力の煙が噴き出し、一気にバッドを包み込もうとした。

「――〝一閃《いっせん》〟ッ」

バッドの頭上すれすれを割れた鏡の線みたいな斬撃が掠《かす》めた。バッドから「ひょぇ!?」

と情けない悲鳴が飛び出す。何すんの!? と文句を言う前に、断ち切れた支柱の向こう側から聖槍《せいそう》を持つ騎士が転がり出て来た。

「腐蝕《ふしょく》の護光騎士か！」

報告曰《いわ》く、固有魔法〝聖蝕者《せいしょくしゃ》〟の使い手トゥレス。

どうやら後ろを取られていたらしい。冷や汗を流しながら、どうにか立ち上がって距離を取るバッド。

レライエが舌打ちしつつ〝分解の白矢〟の照準を救援者に変えて放つ。だが、

「馬鹿なっ。騎士狩りの大鎌以外に魔力を喰《く》う武器などっ」

白矢は空中で断ち斬られた。

「へへっ、海賊には過ぎた魔剣だろ？」

立ち上がったトゥレスと相対しつつ、バッドと背中合わせになったクリスが笑う。

正確には〝魔喰い〟ではなく〝魔斬り〟であると、内心で呟《つぶや》きつつ。

そう、魔王の魔剣イグニスの能力だ。それが解放者側の全ての武器に付与されているのである。分解魔法に対する対抗手段の一つだ。

その間に、バッドにふわりと光が降り注いだ。メイルによく似た、しかし、もう少し清《さや》かな朝焼けの光。瞬く間に負傷が消える。

「感謝だぜ、ディーネの嬢ちゃん！」

崩壊した壁際、アデルの傍らでディーネがビシッとサムズアップを返す。

その片手には、捩《ね》じれた三叉矛《さんさ》の先端に水宝玉を備えた魔杖《まじょう》があった。

空間を超えて指定座標に〝復元〟をかけられるディーネ専用のアーティファクトだ。

押され気味だった解放者側。負傷者多数だったのに次第に戦況が膠着《こうちゃく》し始める。

乱舞する光が次々と味方を癒やしていく。

「お～い、俺への感謝は？　護光騎士《やべぇの》が出てきたから駆けつけてやったんだが？」

「おっとわりぃな、クリス。男に感謝する習慣がねぇんだわ」

「ああ、なるほど。だからモテないわけだ」

「ぶっ殺すぞっ、てめぇ！」

トゥレスの腐蝕《ふしょく》の噴煙をバッドがエグゼスの〝魔喰い〟で、レライエの分解と追尾の矢をクリスが〝魔斬り〟で凌《しの》ぎながら互いに罵倒を飛ばすが、

「小僧共！　遊んでじゃねぇ！　爆破されてぇか!?」

「「うひっ!?　すみませんっ」」

エスペラド支部の部隊長アルセル・ブレア老からの一喝に竦《すく》み上がる。

凄《すさ》まじい迫力だ。それも当然だろう。彼は今、かつてないほど必死の形相なのだ。

セイスとの空間を超えた殴り合いに。

彼の固有魔法〝発破〟は指定座標を爆破する。それを以《もっ》ていち早くセイスを狙い、しかし、空間把握能力に優れるが故にかわされ、カウンターの〝見えざる断罪〟が襲い来る。

それを、メタル・バトラムの防御に任せて吹き飛ばされつつも、他を狙わせないために

攻撃の手を緩めず……という激戦中なのだ。

「スノーベル！」

「キャティーッ」

状況を見て、バッドとクリスが同時に叫んだ。意味不明な頑丈さを持つ漢女《おとめ》と、海賊最速の猫娘にアルセルの援護を頼む。

二人は即座に動いた。セイスは一番放置できない。照準の時間を与えてはいけない。数もスペックも劣ったこの戦場で、味方を支える要たる〝小さな聖女〟だけは狙わせてはならないのだ。

「あの海人族《うみびとぞく》だ！　奴《やつ》を仕留めろ！」

レライエ達《たち》も戦局を左右し得る者が誰か気が付いた。

「上等です！　かかってこぉい！」

「ディーネ嬢ちゃん！　挑発はやめておくれ！」

「対応するの私達なんですけどぉ？」

なんて好戦的な聖女様。ディーネと隣のアデルを守るヴェルニカ支部の〝結界師〟オディオ老が、殺到する〝天翔閃《てんしようせん》〟を前に死に物狂いで多重障壁を張り続ける。

同支部長のイーヴィーも、茨《いばら》付きの鞭《むち》を縦横無尽に振るって騎士達を阻む。

「いやはや、末恐ろしいお嬢様で」

アデルの腹心ヘンリートも無数の毒針や暗器を駆使して主達を守りつつ苦笑い。

騎士達の殺意、威圧、攻撃の激しさは、本来十二歳の女の子が耐えられるものではない。

だが、凄絶な激戦を前にしてもディーネの瞳に怯《おび》えの色は欠片《かけら》もなく。凛《りん》と前を睨《にら》む姿は思わず目を奪われるほど美しい。

だが、その直後、ディーネの凛々《りり》しい表情は苦痛に歪《ゆが》んだ。

「あぐっ!?」

大礼拝堂の最奥から、「ァアアアッ」と絶叫が響いてきたのは同時。

痛みのもと、胸を見下ろせば赤い染みが急速に広がって……

小さな「ぁ」という呟きと共に、ディーネが崩れ落ちた。

「ディーネ嬢ちゃん!?」

隣にいたアデルの切羽詰まった声でオディオ老達が振り返り、動揺して思わず息が止まる。結界は健在なのに、なぜっと。

「もう一人……もう一人いるぞ！　空間超えの能力持ちが！」

アデルの怒声じみた警告に、あの正体不明の絶叫を辿《たど》れば、いた。

大礼拝堂の最奥、祭壇の前で、おそらく貴重な回復系の固有魔法持ちであろう白光騎士から魔法をかけられている女の騎士が。

否、騎士と言っていいのか……

少なくとも、その女は防具の類いを一切身につけておらず、着ているのは簡易の法衣のみ。持っている武器もナイフが一本だけ。

そして、そのナイフは血塗《ちまみ》れで、女の胸元はおびただしい血で濡《ぬ》れそぼっていた。

護光騎士ニーティ。まだ十代半ばの素朴な顔立ちの少女だが、見て分かるほど古傷だらけ。開きっぱなしの瞳孔も異常の一言。

その固有魔法〝自己犠牲〟こそがディーネの心臓を刺し貫いた原因だ。

自傷を他者に共有させる魔法である。

「キヒッ」と怖気《おぞけ》を振るうような奇声と開きっぱなしの瞳孔が、今度はバッドを捉える。

「いかんっ」

アルセルがセイスから視線を外し、全力を以てニーティへ〝発破〟を行使した。

動きを止め、魔力を練り上げ、今までで一番の爆破がニーティと白光騎士をまとめて吹き飛ばす。

その代償に、セイスの一撃が頭部に炸裂《さくれつ》した。

メタル・バトラムがギリギリ間に入ったが硬化の余裕はなく、肉体と意識が飛び、目や鼻から血が噴き出る。致命傷だ。

見れば、スノーベルが仰《の》け反《ぞ》るように宙を舞っていて、キャティーも床をバウンドしている。アルセルの〝発破〟が途切れた瞬間、両者とも吹き飛ばされたのだろう。

セイスが自由になった。途端に、クリス、シュシュ、ハウザーが一息の間に叩《たた》き潰された。強固な防具が一撃死を防ぐが、床と挟まれて衝撃を逃がしきれず体が動かない。

瓦解した。均衡が取れていた戦局が一気に傾いた。

「ハハハッ、どうやらここまでのようだな！」

ハウザーが欠けた戦場でモルクスが猛威を振るった。前衛を失った風使いたるマダムにモルクスが肉薄。振るわれた斧槍《ふそう》を、自分ごと吹き飛ばすような横殴りの暴風で辛うじて逸《そ》らすが片腕を斬り落とされる。

飛びかかったナディア達も、一瞬の〝封引《ふういん》〟でたたらを踏まされ、その隙に放たれた〝天翔閃〟で、まとめて吹き飛ばされた。

「よく耐えた。異端者でさえなければな」

「ぐぉおおおおっ」

シュシュがダウンした剣聖の戦場に、マーシャルの絶叫が響き渡る。トニーとエイヴは既に満身創痍《まんしんそうい》。他の白光騎士で十分と、十剣全てが〝金剛《こんごう》〟ごと斬り裂いていく。

「このっ、当たれぇっ」

「獣風情が、私を捉えられるものか」

巨大な分離可能式の鋏《はさみ》という特殊武器でトリッキーに戦うクロリスだったが、ネッドとマニアの援護があっても、ストラスのぶれる肉体を捉えられず、逆にカウンターを決められ既に血塗れ状態。

そして、セイスと戦うキャティーの方も。

「海賊、なめんじゃないわよ！」

視界の端に、顎と片腕を砕かれ倒れ伏すスノーベルの姿が映る。

劣勢の味方の姿も見える。グッと奥歯を噛《か》み締めて、弱音を吐きそうな心を叱咤《しった》して、地を這《は》うように駆けて一瞬で背後に回り、ダガーを薙《な》ぐ。

「無駄だ」

正面に振り下ろされた一撃がキャティーを真横から襲った。いったい、何度こうして吹き飛ばされたか。メタル・バトラムと防具がなければ絶対に死んでいる。

そのメタル・バトラムも度重なる凄絶な衝撃に少しずつ飛び散ってしまい防御能力が低下していた。遂《つい》に衝撃で肋骨《ろっこつ》から嫌な音が響いた。

猫のように四《よ》つん這《ば》いで着地するも、「かふっ」と咳《せ》き込めば血反吐《ちへど》が飛び出す。

フーッフーッと威嚇するように息を荒らげながら睨み付けるキャティーに、セイスはなんの熱もない冷めきった眼差《まなざ》しを返した。

「趨勢《すうせい》は決した。ミレディ・ライセンに希望を託し、時間だけでも稼ごうというのだろうが、無駄だ」

「無駄無駄うっさいわね！　ミレディ達ならきっと――」

「たった今、オスカー・オルクスが墜《お》ちた」

「え？」

「使徒様の分解砲撃を受けてな。護光騎士団もほとんど損失を出していない。もはや時間の問題だ」

キャティーから、ふっと力が抜ける。顔も俯《うつむ》いてしまった。心なしかネコミミもシッポもしおれているように見える。

「折れたか。だが、それでいい」

セイスが第二聖槌《せいつい》を振りかぶった。そして、

「神の見えざる断罪を、感じろ――」

「ヒャーギャギャギャッ!! 解析完了ぉっ。オルクスのアーティファクトは最高だな!!」

独特なうえに酷《ひど》く耳障りな哄笑《こうしょう》と共にテンションマックスの声が迸《ほとばし》った。

冷静の体現者のようなセイスをして、思わず視線を吸い寄せられる。その瞬間。

「――〝反転・衰罰執行〟ぉっ」

アデルがずっと、それこそ隣でディーネが倒れようとも手を離さなかった柩《ひつぎ》形の黒い立方体が強烈な閃光《せんこう》を放った。爆発的かつ放射状に広がったそれは、あっと言う間に騎士達を呑《の》み込んでいく。

「これは……」

セイスが僅かな動揺を見せる。ガクリと力が抜け落ちた感覚に。

勝利を確信していた白光騎士達も動揺して動きを止める。

「時間稼ぎ、完了よ」

「ぬっ」

心が折れたと思っていたキャティーが牙を剝《む》くようにして不敵な笑みを浮かべていた。

セイスから動揺が消える。確かに予想外ではあったが、力が減衰しても未《いま》だスペックは

解放者側より上だという確信があった。

「我等《ら》の優位は変わらん！」

白光騎士達の動揺を吹き飛ばすように、セイスが咆哮《ほうこう》を上げた。

ビリビリと大礼拝堂を揺さぶるような声に、白光騎士達もハッと我を取り戻す。

だが、その鼓舞は次の瞬間、あっさりと覆された。

――樹海顕界《げんかい》
そんな言葉が、透き通るような美声と共に聞こえた気がした。

反射的に周囲を見回した騎士達は、直《す》ぐ異常に気が付いた。

緑だ。唐突かつ凄まじい勢いで大礼拝堂が緑に覆われていく。植物の蔦《つた》が崩壊した壁の方から濁流のように。いつの間にかばら撒《ま》かれていた〝樹海の種〟を取り込んで、急速に草木を生長させながら。

「これは……まずいっ。焼き払え!!」

トゥレスが焦燥を隠さず、自らも腐蝕領域の展開で対処を試みるが……遅かった。

ここは既に、樹海の女王の領域。

白い霧がうっすらと、大礼拝堂を覆った植物から発生する。そして、

――禁域解放
そこが女王の領域ならば届かぬはずのない、本当の昇華魔法が発動した。

解放者側が一斉に、鮮やかな若草色の輝きを纏《まと》う。そうすれば、

「ふぅふぅ、危うく死ぬところでしたっ――〝復元領域〟!!」

心臓を貫かれたはずのディーネが復活した。本当にギリギリのところで〝復元〟を発動し、意識朦朧《もうろう》の中、少しずつ治療していたのだ。それが昇華魔法で一気に完治。

そして、同時に放たれた〝味方だけを復元〟する広範囲魔法が発動し、朝焼けの光が負傷していた味方を一斉に救い上げる。

アルセル老が死の淵《ふち》から間一髪で復活。

「いつまでやってる！　さっさとケリをつけんか！」

起きるなり早速怒鳴り、トゥレスを爆破。腐蝕の煙が吹き飛び、

「あいよっ。鏖殺《おうさつ》の時間が来たぜぇっ――エグゼスゥウウウッ」

バッドがエグゼスを大回転させる。漆黒の魔刃が爆裂した。その数は三百。二百がトゥレスを襲い、残りは周辺の白光騎士を襲う。

先程までとは段違いの威力に第二聖鎧《せいがい》があっと言う間に傷だらけとなり、耐えきれなくなった騎士達から断末魔の悲鳴が上がる。

「くっ、動きが段違いに！」

レライエが明らかに威力の下がった光の矢をバッドへ連射するが、まるで飛んできた小石を払うような気軽さで弾《はじ》かれてしまう。

ストラスの方でも。

「くっ、これが樹海の白霧の効果ですか!?」

「ようやく隙を見せましたね？」

微弱ではあるが白霧による認識齟齬《そご》が働き、風のように自由で流麗だったストラスの〝幻影舞闘〟が狂い出す。

そのせいで、蔦に足を取られて僅かにバランスを崩すという、本来ならあり得ない失態を見せ、クロリスはそれを見逃さなかった。

巨大鋏を分離し斬りかかる。一本は幻影を虚《むな》しく散らすだけだったが、もう一本が初めて、ストラスの二の腕を浅く斬り裂いた。

「ハッ、この程度――」

「泣き喚《わめ》け――〝痛覚増大〟ッ」

直後、響き渡ったのは断末魔の悲鳴かと思うようなストラスの叫び。

クロリスの固有魔法《こゆうまほう》〝痛覚操作〟が原因だ。自分や味方の痛みを和らげることも、敵に与えた些細《ささい》な痛みを増幅することもできる。昇華魔法により痛みは拷問級だ。

「よっしゃ今だ！」

「ちょろちょろしやがって、このゴキブリ野郎！」

マニアが蒼炎《そうえん》の槍衾《やりぶすま》をストラスに放ち、軍団長を救うべく飛び込もうとした第二聖盾の騎士がネッドの拳打を受けて冗談のように吹っ飛ぶ。

もはや、ストラスに余裕の表情はなく、助けを求めるようにモルクスの方を見るが……

「うふふ、不細工な面ね。まるでオーガのようだわ」

「優勢になった途端、毒を吐きまくりだな！」

「ああ、絶好調だ、バカラ!! 私は今、人生で一番毒を出している!!」

「うるせぇよ！　声量まで昇華してんのか!?」

ナディア院長がモルクスの斧槍を掻《か》い潜《くぐ》り掌底を放つ。第二聖鎧越しに胸を打たれたモルクスは、女の柔腕で何をと思うが、直後「がはっ」と血反吐を吐いて目を白黒させる。

「ようやく効いたわね！　苦悶《くもん》に歪《ゆが》む顔が最高に醜いわ！」

天職〝治癒師〟を有する医者でありながら、なぜディーネと共に回復役を担わず前線に出ているのか。その答えがこれだった。

ナディア・ピースコート院長は格闘戦の達人なのである。

その主な戦闘方法は回復魔法の応用。内臓の過剰活性をもたらし自己崩壊を起こさせる。

固有魔法〝魔力浸透〟は、本来、彼女の類《たぐ》い希《まれ》な回復魔法の力をより効率的に患者へ施すのに役立つ魔法だが、これを攻撃に転化すると防具を無視して内部破壊をもたらす恐ろしい技となるのだ。

第二聖鎧の魔力的防御と使徒化した肉体の魔力耐性で弾かれ続けていたが、モルクスのスペックが大幅に下がり、自身が昇華魔法を受けた今なら通ったわけだ。

そこに、バカラが固有魔法〝流砂〟を用いて足場を崩し、ソラスが医療器具のメスを投《とう》擲《てき》するという医者にあるまじき攻撃をする。そのメスには、ソラスの固有魔法〝毒生成〟による体内物質由来の猛毒がたっぷりと。

モルクスの救援は望めない。

そう判断して今度はヴァプラを見るストラスだったが、案の定であった。

「貴様っ、堅すぎるぞ！」

「剣聖の称賛たぁ照れちまうぜ！」

ヴァプラの剣撃がマーシャルに届かない。大剣、〝金剛〟、そして全身鎧《よろい》。〝不落の盾〟という異名ここにありというべき鉄壁がヴァプラの剣撃を正面から受け止める。

そして、同じく〝復元〟で復活したシュシュ、トニー、エイヴも、

「いい加減にくたばれ！」

「やっば。シュシュがキレ気味だ。エイヴ、絶対に正面に立つなよ！」

「ここに来て誤爆で死ぬとかあり得ねぇ！」

周囲の白光騎士とヴァプラの六剣を引き受け、その間に、ナディア達《たち》は問題ないと援軍が到着。

「合わせろ、ジャクリーン!!」

「はい、ハウザー様ぁ！」

戦場にあってデートでもしているかのような艶のある返事が響くと同時に、ヴァプラの背後に展開していた二剣が風の砲撃で吹き飛ばされた。

守りの消えた背後から、飛び上がったハウザーが大剣を幹竹《からたけ》割りに振り下ろす。

「ぐぅっ」

「チッ、この質量を技だけで逸《そ》らすかよ！」

片手の剣でマーシャルの大剣を受け止め、半身になってもう片方の剣でハウザーの大剣を受け流したヴァプラ。

剣聖の名に恥じない神業だが、義手と大剣がもたらす破壊力を完全には流せなかったようで、左腕がだらりと垂れ下がった。

「このままでは……ええいっ、レライエ！　あれを出せ！」

ジャクリーンに飛ばされた二剣を呼び戻し、左腕をカバーしながら叫ぶヴァプラ。

「！　しかし、あれはもはや」

「状況を見よ！　出し惜しみしている場合か！　せめて、あの柩を破壊せねば！」

「っ、承知！」

ヴァプラの一瞬向けた視線の先には、〝反転・衰罰執行〟を発動し続けている柩盾を構えたアデルがいた。

余裕ができたせいか、〝魔法狂い〟の呼び名のままに複雑で破壊的な複合魔法を乱発し、まるで固定砲台のような猛威を振るっている。

なるほど。確かに、あれをどうにかして逆転されたスペック差を取り戻さねば危うい。たとえ、その手段が諸刃《もろは》の剣《つるぎ》であっても。

レライエが指示を出し、祭壇近くにいた白光騎士の一人が奥の壁際へ駆け寄った。そして、壁に秘された魔法陣に魔力を注ぐ。

途端に、最奥の支柱の一本が鳴動しながら回転し、ネジが抜けるように天井の中へ入っていく。代わりに現れたのは階下へと繋《つな》がる階段。

——オォオオオオオオオオッ!!

たった今目覚めたような咆哮が大礼拝堂を揺るがした。

ズンッズンッと足音を鳴らしながら、秘匿された空間から上がってきた存在を見て、バッド達が冷や汗を噴き出す。

「なんだありゃ……」

「おいおい、あれも聖獣の一種か？　ただの怪物にしか見えねぇぞ」

それは、人の形をしていた。だが、人には全く見えなかった。

全長三メートルを超える背丈はまだしも、筋肉で膨れた体と鎧の破片がぐちゃぐちゃに融合したようなグロテスクな肉体や金属の鉤爪《かぎづめ》に代替えされている両手の指、厳《いか》つい義足の両足に、脈打つ赤い石を埋め込まれた額と胸。

何より、煮え滾《たぎ》る白いマグマを口から垂れ流す姿は、もはや〝怪物〟以外の呼び名が思い当たらない。

「副団長……いや、アライム！　お前にまだ騎士の矜持《きょうじ》があるのなら、やれ！　異端者を討てっ」

レライエの叫びに、解放者側がギョッとなった。特に、西の海でさんざん戦ったクリス達は信じられないといった表情だ。

アライム・オークマン。かつての白光騎士団副団長。だが、面影など欠片《かけら》もない。強いて言うなら、マグマの色が彼の固有魔法〝聖炎〟と同じということくらい。

――オォオオオオオオオッ
果たして、その咆哮はレライエの言葉に応えてのものか。

「なっ、副団長、やめ――」

違ったらしい。胸の赤い石が光った直後、一瞬で伸びた右手の鉤爪が、支柱の仕掛けを解いた白光騎士の一人を引き裂いた。まるで紙を破るみたいにあっさりと。

――ッ　ラー、スッ！　ラァアアアアウゥスァアアアア!!

恨《うら》み辛《つら》み。もはやそれしかない。理性なき獣に堕《お》ちて、けれど、心酔したかつての主への憎悪だけは忘れず。

怨嗟《えんさ》の咆哮《ほうこう》が大礼拝堂を揺るがしたと同時に、鉄砲水の如く白いマグマが吐き出された。

一瞬で周囲一帯の植物を消滅させた白き灼熱《しやくねつ》の奔流は、更に幾人もの白光騎士と解放者側の戦闘員を呑《の》み込んでいく。

第二聖鎧やメタル・バトラムの防御が意味をなさない。相手は粘度の高い流体の炎である。隙間から入り込み、数瞬で肉体を融解させてしまう。阿鼻《あび》叫喚《きようかん》が木霊した。

「好き勝手してんじゃないわよ！」

暴虐を体現したかのようなアライム――否、いくつものアーティファクトと融合した〝怪物〟の右目にダガーが突き立った。

瞬間移動でもしたみたいに、怪物の肩に乗ったキャティーの仕業だった。セイスをクリスに任せて飛び込んできたのだ。

――ラァアァアアスゥッ

「キモい！」

コバエを叩《たた》き落とすように鉤爪を振るう怪物だったが、キャティーの方が一瞬早い。真上に跳躍し、空中で上下反転。アーティファクトブーツの〝重力場の障壁〟を蹴りつけて再強襲し、重力と体重を乗せた二本目のダガーを左目にも突き立てる。

――ガァアァアアァッ!!

「うっそ！　これでも死なないの!?」

ドパッと白のマグマが噴火した。再び瞬間移動じみた速度で退避し、地面に着地。太股《ふともも》に括《くく》り付けたホルスターから大振りのククリナイフを二本引き抜き、四《よ》つん這《ば》いに。お尻を高く、背をしならせ、猫しっぽをふりふり。

――コロスッ！　イタンッ、ハイシン！　コロスッ

「無理ね！　だって、あたしの速さには……誰も追いつけないんだから！」

どうやって知覚しているのか、突き刺さったダガーはそのままに怪物がマグマの塊を連射した。

「あたしが引き付ける！　ディーネ！　回復してあげて！」

「はいっ」

少しでも仲間を救うため、呆《ほう》けていたディーネを叱咤《しった》し、キャティーはモノクロの世界に突入した。

加速する。加速する。思考も、肉体も。

次々に飛んでくるマグマの塊、薙《な》ぎ払われる熱線、空間ごと抉《えぐ》ってくる伸縮自在の鉤爪。その全てを回避する。一瞬の隙を突いて、切り刻む。

傍《はた》から見れば、それは白い稲妻だった。閃光《せんこう》のような速度、ジグザグな軌跡、怪物を封じるかのように三次元起動。それらに彼女の白い髪が追従して。

本物の昇華魔法を受けたキャティーの速度は、なるほど、確かに誰にも追い付かせないというに不足なき圧倒的な速さであった。

だが、怪物もさるもの。というより、周囲の被害を全く考慮しない広範囲攻撃でキャティーを仕留めようとする。

「あんなもん持ち出しやがって。このままじゃあ、あんたらも巻き添えだぜ？」

バッドが、トゥレスとレライエを前に呆《あき》れたように言う。

レライエが血走った目で、獣が唸《うな》るように言い返す。

「貴様等《ら》を殺し尽くせるなら本望だとも！　我等白光騎士に絶望の二文字はない！　殉教こそ我等の誉れ！　どちらかの全滅なくして、この戦いは終わらない!!」

「……まぁ、そうだろうとは思ったがよ」

降伏してくれるならとも考えてはいたが、やはり無意味であったと嘆息するバッド。

と、その時、「きゃぁ!?」と幼い声音の悲鳴が。

油断なく構えながらチラリと見てみれば、ディーネが少しよろけていた。同時に、その理由も視界に入った。

「また使徒が出たか」

崩壊した壁の向こうすれすれに、銀光の柱が突き立っていた。おそらく、外の上空で使徒と戦っている者がいるのだろう。十中八九、ヴァンドゥルだろうが。

広場の戦況も気になるところ。白光騎士団を抑え込むことこそ自分達の役目と分かっているが……

「ふっ、ミレディ・ライセンがいない場で、使徒様に対抗できるか?」

レライエが狂喜に顔を歪《ゆが》める。ミレディの瞬殺劇には魂消《たまげ》たが、しかし、そんなことが可能なのは彼女一人に違いなく、使徒様が降臨した以上、この戦場には勝利しかないと確信しているのがよく分かる。

だが、バッドもまた不敵に笑って。

「できるだろうよ。できるから挑みに来たのさ。神代魔法使いってのは、本当に化け物揃《ぞろ》いなんだからよ。──なぁ! ナイズ!」

直後、激震が戦場を駆け抜けた。レライエ達が視線を転じれば、そこには天井にめり込んでいる怪物の姿が。更に、下半身が切断されてずるりと落ちる。

「ちょ、ちょっとぉ! 危うく巻き込まれるところだったでしょうが!」

「む……万が一があってもディーネがいるだろう？」

「復元すれば大丈夫って？　それメイルと同じドSの発想よ！　毒されるな！」

怪物と化したアライムをあっさり討伐してしまったのは、王宮の奥へと急行していたナイズだった。危うくミンチにされかけたキャティーがフシャーッと涙目で抗議している。

「ナイズ！　首尾は！」とバッドが大声で問うた。

「問題ない！　虜囚も夫人達も確保し転送した！」

それこそがナイズの、もう一つの任務。

虜囚とは、もちろん異端者達だ。公開処刑の対象者以外の、解放者とは関係のない以前から捕まっていた者達。彼等は、実験の材料にされたりなど悲惨な末路を辿《たど》る。

そのことをラウスからの情報で聞いていたミレディ達は、最初から救出を計画していたのだ。同時に、リコリスとデボラも確保したわけである。当然、嫌がった二人だが、釈明はラウスの役目だ。

これで、完全に後顧の憂いは断てた。

再び、王宮の外を銀光の雨が降り注ぐ。それを見てバッドが叫ぶ。

「ならＯＫだ！　こっちは問題ねぇ！　存分に暴れてこい！」

「承知」

「くっ、待て！」

と言って待つわけもなく、レライエの言葉はナイズが消えた後の空間に虚《むな》しく響いた。

「さぁて、ラストスパートだ、野郎共！　気張れよ！　白き威光の失墜を、今日、ここで！　実現してやれ！」

「「「「オオオオオッ!!」」」」

少なくない数の仲間が逝ってしまった。数的不利は未《いま》だある。

だが、応えは強く、揺るぎなく。

「殉教こそ我等の誉れ！　道連れにしてでも滅ぼし尽くせぇ!!」

レライエの咆哮に、白光騎士達《たち》も負けず劣らずの応答をする。

だが、生と未来を胸に気炎を上げる者達と、死と過去の継続に執着する者達とでは……

既に、趨勢《すうせい》は決していた。

――王宮の上空・高度千メートル付近
純白の輝きを纏《まと》う聖竜部隊約五百体と、夜を写し取ったような漆黒の魔竜約百六十体が入り乱れる空の戦場にて。
たとえラウスへの殺意に身を焦がしていようとも、己の使命を忘れることなどありはしないムルムである。全軍の中でも最も早く総本山に行ける自団を、急行させることに躊躇《ためら》いなどあるはずもなく。
何より、使徒を打倒できるミレディ・ライセンは絶対に見過ごせない。

一刻も早く数の暴力で押し通り、なんなら神代魔法使いの首を手土産にして士気に貢献してやろう、くらいには考えていたのだが……

訪れた結果は、最悪の部類であった。

「あり得んあり得んあり得んあり得んっ!!」

発狂したみたいに、同じ言葉を繰り返しながら聖弓を連射するムルム。

驚異的なことに、彼の放つ矢の全てが〝分解の白矢〟だった。しかも、聖弓を介する必要があるとはいえレライエと異なりノータイムである。

標的は当然、自前の竜翼で滞空しているヴァンドゥル。

「そろそろ見飽きたぞ」

凶悪な矢の弾幕を、全て斬り落とす。

漆黒の大剣を風車の如《ごと》く回転させ続ける様は、バッドが大鎌を操る様に酷似している。

遠心力を用いた途切れぬ大剣術は攻防一体。大剣にはもちろん〝魔斬り〟の能力が付与されている。

「アドラ!」

――ガァアアアアッ

聖竜王アドラが主の命に応えて〝竜の咆哮《ブレス》〟を放った。その極光の凄《すさ》まじさと言ったら、最上級攻撃魔法〝神威《かむい》〟を十人分束ねても匹敵するかどうか。

だがしかし、当のヴァンドゥルはというと特に回避する素振りも見せず、

「ウルルク！　バトラム！」

ただ、己《おの》が最強格の従魔の名を呼ぶ。

そうすれば、主に迫る極光を無視して、アドラの真横よりカウンターのブレスを放つウルルク。同時に蠢《うごめ》き、ドパッと膨れ上がったマフラー、否、擬態したバトラム。

上方へ角度をつけた立体金属の盾となり、極光を逸《そ》らす。

ブレスの放射で硬直中のアドラの横腹をウルルクのブレスが撃ち抜く。

絶叫を上げ、錐揉《きりも》みしながら吹き飛ぶアドラ。腹部が大きく抉れて、おびただしい血が眼下の王宮に降り注ぐ。

直《す》ぐさま回復魔法による治療を施すムルムだったが歯嚙《はが》みせずにはいられない。

神都守護聖獣、最強の竜。その称号をほしいままにしていた己の相棒の力が通用していない。それどころか、開戦から何度も手痛いダメージを負っている。

使徒化の力は、全ての聖竜に及んでいるはずなのに。

先の戦争時とは比較にならない頑強さを誇っているというのに！

「何をしている！　奴《やつ》の動きを止めろっ」

「やっています！　いますがっ、硬すぎます!!」

おまけに、速すぎる。という言葉は別の団員から。

そう、全ての魔竜が装備する漆黒の竜鎧《りゅうがい》と主の成長と共に進化した竜鱗《りゅうりん》の頑強さを、聖竜のブレスでは突破できないのだ。

一応、数体がかりで直撃させれば一部を粉砕することは可能だが、そもそも動きが鋭敏かつ速すぎて直撃させることが至難。仮に当たっても竜鎧の付与効果で徐々に回復してしまうのである。

「泣き言など聞いてない！　攻撃の手を緩めるな！　数はこちらが上だ！　押し潰せ！」

普段の温厚さなど彼方《かなた》へ放り投げたみたいな苛立《いらだ》った命令に、獣光騎士の小隊長はどこか泣きそうな表情で十人の部下と共にウルルクを包囲しようとするが……

「ヴァン様の邪魔はさせん！」

またもや、である。

小隊とウルルクの間に赤髪メッシュの女――シュネーの女戦士長マーガレッタが割り込む。そうして放たれるのは信じ難い量の炎槍《えんそう》の弾幕。

そこに黒い弓――世界最高硬度かつ各種魔剣効果付きの矢を取り出せる宝物庫付きで、魂魄《こんぱく》感知式追尾機能もある――魔弓からの弾幕も。

もちろん、マーガレッタが騎乗する魔竜からも兜《かぶと》部分の宝珠により破壊力を増幅されたブレスが放たれる。

結果、回避しきれず二人の騎士が地に落ちていく。というように、ヴァンドゥルとウルルクを集中攻撃しようとも、必ずシュネーの戦士達が妨げるのだ。

マーガレッタ達は紛れもない少数精鋭。

魔人族特有の魔法適性に、魔竜の無茶な空中機動にも余裕を以《もっ》て耐える獣人特有の肉体的タフネス。元実験体としての過酷な日々がもたらした凄まじい魔法技量と、アーティファクト武具の数々。

大多数の敵は魔竜部隊に任せ、ヴァンドゥルの援護にのみ集中する。

これにより、騎乗者の数の差が戦術の差につながるという目論見《もくろみ》も覆された。数の差すら刻一刻と埋まっていく。

（くそっ。せめて地上部隊が白光の援護に回れていればっ）

眼下を見やれば、空中回廊の未だ無事な箇所のあちこちで、聖狼《せいろう》部隊と氷雪狼《ひょうせつろう》クオウ率いる魔狼《まろう》部隊が激突しているのが見える。こちらも劣勢だ。

聖狼部隊は空中戦ができない。なので大礼拝堂の援護に回すことで、白光騎士団にできるだろう余剰戦力を借り受けたかったのだが……辿り着けそうにない。

と、気を取られた一瞬の隙に、咆哮《ほうこう》一発。ウルルクのブレスが襲来した。身をひねるようにして回避に成功するアドラ。だが、その時には、

「考え事とは余裕だな？」

「しまっ――」

いつの間にか背後に回り込んでいたヴァンドゥルの大剣による薙ぎ払いが、肩越しに振り返ったムルムの眼前に迫っていた。

咄嗟《とっさ》に、白翼を展開して盾にする。凄まじい強度を誇る白翼は、見事に空間切断機能を発動していた大剣の一撃からムルムを守った。

だが衝撃までは殺せず、つんのめるようにしてアドラの上から吹き飛ばされてしまう。

白翼を操って空中で仰向《あおむ》けになり、ヴァンドゥルへ白羽を掃射。〝分解の白矢〟も放つ。

「はや、いっ」

ムルムの口から戦慄と驚愕《きようがく》が飛び出した。

背中の竜翼を細かく操作し、数センチ単位で白羽を回避。〝分解の白矢〟も縦真っ二つに両断。駒のように回転しながら側面へ。

そこまでが一瞬だ。飛翔《ひしよう》の練度が段違いなのだ。

首に迫る大剣に、ムルムは聖弓をかざすことしかできず。

と、その瞬間、僅かにヴァンドゥルの動きがぶれた。小さな「ぐっ」という呻《うめ》き声《ごえ》のようなものも。結果、大剣は空を切るのみに終わる。

白翼を一打ちして体勢を立て直し、滞空するムルム。ドッと冷や汗が噴き出て、荒い息が吐き出される。

「っ、すまん！　ベッシュ殿！」

「すみませんっ、ヴァン様！」

謝罪の言葉が重なった。

一つはムルムから、目視するだけで五つもの状態異常を引き起こす固有魔法《こゆうまほう》〝聖眼〟を有する護光騎士ベッシュへ。

もう一つは、そのベッシュの相手をしていたシュネーの分隊長、小さなマーガレッタのような見た目だが、実年齢は十六歳のトードレッタだ。

真っ青になってあわあわしつつも、直ぐさま巨大なブーメランと雷撃をベッシュに放ってヴァンドゥルから視線を切らせる。

「気にするな、トードレッタ！　良い具合に減っている！」

「！　はい！　ヴァン様！」

何かを了解した様子で笑みを浮かべ、「せめて一撃だけでもこの手で！　ヴァン様の仇《かたき》だぁああっ」と、分隊のシュネー戦士が十字砲火とブレスの乱射でベッシュに猛攻を加えている中に飛び込んでいくトードレッタ。

「いや、死んでないんだが……」というヴァン様の呟《つぶや》きは届かない。

〝哀罰執行対策〟とシュネー一族の高い耐性、魔竜から魔竜に飛び移る曲芸じみた連携移動で視線を固定させないなど、ベッシュの〝聖眼〟には辛うじて抗《あらが》えているようだが、頭に血が上りすぎていないか少々心配である。

何せ、そろそろ予定通りの数まで敵が減ったようだから。

そんなヴァンドゥルへ、ムルムの怒声が突き刺さった。

「貴様っ、余裕のつもりか！」

「そうだが？」

「ッ、ッ〜!!」と、もはや言葉も出ない。大剣を肩でトントンしているヴァンドゥルに、ムルムのこめかみは痙攣《けいれん》し、額には青筋がくっきりと浮かび上がる。

「こんな前哨《ぜんしょう》戦《せん》で消耗などできるか」

嘆息も追加。満点の煽《あお》りだ。ブツッと何かが切れる音が幻聴できた。

「アドラァアアアアッ!!」

ムルムから閃光《せんこう》の如き輝きが溢《あふ》れ出した。かと思えば、その光が激流のように一点へ、アドラへと流れ込む。

——クァアアアンッ
咆哮と共にブレスが放たれた。マーガレッタ達の分隊へ。

味方殺しを厭《いと》わない奇襲に、しかし、マーガレッタ達は、まるで分かっていたかのように急降下で回避。

極光のブレスは処刑人が振るう首落としの大剣の如く振り下ろされ、当然、想定外の獣光騎士が数十名、回避できずに蒸発する。

そこへ、ウルルクがサイドから肉薄。

進化によって得た第二の固有魔法〝衝撃咆哮〟により、アドラに振動破壊を直撃させる。

ブレスが止まり、目と鼻から血を噴き出しつつも尋常でない挙動でウルルクと正面から相対したアドラは、滞空状態から刹那のうちにトップスピードへ。

主の憤怒が影響したのか。それとも、これまで散々邪魔をされてきたことに対する怒りが遂《つい》に頂点に達したのか、光を纏って一つの巨大な光星のようになりながら突進。そのままウルルクの首を噛《か》み砕かんと顎門《あぎと》を開けた。

——ォオオンッ！

——ガアァ!?

ウルルクが、トップスピードからの、まさかの前方宙返りを決めて回避。

目を疑うような空中機動は、しかしそれだけでは終わらず。

すれ違い様にトゲ付装甲を纏った尾の一撃を叩《たた》き込むなんてことまで。速度と遠心力がたっぷりと乗り、そのうえ第三の固有魔法〝魔力の膂力《りょりょく》変換〟により破壊力は数倍に。

結果、アドラの頭部が、たった一撃で竜鱗ごとかち割られた。

竜眼がぐりんと裏返る。糸を切られたマリオネットみたいに力を失い、ふらふらと空を彷徨《さまよ》う。未《いま》だ辛うじて意識はあるのか、それとも本能、あるいは竜王の矜持《きょうじ》が落ちることを拒否しているのか……

いずれにしろ、チェックメイトであった。

——オォオオオオンッ

やはり、従魔は主に似るものらしい。ウルルクは、死に体のアドラを前にして一切容赦しなかった。

竜鎧の各種に装填された魔力ストック用の宝珠から莫大《ばくだい》な魔力が溢れ出す。それが竜鎧に刻まれた線に沿って顎門に集束。

「アドラ！　回避を——」

ムルムの警告は掻《か》き消された。半透明のブレスが奏でる轟音《ごうおん》によって。

アドラの腹に空間が歪《ゆが》んでいるかのような灼熱《しゃくねつ》のブレスが炸裂《さくれつ》する。

まるで、戦槌《せんつい》のフルスイングを受けた小石のように吹き飛んだアドラは、そのまま【神《しん》山《ざん》】に激突。激震と同時に王宮直上の山肌が放射状に陥没し、しかし、瓦礫《がれき》は落ちる前に蒸発していく。

そうして、熱量が高すぎて半透明化していたブレスが虚空に溶け込むようにして消えた後には……

ガラス化した山肌と、そこへ、腹に大穴を開けて巨大な彫刻の如くめり込んだアドラの亡骸《なきがら》だけが残ったのだった。

「こんな、ことが……」

ムルムが目を見開き、呆然《ぼうぜん》と呟く。

それはあまりにも無防備な姿で。ヴァンドゥルが遥《はる》か上空に移動したことにも、周囲の異常にも気が付かない。

自信の根底だった聖竜王の敗北という事実から、ようやく現実に意識を戻せたのは、

「がはっ！」

直ぐ近くに片腕を落とされたベッシュが吹き飛んできてからだった。

肩と太ももに穴を開けてボロボロのトードレッタが「やりましたぁっ」とガッツポーズしている。無茶しすぎだと苦笑いを浮かべつつヴァンドゥルが口を開いた。

「さて、そろそろ終わろうか。俺の勘が正しければ、もうすぐ来るだろうからな」

「っ、貴様ッ……あ？　なんだこれは」

声に釣られて頭上を仰ぎ、ようやくそれに気が付く。

いつの間にか、魔竜が外側に、獣光騎士団が内側に、という陣形になっていることに。

聖竜部隊側が約二百体を落とされたのに対し、魔竜の損害は四十体程度。シュネーの戦士においては損害ゼロではある。

とはいえ、数は依然、三倍以上。なので、包囲にはなっていない。ただ、均等かつ球状に点在しているだけ。

その全てを見下ろす位置に、ヴァンドゥルがいる。そして、

「ではな」

そんな軽い一言と共に手放された大剣は、ひゅるりと風を切って落下し、訝《いぶか》しむムルム達《たち》獣光騎士団の中心部、その空中に突き立った。

点在するマーガレッタ達が、合わせて淡い黒色の正二十面体結晶を取り出し掲げる。

何か不味《まず》い。総身を駆け抜けた悪寒にムルムが「総員、散開せよ！」と叫ぶが、それが実行に移される前に、檻《おり》は完成した。

空中に突き立った大剣からマーガレッタ達の持つ十二個の正二十面体結晶へ光の線が走る。その光は結晶の中で魔法陣を浮かび上がらせると同時に、他の結晶体へも光を放ち結びつき合った。

そう、聖竜部隊五百を丸ごと内包する巨大な正二十面体を空中に描いて。

「っ、団長！　出られません！」

「結界か？　一点集中でブレスだ！」

閉じ込められたムルム達が脱出を図るが、その前に、それは発動した。

内部の空間が歪む。結晶体から光が離れ、巨大な輝く正二十面体が縮小していく。

「このまま圧死させる気か⁉」

「それで全滅してくれるほど容易《たやす》くはないだろう？」

その言葉通り、これは相手を封じる結界ではない。分解魔法でも集中的に使われれば突破されてしまう。が、時既に遅しだ。光の正二十面体は一気に縮小し中心部の渦巻く空間の歪みに次々と騎士達を呑《の》み込んでいく。

――領域創造　魔獣巣窟《モンスターハウス》
それは、大剣を起点とした〝宝物庫〟だ。創造した亜空間内に取り込み、狭い空間で一万の魔物と戦うことになる。

「数より質と言ったが、悪いな。あれは嘘《うそ》だ」

やはり、戦争は数である。なんて嘯《うそぶ》くヴァンドゥルに、ムルムは何かを叫び――姿を消した。

内部に取り込める限界数的にある程度減らす必要はあったものの、聖竜部隊がまさかの一網打尽。獣光騎士団は壊滅したと言っても過言ではない。

きっと、これは教会側にとっても想定外のはずで、ならば帳尻を合わせにくるはず。という予測は、裏切られることなく的中した。

「っ、やはり来たか！」

銀の砲撃が降ってきた。嫌らしくもマーガレッタ達を狙って。ヴァンドゥルが射線に割り込む。上空の使徒が鼻を鳴らしたように見えたのは気のせいか。

「人は進歩するものだが、人形には想像もできないか？」

バトラムがぐわっと大口を開けるようにして広がった。その口に光の膜が発生し分解砲撃を呑み込む。

同時に、横に広がった部分にも二つ目の大口が開き、呑み込んだ分解砲撃をそこから使徒へお返し。

流体の中に仕込んでいた鎖型ゲートを展開したのだ。円環にするだけで発動するので、変幻自在のバトラムが使えば、同じく変幻自在の攻撃放逐盾の運用が可能になる。

返ってきた己の砲撃を、手を振り払うようにして掻き消す使徒。

無表情のままヴァンドゥルを見下ろし、そしてコキリと首を傾《かし》げた。どこまでも人形らしい不気味な動きは、どうやら……

「そのような遊戯を、主はあまり好みません」

「故に、ここで一つ、希望を壊しておきましょう」

二体目を喚《よ》ぶ合図だったらしい。ズズズッと一体目の使徒の隣に新手の使徒が出現した。

死闘に次ぐ死闘。それこそが神エヒトの望み。一網打尽であっさりとケリがつくような戦いは望ましくない。

ペナルティーとして、ここでヴァンドゥルという希望の一つを破壊する。

そう言って銀光を迸らせ、絶大なプレッシャーを放つ使徒二体。

「ヴァン様！」

「来るな！　マーガレッタ！」

助太刀しようとするシュネーの戦士達に、ヴァンドゥルは鋭い命を返した。

それは、巻き込みたくないなどという消極的な思いから来た制止でないことは、浮かんでいる不敵な笑みが証明していた。

「外縁部の援護に向かえ！　西門の制空権を奪われつつある！　民の避難を援護しろ！」

指摘に視線を走らせれば、確かにその通りだった。これ以上、都内での戦闘が激化しないよう援護が、それも強力な空中戦力が必要なのは明らかだ。

死を具現化したような怪物二体のもとに主を置いていくのは、心臓を鷲掴《わしづか》みにされるような気持ちだ。

だが、信じる。幼少の頃よりずっと、自分達の前を歩き続けてくれた大きな背中を。

ヴァンドゥル・シュネーの強さを。

「ご武運を！」

サムズアップだけを返すヴァンドゥルに背を向け、マーガレッタ達とウルルク率いる魔竜部隊は去って行った。

その背に向けて、使徒の一体が片手を向ける。が、

「それで、ミレディ達に何体やられたんだ？」

不意に、小馬鹿にするようにかけられた言葉で動きを止めた。

ゆらりと、その虚無的な眼差《まなざ》しがヴァンドゥルを捉える。

「ミレディのもとへ俺達が辿《たど》り着いたら、もっと楽しくない戦いになりそうか？」

にやりと笑って問えば、

「無駄口はそこまでです」

返答は銀羽の豪雨で。

「クオウ！　退避しろ！　隙を見てバッド達と合流！　余波を防げ！」

空中回廊やテラス、屋根を足場に聖狼《せいろう》部隊と戦っていたクオウの遠吠《とおぼ》えが響く。

既に聖狼部隊は半壊状態で、銀羽を回避しながら大礼拝堂に向かうのは難しくない。

クオウ達が上手《うま》く命令を実行しているのを、バトラムの防御に守られる中で感覚的に理解しながら、ヴァンドゥルは意識を集中した。

ここからは、出し惜しみはしない。

全力を以《もっ》て証明する。

ヴァンドゥル・シュネーもまた、神の絶対を破壊できるのだということを！

「墜《お》ちなさい、ヴァンドゥル・シュネー」

バトラムが上空からの攻撃を防いでいる間に、急降下した二体目の使徒がヴァンドゥル

の下方背後に出現した。無防備な背中を晒《さら》すヴァンドゥルに分解砲撃を撃ち込む。

銀の閃光《せんこう》が迸り、屋根のような防御で精一杯だったバトラムは間に合わず、ヴァンドゥルも肩越しに視線を向けるのがやっと。故に、直撃。

だがしかし、

『お前が墜ちろ』

「――!?」

返ってきた。空間全体に響くような冷徹の声が。

防がれているのだ。ヴァンドゥルが背中に展開している竜翼に。

それも、美しい月光石の竜鱗《りゅうりん》を重ねたような金属製の竜翼によって。その直後、

――グルァアアアアッ!!

凄《すさ》まじい咆哮《ほうこう》が衝撃波となって放たれ、分解砲撃を四散させた。

「っ、その姿は」

衝撃で十数メートルほど後退させられた二体目の使徒が、鋭く目を細めた。

情報共有能力により、上空の使徒も思わず手を止める。

バトラムが防御を解いて、上半身を覆う鎧《よろい》に変化する。

そうして、そこに現れたのは、

「竜化?」

使徒が疑問符を浮かべるのも無理のない異形であった。

氷竜化した際の美しい月光色の竜鱗が全身を覆っているのは同じ。鋭い爪や太い手足も、鋭く長い尾と恐ろしき顎門《あぎと》も。

だが、サイズが違う。巨軀《きょく》化しているが、それは人の範疇《はんちゅう》。二メートルを少し超える程度。何より獣特有の前傾姿勢とはかけ離れた直立状態に、なんら違和感のないフォルムこそが異常。

――氷竜化最終形態　人竜化
人型のまま竜化したような姿は、武人としての強みと氷竜の強みを損なうことなく完璧に併せ待つ。変成魔法の神髄〝有機的な物質への干渉〟に触れたヴァンドゥルが辿り着いた最高位戦闘形態というわけだ。

しかも、竜鱗から翼に至るまで全て金属質。それはオスカー製のアーティファクト防具が融合している証《あかし》。

今のヴァンドゥルは、おそらく世界で最も頑強な存在だ。それこそ、分解砲撃を真正面から受けても耐えられるほどに。

『教えてやる』

胸元の竜鱗の一枚が淡く輝き、虚空に双大剣が出現した。使徒のそれとそっくりな造形だが、色は当てつけたみたいに真っ黒。双魔大剣といったところか。

空中で摑《つか》み取り、左右に切り払う。まるで、使徒のそれにならうかのように。

『空は、ミレディの独壇場ではないということをな！』

空気が破裂したような音が響く。空中障壁を蹴った音であり、同時に、あまりに強烈な踏み込みに障壁が粉砕されてしまった音だ。

ということを意識したのも束《つか》の間《ま》、ヴァンドゥルの姿は上空の使徒の足下に迫っていた。

片方の魔大剣が斬り上げられる。

股下から真っ二つにしそうなそれを、側宙の要領で回避しつつ、使徒も双大剣を召喚した。と同時に、一之大剣で横薙《よこな》ぎを繰り出す。

当然、分解能力が付与されている証の銀光を纏《まと》わせて。

それを、右手の魔大剣で受け止める。超高密度のアザンチウム製、かつ〝魔喰《まぐ》い〟効果で見事に防ぎきる。

膂力《りょりょく》は拮抗《きっこう》。だが、鍔《つば》迫《ぜ》り合いなどしない。

シャンッと刀身を滑らせて一之大剣を受け流す。即座に首目がけて繰り出された弐之大剣も軽くかがむだけでかわし、左の魔大剣で突きを放つ。

残像を残して後退する使徒。だが、その足にしゅるりと伸びた竜尾が絡みついたことで動きを封じられ……

がぱりと、至近距離で顎門が開いた。

「っ!?」

使徒は咄嗟《とっさ》に双大剣をクロスさせた。そこへ月光のブレスが直撃する。

だが、吹き飛ぶことさえ許してはもらえない。尾の拘束が、それを許さない。

急速に凍てついていく使徒。分解魔力を無差別に放射するが、竜鱗装甲は容易には分解されず拘束は緩《ゆる》まない。

そこへ二体目の使徒が分解砲撃を放ちながら肉薄。

もちろん、バトラムがゲートによる放逐防御を実行。

「それはもう見ました」

『だからなんだ？』

分解砲撃は囮《おとり》。姿が二重三重にぶれるような超速度でヴァンドゥルの頭上を取り、一之大剣を幹竹《からたけ》割りに振り下ろす。

頭上にクロスさせて掲げた双魔大剣で受け止め、弐之大剣が振るわれる前に竜翼を一打ち。金属竜鱗が掃射される。

「ぐっ。これは、魔剣!?」

そう、使徒の銀羽よろしく飛ばされた竜翼の鱗《うろこ》は、その全てが〝小さな魔剣シリーズ〟と同じ。否、それに加えて魔力を切り裂く〝魔斬り〟をも付与されている。

並の攻撃では傷一つ付かない使徒のボディが、一瞬で傷だらけとなった。

「「この程度！」」

使徒二体の声が重なる。どこからか莫大《ばくだい》な魔力が供給され、スペックが跳ね上がる。

凍結しつつあった一体目の使徒が自らの足を切断して竜尾の拘束を脱し、圧倒的膂力で以て体の凍てつきを振り払い、銀羽で魔法陣を構築。最上級クラスの雷を放った。

二体目の使徒は残像を残して飛翔《ひしょう》しつつ、分解砲撃を散弾のように放つ。

『正念場だな』

誰にともなく呟《つぶや》きつつ、ヴァンドゥルは即座に高度を落として回避した。竜翼を打ち、氷雪混じりの風を操って高速飛行に入る。

併走挟撃する使徒二体。

二つの銀光と月光が絡み合うようにして【神山《しんざん》】沿いの空を縦横無尽に駆け抜ける。

超高速で三次元的に振るわれる四本の大剣。

凌《しの》ぐ凌ぐ凌ぐ。竜鱗装甲を信じて肉体の全てを武器、あるいは防具にして、双魔大剣でカウンターまで放つ。

時間にしてほんの三分ほど。

しかし、永遠にも等しいと感じられる濃密な時間での応酬で、使徒達《たち》は気が付いた。

「その剣術は、我々の……」

「体得したというのですか？」

召喚時の切り払う仕草、そもそも選んだ武器が双大剣という点。妙な既視感があると思っていたがなんのことはない。

『術理を理解したいなら実際にやってみるのが早いのでなっ』

流石《さすが》に、本気の使徒二体を相手にするのは骨が折れる。未《いま》だ無傷とはいえ、竜鱗装甲もバトラムも相応に剝ぎ取られている。

驚愕《きょうがく》からか、攻撃の手が緩んだ隙に不足しかけていた酸素を盛大に取り込みつつ、会話に応じて小休憩。

同時に、フッと笑って双魔大剣の柄頭《つかがしら》を合体させる。

『もう、貴様等《ら》の進歩しない剣術では俺に届かんぞ？』

無言で突っ込んでくる使徒二体。繰り出される双大剣。

それを、中央の持ち手から両サイドに剣が伸びた一本の巨大な武器――双頭刃式魔大剣を回転させることで全て叩《たた》き落とす。

双大剣の術理を理解した後、更に上を行くために考案していた戦闘形態だ。

片手にもかかわらず高速回転させ続け、一瞬の澱《よど》みもなく振るわれる双頭刃。併せて、空中の足場や氷雪を使った立ち回りは舞踏のよう。

そこに、竜翼や尾、空いた片手で繰り出す竜爪や他の武器、更に月光のブレスが加われば、もはやヴァンドゥルの武芸は、彼が日頃口にしている通り一つの芸術であった。

使徒二体は攻めあぐねていた。

二体がかりなのに、目の前の敵を排除できない。

それどころか逆に、刻一刻と自分達の動きを読み取られていく。

敗北の嫌な気配を感じる中、ダメ押しが来た。

「すまん。遅くなった」

シュンッと、なんの予兆もなく参戦者が出現。空間の歪《ゆが》みも揺れすらも感じさせない、あまりに自然な空間転移。

背後から聞こえた声に、一体目の使徒は本能のまま己を銀翼で包み込んだ。

直後、襲い来たのは激震。ナイズの〝震天《しんてん》〟だ。

一瞬の前後不覚。錐揉《きりも》みした使徒は、直《す》ぐに体勢を立て直すべく銀翼をはばたかせようとして、それがないことに気が付く。

（威力が違いすぎる）

銀翼を再展開。どうにか体勢を立て直すが、自己分析する限り、今ので肉体内部にまで損傷が出ていた。

視線の先では二体目の使徒が片腕を飛ばされている。ピンポイントの〝震天〟を食らって動きが止まった隙を突かれ、ヴァンドゥルに斬り飛ばされたらしい。

「ふむ、どうやらきちんと効いているようだな」

『瞬殺できないのが業腹だ』

「ミレディのあれは、オスカーが足止めしたうえでの初撃決殺だ。警戒されれば、そう何度もできることではないだろう」

『だがな……』

「リューの昇華を受ければ問題ない。自分も、今ので破壊できなかったのは少々悔しい」

『まだまだ精進が必要か』

なんて、空中で並び立って軽口を叩き合う二人に、心なしか睨《にら》み付けるような視線を送る二体の使徒。

片腕を飛ばされた使徒が合流してくる。思考共有が、複合魔法の発動を了解し合う。

頭上に銀の太陽が生み出された。

「さて、人質も大礼拝堂も問題ない。合流しよう」

『ああ。終わらせるとしよう』

ナイズが、そしてヴァンドゥルが、半身になって背中を合わせるようにして手を突き出した。警戒するが、複合分解砲撃の準備は万端。故に、

「『踊れぬ駒は排除するのみ』」

放つ。何をしようと全てを撃ち抜き滅するつもりで。できると疑わずに。

そうして、ラック・エレインの主砲じみた銀の閃光がナイズとヴァンドゥルへと直撃
――しなかった。

まるで見えない壁でもあるみたいに止まっていた。けれど、奇妙なことに手応えがない。

砲撃は放たれ続けられているのに、何にも触れず、しかし、進まない。

意味が分からなかった。使徒をして混乱に襲われ、直ぐに周囲へ分析の目を走らせる。

「結界？　空間が遮断されて？」

不可視だが、使徒の目には確かに自分達を囲む球体状の空間遮断結界が見えていた。

だが、おかしい。複合分解魔法なら、それこそ結界を打ち破れるはずなのだ。

「……届いて、いない？」

そう、当たれば破壊できる。なら答えは一つしかない。結界に砲撃が届いていないのだ。行動は迅速だった。なんらかの理由で分解砲撃が無効化されているのなら、直接、打ち破るのみと、大剣を〝突き〟の型にして猛進。

だがしかし、やはり結界の手前で止まる。激突の衝撃もなく、衝撃を殺された感覚もなく、体感では進み続けている。

進んでも進んでも、前に行けない。境界に辿《たど》り着かない。

「まさかっ」

ここに来て初めて、使徒の表情が明確に変わった。愕然《がくぜん》としたものに。

その想像は正解だった。

――領域創造　無限回廊

空間魔法の神髄〝境界への干渉〟への理解から生まれた新魔法。空間的距離の拡張だ。ナイズは今、結界という境界線までの距離をリアルタイムで拡大しているのである。

いくら使徒が超速度での移動が可能とはいえ、結界までの千キロを一瞬で走破することはできない。

そして、その停滞は致命的な時間だった。

「……？　ぐっ⁉　これ、はっ」

使徒の白磁の肌が浅黒く染まっていく。血管が浮き出たみたいに、赤黒い線が幾本も走り始めた。体内を急速に侵食する異物を感知する。否、これは、

「魔物っ」

「ご名答だ。キメラ創造の実験、自分にされるのはどんな気分だ？」

魔王に憑依《ひょうい》した神の眷属《けんぞく》が、己に強要したおぞましい実験。他種族の特性を融合させるそれを、使徒と魔物で行えば？　すなわち、

──魔法技　侵魔破壊
双魔大剣や竜翼の魔剣には、全てヴァンドゥルとバトラムの体の一部を掛け合わせた液状従魔《キメラ》が塗り込まれており、斬れば傷口に入り込む。

それだけでは特別製の使徒の肉体は侵食できないが、変成魔法の行使に集中する時間があるなら問題ない。本当は武技だけで圧倒したかったがな、と肩を竦《すく》めつつ、

「命じる。自壊せよ」

フィンガースナップを一つ。次の瞬間、使徒二体の胸部が内側から弾《はじ》け飛んだ。

「なぜ──」

「我々は、絶対の──」

核を失い、銀翼が消え、手足の端から崩れ落ちていく使徒。

その今際《いまわ》の言葉に、ナイズとヴァンドゥルは、

「成長しないからだろう」

「努力を知らんからだろう」

なんて、実に人間らしい返しを口にしたのだった。

と、そのタイミングで、ズドンと地を揺るがす衝撃が走った。視線を転じれば、南門の近くに馬鹿でかい金属の柱が突き立っている。

そして、いつの間にかラウスと戦っていた銀光二つが消えていた。

「……おい、ナイズ。一人で二体、肉弾戦で使徒を倒した化け物がいるぞ」

人竜化を解いたヴァンドゥルから呆《あき》れと悔しさが滲《にじ》む。

「あ、あっちは昇華魔法、受けてるから……」

ナイズの声は、ちょっと震えていた。

――神都・中央広場

時は少し戻る。

巨大潜艦が王宮の中程に特攻するという衝撃的な光景が、物理的な衝撃と共に中央広場を駆け抜けた後のこと。

激震のせいだけでなく、非現実的な光景を前に腰を抜かす人々が続出。

騎士達が敵を前に動きを止め、キメイエスでさえ思わず振り返って絶句している。

各国の首脳陣などは、「あいつら絶対に頭がおかしい!」と思っていることが明らかなドン引き顔を晒《さら》していた。

しかも、だ。

その直ぐ後に、精神を立て直す暇もなく、今度は使徒三体の降臨と直後の瞬殺劇である。

時が止まったような静寂に包まれるのは無理からぬこと。

特に、キメイエス達《たち》の精神的ダメージは深刻だった。

それこそ、処刑台の異端者達がすたこらと次々に脱出していき、

「あの特攻は、たぶんうちの馬鹿息子の発案だな」

「てか、ミレディの奴《やつ》とんでもねぇことになってんな。以前、別れ際に俺達の分までぶん殴っておいてくれと言ったんだが……」

「我等解放者の〝二凶〟とでも呼ぶべきしょうかね？　いずれにしろ、私は今とても爽快な気分です。いいですよ！　もっとやれ！」

なんて、最後まで残った三人が軽口を交わしてようやく気が付くほどに。

キメイエスが悪夢から覚めたようにバッと視線を戻す。

「さっさと行け！」

ラウスが頭痛を堪《こら》えるような顔付きで怒声を上げる。

カーグ、バハール、リーガンの三人は、満身創痍《まんしんそうい》のくせにひょいと肩を竦める余裕ぶりを見せつけ、最後にニヤリとキメイエスに笑いかけるとゲートへ飛び込んでいった。

――救出完了
それに解放者側が湧き、キメイエス達が目元を痙攣《けいれん》させる。

だが、衝撃的展開はまだまだ終わらなかった。

次の瞬間から起こった一連の電撃作戦により、内心の憤怒を表出することはお預けにされてしまう。

「リュー‼」

「んん～っ、準備完了！　いけますわ！」

瞳をキラリと光らせて、そう応答したリューティリスの肩に触角をピコピコと揺らす親友の姿あり。実は、外部の民の荷物に紛れて眷属と共に先行し、作戦のための〝種〟を仕込んでいたのである。

「やれ！」というラウスの号令に、しゃなりと守護杖を掲げて振る。

「領域創造――樹海顕界《げんかい》！　ですわ‼」

発生したのは緑の津波。

木々の根が石畳を突き破って地下へ地下へと根を張り巡らせ、凄《すさ》まじい速度で生長する幹が建物の内部にまで入り込みながら広がり、枝葉が隣り合う木々のそれと絡み合って天然の格子を形成していく。

それが、処刑台を中心に半径五百メートルほどの位置で、中央広場の外側を大きく円形に囲むようにしてぐるりと。

周辺建物の高さを遥《はる》かに超えて、高さ百メートルの木々が次々とそびえていく。

大地を鳴動させながら伸びゆき広大な壁となっていく様は、ある種の絶景。

巨大潜艦が王宮に突っ込んだという事実と同等以上の衝撃を人々に与えたのも当然だ。

だから、直ぐには気が付けない。

自分達が、今日この日、中央広場に集まった者達がみな、隔離されたなんてことには。

そして、この凄まじい光景に意識を取られた隙を、ラウスが突く。

「大司教様！」

「ぬっ!?」

ドンッと地を踏み砕く轟音《ごうおん》と同時に、ラウスがキメイエスに肉薄した。

鉄塔の上で「ぬかったっ」と目を見開くキメイエスだったが、刹那のタイミングで人影が割り込む。

再び轟音が鳴り響いた。ラウスの戦棍《せんこん》と第二聖盾が激突したのだ。

その盾の持ち主を、ラウスは覚えていた。

「護光騎士のアジーンだったか？」

いつの間に控えていたのかは分からない。

だが、問題ない。たとえ第二聖槍《せいそう》が引き絞られて、ラウスの回避を見越してキメイエスが第二聖杖《せいじょう》を輝かせても。

なぜなら、そもそもこんな一般人のいる場所を戦場にする気など毛頭ないのだから。

「戦場を移すぞ」

「「!?」」

ラウス達を中心に空間が渦を巻いた。本物の渦潮の如《ごと》く中心への吸引力が発生する。

——強制転移用アーティファクト　喚門《かんもん》

周囲三メートル程度の範囲内を〝渦巻くゲート〟に巻き込んで、数キロ以内限定だが強制転移させることが可能な小石型使い捨てアーティファクトだ。

透明なガラス玉のようなそれが、ポロリと砕け落ちたことに意識を割く余裕もなく、キメイエスとアジーンはラウスの転移に巻き込まれて姿を消した。

それに騎士達が意識を逸《そ》らすのも予想通り。

一斉に〝喚門〟を投げつければ、中央に殺到してくれていたことも助けとなって、半ば一網打尽。実に八割近い騎士達が空間の渦に呑《の》み込まれて姿を消した。

「さぁ、みんな！　お仕事の時間だ！」

混乱に拍車をかけるような芝居がかった魔王の声が響く。

「防壁の外へ！　神殿騎士団を寄せ付けるな！」

ラスールのそれは、広場の騎士達に戦場を伝えるためであり、同時に、

「民を巻き込んではならない！　決して都を戦場にするな！　そんなことは、魔王の名にかけて許しはしない！」

怒濤《どとう》の衝撃的展開でパニックになりかけている人々に聞かせるためでもあった。

「わたくし達は侵略に来たのではありません！　共和国女王の名において命じます！　共存の未来のため、悪《あ》しき神の尖兵《せんぺい》にのみ、その牙爪を振るいなさい！」

魔人族の王と、獣人族の女王の双方が響かせた宣言。

味方への指示のようであって、その実、人間達への語りかけであることは明白で。

残った五百人程度の騎士達も司教団もハッと我を取り戻した。

これ以上、あの仇敵《きゅうてき》種族共に戯言《たわごと》を紡がせてはならない。

人々に悪しき思想の芽生えを許してはならない！　と。

だが、当の仇敵達はさっと背を向けてしまう。

ラスール率いる魔王軍は東門の方へ。

シム戦団長率いる共和国軍は西門の方へ。

そして、リューティリス率いる解放者達は南の正面門へ。

一気に散開し、空を駆けて一直線。残った騎士達には目もくれない。

意気込んだ矢先の敵前逃亡だ。いいようにやられ、おちょくるように置いていかれ。

一気に広場が閑散とし、人々や各国首脳陣がキョトンとしている姿に猛烈な羞恥と屈辱が湧き上がる。

遠くで聞こえる鬨《とき》の声《こえ》を耳に、一拍。

「お、追ぇえええぇ！」

この場で最も位の高い司教の叫びが木霊した。

司教団と騎士達が慌てて白翼を展開し、飛び出していく。

それらを人々が呆然《ぼうぜん》と見上げる中、各国首脳陣は顔を見合わせ、互いに深呼吸を一つ。

どかりと腰を落とし、覚悟を決めて、この革命の行く先を静観し始めたのだった。

――神都・東門

一万の神殿騎士団に対し、重装魔獣と黒騎士《ゴーレム》の混成団はおよそ三千。

決戦までの期間を区切られた以上、数的有利は作れなかったが、少なくとも使徒化した騎士達に対抗できる程度の質はある。

そのうえでの乱戦。

これにより神殿騎士団は二割を損失し、混成軍は一割ほど。

開戦して、まだ十分程度だというのに、だ。

損耗率に大差はないが母数の差を考えると驚異的な消耗率である。これには、やはり先の衝撃的光景二連発が影響していることは否定できなかった。

当該東門師団の指揮権を預かる第二軍の女副団長ハビエルは、戦場において呆《ほう》けるという失態の結果に目眩を覚えた。

「ストラス様は……無理ね」

敬愛する軍団長は、本日の祭典において教皇聖下に侍《はべ》るため王宮にいざるを得なかった。

当然、有事の際は駆けつけ指揮権を委譲することになっており、ハビエルはあくまで指揮官代理だ。

とはいえ、それはなんの言い訳にもならない。

ストラスが駆けつけるまで、これ以上損害を出さないよう……

「いえ、違う！　我等《ら》が駆けつけないと！」

敵は既に進撃してしまったのだ。援軍を求めているのは王宮の方である。

まだ頭が混乱している。と自覚して、ハビエルは第二聖剣の柄《つか》で思いっきり自分の頭を殴った。意識がすっきりする。仲間の怒号と指示を仰ぐ声がクリアに聞こえる。

「大隊長！　指揮権を一時預ける！　五千で敵を足止めなさい！」

「は？　あ、ハッ！　了解です！」

一瞬の困惑の後、了解が返る。他の隊長位も頭が働き出したようだ。

ハビエルは白翼を展開して飛び上がった。

神殿騎士団の団員の質はピンからキリだ。白光騎士団の団員などは直《す》ぐに白翼の飛行にも慣れたようだが、神殿騎士団の団員では最低限飛べるので六割、戦闘機動に耐えうるのは四割ほどである。

かくいうハビエルも、あまり得意な方ではない。習熟期間が短すぎたのだ。

必死に白翼を制御しながら上空に上がり、敵味方関係なく光弾の雨を降らせる。

そこかしこで悲鳴が上がり、味方の騎士達が吹き飛んでいるのが分かる。

だが、その甲斐《かい》あって、ようやく上を見た。

「王宮へ援護に向かう！　三千！　空戦可能な者は上がりなさい！」

ただ目の前の敵を倒すことに必死だった騎士達が、明確な指示を得て息を吹き返したように士気を上げた。

濃密で恐ろしい十分を振り払うようにして白翼を展開し上昇する。

三千を少し超える人数が飛翔《ひしょう》するが、途中で黒騎士が射出した魔剣や、空を駆けた魔獣に撃墜されて、結局、ハビエルに追随できたのは三千弱だった。

構うものかと防壁を超える高さ――およそ五十メートルに上昇し、防壁までの五百メートルを、下方からの攻撃を避けながら進む。

（くっ、魔剣を使い捨ての投擲《とうてき》武器にするなんて狂気の沙汰だわ！）

狂信者に狂っていると言われる創造者とはこれ如何《いか》に。

とはいえ、どれだけ使い捨てようと、鎧《よろい》が内包する〝宝物庫〟より途切れることなく取り出され続ける〝量産型の魔剣〟を見てしまえば、悪態の一つも吐《つ》きたくなるというもの。

ご丁寧に、投げた魔剣が空中で軌道修正して追尾までしてくるとか、もはや悪夢である。

そもそも、獣風情を神話級のアーティファクトでてんこ盛りにするとか、いろんな意味で常軌を逸しているとしか思えない。

創造者は、きっと邪悪の権化に違いない！

そんなことを思っている間にも五十人近い騎士が撃墜されてしまった。

「殉教は我等の誉れ！　進みなさい！」

鼓舞し、怯《ひる》むことなく王宮へ駆ける。

遂《つい》に防壁まであと少しのところまで辿《たど》り着き、そして、

「この先に進みたくば、私の屍《しかばね》を超えていけ！」

なんて、どこか弾んだ声が響くと同時にヴォンッと空気が揺れた。

否、裂けた。防壁上部より放たれた血色の魔刃によって。

回避！　と叫ぶ余裕もない。ハビエルもまた身を捻《ひね》るので精一杯。後続の騎士が血飛沫《ちしぶき》を上げて落下していくのを肩越しに見送るしかない。

「ラスール様ぁ！　縁起でもないことを！」

「いや、すまないね、レスチナ。人生、一度は言ってみたい台詞《せりふ》だったものだから」

「陛下、油断大敵ですぞ」

防壁上部に降り立つ複数の人影。誰も彼もが浅黒い肌に、尖《とが》った耳。

「魔人族！」

「そうとも。解放者の大義に賛同し、教会に天誅《てんちゅう》を……いや、魔人誅かな？　を下しにきた。あ、人間族に、じゃないよ？　あくまで君達、教会の戦力のことだから。ここ大事。勘違いしないように」

誰に向かって言っているのか。

ハビエルのはずだが、なぜか自分に言われている気がせず不気味であった。

だが、それ以上に、

「っ、なんて魔力。それに、その血のような魔力光は……」

血色の魔力を螺旋《らせん》状《じょう》に噴き上げているその威圧感。

まさに……

「魔王ラスール・アルヴァ・イグドールだ。変革の時まで、ここから先は立ち入り禁止だ」

防壁の上にいるからか。あまりに威風堂々としているからか。

まるで、魔王こそがこの神都の主のよう。

これもまた、作戦の一つが成功した証《あかし》だった。

第一に、民の安全確保。せっかく中央広場に大半の民が集まっているのだから隔離してしまえばいい。

第二に、中央広場からの敵の排除。キメイエスと大多数の騎士を都外に放り出し、解放者側も都外に行けば、自然と広場の騎士達《たち》も追従し戦場を移せる。

第三に、攻守の逆転。敵の侵攻を阻むはずの堅牢《けんろう》なる神都防壁を、神殿騎士団の帰還を阻むために利用する。

神殿騎士団が防壁の外に展開していたのは、神都大結界と防空戦力の存在を前提としていたからに相違ない。

楽観視はしていなかっただろう。絶対不破を歴史が証明している大結界といえど、相手には神代魔法使いが七人もいるのだから。

本来はきっと、解放者が大結界破りをしている間に可能な限り打ちのめす、という作戦だったのだろうが……

まさか一撃で破られ、そのうえ自分達を素通りして一気呵成《いっきかせい》に侵攻されるなんてことは完全に想定外だったに違いない。

中央広場を囲う巨木の壁を見て、敵の作戦を理解したハビエルが歯噛みする。

「我等の神聖なる都に土足でっ。万死に値するわ、魔王！　屈辱に悶絶《もんぜつ》するのは後でいい。

「魔王を討つ好機！　死力を尽くしなさい！」

使徒化騎士達が、副団長の意気に応えて魔力を迸らせる。

それを見て、ラスールは芝居がかった仕草で魔剣を構えた。

「神都の民は私が守る！」

立場すらも逆転したような言葉だった。攻めてきたのはそっちだろうとか、なに正義の味方気取りをしているのかとか、騎士団を悪者にする気かとか、生憎《あいにく》とここにはツッコミを入れる者はいない。

隣のエルガーが「陛下……そこまでやりますか」と悪戯《いたずら》小僧を見るような呆《あき》れた目を向けているくらい。

ただ、神殿騎士団に対しては、素晴らしく有効な挑発だった。

「異教の愚物共を殺しつくせぇえええぇっ」

怒り心頭。気炎を上げて突撃してくるハビエル達。

「よし、撃ち落とせ」

軽すぎる命令に、しかし、魔王軍二千五百は一瞬の澱《よど》みもなく動いた。

もはや巨大な壁というべき魔刃の掃射が実行される。

当然ながら、全て〝魔斬り〟の効力を宿したもの。〝昇華の宝珠〟も装備済み。

「ぐぅっ、聖鎧《せいがい》を斬り裂く!?」

たとえ使徒化と第二聖鎧の防御力を前にしても、なんら引けはとらない。

東門の空が、弧月を描く色とりどりの魔刃の弾幕で埋め尽くされる光景は圧巻の一言。

人間族に圧倒的に劣る人口でありながら、南大陸一体を支配できる種族の恐ろしさが、今、遺憾なく発揮されていた。

あまりの密度、攻撃の圧に、とてもではないが先に進めない。

「ふふふっ、教会の手勢を焼き殺すのはなんて楽しいのだろう」

「これ、レスチナ将軍。言動には気を付けんか」

レスチナの炎槍《えんそう》とエルガーの雷槍《らいそう》は特に強烈だった。一撃一撃で、確実に騎士一人を絶命させている。そして、やはり魔王だ。

「おのれ！　そうまでして都を戦場にしたいか、この外道共め！　だが、この魔王ラスールがいる限り、無辜《むこ》の民には指一本触れさせせん！」

「陛下……ほどほどに。少々あざといかと」

「え？　そうかい？　むしろ、エルガーもやった方がいいんじゃないかい？」

「……これはついて来て正解でしたな」

「どういう意味だい!?」

その言動は芝居がかってふざけてすら見えるのに、血色の不気味な魔剣が振るわれる度に誰かが確実に斬首される。まるで吸い寄せられるように騎士達の首を刎ねていくのだ。

あたかも、罪人を処刑するギロチンのように。

突破できない。ハビエルは頭を掻《か》きむしりたくなった。

だが、ある意味、必然だったのだ。ここにいるのは魔王軍の選抜部隊なのだから。それはつまり、本来は白光騎士団と同格の戦力ということで、神殿騎士団では、たとえ使徒化していても少々荷が重いのは自明のこと。故に、援軍が来るのも必然。

「イェディ・マーカーの名において命ずる――〝動くな〟」

「むっ」

ラスールの動きがピタリと止まった。その瞬間、背後に隆起する防壁の一部。その壁の中からラスールの頭部目掛けて第二聖槌《せいつい》が振り落とされた。

「陛下ぁっ」

常にラスールの近辺を警戒していたエルガーが間に合った。

割り込み、戦斧《ハルバード》を掲げて受け止める。

信じられないほどの破壊力。エルガーの踏ん張った両足が防壁に亀裂を走らせる。

見れば、第二聖槌を握っているのは防壁の一部が変化した巨大な腕であり、聖槌自体も岩石が纏《まと》わり付いて質量が爆発的に上がっていた。

「おぉおおおっ」

気合い一発。得意の身体強化を全開にして巨大聖槌を弾《はじ》き返す。と同時に、レスチナが発見した。防壁内の建物の屋上に佇《たたず》み、こちらを見上げている護光騎士を。

黒髪で目元を隠した陰気そうな雰囲気の女騎士で、第二聖杖《せいじょう》を掲げている。

「貴様か！」

怒りに任せて双剣を引き抜き飛びかかる。だが、それは悪手だった。

「――〝動くな〟!!」

固有魔法《こゆうまほう》〝聖告〟。強烈な暗示の言霊が魂魄《こんぱく》への干渉レベルで作用する。

「んな!?」

空中で、障壁を踏むはずだった足が空を切る。無様に落下しかけ、そこへ第二聖杖から〝分解の白弾〟を放たれる。

直撃の寸前、しゅるりとレスチナに巻き付く影の腕。そのまま防壁の上へ引き戻しながら、百の影槍《えいそう》を以《もっ》てイエディを襲ったのはラスールだ。

「エルガー曰《いわ》く、油断大敵だよ、レスチナ」

「は、はぃ」

気が付けば魔王の腕の中にすっぽりと。レスチナの顔が赤熱化したみたいに赤く染まる。

「言っとる場合ですか、陛下。不味《まず》いのが出て来ましたぞ」

レスチナを解放し防壁外を見てみれば、なるほど、確かに不味い。

地面が鳴動している。周辺の大地を根こそぎ奪うようにして蠢《うごめ》き、凄《すさ》まじい勢いで隆起していく。

そうして出現したのは、全長三十メートルはあろうかという巨大なゴーレムだった。

全体的に金属質なのは、地中の鉱石を錬成でもしたのか。

——固有魔法　巨神兵
護光騎士オータルを内部に取り込んだそれは、超巨大な甲冑《かっちゅう》というべきか。

大質量の聖槌モドキが振りかぶられる。目論見《もくろみ》は明らか。

今や障害以外の何ものでもない防壁を粉砕し、味方の道を作る気だ。

「私のもとに来てくれたのは実に都合が良い」

ラスールは笑った。小指にはめた〝宝物庫〟を光らせる。

直後に起きた出来事に、騎士達は、否、魔王軍も面食らうことになった。

バックドロップだ。

一瞬にして巨神兵の背後に出現した同等の巨大さを誇る全身黒甲冑姿のゴーレム〝黒騎士王〟が、巨神兵の腰をホールドした直後、背面投げをかましたのである。

数百トンに及ぶだろう巨体が宙を舞い、後頭部から大地に叩《たた》き付けられた際の激震といったら……

敵味方関係なく転倒者が続出し、衝撃波でハビエル達は錐揉《きりも》みして落下し、魔人族もまた幾人か防壁の上から落ちて、涙目で障壁の足場にしがみついている。

「ハーハッハッハッ！　どうだ凄《すご》いだろう！　オスカー・オルクスに見せてやりたい！　彼には無理だろう？　あんな挙動！　やはり、アーティファクトは私の方が上手《うま》く使えるんだ！」

莫大《ばくだい》な砂塵《さじん》が舞い上がって巨人達の姿を隠し、誰もが衝撃で動けずにいる中、やたらと響く哄笑《こうしょう》を上げる姿は、実に魔王様。

実は、かつてミレディに言われた、〝アーティファクト使い〟のラスールより、〝アーティファクト創造者〟であるオスカーの方が凄い的な言葉を、割と気にしていたらしい。

「ふむ。借り受けておいてよかったですな」

「慧眼《けいがん》です、ラスール様！」

よいしょする将軍二人。半分以上は本心だ。

巨大ゴーレム使いの情報は列車襲撃事件の際に得ており、それが出陣するなら十中八九、材料に困らない神都外の平原だというのは満場一致の見解だった。

故に、神殿騎士団と戦う者の誰かに黒騎士王を預けるのがベター。

そこで、ラスールが手を挙げたわけだ。とても良い笑顔で。

『うちの城壁ぶった斬ってくれたあれ、私の方が上手く使えるから譲っておくれ』と。

オスカーの眼鏡が謎の光源に反射して光ったのは言うまでもない。

とにもかくにも、読みは当たった。場合によっては西か南へ救援に行く必要があったので運が良かったと言えるだろう。

と、そこで強烈な銀光が迸った。王宮の上空と、そして南門の空に。使徒の降臨だ。

そして、それに気を取られた瞬間、

「第二聖槍《せいそう》起動ッ――〝神威《かむい》・一極〟!!」

東の表通りを白の閃光《せんこう》が切り裂いた。

東門を内側から襲ったそれは、分解魔法が付与された究極の〝一突き〟。

強固かつ魔力を弾く性質すら帯びた門が、まるで薄い木の板に破城槌《はじょうつい》をぶつけたような容易《たやす》さで吹き飛ばされてしまった。

東の表通りで残心しているのは護光騎士アジーン。南門からの援軍のようだ。

「今です！　振り切りなさい！　上と下から同時に押し込むのです！」

これ以上、自分達の防壁を利用されてたまるかと、ハビエルが声を張り上げる。

黒騎士と重装魔獣軍がそうはさせまいと一層暴れるが、混乱から脱し、元より死を恐れぬ兵なれば、捨て身かつ数人がかり押さえ込み、その間に幾人かが門へ走ることも可能。

そうして、一気に千近い騎士が都内への帰還を果たした。

「アジーン殿！　中央広場の巨木にも穴を！　民を使えば敵の動きが鈍ります！」

自国の民を盾にすることを厭《いと》わない言葉。

それが苦渋の選択でないことは、彼女の目を見れば明らかだった。

神敵討伐の役に立てることは栄誉なこと。戦う力がないからこそ、せめて命を以て信仰を示せ。それが当然であり、人のあるべき姿である、と。

「恐れていた通りだね」

砂塵の中から巨大なタワーシールドが飛び出す。黒騎士王を操って召喚し、投げ飛ばしたそれを即席の壁として、これ以上の流入を防ぐ。

「レスチナ！　騎士団を止めよ！　民を守れ！　エルガーはあの護光騎士を打倒せよ！」

「「御意!!」」

レスチナが部隊を率いて騎士団を追い、エルガーが一直線にアジーンへと飛びかかる。

「さて、勇敢なる同胞達《たち》よ！　いずれにしろ短期決戦だ。出し惜しみは不要。死力を尽くせ！　魔弾を絶やすな！　魔人族の精強さを、その誇り高き在り方を、歴史に刻め！」

爆発したような喊声《かんせい》が轟《とどろ》く。

砂塵を吸収するようにして晴らしながら巨神兵が立ち上がった。全身から蒸気のように白い魔力を噴き上げている。

ハビエル達が、そしてイェディが、そして神殿騎士達が白い魔力を迸らせる。

そうして、

「さぁ、闘争の時間だっ――イグニスッ!!」

魔王の血のように赤い魔力が、その全てに立ちはだかった。

――神都・西門

他の戦場と同じく、怒号と悲鳴が飛び交う。

ただし、半数は防壁の内側。西の表通りからだった。

そう、西門は既に突破されていた。

「チィッ、この外道が！」

門から少し離れた表通りで騎士団を食い止めてたヴァルフが、思わず悪態を吐《つ》く。

背後の建物の窓に怯《おび》えた様子の老夫婦。目の前には躊躇《ためら》いなく〝天翔閃《てんしょうせん》〟を放つ騎士。

騎士が嗤《わら》う。避けないんだろう？　と。

その通りだった。回避するわけにはいかない。腕をクロスして防御態勢を取れば、軽鎧《けいがい》の内側から溢《あふ》れ出たメタル・バトラムが前面展開して防壁となる。

そこへ、光の斬撃が激突。

「うぐぉおおおっ」

固有魔法〝浮身〟を発動。極狭い範囲で数秒程度の重力操作だが、直撃の瞬間に絞って全力で上方へ変更すれば、建物の屋上を消し飛ばしつつも空へと逸《そ》らすことに成功する。

同時に、ヴァルフもまた衝撃で吹き飛ばされ、窓をぶち破って建物の中へ。

「ひ、ひぃっ！　で、出ていけ！　この獣風情が！」

「騎士様っ、お助けをっ」

老婦人のうち夫の方が花瓶を投げつけ、妻の方が騎士に助けを求める。

「その騎士が殺そうとしてんだっつぅの！」

窓枠の残骸を蹴り飛ばし、花瓶を適当に叩き落として老婦人のもとへ駆け寄る。

「な、何をする！」

「守るんだよ！」

え？　という虚を突かれた様子の老人を無視して、夫婦ごと両脇に抱えて部屋の隅へ退避。直後、一瞬前までいた場所を光の斬撃が通り抜けた。

間違いなく、老夫婦がいた場所だ。

夫人が呆然《ぼうぜん》とする。助けを求めた時、騎士様と目が合ったのに、と。

「し、仕方ない……騎士様のお役に立てるなら、本望ッ」

夫の方は全てを察したらしい。息を荒らげながら神に殉教の祈りを捧《ささ》げる。

それに対し、ヴァルフは腰のポーチから〝喚門〟を取り出した。

「そう言わずによ、爺《じい》さん。もうちょい生きてくれよ。奥さんと一緒にさ」

キョトンと、まるで異世界の言葉でも聞いたみたいな表情を晒《さら》す老夫婦。

そこで、初めてまともにヴァルフの顔を見た。

息子と同じくらいの年だった。困ったように眉を八の字にしていて、精悍《せいかん》ではあるが恐ろしさはない。伝え聞くような血に飢えた獣のような雰囲気はなく、人間との違いなんて、それこそ本当に狼《おおかみ》耳くらいのもので……

何かを言おうとしたのか。夫人の方が口を開きかける。が、その前に転移が発動した。

「中央広場で大人しくしててくれ。これ以上、俺達の戦いに巻き込んだりしねぇから」

「悪ぃな」という言葉を最後に、老夫婦の視界は中央広場と人混みに変わった。

夫婦は、しばらく言葉を交わせなかった。

嗤いながら殺そうとした騎士様。

申し訳なさそうな顔で、生きてくれと言った獣人の戦士。

できれば見なかったことにしたい、なんて思ってしまう複雑極まりない心境だ。

周囲を見れば、あちこちに渦巻く空間ができては老若男女が姿を現わす。

憤っている者もいれば、ただ怯えている者もいる。だが、一番多いのは……

おそらく自分達と同じ表情の者達だろう、と老夫婦は顔を見合わせたのだった。

一方、老夫婦を無事に避難させたヴァルフはというと。

「ぐはぁっ」

瓦礫《がれき》の散弾で滅多打ちにされていた。

老夫婦の建物がいきなり圧縮されたみたいに倒壊し、飛び出して脱出した直後、その瓦礫が意思を持っているみたいにヴァルフを襲ったのである。

「戦士長！」

「援護しろ！」

熊人戦士が飛来する瓦礫とヴァルフの間に入って、〝黒盾〟で防ぐ。

その間に体勢を立て直したヴァルフが、血を吐きながらも下手人に突貫。

「厄介な技を使いやがって！」

「こちらのセリフだ。近接戦に付き合う気はないぞ」

第四軍副団長ビトルがヘルムのスリットから鋭い眼光を覗《のぞ》かせる。

そして、楽隊の指揮者のように手を振れば、周囲の瓦礫が盾戦士達を避けるようにしてヴァルフに殺到した。

彼の固有魔法《こゆうまほう》〝念動〟だ。視界に入れた対象に自身の魔力を飛ばして纏《まと》わせれば自在に動かせる。魔力を有する相手にはレジストされやすいが、シンプル故に強力だ。使徒化した今なら尚更《なおさら》。

実際、西門が破られた原因の一つだ。外にいながら簡単に枷《かせ》を解き、離れた場所から開け放ってしまったのである。

そして、もう一つの原因が、

「神こそが我等《ら》の安寧。絶対こそが我等の平穏」

まるで説法でもするみたいに、派遣されてからというものずっと何かを話し続けている盲目の護光騎士ディースだ。

彼が悠々と戦場を歩いてくる中で、周囲の獣人戦士達がひくりっと顔を歪《ゆが》ませる。次第に震えが大きくなり、ガチガチと歯を鳴らし始める。

――固有魔法　終末教義

恐慌の状態異常を与える範囲系固有魔法だ。恐怖の対象があるわけではない。幻覚を見るわけでもない。ただ、名状し難い恐怖に支配される。〝哀罰執行〟すら無効化する装備を身につけていてなお、だ。

これがため多くの獣人戦士の動きが鈍り、結果、突破を許したというわけである。

「気張れっ、戦士達よ！　未来を決する戦いぞ！　命を惜しむなっ!!」

シム戦団長の鼓舞が迸る。更に、ズンッと四股を踏むように足を打ち下ろせば、衝撃操作の固有魔法〝伝震〟が地を這《は》うようにしてディースを狙う。

直撃すれば大地の噴火と見紛《みまが》う衝撃がディースを吹き飛ばすはずだが、それが簡単にできるなら、ここまで押し込まれてはいない。

「神の膝元こそ安住の地」

トンッと第二聖杖《せいじょう》を地に打ち付ければ、白く輝く球体結界が発生。〝分解の白界〟だ。

案の定、シムの衝撃波は、白界を揺るがすに留《とど》まってしまう。

（消費魔力の関係か。どうやら常時展開ではないのが救いだが……）

盲目なのは、そもそも眼窩《がんか》に目がないので明らか。なのに、見えているかのように攻撃を防ぐのだ。少しでも足を止めるため、同時に消耗を強いるため、シムは諦めずに衝撃波を伝播《でんぱ》させ続ける。

そうして周囲に視線を向ければ、既に西門から百メートルは押し込まれていた。

飛翔《ひしょう》による突破だけは、ニルケ達飛空戦士団が決死の覚悟で凌《しの》いでくれているが……

路地裏や裏通りからの迂回《うかい》を防ぐために部隊を割く必要も出ている。

必然、表通りの戦力が減り、押し込まれる速度が徐々に増していく。

突破されるのは時間の問題だ。

（元より短期決戦以外に勝機はないとはいえっ、ええいっ、その短期すら戦場を預かれんでは話にならんっ）

獣人が弱いとは思わない。だが、大半の戦士が魔法という強力な武器を持たないのは事実。生まれ持った身体能力こそが本領であり、そして、その本領を最大限に活《い》かせるのは森の中なのだ。相手が遠慮なく魔法を使える戦場では不利は否めない。

そのことを、シムは今日ほど強く実感したことはない。

数々の強力なアーティファクトが戦士達の身を守り、破格の性能を有する武器が使徒化した騎士であっても打倒を可能にしているが……

『うぇええっ、陛下の魔法はやっぱりなしですかぁ～？』

戦場に情けない泣きべそが響いた。

魔法でもなんでもなく、純粋な技能による位置を捉えさせない特殊な発声で弱音を吐いているのはスイだ。

「仕方なかろう！　我等よりバッド達の方が死地なのだぞ！」

遠距離に昇華魔法を施すには媒介の白霧と、それを生み出す草木が、〝樹海顕界《げんかい》〟が必要だ。当然、時間はかかり、ならば優先は白光騎士団と相対する者達なのは当然。

とはいえ、自分ファーストなクイーンオブクズウサギには、そんなことは関係ない。

『はぁ～～、つっかえ！　陛下マジでつっかえぇ～』

「おまっ、我等の陛下に向かってなんて口を！」

『むしろ喜ぶのでは？　スイの中の敬愛は、陛下の性癖を知った時点で森に還《かえ》りました』

「そ、それはっ、だが！　ええいっ」

八つ当たりの〝伝震〟！　囲んできた神殿騎士をまとめて粉砕！

確かに、プライベートな陛下は、その、少々、見るに堪えない！

そのうえ、この戦場が未《いま》だ瓦解していないのは紛れもなくスイのおかげだ。たった一人で既に三桁のキル数を稼いでいる。姿なき暗殺者の本領を全力で発揮して。

樹海の外においては、悔しいことにスイこそが獣人最強であると結果が証明していた。

だから、陛下への暴言にも苦言しづらい！

代わりに天誅《てんちゅう》、というわけではもちろんないが、少なくとも泣き言を口にしている余裕を奪われる事態がスイを襲う。

「恐ろしや恐ろしや。見るもの全てが恐ろしや」

だから目を抉《えぐ》って、なのに耳がよく聞こえるようになってしまって、

「なんておぞましい音。姿なき邪悪に神の鉄槌《てっつい》を」

どれだけ説法の声で紛らわせても聞いてしまう。聞き分けてしまう。敵の心音を。

「――〝終末教義〟」

世界の終わりに恐怖せよ。恐怖するから世界を終わらせてはならない。

この世の何もかもが恐ろしい騎士の教義というよりはただの泣き言が、一点集中かつ指

向性を持ってスイを捉えた。

「ヒッ、うぁっ」

風に煽《あお》られてカーテンの向こうがあらわになったみたいに、スイの姿が戦場のど真ん中に現れる。瞳の焦点がぶれて、歯の根が合わず、不安で身を縮こまらせた姿で。

「あの兎人《とじん》をやれ！」

「いかんっ。スイを守れ！」

ビトルが号令を響かせ、シムが焦燥しながら指示を飛ばす。

最大の脅威を排除する絶好の機会と殺到する騎士達《たち》。それを止めるべく獣人戦士達が慌てて駆け寄る。が、最悪なことに、もう一人、護光騎士が援軍に来てしまった。

白羽の掃射と巨大な〝天翔閃〟で獣人戦士達が一斉に吹き飛ぶ。

スイが「ヒッ」と声を漏らしつつ、半ば本能的に身を投げ出す。うっすらと首筋に切り傷ができ、すぅと血が流れ落ちた。

尻餅を突くようにして振り返ったスイの目には、あの渓流で見た第二聖剣を使う女騎士が映っていた。癒えない傷を与える固有魔法〝聖痕〟の使い手フィーラだ。

メタル・バトラムの防御を、流水の如《ごと》き剣術で掻《か》い潜《くぐ》られた。回避していなければ斬首されていたかもしれない。それが理解できるから、スイの恐怖が絶望的に膨れ上がる。

シムとヴァルフの救援も間に合わない。

第二聖剣に纏わせる白い輝きを刻一刻と増大圧縮させながら、〝分解の白刃〟の威力を極限まで高めるフィーラが、ゆらりと近づいてくる。

その姿は、今のスイにとって〝死〟そのものに見えた。かつてないほど心が追い詰められて……

怖くて怖くて、頭を抱えて蹲《うずくま》ってしまう。

「味方に当てるなよっ。掃射ぁっ!!」

無数のブレスと魔弾が降り注いだ。

それらを白刃で斬り裂きながら後退するフィーラ。更に、一際強烈な灼熱《しゃくねつ》のブレスがディースを襲い、そちらも白界で身を守ることに意識を割かれてしまう。

「救援かっ。ありがたい！」

空に魔竜を率いたマーガレッタ達の姿があった。

獣人戦士達の士気が爆発する。雄叫《おたけ》びが物理的に窓へ亀裂を与える。

そんな中、スイだけでも仕留めようというのか、フィーラが被弾覚悟で突進し、唐突に地面を焦がす勢いで踏みとどまった。

何か、本能的な部分が近づいてはならないと訴えたのだ。

「スイ！　無事か!?　一度離脱しろ――」

「キヒッ」

シムの指示は、小さな小さな奇怪な声に遮られて止まった。ゾッと熊耳が逆立つ。

ゆら～りと立ち上がったスイに、周囲の騎士も、なぜか獣人戦士達も動きを止めた。

「コワァ～イノハァコロスゥ」

ゴキッと傾いた首。収縮した光のない瞳、口元は三日月のよう。

見た目は美少女だからこそ、完全にイッちゃってる目というか、サイコパスの顔というか、それが異様に恐ろしい。

再び、「キヒッ」と引き攣《つ》ったような嗤《わら》い声《ごえ》が響いた。その瞬間、スイが消える。

溶け込むような隠行ではない。本当にパッと消えたのだ。

「っ、後ろです！」

ディースの今までにない荒い声が響く。フィーラが反射的に背後へ薙《な》ぎ払いを繰り出すが、それは勘違い。

「ビトル副団長！」

「あ？」

背中に重みを感じる。首筋の両サイドは、なぜかやたらと熱くて……

激戦を繰り広げていたはずのヴァルフが物凄《ものすご》く引き攣った顔になっている。

「クビィ、クダサァイ」

直後、天地が逆転した。何が起きたのか、それを理解したのは空中から自分を見下ろした時。そう、噴水のように血を噴き上げる首なしの体と、その背中に取り憑《つ》いて両手のナイフを振り抜いた姿の――血塗《ちまみ》れウサギを。

傾く首なし騎士を蹴り捨て、姿を消さずにフィーラへ肉薄。

正面から飛びかかり、第二聖剣に、メタル・バトラムを内包する服を絡ませて封じ、いつの間にか口に含んでいた緑色の液体を吹き付ける。

「ぐぁっ、腐蝕《ふしょく》毒!?　このっ」

「イッショニィ溶けマしょう？　ヒーヒッヒッヒッ」

フィーラの顔面が半分、ぐじゅりと崩れた。

そんな猛毒を口に含めばスイとて無事であるはずがないのに、何がおかしいのかケタケタと嗤うスイは、そのままフィーラを押し倒した。

そして、白羽の掃射により血塗れになりながらも、〝宝物庫〟から空中に取り出した小瓶を口でキャッチ。そのまま噛《か》み砕き、

「んんむっ!?」

フィーラの唇を奪う。無理やり腐蝕毒を流し込む。二人の口元が白煙を上げ、焼ただれたように変色していく。

戦場が、止まるほどグロテスクでおぞましい光景。

白目を向いて痙攣《けいれん》しているフィーラから、スイがガバッと顔を上げれば、周囲の者達が敵味方関係なく一斉に飛び退《すさ》った。そして、

「ミンナ死んじゃエヨォ、コワイカラァ！」

顔の下半分をぐじゅりと崩し、嗤いながら叫ぶ気狂いウサギに、

「「「「お前の方が怖いわぁーーーーっ」」」」

と満場一致で叫んだのだった。

相手を恐慌に陥れるディースの魔法は、どうやらスイを発狂させてしまったらしい。

とにもかくにも、マーガレッタ達の援軍と、気狂いウサギの活躍（？）で、西門の戦局は持ち直したのだった。

――神都・王宮付近の上空

「左舷っ、三隻突破を図っています！　進路、中央広場！」

「ええいっ、案の定か！　優先して撃ち落とせ！」

神国飛空船団と激しい制空権争いを繰り広げる魔装潜艦宮ラック・エレイン。

その艦橋に怒号じみた声が飛び交う。

統括長サルースが、中央の艦長席から半ば身を乗り出しながら指示を出せば、クルーが迅速に対応。ラック・エレインの両舷より特大の魔弾が放たれた。

大きく迂回するようにして中央広場に向かっていた計六隻の飛空船が、船尾を爆裂させて高度を落とす。

あわや地上の建物に突っ込むかと思いきや、魔弾に内包されていた魔力が解放されて飛空船を包み込み落下速度を緩めていく。

それは、ラック・エレインの浮遊と同じ作用の結界だった。

「ミカエラ！」

「……問題ありません！」

艦長席の傍らに即席で設置された席で、ミカエラが声を張り上げた。きつく閉じられた目、びっしょりと掻いた汗、少し上がり気味の息。

それは尋常ならざる集中のせいであり、彼女の〝魂の眼《め》〟が空間を超えて民間人の有無を確かめている証《あかし》でもあった。

「！　ティム！　第四区五番です！」

『了解！』

館内通信を通してミカエラが叫ぶ。返答したのは船底の一角に待機しているティム・ロケットだ。

下部ハッチが開いていて、足が竦《すく》むような高さから都を見下ろせる。

そのハッチから固有魔法《こゆうまほう》〝鳥獣愛護〟で強化した伝達鳥《イソニアル》を送り出す。

鳥の片足には通信用リングが装着されていて、ティムの指示で目的の場所に向かう。そして、裏路地を必死に逃げている家族に、嘴《くちばし》に咥《くわ》えていた〝喚門〟を落とせば、家族は渦に呑《の》まれて中央広場へと転移した。

ミカエラの捜索能力と、ティムの伝送能力による避難だ。

「統括長！　やはり動きが変化しています！」

最初は、総本山へ向かおうとする動きと、防壁外部の援軍に向かおうとする動きの二つだった。だが今はどちらでもなく、ラック・エレインを墜《お》とすことと、中央広場へ向かおうとする動きに変化していた。

「中央広場を解放して民を街中に放つ気じゃな……」

あるいは、直接人質に取るか。十分にあり得ることだ。

神の名のもとであれば、教会関係者のやることは全て正義であるが故に。

「どちらが攻め手で、どちらが守り手か分からんくなるのぅ」

思わず愚痴を吐き、頭を振って気を改める。

「回頭せよ！　目標、中央広場上空じゃ！」

「と、統括長！　それでは広場が戦場に！」

「このままでは手数で負ける！　突破されるのは時間の問題じゃ！　それに、連中なら最悪、木壁を破壊するのに遠距離砲撃すら撃ち込みかねん！　ならば、艦の結界を最大展開して蓋をするまでじゃ！」

内部の民の安全など考慮せず、とにもかくにも邪魔な巨木を排除し、パニックを起こした民を分散させる。それが最も、解放者側の動きを止める簡単な方法。

砲撃で民が吹き飛ぶ光景を想像し、ぶるりと身を震わせて了解するクルー達。

一気に動き出したラック・エレインに追従する飛空船団が、不意に照準を巨木の壁へと切り替えた。サルース達の意図に気が付いたのだろう。

「黒壁全分離！　艦を横に向けよ！　船体も盾にするのじゃ！」

外壁がパージされ整然と空中に並ぶ。ラック・エレインの巨体が横滑りする。

直後、百を超える飛空船から一斉に光の砲撃が放たれた。

「衝撃に備えよ！」

サルースの大声が全艦通信モードで響いた直後、ラック・エレインに激震が走った。

何人かが椅子から投げ出され、床や壁に体を打ち付けている。

盾にした右舷から煙が噴き出し、ギギギッと船体の軋《きし》む音が響く。一隻で神国の全空軍を引き受けているのだ。全力戦闘で貯蔵魔力は既に半分を切り、外壁も武装も四割を損傷している。だが、それでもラック・エレインは見事に耐えきった。

「上々じゃ！　結界最大展開！　中央広場を覆え！」

優秀なクルーは即応した。頭から血を流しながらも操作盤に飛びつく。ラック・エレインの纏《まと》う輝きが円柱のように形を変え、中央広場全体を覆う。

「おいおい、すげぇ衝撃だったが大丈夫なのか？」

三人の男が艦橋に入ってきた。魔砲の一つを受け持っていたシャーリーが弾《はじ》かれたように立ち上がる。

「お父さん！」

「シャーリー……なぜ乗っている？」

「うっさい！　最初に言うことじゃないでしょ！　馬鹿！」

心配だったからに決まっているだろ、という呆《あき》れた視線が艦橋の全員から。他の二人――バハールとカーグからも向けられる。

そう、処刑対象者達《たち》の救助先は、何を隠そうラック・エレインだった。

彼等《ら》に追跡措置が執られていた場合、〝黒門〟の転移可能距離が大幅に伸びているとはいえ、手を回される可能性はなきにしもあらず。

それなら、いっそラック・エレインの中にいた方が安全というわけだ。

オスカーが設置した治療用の部屋が転移先なので、満身創痍《まんしんそうい》だった彼等の傷も、ある程度は癒えているようだった。

リーガンがボサボサの髪を更に乱すように頭を掻いた。

「すまない。この通り無事だ。ありがとう、シャーリー」

「……うん」

父娘《おやこ》の会話はそれだけ。シャーリーは涙の滲《にじ》む目元をゴシゴシと袖口で拭って、直《す》ぐに自分の仕事に戻った。

「それで、戦局は？」

バハールが艦長席の背もたれに身を預けるようにして問う。まだ歩くのも辛《つら》いのだろう。だが、無法都市の親分としての矜持《きょうじ》か、大人しくなどしていられなかったようだ。

「少々押されておるな」

「まずいじゃねぇか」

「戦力差は分かりきっておったこと。押され切る前に決着をつける電撃作戦じゃよ」

迫る飛空船団との撃ち合いを再開しながら、淡々と言うサルース。

その声にも姿にも揺らぎはない。と、その時、一層激しい衝撃が船体を襲った。バハールが倒れそうになり、カーグとリーガンが慌てて支える。

「くっ、なんじゃ！　何があった！」

「船体後部に破損！　いえ、一部消失？　これは……っ、使徒です！」

「まだおったかっ」

楽観視はしていなかった。だが、あれほどの存在を既に三体も屠《ほふ》ったのだ。終わってくれと思ってしまうのは自然なことで、思わず肘掛けを殴りつけてしまう。

だが状況は更に悪かった。カーグとリーガンが慄然とした表情で言う。

「おいおい、あっちもじゃねぇか？」

「王宮にも出ましたね……」

艦橋は全面が透明な壁なので周囲がよく見える。

王宮の上空も、南の空も。そこに出現した銀光も。

「四体……くっ、使徒に集中砲撃！　結界だけは死守せねば！」

王宮の上空に二体、南にも一体。そして、この艦を襲っているのが一体。

オスカーが外壁の物理防御力を上げていてくれなければ、とっくに穴だらけのチーズみたいにされていたかもしれない。

「カーグ殿！　可能な限りでいい！　修復を頼むのじゃ！　リーガン、バハール殿は損壊区画の救助を手伝っておくれ！　治療室に搬送するんじゃ！」

防壁で減衰しても貫通する砲撃はある。それで負傷したクルーは大勢いるはず。

そう言うサルースに、リーガン達は頷《うなず》き踵《きびす》を返す――前に。

「統括長！」

使徒が艦橋の前に回り込んだ。冷たい美貌が、無機質な目が、サルースを捉えていた。

突き出した大剣の先に銀の光が集束する。

（そう簡単にはいかんぞ！）

透明な壁が急速に閉ざされていく。メタル・バトラムの隔壁だ。

他にも空間遮断型多重結界が一瞬で構築され、そこに分解砲撃が直撃。

耐えている。艦橋は、オスカーが病的なまでに守りを厚くした故に。

映像転送可能な通信機〝天網《てんもう》〟を応用した外部映像投射機能により、閉ざされた艦橋内に外の映像が映し出される。

波打つメタル・バトラムの防壁が凄《すさ》まじい勢いで消滅していき、多重結界が分解されては再生してを繰り返し、凄まじい勢いで貯蔵魔力を消費していく。

「メタル・バトラム、結界用貯蔵魔力、共に六十パーセント消費！」

「展開可能時間、残り二十秒！」

「ならば前面魔砲に魔力集中十五秒じゃ！　強烈な一撃でぶっ飛ばしてやれい！」

サルースの怒号が木霊する。

そして、使徒がぶっ飛んだ。艦橋内が「え？」となる。まだ撃っていないから。

その原因、使徒と入れ替わるようにして現れたのは、

「ラウス殿！」

喜色満面のサルースが叫んだ通り、ラウスだった。戦棍《せんこん》でぶっ飛ばしたらしい。

バハールが「は？」と声を漏らす。無理もない。なぜなら、

「ちょっと待て！　じゃあ、あっちで戦ってる奴《やつ》は誰だ!?」

そう、南の空に使徒はいて、その使徒と戦っているのもまたラウスだった。

メタル・バトラムの防壁が解かれる中、救援に来た二人目のラウスが戦棍を薙《な》ぎ払う。

ぶっ飛ばされた勢いそのままにUターンして戻ってきた使徒に、

「伸びた!?」

カーグが驚愕《きょうがく》の声を上げた通り戦棍が伸長し、更に、

「曲がった!?」

リーガンが瞠目《どうもく》しながら口にした通り、鞭《むち》のようにしなって巻き付く。

そして、そのまま背負い投げの要領で南の方へと投げ飛ばしてしまった。

任せておけ、というようにサムズアップを一つ。

宙を蹴って、二人目のラウスは砲弾のように南の戦域へと戻っていった。空中で銀翼による急制動をかけ、反撃に出ようとした使徒を滅多打ちにしながら。

実に見事なリアクションを取ってくれた三人のおっさんを横目に苦笑いしつつ、

「ふぅ、どうにかなったのぅ」

サルースが深く腰かける。引き続き、飛空船団の相手をしつつ、ミカエラが巨木の壁周辺に到達した騎士の分隊を発見したので、それにも対応。

そこでようやく、困惑と驚愕から復帰したバハール達が溜息《ためいき》を吐《つ》いた。

気を取り直し、自分達にできることをと踵を返す。

「……オスカー達は、大丈夫だよな?」

思わず聞いてしまったのは、きっとカーグの父親心のせいだろう。

生憎《あいにく》と、転移と一緒に通信も阻害されていて総本山の状況は分からない。

サルースは、楽観も悲観もなく穏やかに笑って返した。

「ワシらにできるのは、信じることだけじゃよ」

「……ああ、そうだな」

バハールとリーガンもふっと笑い、艦橋を後にした。

――神都・南門
開戦当初の、重装魔獣と黒騎士の混成軍による奇襲と乱戦。その混乱は、ここの戦場においては直ぐに収まりを見せた。
神殿騎士団総長リリス・アーカンドがいたからだ。
共にテラスに参列し威容を示せとの命に対し、他の軍団長が副官に現場を任せて了解する中、一人、嘆願して前線待機を許可してもらった甲斐《かい》はあったということだ。

そうして、混成軍に対する包囲殲滅《せんめつ》が実行されるという矢先のこと。

キメイエス筆頭大司教と護光騎士アジーンが、背信者ラウスと共に戦場のど真ん中に出現するという、まさかの事態に。

動揺はあれど、狂おしいほど相対を求めたリリスである。キメイエスを狙うラウスに、アジーンを援護する形で集中攻撃を指示。

だが、ラウスの強さが想定の遥《はる》か上で凌がれてしまった。

そうこうしている間に、あれよあれよと転移してくる中央広場の騎士達。

駆けつけるリューティリスと近衛《このえ》戦士団、そして解放者達。

彼我の戦力差はむしろ広がった。だが、戦局は逆転されてしまった。

リューティリスが速攻で展開した薄霧と昇華魔法が原因だ。

守護杖は大樹ウーア・アルトの一部であるが故に、そこから瞬く間に生み出された薄霧が戦場を包み込み、視界不良はさほどでもないものの認識のずれは逆に強力になっていて戦術が軒並み破綻。

混成軍も爆発的に強化され、息を吹き返したように包囲を食い破られ逆襲されてしまった。そして、リリス自身も、ラウスに近づくことさえままならない状況に。

「どけぇっ、雑魚に用はない!!」

全身から強烈なスパークを放つリリスが、堪忍袋の緒が切れたといった形相で怒声を上げた。

「いいえ、私の相手をしてもらいます！　総長閣下……いえ、リリス・アーカンド！」

指揮を執らねばならない。最速の自分こそが味方の援護に回らねばならない。

何より、ラウス・バーンが目の前にいる！　刃を振るわずにいられるはずがない！

なのに、立ちはだかる敵を退けられない。振り切れない！

確かに凡夫だったはずなのに、ラインハイト・アシエの戦域から抜け出せない！

「裏切り者め。なぜ貴様が勇者なのだ！　忌々しいっ」

苛立《いらだ》ちを雷に変換。磁力を利用した超速移動で背後を取り、一閃《いっせん》。

だが、肩越しに回された聖剣に阻まれた。先程からそうだ。もう何合と打ち合ったが、まるで堅牢《けんろう》な城壁でも相手にしているみたいに超速の剣撃が防がれる。そのうえ、

「――〝天翔閃《てんしょうせん》〟!!」

「――〝天翔閃〟!!」

同時に放たれた光の斬撃は衝突するや否や、僅かな拮抗《きっこう》のあとリリスの方が押し負けてしまう始末。

(これが、本物と模造品の差だというのか！)

己の手にある第二聖剣に思わず歯噛《はが》みしてしまう。

同時に、戦慄も感じる。ラインハイトの剣技、体術、その戦闘力に。

数ヶ月前まで吹けば飛ぶような雑魚だったとは、とても思えない。それどころか、ほん

の五分程度の打ち合いでリリスの剣が見切られ始めている。

これが勇者か。

これが聖剣に選ばれるということか。

なぜ、なぜ神の兵たる我等が選ばれなかった！　なぜ裏切り者に！

そんな意味のない疑問と罵倒が心の裡《うち》に溢《あふ》れ出す。

「ラウス・バーンをっ、私はっ、この手で！」

「ラウス様は今、親子喧嘩《げんか》の最中です。部外者は黙っていていただきたい」

カイムとセルムが飛び込んできたのは、ついさっきのこと。

少し離れた場所で、ラウスを相手に二人がかりで戦っている。殺意がここまで伝わってくる。だが、どうにもラウスには余裕がありそうで〝殺し合い〟には見えない。

親子喧嘩とは、言い得て妙であった。

だからこそリリスは激昂《げきこう》した。心の中がぐちゃぐちゃだ。書棚が全て倒壊した図書館のように。ただただ、ラウスを痛めつけてやりたい気分に襲われる。

痛めつけて、許しを請わせ、それで……

「もう出し惜しみはなしだ」

静かな声音。だが、瞳には激情の雷光が走り。

――固有魔法《こゆうまほう》　雷公・終之型《つい》
稲光がリリスを包み込む。絶え間なく神鳴《かみなり》が轟《とどろ》く。

直後、姿を見せたのは雷の化身となったリリスの姿。使徒化によって辿《たど》り着いた極致。

本物の〝神の使徒〟にも引けを取らない威圧感がラインハイトを襲う。

だから、震えそうな体を叱咤《しった》して、弱気を勇気でねじ伏せて、

「聖剣、力を貸してくれ――〝限界突破・覇潰《はつい》〟ッ」

同じく、切り札を切る。聖剣が使い手の想《おも》いに応えるようにして恒星の如《ごと》き輝きを放ち、まるで光そのものでできたような剣へと変じる。

そうして、

「そこをどけぇっ、勇者ぁっ」

「行かせるものか！　私はっ、あの方の護衛騎士なのだからっ」

雷光と光輝の衝突は、まるで神話に出てくる闘争のようだった。


一方、リューティリスはというと、南門正面に陣取っていた。

敵味方が入り乱れるようにして激戦を繰り広げる中、巨大な障壁を展開して防壁を守ってはいるものの、薄霧と昇華魔法を使ってからは集中状態に入っており微動だにしない。

「なんとしても女王の首を取れ！　霧と昇華を解かねば話にならん！」

キメイエスの叱咤が飛ぶ。

ただし、前面に司教団を置き、その外側を第二聖盾持ちの騎士による密集陣形で固めた

を展開している。

即席の要塞の中から、ではあるが。念の入ったことに、全ての第二聖盾が〝分解の白界〟

それだけ、よく理解しているのだろう。

それだけ、本気で警戒しているのだろう。

リューティリスを守る元最強の騎士を。今は、最悪の難敵を。

咄嗟《とっさ》に第二聖杖《せいじょう》で創り出した薄霧のない空間に取り込めた騎士は約千五百人。他は昇華した混成軍の相手で手一杯。

不幸中の幸いなのは、アジーンが相対している他、ある意味、ラウスに対して最も有効な戦力――カイムとセルムがいることだろう。

「おぉおおっ死ねぇっ、ラウス・バーン！」

「今度こそっ」

悪鬼羅刹の如き形相でラウスに飛びかかるカイム。〝分解の白砲〟を放つセルム。

渓流で戦った時より数倍は上昇している戦闘力は驚異的だ。だが、

「落ち着け」

一言。そして一振り。戦棍の〝魔喰《まぐ》い〟で白砲を打ち払い、カイムの剣撃を義手で白刃《しらは》取《ど》りして受け止め、体ごと投げ飛ばす。そして、

「親子の会話中だ。遠慮してくれ」

「ぬうぅっ」

アジーンの第二聖槍《せいそう》の一撃を戦棍で叩《たた》き落とす。と同時に〝衝魂《しょうこん》〟。

使徒化の前なら意識が飛んでいたに違いない威力に、アジーンは堪《たま》らず後退する。

その隙に、リューティリスへ降下強襲を目論《もくろ》んだ部隊を、ハエを振り払うような気軽さで放った〝天翔閃・百翼〟により刻み落とす。

「数で押せ！　迂回《うかい》せよ！　大半は獣風情だぞ！」

キメイエスの怒声を受け、両翼からリューティリスへ迫る騎士達《たち》。彼等《ら》の表情はもはや死兵のそれだ。命を捨てて、ただ神のためにと雪崩を打つ。

だが、守っているのはラウスだけではない。故に容易には辿り着けない。

「本分を全うせよ！　陛下に指一本触れさせるな！」

クレイド率いる近衛戦士団五百人に加え、

「白光騎士に比べりゃどうってことねぇだろ！　ビビってんじゃねぇぞ！」

「さぁっ、騎士のみんな♪　お姉さんがあつぅいハグをしてあげるわよん！」

「くそっ、やっとスノーベルから離れられたと思ったのに、別の化け物が一緒とかなんの拷問だよっ」

レオナルドと、魔人族にして漢女《おとめ》道の開祖ジングベル姐《ねえ》さん率いる解放者約百人と、ジングベルの愛弟子《まなでし》スノーベルに鍛えられたキプソン達元アンディカの無法者戦闘員約三十人が、決死の覚悟で阻んでいるから。

レオナルドの純粋な武技〝心臓破壊《ハートブレイクショット》〟が騎士達に最低でも不整脈を起こさせ、キプソン達の、漢女のハグから逃れるために磨き抜かれた回避技が騎士達を翻弄する。

魔人族でありながら魔法適性がなく、しかし「魔法で破壊するのも筋肉で破壊するのも同じよん！」という真理に辿り着いた異端の漢女が、ぬらぬらの汗を振りまき、巨岩の如き拳を振るい、ねっとりした眼《め》で騎士達を品定め！

「なんなんだ、この化け物は！」

「逃げろ！　捕まったら大変なことになるぞぉっ」

殉教覚悟の騎士達すら腰が引ける怪物。ビキニアーマーとコート姿も、それに拍車をかける。なお、警告したのはキプソンである。トラウマが蘇《よみがえ》って思わず叫んでしまったらしい。元アンディカ戦闘員達は同じ心境のようだ。

「あなた達？　ハグするわよ？」

バチコンッと冒瀆《ぼうとく》的なウインクが飛ぶ。なぜか舌舐《したな》めずりも。

「「「「はい、いいえ！　死ぬ気で戦いますっ、マム!!」」」」

キプソン達が〝限界突破〟でもしたみたいな動きで騎士達を打ち倒していく。

だが、直《す》ぐに誰もが苦々しい表情になった。

騎士の数が減らないからだ。

薄霧と混成軍の戦域を抜け出した騎士が次々と参戦しているから、ではない。

「死を想起せよ！　主のために魂の一片まで捧《ささ》げ、死兵となれ！」

死兵となって突撃。それは単なる精神論ではなかった。

――固有魔法　屍兵団《しへいだん》

キメイエスの、死の安息を許さず肉体が完全に崩壊するまで戦わせ続ける魔法だ。

彼がいる限り、神殿騎士団の継戦能力は落ちない。

血塗《ちまみ》れで、傷だらけで、四肢の欠損もそのまま。白目を剝《む》きながら、何度でも襲いかかってくる屍兵達。場合によっては首なしですら戦い続ける様は、まるで地獄の光景だ。

（やはりこうなるか……）

カイム達の相手をしながら、ラウスは冷静に分析する。

当然ながらキメイエスの固有魔法はラウスにとって既知だ。事前に教えているので、解放者側に動揺はないが、以前より増大した効果範囲と数は非常に不味《まず》い。

ラウスとリューティリスが、人質救出後もここにいるのは、だからこそだった。

「どこを見ている！」

アジーンの破壊的なシールドバッシュを回避した直後、第二聖剣に分解魔力を纏《まと》わせたカイムの〝分解の白刃〟がラウスの頭上から迫った。

同時に、セルムの〝縛光鎖〟がラウスの両腕ごと胴体を雁字搦《がんじがら》めにする。

カイム渾身《こんしん》の一撃が、ラウスを真っ二つにした。

やった本人が驚くほどあっけない終わり……なわけがなく。

「な、にぃ!?」

カイムが泡を食ったような表情となり、セルムとアジーンも目を見開いた。

「消耗を抑えたかったが、仕方ない」

「キメイエスだけは確実に仕留めねば」

同じ声。同じ顔。同じ装備。

カイムが断ち割ったラウスは、そのまま両サイドに分かれて二人のラウスとなった。

──魂魄《こんぱく》魔法　影法師
端的に言えば分身体を創り出す魔法だが、幻影などではない。高密度の魔力と複製魂魄により本体と同等の実力及び耐久力を誇る実体だ。

魂魄魔法の神髄〝生物の持つ非物質への干渉〟を理解したラウスの新たな力である。

もう一人のラウスは、啞然《あぜん》としているカイムに背を向けるとキメイエスの密集陣形へと突っ込んでいった。

一瞬の逡巡《しゅんじゅん》の後、カイム達の援護よりキメイエスを失うことの方が不味いと判断したのだろう。アジーンが後を追う。

それを特に止めることもなく、リューティリス達の方をもう一人の自分に任せて、ラウスは改めて息子達に向き合った。

「カイム、セルム」

「っ、私の名を呼ぶな」

「おぞましい背信者の分際で」

憎悪に歪《ゆが》む二人の表情に、ラウスの胸は氷塊を投げ込まれたみたいに冷えた。

だが、目は逸《そ》らさない。

神のもとへ、幼い二人を送り出すことに何も言わなかったのは自分だ。

仕方がないのだと逃げてきた結果が、目の前の二人なのだ。

「すまなかった」

ひゅっと息を呑《の》む音が二つ。

「不甲斐《ふがい》ない父ですまなかった。守ってやれなくてすまなかった。置いていって、すまなかった」

「違うだろうっ！　貴様が悔恨すべきは神を裏切ったことだ！」

「何も分かっていませんね。私達が、お前に〝父〟を求めているとでも？」

牙を剝くようにして怒りをあらわにするカイムとセルム。

カイムが踏み込む。セルムが閃光《せんこう》を放つ。それを捌《さば》きながらラウスを苦笑いを浮かべた。

「そうだな。今更、父親面など……」

だが、とラウスは言う。カイムの放つ袈裟《けさ》斬りを受け止め、鍔《つば》迫り合いしながら。

思わず気圧《けお》されるほど強い眼差《まなざ》しで。

「裏切っていたのは私ではない」

「なんだと？」

「神こそが人を裏切っていた。彼《か》の存在にとって、人は遊戯の駒にすぎない」

「そんなわけがありません。神は信心深き者を愛される。百歩譲ってそうだとしても、だからなんだというのです。神がそれを望まれるなら、それが全てでしょう」

「それを全てと言ってしまえることの歪《いびつ》さを、私は正したいのだ」

カイムとセルムは、理解できない、話にならないと舌打ちを漏らした。

一度距離を取り、二人で白羽の十字砲火を行う。高速回転させた戦棍《せんこん》で撃ち落としながら、ラウスは歯噛《はが》みした。

心は通じていない。洗礼と称して何年もすり込まれた価値観は容易に覆りはしないと、改めて現実を突きつけられる。けれど、それでも、

「生きてほしいのだ」

諦める理由にはならない。二度と、息子達の未来を諦めたくない。

「神が望むなら、お前達は容易に命を捧げるだろう？」

「当たり前だ。それこそ信仰の究極形」

「殉教は誉れですよ」

「だが、私は嫌だ」

嫌、なんて子供じみた言葉に、カイム達は面食らったような表情になった。

こんな、だだを捏《こ》ねるかのような、論理性も何もない発言をするなんて想像の埒外《らちがい》だ。

もしかして、目の前にいるのはラウスの変装をした別人では、とさえ思ってしまう。

気味が悪くて、白羽の掃射中に準備した〝分解の白砲〟を撃ち込む。

「神だけではない。お前達が他者の都合で死ぬなど許容できない」

「貴様の許可など誰も求めてはいない！」

〝分解の白砲〟を回避した直後、カイムから特大の〝天翔閃《てんしようせん》〟が放たれた。戦棍から魔力衝撃波を放って軌道を逸らし、最上級の範囲魔法を放とうとしたセルムの第二聖杖に、戦棍の機能〝伸縮自在〟を発動して、

「知ってほしいのだ！」

魂の底から叫びながら、〝伸びる突き〟を放ち、弾《はじ》き飛ばす。

「カイム！　セルム！　自分のために生きるということの意味を、知ってくれ！」

「さ、さっきから、何を戯言《たわごと》を――」

「人は神のために生まれてくるのではない！　人はっ、自分を幸せにするために生まれてくるのだ！」

「神のために生きることが幸せでしょう！」

未《いま》だかつて見たことがない、ラウス・バーンの必死の形相。

怒りや憎しみでいっぱいだった心の裡《うち》に、困惑が混じり始める。

「それがお前達の自由な意思に基づくものなら、もはや何も言わない。だが、違うだろう？　お前達には教会しかなかった。信仰以外に道などなかった！　本当なら無限の未来があったはずなのにっ、誰もが生まれながらにして持つ権利を与えられなかった！」

すなわち、〝選択〟。

どんな生まれでも、どんな境遇でも、自分の意思で選び、決めること。それだけは誰に

だって与えられてしかるべき権利だ。

「カイム、セルム。お前達《たち》は今まで、何かを選ばせてもらったことがあるか？」

二人の動きが止まった。まるで見えない鎖に縛られでもしたかのように。気が付いてはいけない何かに、気が付いてしまったかのように。

「黙れ……黙れぇっ！　お前がそれを言うな！」

「ああもうっ、うるさい！　お前の戯言はうんざりです！」

殺意が蘇り、ラウスに牙を剝く。だがそれは、どこか子供の癇癪《かんしゃく》のようで。

ラウスは更に、何年分もの伝えていない言葉を紡ごうとした。

だが、戦場での親子喧嘩《げんか》が許される時間は終わってしまったらしい。

銀光の柱が突き立った。

もう一人のラウスを狙ったものだ。

カイム達が反射的に視線を転じると、キメイエスの密集陣形が瓦解していた。アジーンも吹き飛ばされたのか、少し離れたところで起き上がったところだった。第二聖盾の残骸が散乱し、片腕もだらりと垂れ下がっている。

銀光の柱は、今まさにキメイエスを打ち砕かんとしたラウスと彼との間に割り込んだようだった。

そうして、降臨する〝神の使徒〟。

高みから睥睨《へいげい》する使徒に、キメイエスは感涙を流し、騎士達の士気が膨れ上がった。使徒の視線がアジーンを捉え「東門の援護へ」と告げ、アジーンは風のように去って行く。

同時に、白の粒子が突風に乗って戦場全体に舞い散った。

「キメイエス様！　霧の排除、完了しました！」

「よくやった！」

薄霧が霧散していく。司教団が練り続けた〝分解の白風〟が白霧を無効化したのだ。

キメイエスの固有魔法《こゆうまほう》が白光と共に広がる。混成軍に打倒されていた騎士達が、糸を引かれた人形のように気持ち悪い動きで起き上がる。

「やべぇな……」

レオナルドが冷や汗を流す。

「まだだ。信じろ、レオナルド」

並び立ったクレイドが言葉を返した。血塗れで片腕は折れている。近衛《このえ》戦士団も三割を失ったようだ。

それでも彼等《ら》に揺らぎはない。ただ、女王陛下の近衛戦士として立ちはだかっている。

レオナルドは「へっ」と笑って拳を構え直した。

「そうよん♪　まだこちらは手札を切ってないんだから」

「とはいえ、そろそろどうにかしてくれねぇと呑まれそうだが？」

キプソンが、荒い息と共にそう言った直後だった。

「お待たせしましたわ」

涼やかなる女王の声が、待望の声が、響いた。

思わず、レオナルド達から「フハッ」と笑い声が漏れる。

次の瞬間、カッと目を見開いたリューティリスが若草色の魔力を迸らせた。

螺旋《らせん》を描いて天を衝《つ》く。あまりに強大な魔力とプレッシャーに雄叫《おたけ》びを上げていた騎士達が口を噤《つぐ》む。

直後、朗々と響く〝樹海顕界《げんかい》〟の詠唱。

クレイド達でさえ見たことのない笑みがリューティリスの口元に浮かぶ。

守護杖を優雅に振るい、不敵で、妖艶で、愚かな敵対者を見下すような、そんな笑み。

ゴゴゴッと大地が轟《とどろ》いた同時に、リューティリスの背後、南門の前に巨大な樹《き》がせり上がっていった。

それだけなら、中央広場で見せた巨木の壁と同じ。

だが、違った。金属を纏ったような根が踊り、枝がうねって優しく女王をすくい上げる。

上へ上へ。防壁を越えて更に高く。

そんな巨大な樹が計十本。

美しき女王が目を細めた瞬間、巨大樹からも魔力が迸る。

「――〝魔樹顕現〟」

スッと守護杖を地上へ向ける。

その途端、騎士団の足下から鋼鉄の堅さを持つ根の刺突が無数に飛び出し、太い枝が鞭《むち》となって叩《たた》き付けられ、鋭利な回転刃と化した葉が降り注いだ。

生成魔法と変成魔法、それに魂魄魔法を合わせて創出された種より、守護杖の力で生み出された魔物〝魔樹トレント〟。

暴虐の化身のような巨樹だが、その本領は別。固有魔法〝魔力吸引〟にある。

大地から自然魔力を汲《く》み上げ、それを母たる女王の魔力に変換して還元するのだ。

これにより、五キロ先の大礼拝堂に向けて〝樹海顕界〟を行える。

「だからなんだというのです」

動揺が広がる戦場に、無機質な声音が響いた。使徒だ。

たかが魔物程度、分解すれば終わりだと銀光を手の先に収束する。

「まさか、わたくしがこの程度のことに時間をかけていたとでも？」

ふふっと零《こぼ》れる笑顔は、どこか小馬鹿にしているよう。

あるいは、先の戦争で大切な大樹ウーア・アルトを傷つけられた腹いせなのか。

「わたくし、戦闘は苦手ですの」

だから、せめて自分達がいなくなる戦場に最大の支援を、と。

「──〝禁域解放〟」

大礼拝堂の仲間へ。それはいつものこと。だから、時間をかけて把握した敵にも。

「──〝天賦封禁〟」

波紋のように広がった若草色の魔力がキメイエス達を余さず呑み込んだ。

「……これは」

使徒が僅かに眉間に皺《しわ》を寄せた。

教会側戦力の全てが、大幅に力を落としたと見抜いたが故に。

昇華魔法が能力を上昇させるのは、その神髄が〝情報に対する干渉〟だからだ。つまり、一の力に一を追記して二の力にするようなもの。

ならば、逆に減じることとて不可能ではない。追記より改変の方が難易度は遥《はる》かに高く、まさに神技の領域であるが故に、一万以上の敵の情報把握を含め時間はかかったが。

「さて、ほぼ使徒化前の状態に戻っていると思いますけれど」

「関係ありません。貴女《あなた》を排除すれば済む話です」

「いいや、お前の相手は私だ」

使徒が分解砲撃を放つが、リューティリスとの間に二人目のラウスが割り込み、ガードするように義手をかざした。

途端、その義手に蒼穹《そうきゆう》の魔力が宿り、合わせて二本揃《そろ》えた指をクイッと上に向ければ、義手を起点に発生した上方への重力場により、分解砲撃は空の彼方《かなた》へと逸《そ》れていった。

「御託はいらん。纏《まと》めて相手をしてやる」

使徒がハッと視線を転じれば、ラック・エレインを襲っていた使徒が、ラウスに、そう三人目のラウスにぶっ飛ばされているところだった。

再び視線を戻せば、義手の指先がクイックイッと。

「どうした？　遠慮せずにかかってこい」

使徒の目がすぅと細められた。苛立《いらだ》ったように見えたのは気のせいか。

「次は、四肢の全てを落として差し上げます」

銀翼を一打ち。残像を追従させて急迫する使徒に、ラウスもまた空を踏み締め突撃した。

「筆頭大司教はわたくしにお任せですわ！　使徒に集中してくださいまし！　ラーちゃんさん！」

「カイム達の前でそう呼んだら、絶対に許さん！」

なんて忠告を残して。

一方、カイム達と相対しているラウスはというと。

「兄上！　使徒様が戦われているのです！　本体だけでも釘付《くぎづ》けにしなければ！」

「ああ！　死力を尽くすぞっ」

少し悲しげに目尻を下げるラウス。

とはいえ、分かっていたことだ。少し話した程度で溝が埋まることなどありはしないと。

それでも、少しは何かを感じてくれたはずだと信じて表情を変える。

最強の騎士のそれに。

「すまない、二人共。時間切れだ」

渦巻く鮮やかな夜闇色の魔力。そのゾッとするほどの密度に、圧力に、知らず二人の足は後退《あとずさ》った。

「これは私のわがままだ。勝手だと恨んでくれていい」

それでも、大事な息子達を、これ以上、神のもとに置いていくなどできないから。

「――〝第一限界・突破〟」

「は？」

ドクンッと波打つ夜闇色の波動。カイム達の目が点になる。

たった一人で、自分達とアジーンを圧倒していたじゃないか、と。使徒化した騎士達をものともせず、キメイエスの密集陣形さえ打ち破っていたじゃないか、と。

それは、もちろん昇華魔法もあったのだろうが、〝限界突破〟があったからこそに違いないのだ。今だって上空で使徒と互角に戦っている。

なら、発動していないわけがない。発動していなかったというなら、それであれほどの強さだったというのなら、そんなのは……

「化け物か……」

「伊達《だて》に、最強とは呼ばれていないということだ」

時間さえ稼げば、渓流の時のように疲弊した状態となり勝機があると思ったのに。

「間違ってるっ。お前なんかが、こんな！」

セルムが畏怖したような表情で白翼を打つ。カイムも、どこか自棄《やけ》になったような表情で第二聖剣を振り上げ――

「――〝浄祓《じょうばつ》〟」

気が付けば認識を置き去りにする速度で踏み込まれ、そっと額に手を置かれていた。

ふっと意識が軽くなり、崩れ落ちゆく己の体を認識する。

「解放者に保護を依頼した。また後で話そう」

魂魄《こんぱく》を抜く魔法で、幽体と肉体が乖離《かいり》した状態に置かれたカイムとセルム。

自分達の体を支え優しく寝かせるラウスに、二人は何かを言おうとして、しかし、言葉が見つからなくて、ただ俯《うつむ》いた。

「どうか、今は見ていてくれ。私達のすることを。そして願わくば……」

肩越しに振り返り、切に願っていると分かる柔らかな父親の顔で、ラウスは言った。

「お前達の目が教会の外を、本当の世界を、映さんことを」

飛び出していったラウスの背を見るともなしに見ながら、カイムは無意識に自分の額に手を触れさせていた。幽体なので何も感じないが、なぜか温かい気がして。

セルムは、使徒化の恩恵が消えて半狂乱で死者を操るキメイエスと、仲間同士で命を預け合う解放者達を視界に入れ、なぜか直視し難い気持ちに襲われた。

いずれにしろ、二人にできることは何もなく。

ここに来て初めて、二人はラウスの言う通りに、ただ空を見上げたのだった。

「……限界突破の上昇率が上がっている?」

空中戦を繰り広げる使徒二体と分身体の二体。

本体が使った〝第一限界・突破〟により同じく上昇した戦闘力を前に、使徒が訝《いぶか》しそうに口にしたことは正解だった。

以前は最大五倍化の上昇率を八分割していたのだが、今の上昇率は〝第一限界〟で通常の〝限界突破〟――三倍化であり、最大で十倍化となる。故に、

「――〝第三限界・突破〟」

以前の最大である五倍化でも容易《たやす》い。通常技の範疇《はんちゅう》に収まるほど。

「っ、覇潰《はつい》レベルを躊躇《ためら》いもなく」

使徒二体の標的が、ちょうど地上から上がってきた本体へと移った。

一体が銀羽で覆うように、もう一体が分解砲撃を放つ。

分身体を割り込ませて防ぎつつ、脇構えにした戦棍《せんこん》で銀羽を放つ使徒を狙う。

強弓の矢のような速度で伸びた戦棍を、使徒は一之大剣で受け止めた。が、伸縮の勢いは想定外だったらしい。「くっ」と、声を漏らして弾《はじ》き飛ばされる。

それを分身体二体に任せて、ラウスは砲撃している使徒の方へ踏み込んだ。と、使徒が認識した時には既に眼前に。

「なんという速度」

「舌を噛《か》むぞ？」

振るわれた戦棍が、使徒の動体視力を以《もっ》てしてもぶれて見えた。

双大剣の面積が幸いして防ぐが、あまりの衝撃に取り落としそうになる。

「昇華魔法と併用すると、これほどまでに上がるのですか――ぐっ」

「舌を噛むと言っただろう」

防御が間に合わなかった。戦棍の振り下ろしが使徒の頭部を強《したた》かに打つ。それだけで衝撃波が放射状に放たれるほどの威力。

だが、墜落することはなかった。打った方とは反対側の先端が即座にすくい上げられたから。今度は顎をかち上げられて仰《の》け反《ぞ》ってしまう。

使徒の肉体強度を以てしても視界がぶれる。

それでも分解の銀羽を放射するのだから、使徒は凄《すさ》まじいわけだが。

「ぬんっ」

ラウスもまた凄まじい。戦棍を一振り。込めた魔力は絶大で、その魔力が余さず衝撃波に変換された。爆発したような轟音《ごうおん》と同時に銀羽が四散。

使徒が体勢を立て直した時には、その腹に義手がめり込んでいた。

使徒の体がくの字に折れる。魔力衝撃波に加え、義手に備わった〝震天《しんてん》〟機能が内部を攪拌《かくはん》する。

素の腕力と相まって腹部の戦装束も砕け散り、衝撃が背中から突き抜ける。

使徒の眼光が鋭さを帯びた。双大剣を手放し、ラウスの両肩を万力で以て拘束。銀翼で包み込み、内側を分解魔力で滅する――前に、

「ふんっ」

ラウス渾身《こんしん》のヘッドパッドが炸裂《さくれつ》した。ガンッと肉体同士がぶつかったとは思えない衝撃音が鳴り響き、使徒が再び仰け反った。

そこへ間髪容《い》れず前蹴りが炸裂。ご丁寧に装甲の欠けた腹部に、だ。

吹き飛びながら双大剣を再召喚するが、追随していたラウスが戦棍を旋回させ両手首を打ち砕く。

これにも空間震動が付加されているが、そもそも使徒の体は並の剣撃では傷もつかない聖鎧《せいがい》クラスの強度を誇っている。それを打撃で普通に打ち砕くなど、

「人間の範疇を超えていますっ」

「ほう。魂がなくとも、そんな顔をするのか」

焦燥か、畏怖か。いずれにしろ、歪《ゆが》んだ使徒の表情は、直後、テンプルを打ち据えた戦棍の一撃で更に歪むことになった。

ゴキンッと反対側へ首が折れる。苦し紛れに蹴りを放つが、その蹴り足に義手の拳を食らってへし折られる。一度、体勢を整えるべく超速飛行に――

「させんよ」

使徒が反則的に強いのは自明のこと。空を縦横無尽に超高速飛行されて、遠距離攻撃に徹されると、ラウスでは手を出しづらい。

だから、初撃を決めて懐に入れれば、もう逃がさないし、逃がせない。

「おぉおおおおおっ!!」

裂帛《れっぱく》の気合いを込めた雄叫《おたけ》びが神都南の空に轟《とどろ》いた。

放射状の衝撃波が幾重にも幾重にも重なる圧倒的な連撃。

一瞬の反撃も許さず、文字通りの滅多打ちに。

芸術的な武も、凄まじい魔法もない。ただ魂を燃やして力を引き上げ、無慈悲な暴力を以て神威の具現を打ちのめす。

「ぎ、あ、おお」

「ぬぅんっ」

古びたブリキ人形が発する軋《きし》む音のような声を漏らし、四肢をあらぬ方向に曲げ、全身の骨格が歪みに歪んだ使徒が死に体を晒《さら》した。

そこへ、二つの「ぬぅんっ」が重なって、同じような有様になっているもう一体の使徒が投げ飛ばされてくる。

否、二人がかりだったせいか二体目の方が酷《ひど》い。本体のラウスが相手取っていた使徒が、未《いま》だに銀羽を放とうとしているのに対し、二体目は本当に壊れた人形みたいにピクリともしない。

そんな二体の使徒が空中で激突し、錐揉《きりも》み落下した瞬間、直上に躍り出たラウスは戦棍を逆手に振りかぶって、

「――〝最終限界・突破〟!!」

一瞬の最大限界突破を行使。同時に戦棍を大木の如《ごと》く最大化させながら突き落とした。

質量を爆発的に増大させながら落雷のような速度で伸びた超巨大戦棍は、落下中の使徒二体をまとめて打撃の餌食とし、そのまま南の表通りに突き立った。

滅多打ちにより分解防御の余地を与えず直撃させた一撃は、果たして……

「ふむ。第三限界で十分だったか……」

大穴の中にはひしゃげた使徒の残骸だけが残っていた。

戦棍と分身体を回収し、胸を撫《な》で下ろすラウス。

休む間もなく、急いでリューティリス達《たち》のもとへ戻る。

すると、キメイエスや司教達が魔樹の根に絡みつかれ、使徒と同じような有様となったまま絶命しているのが目に入った。

リューティリスに視線を向ければ、えっへんと胸を張っている。

思わず失笑しつつ周囲を見渡せば、未だに戦闘は続いているが神殿騎士団の動きは明らかに鈍っており、完全に優勢だった。

もう、この戦場はレオナルドやクレイド達に任せて問題ないだろう。

そう判断してリューティリスに向き直ったラウスに、声をかける者がいた。

「……なぜ……なぜだ……」

振り返った先に見たのは、深々とした袈裟《けさ》斬りを受け、明らかに致死量の血を流しながら、虚《うつ》ろな表情でラウスを見つめているリリスだった。

その後ろの方に、歯を食いしばるようにして見送っているラインハイトがいた。

勝敗は決したのだろう。

だが、ラインハイトは止《とど》めを刺さなかったのだ。きっと、この時間のために。

リリスがくずおれた。膝を突き、仰向《あおむ》けになりながら倒れ込む。

戦意は欠片《かけら》も見受けられず、その命は風前の灯火《ともしび》だった。

ラウスは周囲の戦闘を無視し、リリスの傍らに膝を突いた。

「なぜ……なぜ、裏切ったの……ラウス様……」

「リリス総長……」

ごふっと血を吐き、何かを捜しているみたいに虚空に手を伸ばすリリス。既に目が見えていないらしい。だが僅かに、いやいやとしているみたいに首が振られて……

ラウスは、リリスの手を握った。

「すまない、リリス。大切なものを、私は捨てられなかったのだ」

果たして、聞こえたのか。

リリスの瞳からふっと光が消えた。手から力が抜けた。

彼女がラウスに対し、どんな感情を持っていたのかは分からない。

けれど、もし、自分がもっと昔から抗《あらが》う者であったなら、彼女もまたラウス・バーンが捨てられない大切なものの中に入っていたのかもしれない。

そんな風に思って、ラウスはそっと、撫でるようにしてリリスの目を閉じさせた。

——貴方《あなた》なんて、神の国に生まれてこなければよかったのに
そんな言葉が、ふと聞こえた気がした。

酷い言葉のはずなのに、なぜだろうか。

その通りだな、とラウスは穏やかな笑みを浮かべてしまった。

その声音もまた、少し恨みはあれど、驚くほど穏やかだったからなのかもしれない。

「ラウス様」

「ラインハイト。戦場を預ける。戻るまで神都の民を頼むぞ。……後、息子達もな」

「ハッ。お任せください」

一切を了解し、ラインハイトは後顧の憂いを断つような覇気ある声で請け負った。

「ラーちゃんさん」

「だから、その呼び方は……ええいっ、もういい！　行くぞ、リュー!!」

お姫様だっこ、は贅沢《ぜいたく》なので肩に担いで跳躍。

そうして、レオナルドやクレイド達の不敵な笑みを見送り代わりに受け取りつつ、ラウスは王宮前のヴァンドゥル達のもとへと急いだのだった。

——神山《しんざん》・標高八千メートル
荘厳な大神殿の上空が黒点に覆われた。局所的豪雨となって降り注ぐのは、千の魔剣。

教皇ルシルフルの宣戦布告に対する初撃がそれだった。

屋上に集結していた護光騎士団が、白翼を展開して一斉に散開する。

だが、ルシルフルと四人の第二聖盾持ちだけは動かない。

「――〝聖域〟」

「――〝流聖城塞〟」

「――〝応報《せいてん》の盾〟」

「――〝聖纏加護〟」

空間遮断、渦巻く結界による攻撃減衰、反射、〝金剛《こんごう》〟系防御の最上位という四重の守護が、第二聖盾自体の結界と共にルシルフルを覆う。

その直後、オスカーによる開幕の挨拶は大神殿屋上にて炸裂した。

同時に、ミレディ達の四方向から襲い来る分解砲撃。

それを、ミレディが重力球で軌道をねじ曲げて落とし、上昇してくる護光騎士団の迎撃に利用する。

だが、彼等《ら》の反応速度・飛翔《ひしょう》技能は尋常ではなかった。即座に螺旋《らせん》を描くような空中機動で回避し、そのうえカウンターまで放ってくる。

巨大な光の斬撃に貫通特化の光の槍《やり》、津波の如き衝撃波や、一発一発が最上級レベルの破壊力を持つ光の矢。

そのどれもが、個人で放てるレベルを逸脱している。

ルシルフルが起動しているらしい〝聖戦宣言〟とやらの恩恵が、使徒化のスペック上昇を更に増大させているのだろう。その上昇率は、あるいは昇華魔法と同等かもしれない。

「これはアーティファクトがなかったらヤバかったね！」

昇華と状態異常防止のアーティファクトを身につけているから、素の状態レベルで減衰を抑えられている。それを実感しながら、ミレディは蒼穹《そうきゆう》の魔力を噴き上げた。

「――〝壊劫《えこう》〟」

無慈悲なる広範囲超重力場が、攻撃諸共《もろとも》、護光騎士団を叩《たた》き落とす。

「確か〝異教否定〟だったかしら、ね！」

自分達に減衰状態を強いているルシルフルの二つ目の策。

それを口にしながら、メイルはミレディの背後に回り込んだ。

刹那のうちに交差する蛇腹刀と第二聖槍《せいそう》。

「痛ったいわねぇ」

胸を貫かれて顔をしかめるメイルと、瞠目《どうもく》したまま跳ね飛ぶ騎士の頭部。王宮のテラスで見た顔だ。教皇を奥へ避難させた短距離転移能力の持ち主だろう。

「ありがと、メル姉。使ってるの？」

「ええ、常時ね。視界がぶれぶれで気持ち悪いわ」

転移能力者の奇襲を事前に察知したのは再生魔法〝未来視〟の力。〝時間への干渉〟という神髄に触れた結果、数秒先を現実の光景に重ねることができるようになったのだ。

「それより、オスカーくん。メタバトちゃんの防護を抜かれたわよ？」

「完全には防御できないか……それだけ強化されているということだね」

分析しつつ、黒の装甲黒手袋《ガントレット》をはめた手をひゅるりと振るオスカー。すると、

「これはっ、金属の糸!?」

「空間固定まで！」

いつの間にか張り巡らされていた空中の蜘蛛《くも》の巣が、四方から急迫していた使徒四体を絡め取った。

流石《さすが》の使徒も、〝曲光《きよくこう》〟と〝認識阻害〟を付与された空気に溶け込むほど超極細の糸に初見では気が付けなかったようだ。

おまけに、金属糸のどの部分でも任意に〝空間固定〟が可能なため絡みついたが最後、早々解けない強靱《きようじん》な拘束となる。

僅かに顔色を変えた使徒達が直《す》ぐさま分解魔力を全開にした。そうなれば流石に二秒程度で脱出されてしまうだろう。が、ミレディが〝黒天窮《こくてんきゆう》〟を放つ時間稼ぎとしては十二分。

「――〝黒天窮〟」

東西南北の空、四点に黒く渦巻く究極の禍星が創造された。使徒四人から「ぐぅううっ」と必死に圧力に耐える苦悶《くもん》の声が漏れ出す。

減衰状態のせいか直ぐに消滅に持っていけなくて、ミレディの眉間に皺《しわ》が寄る。

その僅かな時間が、使徒達の早期全滅を免れさせた。

「厄介な魔法だ」

〝壊劫〟からいち早く脱し同高度に飛び出したダリオンが聖槍を突き出した。

先端から放たれた四条の閃光《せんこう》が、それぞれ別の軌道を描いて〝黒天窮〟に直撃する。

「えっ、うっそぉ！」

禍星が霧散した。あたかもミレディ自身が解除したみたいに。

そうでないことは、目を白黒させているミレディを見れば明白だ。

「ミレディちゃん！　オスカーくん！」

メイルの警告が鋭く鼓膜を叩いて、慌てて傍《そば》に寄る。

「――〝波城壁《はじょうへき》〟！」

メイルが水の天蓋を生み出したと同時に、虚空から巨大な雷が降り注いだ。

強烈な閃光が視界を白く染め、耳をつんざくような雷鳴が轟《とどろ》く。

不純物を一切含まない分厚い水の膜が絶縁体となって雷撃を防ぐが、衝撃までは消せない。爆裂したように弾《はじ》け飛ぶ。間一髪、

「――〝絶象《ぜつしょう》〟」

〝波城壁〟自体を再生し事なきを得たが、あまりの破壊力にメイルの表情が引き攣《つ》る。

「未来視様々だね！」

「けど、今のはちょっとしゃれになってないね」

「ええ、久しぶりに肝が冷えたわ。意識が飛んだら再生もできないのよ？」

なんて会話をしている間に、叩き落とされていた騎士達《たち》が上がってきた。

快晴だった空には突如暗雲が立ち込み始め、風が強まり、ゴロゴロと雷鳴や稲光が発生していく。嵐が来ようとしていた。

「手早く説明するよ」

騎士達が白の魔力を纏《まと》った。リリスやゼバールのように肉体を完全変化させる固有魔法《こゆうまほう》〝炎化〟〝風化〟〝氷化〟を発動させる者もいる。

その中でダリオンは一人、金光の魔力を迸らせる。

「さっき黒天窮が消えたのは、彼の固有魔法〝黄金律〟によるものだ」

「なにそれ？」

オスカーが苦笑いを浮かべながら、黒眼鏡の新機能〝情報看破〟で得た知見を口にする。

リューティリスが修得した新魔法〝情報看破〟ほど正確ではないが、その魔法を付与した効果は十分に嫌な情報を奪ってくれた。

「端的に言えば相手の魔法を模倣する固有魔法だ」

「反則だぁ！」

「えぇ、つまりそれって、私達の魔法も使えるってこと？」

「神代魔法までコピーして直ぐ十全に使えるとは思えないけど。少なくとも同時に複数の魔法は模倣できないようだよ」

解除するくらいは可能なのだろうと付け足すオスカーに、ミレディは憤慨し、メイルは頭を抱えた。だが、嫌な情報は更に追加される。

大神殿の屋上から白銀の光が天を衝《つ》いた。ルシルフルだ。千の魔剣掃射を受けても、穴だらけの大神殿とは異なり、やはりというべきか四人の守護騎士共々無傷。

「あれだけ破壊しても止まらないか……」

実のところ、千の魔剣掃射は神殿破壊による〝異教否定〟と〝聖戦宣言〟の停止を狙ったものだったのだが、結果を見るに、どこかに起点があるのだろう。

なんて分析している間にも、上空五キロ四方に亘《わた》って広がった暗雲から雹《ひょう》混じりの竜巻が幾本も伸び、空を引き裂くような雷光が激しさを増していく。

「来るわよ！」

メイルの警告と同時に天雷が降り注いだ。足を止めれば集中砲火を受けるので三方向に散開回避するミレディ達。

「あれは〝天覇〟。教皇ルシルフルの固有魔法で――」

「天候操作でしょ！　見りゃ分かるよぉ！」

「男の子は説明したがりなのよ、ミレディちゃん！　すごぉ～いと言っとけば喜ぶわ！」

「馬鹿にしてないかい!?」

軽口もここまで。ミレディの周囲を騎士達が囲む。純白の輝きは全員が分解攻撃の準備を済ませた証《あかし》か。

「なっめんなぁ！」

超質量の黒い金属球〝黒珠《くろだま》〟を複数、〝宝物庫〟から召喚。己を中心に凄まじい速度で周回させる。

——戦技　破黒衛星

ミレディという母星を中心に超速で公転する物理的攻防一体の衛星群。

不用意に踏み込んだ騎士達が文字通りの横殴りを受けて吹き飛んでいく。

全ての黒珠をアクロバティックにかわし、ダリオンと使徒二体が突っ込んできた。

〝絶禍《ぜっか》〟を頭上に天雷対策をして、最大速度で飛翔する。

ダリオン相手に接近戦を許せば、おそらくまともに戦えなくなる。

なので、しゅるりと。

三重の護天羽衣が解けて離れ、次の瞬間、一枚はまるで高波のように広がり、もう二枚は大蛇のようにうねってダリオンに絡みついた。聖槍にも絡みつくようにして封じる。

飛来する使徒と追いかけっこ《ドッグファイト》。蒼穹と銀の光二条が雷と竜巻の狭間《はざま》を駆け巡る。

それを視界の端に入れつつ、メイルが声を荒らげた。

「ああもうっ、鬱陶しいわね！」

炎化騎士と氷化騎士、そして風化騎士の波状攻撃。

こちらの攻撃が当たらず、メイルは一瞬で炭化させられ、凍傷の壊死《えし》を味わい、全身を切り刻まれる。がふっと血を吐きつつも再生魔法で即時に復元するが、

「魔力依存だ！　直接の戦闘力は大したことはない！　死ぬまで殺せ！」

なんて号令が。メイルの額に青筋が浮かぶ。

「それじゃあ、お姉さんのテリトリーに招待してあげるわ！」

――領域創造　空中海廊
直径三百メートルの球体状の海が出現した。

騎士十数人と肉薄していた使徒一体も取り込まれ、強烈な水圧と激流に翻弄される。死なないだけでも称賛もの。大して痛痒《つうよう》のない使徒が分解魔力の放射で水自体を霧散させるが、なんのなんのと直ぐさま再生して逃がさない。

しばらくの間、メイルと使徒による〝空中海廊〟の崩壊と再生が凌《しの》ぎを削り合った。

「ウォ～くぅんっ!!」

一方で、ミレディの若干情けない声が雷鳴と稲光の狭間に響き渡った。

ダリオンが護天羽衣を振り払い、ミレディの追撃に復帰したのだ。

分解砲撃の乱れ打ちと、隙あらば飛んでくる重力魔法解除の閃光。ピンポイントで襲い来る天雷に、屋根代わりの〝絶禍〟は早くも許容量を迎えそう。

「なんとかしてぇ！　ミレディさん、ちょっとピンチぃ！」

「忙しい！　黒珠でなんとかしろ！」

黒珠は、ただの物理砲弾ではない。神代魔法の阻害は何度も経験済みなのだ。当然、対策していないわけがなく、その本領は重力魔法の発動補助。黒珠を基点にすれば、ミレディ自身の発動や制御が妨害されても、ある程度無視して行使することが可能だ。

「冷たい！　オーくんが冷たい！　ミレディさんのこと大好きなくせにぃ！」

「うぜぇ！　忙しいつってんだろ！　後にしろ！」

言われた通り、黒珠で周囲の重力方向をランダムに入れ替えてダリオン達の接近を妨害しつつ、新たに取り出した護天羽衣で受け流して凌ぎ続けるミレディ。

オスカーに怒られて、ちょっとしゅんとする。

追い詰めているはずなのに、なぜかイチャイチャしたものを見せつけられた気がして、心なしかダリオンの表情がイラッと歪《ゆが》んだ気がした。

憤りが乗っているのか、それとも聖槍の権能なのか、伸びた光の槍が黒珠も羽衣もメタル・バトラムすら貫通してミレディの脇腹を掠《かす》める。

「んぎぃっ、この野郎！　ミレディちゃんを脱がしてハァハァする気だね！　ド変態団長さん！　きゃぁーっ、襲われるぅ！　いや、襲われてるぅ！」

なんてウザったいことを叫びながらも、中級クラスかつ五種類上の魔法を数百数千と乱れ打ちする〝魔法技・天乱〞を全方位に放ち続け、使徒とダリオン以外を寄せ付けない技量は、正直、ダリオンをして舌を巻いた。非常にウザったいが。

そんなミレディの叫びに少し気を取られつつも、

（どこだ？　どこにある？）

オスカーの意識の大半は黒眼鏡越しに流れ込む情報にあった。

周囲に〝黒騎士・百手戦鬼〞十体を召喚し、全方位を守る陣形を組ませる。当然ながら

変成魔法と魂魄《こんぱく》魔法を併用した完全自律式。ついでに、

――戦技　魔剣乱舞
百の魔剣が縦横無尽に周囲の騎士へ襲いかかる。〝魔斬り〟〝空間切断〟〝自律飛翔《ひしょう》と追尾〟の機能を付与された百本限りの特製魔剣だ。

それだけ用意しても、護光騎士を完全に押さえ込むことができない。

「レジスト装備があってこれか。強力だね」

左肩口から首筋にかけて石化している。右半身には麻痺《まひ》が。魔眼系の固有魔法持ちが少し見ただけでこれだ。逆に、魔剣は刻一刻と破壊され、負傷者も回復系固有魔法使いに次々に癒されて復帰してくる。

そして、最も厄介なのはやはり、魔剣も百手戦鬼も意に介さず、

「二度も同じ手は通じません」

金属糸の罠《わな》さえ既に見切った使徒だ。残像を引き連れ肉薄する。

「では別の手でいこう」

幹竹《からたけ》割りに迫った一之大剣を黒傘で受け止め、横薙《よこな》ぎにされた弐之大剣をガントレットで摑《つか》んで受け止める。〝魔喰《まぐ》い〟と超高密度錬成が辛うじて対抗する。

膂力《りょりょく》の補助には金属糸とメタル・バトラムの複合製黒コートが強化外骨格のような役割を果たすことで補い、速さに対しては黒眼鏡の知覚昇華能力で追随。

微動だにせず受け止められたことに、しかし、使徒は驚いている暇もなかった。

黒コートの裾が翻り、かつ伸びる。一之大剣の腕を絡め取って横に引っ張り、黒傘からも魔力衝撃波が放たれ、否応《いやおう》なく逸《そ》れゆく一之大剣。

黒傘が、そのまま袈裟《けさ》斬りに使徒を襲った。

ギィイイイイッという酷《ひど》く耳障りな音を立てながら。

「ぐぅっ。それはっ」

「良かった。その鎧《よろい》みたいな肉体、ちゃんと切り裂けたようだね」

堪《たま》らずといった様子で下がった使徒。その右肩から左脇腹にかけて抉《えぐ》られたような傷がついている。

原因は〝高速回転する鎖鋸《くさりのこ》〟だ。形態変化した黒傘の親骨部分に沿うようにして〝魔斬り〟を付与された小さな刃付きの鎖が回転し対象を削り斬る新機能である。

そんな状況を見て取ってか、ダリオンが怒号を上げて急速反転する。

「オスカー・オルクスだ！　標的を奴《やつ》に定めろ！」

厄介だから。というのはもちろんあるだろう。

何せ、ミレディやメイルと違い、オスカーは直接的な魔法や武技に依存しない。その戦闘力の源はアーティファクトによるもので、つまり、〝異教否定〟による減衰効果があまり意味を成さない。

だが、ミレディやメイルに比べれば殺しやすい。厄介さの度合いに比してもずっと。

命令に従い、三人の騎士が命を捨てる。

百手戦鬼の陣形に捨て身で強引に穴を開け、団長の通り道を作る。

当然、手負いの使徒も、それを感じさせない勢いで突っ込んだ。

ミレディが咄嗟《とっさ》に最上級の雷槍《らいそう》を放って援護する。

「そこで見ていろ」

仲間が死ぬところを。そう言外に告げながら、魔法の霧散地帯を創り出す固有魔法〝魔《ま》祓《ばら》い〟を有する騎士ソーンが射線に割り込む形で邪魔をした。

流石《さすが》の威力に霧散しきれず吹き飛ぶが、団長の進撃を援護することには成功する。

同時に、無理をして強力な魔法に意識を割いたせいで、ミレディは遂《つい》に、護天羽衣を切り裂いた使徒の一体に肉薄を許してしまう。

咄嗟に黒珠を盾にするが至近距離から分解の銀羽の掃射を受けてしまい、あちこちから血が飛び散る。メタル・バトラムが掠り傷に止《とど》め、すかさずメイルの再生も届くが、オスカーの援護は間に合わない。

（オーくん！）

目が合う。聖槍《せいそう》の権能が一切の防御を無視して貫通し、オスカーの脇腹に突き刺さるが、

（見つけた。任せろ）

動揺はない。言葉などなくても伝わる、彼の意志が。

次の瞬間、オスカーは下方へぶっ飛んだ。ダリオンが聖槍を引き抜くと同時に、聖盾の魔力衝撃波を発動しながら薙ぎ払ったのだ。

咄嗟にダリオンへ金属糸を絡めて空間固定したおかげで振り抜かれることはなく、威力は落ちたはずだが、それでも並の手合いなら全身が砕けていてもおかしくない。

そこに、追従した使徒から止めの分解砲撃まで受けてしまう。

それでも、ミレディの心に憂慮はなかった。

(頼んだよ、オーくん!)

ただ信じて、戻ってくるのを待つ。

そのオスカーはというと。

(望んだ状況とはいえ、二度とやりたくないなぁ)

などと激痛を紛らわせる愚痴を内心で吐いていた。

「まぁ、聖槍の権能は想定外だけどね!」

目前に迫る分解砲撃に展開した黒傘をかざす。直撃。

猛烈な速度で更に吹き飛び、大神殿の奥に立つ尖塔《せんとう》の一つに背中から突っ込む。

「がはっ」

外壁が放射状に砕け、衝撃で肺が空になる。脇腹から血が噴き出た。

激突の衝撃をメタル・バトラムが緩和してくれたが、それでも意識が飛びかける。

歯を食いしばり、分解砲撃を受ける黒傘だけは手放さない。

「塵《ちり》となるまでやめません」

「ありがたいことだねっ」

放たれ続ける分解砲撃の圧力と外壁に挟まれ逃げることもできず、遂には黒傘が限界を迎えて崩れ出した。〝宝物庫〟から素材を転送して錬成修復するが、均衡は崩壊に傾いていく。

背後の尖塔まで余波で表面が塵になっていき、オスカーは背中から埋め込まれるようにして押し込まれていって……

遂に、黒傘が消滅。尖塔の壁も崩壊し、オスカーは内部へと叩《たた》き込まれた。

「……しぶとい。今ので原型を留《とど》めるとは」

そう呟《つぶや》きつつも後を追って尖塔内部へ突撃する使徒。

オスカーの姿はない。

ただ、床に穴が開いていて階下に下りたことは分かった。尖塔は総計二十のフロアからなっていて、今いるのは七階の辺り。もう二階ほど下りれば大神殿に通じる扉もある。

「無駄なことを」

完全治癒までの時間稼ぎか。無様なものだと使徒は直《す》ぐに後を追った。

意外にも穴は最下層まで通じていて、大神殿に逃げるでもなくオスカーはそこにいた。

「諦めましたか」

銀光を溢《あふ》れさせる使徒の問いに、オスカーは答えない。

壁に背を預け、黒傘もなく、盾もなく、脇腹に手を添えて瞑目《めいもく》している。

無言の肯定と取り、使徒は片手を突き付けた。

「貴方《あなた》は、悪くない駒でした」

それは手向けの言葉だったのか。分解砲撃が、オスカーの心臓を狙って放たれた。

「よし、生成完了」

軽い口調だった。まるで、使徒の話を全く聞いていなかったみたいに。

オスカーが片方のガントレットを突き出した。

「なっ」

きっとそれは、使徒の本気の驚愕《きょうがく》だったに違いない。

当然だろう。最強の攻撃が、一切合切を分解するはずのそれが、相殺されているのだから。ガントレットから放たれた陽光の砲撃によって。

「ご協力、どうもありがとう」

片手で眼鏡をクイッ。口元には心からの感謝の笑み。

「まさかっ、分解魔法をアーティファクトに!?」

ご名答、と言うかのように肩を竦《すく》めるオスカー。

事実、大正解であった。ガントレットの真の役割は、まさにこれ。

生成魔法の神髄は〝無機的な物質への干渉〟であり、生成魔法とはつまり、魔法の性質を持った鉱物を創り出す魔法だ。普段、ミレディ達《たち》の協力のもとアーティファクトを創造する時も実際に使ってもらって、それを鉱物に付与する。

ならばと思いついたのが、敵の魔法を受け止め、そのままアーティファクト創造という

形で盗み取ること。

もちろん、容易ではない。戦闘中には実現困難な条件がいくつもある。

だが、クリアした。オスカー・オルクスは希代の錬成師であるが故に。

分解魔法を黒傘で受け止めつつ〝魔喰い〟で吸収し、同時に黒眼鏡の〝情報看破〟で解析しながらガントレットに流し込み、そのまま生成魔法を発動。

結果、完成したのが分解魔法を付与された一対のガントレットである。

「主に授けられた神聖なる力をっ」

「怒ったのかい？」

なんて言いながら、オスカーは背後の壁に埋没していく。錬成で穴を開け、沈み込むと同時に元に戻していく。

「逃がしません！」

「逃げないさ」

オスカーが壁の奥へ消えた。分解砲撃が壁に直撃する。だが、

「分解できない!?」

そう叫んだと同時に部屋が鳴動した。かと思えば、ギィイイイイッという硬質で耳障りな音が四方八方から。

壁が次々に変形し、隙間なく全面が回転刃となってしまった。

足下にも回転刃が発生したので、飛び上がって滞空する使徒。入ってきた天井の穴も、

本来の階段も全て埋まって回転刃に変じている。

かと思えば、部屋全体が燦然《さんぜん》とした陽光を纏《まと》い、一気に縮小してきた。

分解砲撃を撃って脱出を試みるが、

「部屋そのものに分解魔力を纏わせましたか……」

相殺され破壊できない。ならばと双大剣で斬りつけるも、回転刃に弾《はじ》かれ、あるいは壊れても即座に錬成されて修復されてしまう。

――領域創造　玩具箱《トイ・ボックス》
「遊戯が好きなんだろう？　存分に遊ぶといい。楽しく脱出を目指す、このデスゲームを」

「オスカー・オルクスッ!!」

全て作戦のうち。そう理解して使徒は咆《ほ》えた。とても感情がないとは思えない腹の底からの声で。それが最期。結局、使徒は出てこなかった。

中を確認する気も起きない。〝情報看破〟で分かっているから、グロテスクな光景は勘弁だ。オスカーは感慨もなく背を向け、そして走り出した。

手に入れた最強の攻撃を以《もっ》て、苦戦の原因を破壊するために。

一方、上空の戦いは激化の一途を辿《たど》っていた。

「うわっほぉい」

「もうっ、ゴキブリみたいにすばしっこいんだから！」

護天羽衣を完全に失い、黒珠も半数以下まで破壊され、浅い傷を幾つも作っているミレディと、遂に〝空中海廊〟を破られ、矢と槍《やり》の滅多刺しを受けるメイル。

「さぁ、踊れ！　もっと踊り狂え！　主の望むままに！」

優勢と見てか、ルシルフルの表情が愉悦に歪《ゆが》んでいる。

すかさず、幾十幾百の落雷が二人目がけて雨あられと降り注ぐ。暴風はますます激しくなり、呼吸が刻一刻と苦しくなって、雹《ひょう》の弾丸まで隙あらば肉体を砕いてくる。二人揃って朝焼けの光に包まれっぱなしだ。

確かに、このままではメイルの魔力が尽きた時が最期に思われた。

と、その時、竜巻を隠れ蓑《みの》に、内側から突き破るようにしてミレディの背後を取った使徒が絶好のチャンスにもかかわらず、

「「「!?」」」

動きを止めた。他の二体もだ。視線が一斉に大神殿の方を向く。まるで信じ難いものを目撃でもしたみたいに。

「し、使徒様？」

ルシルフルが、自分に目を向けられたのかと思い困惑の表情を晒《さら》す。

ダリオン達も、使徒達の奇妙な雰囲気に思わず攻撃の手を止めた。

「我等《ら》の魔法をっ」

「オスカー・オルクスッ」

ミレディとメイルがニヤァッと嗤《わら》い、直後、大神殿を覆っていた白銀の輝きが失《う》せた。

「なに!?」

ルシルフルが動揺をあらわにする。ダリオン達も自分の手を握ったり開いたりしながら実感し、苦い表情になる。反して、

「フーヒャヒャヒャヒャッ、我が世の春が来たぜぇ！　ねぇねぇ、そこのお爺《じい》ちゃん！　今、どんな気持ち？　絶対的な有利を覆された時ってぇ、どんな気持ちになるのぉ？　ねぇねぇ！　教えてよぉ！」

「絶好調ねっ、ミレディちゃん！　ウザさが天井知らずよ！」

ミレディはこれ以上ないほどウザったい表情で高笑いを響かせ、メイルは楽しそうに拍手しながら満面の笑み。

理由は一つだ。〝聖戦宣言〟と〝異教否定〟が破られたのだ。

「それがどうした。条件が対等になっただけだ」

ダリオンが冷然と吐き捨てる。

やることは変わらない。主のために命を捨てるのみ！　護光騎士団が一斉に動き出す。

「その通りだ。神がこの聖戦を望まれている！　ならば、主に選ばれし〝駒〟として、本分を全うするまでよ！」

ルシルフルも再び落雷の雨を降らせ始める。

一気呵成《いっきかせい》！　と、ダリオンと騎士達、そして無表情に戻った使徒も殺到。

だが、その数瞬前に、ミレディは〝黒門の鍵〟で転移した。〝黒門〟を持つメイルのもとへ。完璧なタイミングでオスカーも同時に出現。

「メイル。行けるね？」

「はいはぁ～い。お姉さんにお任せよ？」

オスカーが使徒の分解砲撃を分解砲撃で迎撃し、ミレディが残りの黒珠を全て使って急迫するダリオン達を妨害。

その僅かな間だけ瞑目し集中していたメイルが、カッと目を見開いた。

「領域創造――〝悠々緩々《ゆうゆうかんかん》〟」

朝焼けの光が球状に広がって、オスカーとミレディの妨害を突破したダリオンと使徒三体の動きが止まった。

否、急激に速度を落としたのでそう見えただけで、実際は歩行速度くらいは出ているが、誰もが超高速の戦闘を行っている中では、まるで牛歩だ。

新魔法〝悠々緩々〟、半径五十メートル以内の時の流れを遅くする遅滞領域創造魔法だ。

ダリオンがスッと目を細めた。〝黄金律〟を発動。コピー相手をミレディからメイルへ変更し、遅滞領域を無効化。

だが、一瞬遅かった。オスカーが両手のガントレットを向けて分解砲撃を放つ。

ダリオンにできたのは、咄嗟《とっさ》に聖盾をかざすことだけ。そして、いかな聖盾といえど神が授けし最強の砲撃には敵《かな》わず。

「ぐぁっ」と苦悶《くもん》の声が上がり、聖盾はダリオンの左腕ごと塵にされてしまった。

とはいえ、盾役はこなせた。使徒三体が左右と下方から曲線を描くようにして迂回《うかい》する。

「メイル、下の奴《やつ》だ」

看破する黒眼鏡の情報を伝えれば、ミレディが天雷を防ぎながら左右の二体に上級クラスの魔法を乱れ打ちする〝魔法技・積乱〟を以て牽制《けんせい》し足止め。

その間にメイルが蛇腹刀を伸ばせば、途中で百のワイヤーと刃節に分離して網のように広がり、下方の使徒に絡みつく。

「こんなもの」

「――〝壊刻《かいこく》〟」

「ッッ!?」

使徒の左腕が突如欠損した。戦装束は激しく損壊し、体は焼けただれケロイド状に。

「初めまして、エーアストちゃん。そして、さようなら」

そう、過去の傷を再生する魔法を受けたのは、かつて砂漠で溶岩メテオを喰《く》らったエーアストだった。急激なダメージに動きを止めた彼女の頭上に、大量の土砂が降り注ぐ。

「――〝絶象《ぜつしょう》〟」

それが復元された。巨大かつ超高密度の封印石の岩石へと。あらかじめ故意に破壊しておいたものだ。いざという時、一瞬で復元して〝岩の中〟にするために。

「おぉおおおっ」

　裂帛《れっぱく》の気合いが迸《ほとばし》った。騎士ソーンが、〝魔祓《まばら》い〟でミレディの魔法を打ち消しながら突貫する。

　背後に、聖槍《せいそう》をこれまでにない勢いで輝かせるダリオンがいて、他の騎士も団長を援護するように殺到する。

　その半数を、健在の百手戦鬼五体で邪魔しつつ、オスカーがソーンと相対した。

　にわかに輝く眼鏡。

（既に見たぞ。来ると分かっていれば子供だましだ）

　目を瞑《つぶ》り、ナイズが〝眼鏡びーむ〟と言っていた目潰しに備える。見ずとも気配を探れば問題ない。捨て身で特攻すれば、使徒化で広がった己の領域に十分ミレディとメイルを取り込める。

　足を止めたのは悪手だったなと内心で嗤い、

「――〝衝魂《しょうこん》〟」

「っ!?」

　魂魄《こんぱく》への衝撃に乱れる思考、離れる魔法制御。

　そして、魔力霧散地帯が消えたと同時に耳に入った例の言葉。

「超眼鏡ビームッ」

　なんか余計な一言がついていた。と思った次の瞬間には閃光《せんこう》がソーンの目を直撃した。

「後方に下がって回復を」と冷静に思うが、なぜか、意識まで暗闇の中に。

最期の瞬間、ソーンは他の騎士からの魂を通した念話でその原因を知った。

眼鏡ビーム……ただの閃光ではなく〝神威《かむい》〟級の破壊光線になっている、と。

なお、超眼鏡ビームは正確には魔法ではなく太陽熱による物理的な熱線だったりする。

眼鏡の鍔《つば》部分に熱を内包保管する部分があり、一発限りだが発射時以外は魔力に依存しない熱線を放てる。つまり、ソーンはいずれにしろ撃ち抜かれていた。

眼鏡から太陽光線を発射する男、オスカー・オルクスに。

「こわっ！　オーくんの眼鏡こわっ」

「ダサッ、オスカーくんのネーミングセンス、ダッサ！」

「うるさいな！」

「おいオスカーっ　オスカーおい！　知らないぞ、そんな機能！　自分の眼鏡にもついてるのか!?　バージョンアップはいつしてくれる!?」

「ナイズ、お前……いつの間に眼鏡信者になった！」

「凄《すご》いですわっ、オーちゃんさん！　眼鏡を制する者は世界を制するですわね！」

「お前達《たち》、戦場だぞ。落ち着け」

〝異教否定〟が解除されて転移ができると感じた直後、一気に駆けつけてくれたらしいナイズとヴァンドゥルがギャースギャースと騒がしい。

それを横目に溜息《ためいき》を吐《つ》くラウス。リューティリスの背中をバンッと叩《たた》き、さっさと昇華魔法を使えと指示する。

「ラ、ラーちゃんさんも中々のドSですわぁ――〝極天解放〟」

今のリューティリスにできる最高位の昇華がミレディ達を包み込んだ。

「戦え！　戦えぇ！　神のために！　至高の聖戦を！」

ルシルフルの狂気に満ちた怒号が響いた。

応えるようにダリオン達も動き、使徒二体も魔力を迸らせ、雷雲が轟《とどろ》き――

「わたしは言った。おやすみの時間だって」

先程までの明るい雰囲気が消えた。

ミレディが片手を掲げる。蒼穹《そうきゅう》の魔力が螺旋《らせん》を描いて天を穿《うが》った。絶大な魔力が薄暗い下界を照らし、暗雲が晴れていく。

「教皇ルシルフル。天は、お前の意に下るほど安くない」

「おのれっ」

減衰効果がなくなり、リューティリスの昇華魔法を十全に受けたミレディなら、天候操作特化の能力者が相手でも引けを取るはずがなく。

「止めなさい！　今こそ殉教の時です！」

「総員に命ずる！　死を以て殺せ！」

使徒とダリオンの命令に、残存する騎士達が一斉に飛びかかった。

しかし、彼等の牙が届くことはなかった。

ミレディ・ライセンの仲間探しの旅。それが結実した結果の六人の同位者達。

彼等が、リーダーに触れることを許すわけがないのだから。

オスカーが分解砲撃で迎撃をしつつ、金属糸を無数に張り巡らせて騎士達を搦《から》め捕っていく。

メイルの、範囲が拡大し指向性も有するようになった遅滞領域が使徒一体と騎士数十人を纏《まと》めて捕らえる。

ナイズの空間的距離拡張が使徒の接近を許さず、更には空間激震で騎士達を砕く。

ヴァンドゥルは潜《くぐ》り抜けてきた騎士達に〝人竜化〟で対応し、リューティリスが多重結界で防御。

ダリオンが〝黄金律〟でコピーした昇華魔法を発動して聖槍を振るってくるが、その昇華魔法に加えて〝最終限界突破〟のスペック十倍化を果たしたラウスには及ばず。

結果、暗雲は完全に晴れ、輝く陽光が山々を、下界を照らし。

「――〝全天・星落とし〟」

本来、それは魔法技能の名称。最上級魔法の乱れ打ちのことだ。

だが、今この時それは、言葉通りの意味を持っていた。

陽光の煌《きら》めきに混じりに、小さな星々がキラキラと天を彩った。

「っ、上空警戒！　退避！」

使徒の警告は虚《むな》しかった。

なぜなら、オスカー達六人の技が、誰一人、この戦域から逃がしてはくれなかったから。

直後、重力魔法により引きずり落とされた宇宙《そら》の石が降り注いだ。

流星群だ。燃え盛り小さくなりながらも、一つ一つが拳くらいはある隕石《いんせき》の群れが総本山に降り注いだ。

鼓膜を粉砕するような轟音《ごうおん》。激震に揺れる【神山《しんざん》】。崩壊していく大神殿と墜《お》ちていく騎士達。

完璧にコントロールされているらしい流星群は、当然、ミレディ達には掠《かす》りもしない。

一人、ダリオンだけが空間魔法をコピーして空間遮断結界で守りを固めたが……

するりと、真横に伸ばしたナイズの手が空間を超えてダリオンを掴《つか》み、結界内で直接〝大震天《だいしんてん》〟を発動。結界という〝境界〟は、今のナイズには無意味だったのだ。

そうして。

一瞬にも永遠にも思えた壮絶なる最後の一撃《ラストアタック》が終わった時には、総本山が誇った神の威光は完全に崩壊していた。

騎士団は全滅。

碌《ろく》に防御もできなかった使徒二体も、昇華した空間震動を直接くらったダリオンも、一人残らず地に落ちたのだった。

ふぅ、とミレディから吐息が漏れる。

言葉はなく、涼やかな風が火照った頬を撫《な》でる感触を少しだけ意識する。

粉塵《ふんじん》が晴れ行く。

「ミレディ、あれを」

「ん？」

見れば、大神殿の瓦礫《がれき》の中に動く人影があった。傍に降り立つミレディ。

「く、くひっ、ははっ」

壊れた人形みたいな有様で、瓦礫の隙間から這《は》いずってきたのはルシルフルだった。

「み、みみみ、見下ろすか……異端者ぁっ」

かつては神秘すら纏っているようであった静謐《せいひつ》の教皇の姿は、どこにもなかった。

「神、はは、ぜったいぃっ。おも、思い知るがいいっ」

狂気の嗤《わら》い声《ごえ》が響き渡る。

ミレディはそれを静かに見下ろし、問うた。

「私達は、人は、神の玩具かな？　自分の意思で生きようとすることは罪なの？」

「つ、つみぃ！　罪に決まってい、いいる！　大罪、だっ。遊戯のっ、駒たることこそ！

し、しし、至上の……至上の……よろこ……びぃっ」

神は絶対。人は神の所有物。故に、人をどうしようと神の自由。

繁栄も、滅びも、悲劇も、全ては神の無聊《ぶりょう》を慰めるための捧《ささ》げもの。

人に、自由に生きる権利など、ありはしないのだ。

そんなことを嗤いながら言って、言いたいだけ言って、聖光教会の教皇にして神国の王は息絶えた。

「うん。だから、変革の鐘を鳴らすんだ」

そう呟《つぶや》いて、ミレディは再び空に上がった。

仲間が既に、聖堂の前に集まっている。極彩色の結界は、やはり傷一つなく健在だ。ナイズが突破を試みたが一切揺るがなかった。

「リュー、君の方が情報看破は正確だ。どう見る？」

「……分かりませんわ。どの神代魔法の理《ことわり》にも当てはまらない。ただ、〝聖域に触れることなかれ〟という意志だけが読み取れますの」

リューティリスが困惑しながら頭を振った。

「大丈夫！」

ニッと笑って、ミレディは聖堂へ向けて手を突き出した。

魔力を練る。かつてないほどに、強く、大きく、繊細に、それでいて大胆に。

ミレディの両肩に、背に、オスカー達が触れる。

自分の魔力を譲渡する。祈りを込めて。

「いくよ――〝黒天窮《こくてんきゅう》〟ッ!!」

特大の禍星が聖堂を丸ごと呑《の》み込んだ。

大気が渦巻き、震え、スパークを放ち、瓦礫どころか山肌も剥がれるようにして呑み込まれていく。

ミレディに細かい制御の余力はなく、ナイズが結界を張って自分達の身を守る。
だが、それでも極彩色の結界は聖堂を守り続ける。
それは、紛れもなく人智《じんち》を超えた何かだった。
「はぁああああああああっ」
ミレディの雄叫《おたけ》びが霊峰の空に木霊する。
これがダメなら手立てがない。けれど、失敗の可能性なんて誰も考えもしない。
信じているから。ミレディを。
心の底から願っているから。変革の成就を。
だから、叫ぶ。曇りなく、一心に、世界を塗り替えるほどに強く。
誰とだって、自分で決めて、手を取り合える未来を！
人の手に、今一度、自由の意思を！
神の呪縛からの――
「「「「「「「解放を!!」」」」」」」
その時、不可思議な感覚が七人を結びつけた。
示し合わせたわけではない共に叫んだ言葉。
そこには、かつてないほど絶大な共感があった。
深大で強靱な、決して揺るがない意志があった。
全員の心が一つになって、結びついた意志が何か大きな力として世界に生み出される感覚に包まれる。

できる、と確信が芽生えた、その瞬間。

「いっけぇえええええっ!!」

極彩色の結界にピシリッと亀裂が入った。

まるで、誰かの意志がミレディ達のそれに負けてひび割れたみたいに。

そして、轟《ごう》ッと空気がうねった直後、〝黒天窮〟は一気に縮小。

聖堂が周囲の地形ごと折り畳まれるようにして砕けていき――

後には、ただ丸くくり抜かれたカルデラのような山肌だけが残ったのだった。


……

……

……


しばらく、誰も口を開けず、荒い息だけが鼓膜を震わせていた。

魔力や体力だけと言わず、何か体の中のエネルギーというエネルギーを根こそぎ持って行かれたような、そんな凄《すさ》まじい疲労感に襲われる。完全に想定外だ。

それでも、ミレディは静かに天を睨《にら》み付けた。

神を下界と繋《つな》げていた白亜の一本柱は消滅した。神意を断った。

さぁ、どう出る？　降臨して戦うか？　私達は、人は、逃げも隠れもしないぞ！

それとも下界との繋がりを破壊されて、何もできないか？

あり得ない話ではない。結界の堅牢《けんろう》さは常軌を逸していた。裏返せば、それほど重要だったとも言えるはずなのだ。

そうでないと言うなら、さぁ、かかってこい！

ミレディに並び、オスカー達《たち》も無言の意志を未《いま》だ見ぬ神へと叩き付けた。

ミレディ達の息が整うほどの時間が過ぎる。

異変は何も起きなかった。

「……終わった、のか？」

ラウスが、どこか呆《ほう》けた表情で呟くと、ミレディの視線が、ようやく地上に戻ってきた。

振り返り、仲間に視線を巡らせる。そして、

「にゅふふっ、やったね！」

満面の笑みを浮かべて、両手を掲げた。オスカー達は顔を見合わせ、一拍。

同じく満面の笑みを浮かべて、その手にハイタッチを決めたのだった。

——王宮・大礼拝堂
白光騎士団と解放者・海賊団混成部隊の死闘に、決着がつきかけていた。
三人の軍団長もとうに倒れ、ほとんどの隊長位も討ち取られ、そして護光騎士トゥレスとセイスも、戦いの最中、突然唖然《あぜん》とした様子で頭上を見上げるという致命的な隙を晒《さら》し、

「お仲間が負けちまって驚いたのか？」

「ようやく隙を見せたな」

今、バッドとクリスの一閃《いっせん》に、その首を刈り取られた。

もう隊長位で残っているのはレライエ師団長のみ。その彼女も既に深手を負っていて、武器も失い、残存部下の二百人弱を指揮するのに背一杯の様子。

対して解放者側も二百人ほど帰らぬ人となり、メタル・バトラムを筆頭に防備のほとんどを失った状態だが……意気が違った。絶対への盲信を呑み込まんとする反抗の意志は、疲弊の極致にあってなお、彼等を燃え上がらせている。と、その時、

『世界に告げる。私はミレディ・ライセン。対教会組織〝解放者〟のリーダーです』

バッド達の口元に笑みが浮かんだ。

白光騎士達が目を丸くして崩壊した壁の方を――神都の上空を見ている。

そこには……

――神都・東方面
「まったく面倒くさい奴等《やつら》めっ」
中央広場を囲う巨木の壁の前に、ほとんど陣取るようにして騎士団を相手取っていたレスチナ将軍と部下の魔人達。

どれだけ倒そうとも「全ては神のために！」「殉教万歳！」と狂ったように突撃してくる騎士団に、精神的な疲れが見え始めている。

「将軍、解放者より通信！　すぐ近くにまだ三人！　一家だそうです！」

「なんだとぅ！」

と言っている間に、少し離れた路地裏から三人の人影が飛び出してきた。小さな女の子と夫婦だ。中央広場は安全だと思ったのか、自ら避難してきたようである。

もちろん、ラック・エレインの結界もあるので簡単には入れない。

そして、民を盾にする作戦を実行中である騎士団にとって一家は恰好《かっこう》の獲物だ。

「捕らえろ！」

騎士二人が一家に迫る。一瞬、助けが来たと思ったのだろう。だが、一家の顔に浮かんだのは恐怖。騎士達の顔に浮かんでいるのは狂気と害意のみだったからだ。

信仰のためなら命を捧げて協力すべき。頭では分かっていても、夫妻の体は咄嗟《とっさ》に娘を庇《かば》っていた。

「ほんっとうに面倒な！」

轟音《ごうおん》と熱波。近くに感じたそれに夫妻は益々《ますます》小さくなり、しかし、少女は両親の腕の隙から、それを見ていた。

自分達に背を向け、真っ赤な炎を身に纏《まと》い、「やはり庇ったぞ！」「好機だ！　集中攻撃しろ！」と光の斬撃を放ってくる騎士達を相手に一歩も引かず、その灼熱《しゃくねつ》の双剣を以《もっ》て全てを斬り伏せる姿を。

部下の魔人が挟撃し、その騎士達を打ち倒す。

息を荒らげながら、レスチナは〝宝物庫〟から〝喚門〟を取り出し、一家の方へ振り返った。なびく赤い髪と、見たこともない褐色の肌が煌々《こうこう》と炎に照らされていて。

「きれい……」

「んん？」

どうせ、今まで助けた者達と同じ。恐怖か、嫌悪か。助けられたとすら理解せずに、そんな目を向けてくるのだろう。

そう思っていたレスチナは、少女の呟きに思わず手を止めてしまった。

その間に、少女は両親の腕の間からするりと抜け出し、レスチナのもとへ駆け寄っていく。レスチナは、「お、おお？　な、なんだ!?」と、騎士の特攻にも見せなかった動揺をあらわにしてパタパタと後退《あとずさ》った。

そんなレスチナに、少女はポケットから小石を取り出した。なんの変哲もない小石だが、ちょっと歪《いびつ》なハート型に見えなくもない。

「あげる！」

「エッ、なんだ！　何を企《たくら》んでいる！」

「？　たすけてくれてありがとう！　きれいなお姉さん！」

そう言ってレスチナの手を取り、きっと、少女の秘密の宝物なのだろう、小さなハート形の小石を握らせた。

少し固まっていたレスチナは、掌《てのひら》の上の小石に不思議そうな目を向け、次いで、少女に何かを言おうとして、けれど何を言えばいいのか分からずおろおろし、最終的に、

「ふ、ふん。まぁいい。貰《もら》っておいてやろう！　だが、勘違いするなよ！　私は誇り高き魔人族！　人間にほだされたりなんかしないのだからな！」

子供相手に何を言ってるんだ……という部下達の視線が突き刺さっているのにも気が付かずに、頬を赤らめてぷいっとそっぽを向いたのだった。

と、そこで不意に声が響いた。忌々しきライセンの姫君の声が。

「ふわぁっ、すごぉい！」

頭上を見上げれば、中央広場の北側にミレディが出現していた。

彼女の後ろには、他六人の神代魔法使い達もいる。

太陽を背に、遥《はる》か高き霊峰山頂の光景と共に空中に浮かんでいた。

向こうが透けて見えることから、なんらかの方法で映像を投射していると分かる。

『私達は教皇と護光騎士団、そして神の使徒を打倒しました』

丁寧に、一言一言に心を込めるようにして、言葉が紡がれる。

中央広場のざわめきが静まり、殺到していた騎士達ですら口を開けて動きを止めていた。

「だとう？」

「……悪い奴を、やっつけたという意味だ」

きょとりと小首を傾《かし》げる少女にレスチナはそう言って、〝喚門〟の使用を少し待った。

なんとなく、この少女と一緒に話を聞きたいと思ったために。

――神都・東門

「っ、ハァハァ、助かった。礼を言うぞ、勇者殿」

「ゼェゼェ、こちらこそ。エルガー将軍」

倒れ伏した騎士アジーンとイェディを前に、仲良く膝を突いて息を荒らげるエルガーとラインハイト。

「動けますか？」

「はは、老体にちぃとはきついわい」

エルガーは重傷だ。ラインハイトの回復魔法で命に別状はなくなったが、歩くこともままならない様子。ラインハイトも満身創痍だ。防具は全て砕け散り、虚脱感に震えている。

「まさか、勇者に肩を借りる日が来ようとは。長生きはするもんじゃなぁ」

「私も、まさか魔人の将軍と共闘する日が来るとは思っていませんでしたよ」

複雑で、どこか面映ゆい感覚にお互い苦笑い。動けるようになるまで少し時間がかかりそうだったが、どうやら心配はいらないようだ。

「おや、終わったか」

「良かった……ミレディさん」

空中に投影されたミレディ達を見上げ、

『世界中の皆さん。今日、この日の出来事を見て、何を感じましたか？』

二人は安堵に目尻を下げたのだった。

――東門外壁

「なんなの、あれは……」

騎士オータルと巨神兵が崩れ落ち、黒騎士王もまた崩壊していく戦場で、ハビエルが動揺を顔に漂わせる。答えたのは、実に楽しげな様子のラスールだった。

「〝天網《てんもう》〟というアーティファクトだそうだよ」

「てん……なんですって？」

「〝天網〟だよ。遠く離れた地に映像と声を届けるアーティファクト。この意味が分かるかい？」

目を眇《すが》め、訝しみ、まさかと思い至って、ひくっと喉が鳴る。

『騎士達の行いを見て、教皇ルシルフルの言葉を聞いて、どう思いましたか？』

どう思う。もしそうであるなら、世界の人々は。

己の血の気が引く幻聴を聞きながら、否定を求めてラスールを凝視するハビエル。

腹立たしいほど軽やかに、ラスールは肩を竦《すく》めた。

「今頃、世界中の国、都、町や村に至るまで大騒ぎだろうね。私達の戦いは全て、ずっと届いていたのだから」

そう、映像送信機能付き通信機〝天網〟の最終目標が、これだったのだ。

解放者と教会の戦いを、全世界に余さず伝えるために。

ミレディの言葉を、変革の鐘の音色を、大陸中に届けるために。

「今すぐ止めないとっ」

ハビエルが飛び出そうとして、その眼前を血色の魔刃が通り抜けた。

「無駄だよ。君も大人しく聞くといい」

そう言って微笑《ほほえ》むラスールを、ハビエルは忌々しそうに睨み付けたのだった。

――中央広場上空・ラック・エレイン

飛空船団も動きを止めている中、艦橋という特等席でミレディ達を見つめるサルース。

「東奔西走した甲斐《かい》があったのぅ」

世界中の町にこの光景を映すためには、映像投射の起点となる〝天網〟を設置する必要があったのだ。もちろん、中央広場でも戦いの様子はずっと投射されていた。

『神は絶対で、人は彼《か》の者の遊戯の駒で、何をされても仕方ない。納得できましたか？』

ミレディへ当然だと罵詈《ばり》雑言《ぞうごん》が飛ぶ。憤怒と憎悪に顔を歪《ゆが》める者もたくさん。

だが、他国の民は一心に耳を傾けており、神民の中にさえ真剣な表情でミレディを見つめている者達がいた。

『私は……私は納得できない！　納得できないからっ、この世界を変えたかった！』

各国の首脳陣においては既に、どこか覚悟を決めたような、何か納得したような表情を見せている。

それにほっと安堵《あんど》の吐息を漏らして、サルースは艦長席に深く背を預けた。

「頑張れ、ミレディ」

隣のミカエラが口にした応援を、自分もそっと口にして。

――神都・西門

「変革、なりますかねぇ？」

正気に戻ったスイが、騎士団の動きに注視しつつシムの隣に立つ。

ミレディが、魔人族との長きに亘《わた》る戦争でさえ神の遊戯であったことなど、神の真実を語っていく。それに耳を傾けながら、シムは微苦笑を浮べた。

「さてな。そう簡単に変われれば誰も苦労などせんだろう」

「えぇ？」

「だが、何かしなければ何も変わらん。本当の戦いは、ここからだろう」

「あ、だからってスイはもう働きませんからね？」

構わんよ、と今までの労《ねぎら》いを込めてスイの頭をわしわしと撫《な》でるシム。

『信仰を捨てろとは言いません。けれど……』

切実な少女の声音が、どこまでも透き通るように響いていく。

都全体が、時でも止まったみたいな静けさに包まれていた。誰もが彼女の言葉を無視できないでいるのが、手に取るように分かった。

きっと、その言葉に演説じみた〝作り〟がないからだろう。

ただただ、切実なる願いが込められた〝意志のある言葉〟だからだろう。

『神の都合で全てが決まる世界と、歴史と、決別しませんか？　人の歴史や営みを、人の意志で作っていきませんか？　一人の人として――』

さて、生き残った騎士達《たち》はこの後、どうする気か。シュネー一族がいるとはいえ、戦士団の装備はほぼ消耗し尽くし、ギリギリの状況だ。

シムは警戒を解かず、しかし、静かに行く末を見守った。

――総本山跡地
「自由な意思の下に生きませんかぁーーーーっ」

最後に大きく渾身《こんしん》の想《おも》いを込めて、そう叫んで、ミレディは口を閉じた。

伝えたい言葉は伝えた。解放者が、どんな意志を以て事を起こしたのか、この先の未来を、どう考えているのか。

伝わっただろうか。

人々の心は、何か変わっただろうか。

少しでも、何かを感じてくれただろうか。

天を仰ぎ、息を整えながら少しの不安を胸中に抱く。

背に視線を感じて振り返れば、最高の仲間が温かな眼差《まなざ》しを向けてくれている。

大丈夫。そう、言葉にされずとも伝わってくる。

ここから先は、具体的な話だ。

神殿騎士団への即時停戦を求め、求めに応じず最後まで殉教を選ぶというのなら戦い、心が折れていてくれたなら拘束して王宮の牢《ろう》に確保する。

王宮は開放し、各国首脳陣に入ってもらう。今後の方針を合議の場で話し合いつつ、神都の人々に対応する。決戦前の秘密の会談で取り決めた通りに。

ミレディは、未《いま》だ世界中が注目していることを忘れて、頬を両手でペチンッと叩《たた》いた。

気合いを入れて、さぁ、未来のために一歩を――という、まさにその時。

『エヒトの名において命ずる――〝口を閉じよ〟』

男とも女ともつかない声が降ってきた。

ミレディが喉を押さえるようにして「!? ッ!?」と混乱を見せる。

オスカー達も、咄嗟《とっさ》にミレディに呼び掛けようとして声が出ないことに気が付く。

『重ねて命じる――〝跪《ひざまず》け〟』

勝手に膝が折れる。頭を垂れて、額を地に擦《こす》り付けそうになる。

魂が凍り付くような怖《おそ》ろしいプレッシャーと、足場が消えたような不安定な精神が、体を命令に従わせようとする。

だが、それだけはできない。見ているのだ。世界中の人々が自分達を。神の前で跪く姿だけは絶対に見せてはならない。だから、

「ッッ、ぉおおおおおおっ」

ラウスの雄叫《おたけ》びと共に夜闇色の波紋が広がった。途端に、ゼハッと息を吐きながら呪縛より解放されるミレディ達。一斉に天を睨《にら》み付ける。

「エヒトッ」

神意は、断ち切れていなかった。白亜の一本柱など、最初から必要なかったのだ。

どこまでも巫山戯《ふざけ》た存在だった。わざわざ想いを訴えさせた後で、膝を折らせようとするところなんて特に。

空に、白銀の渦が生み出された。荘厳で神秘的な光景だが、どこかおぞましい。

『つまらぬ。全くもって不甲斐《ふがい》ない』

心底、白けたような声音だった。

『期待外れだ』

死闘に次ぐ死闘。喜劇のような悲劇。両陣営共に多くの大切なものを失い、悲嘆に暮れ、絶望する光景を望んでいたのに。

蓋を開けてみれば、解放者側は、否、ミレディ達は少々強すぎた。

『今代は失敗だな』

時間をかけて準備したはいいが、実際にやってみると面白くなかったゲームを捨てるような気軽さで、この時代の悲劇と戦いを批評する。

その吐き気を催すほど酷薄な言葉に、ミレディは激昂《げきこう》した。

「なら降りてこいっ、私達と戦え！　神気取りのクソ野郎に、人の強さを教えてやるっ」

その不遜な言葉に、しかし、エヒトは『人の強さ？』と何か思案する様子を見せ、

『……ふむ、なるほど。それは良い』

なぜか、一転して愉《たの》しげな声音になった。ミレディの胸の奥がざわついた。何か、致命的な失敗をしたような、そんな気がして。

『ぜひとも教えてくれたまえ。見えすぎる駒が見いだした強すぎる駒よ』

象徴を丸ごと破壊され、手駒を全滅に近い形にされ、しかし、それでもやはりエヒトは神なのだろう。ミレディを対等とは扱わない。対等ではないから感情は波立たないし、降

臨など論外。相対して雌雄を決するなんてあり得ない。

代わりに、神威を以《もっ》て〝試す〟のだ。キャンキャンと吠《ほ》える子犬を愛《め》でるように。

『足掻《あが》くがいい。我が無聊《ぶりょう》を慰めるために、最後まで』

「何を――」

ミレディの言葉は遮られた。身構えていたオスカー達が目を見開く。

天空に座す白銀の渦から、〝神の使徒〟が出現したから。

十や二十ではない。百や千でもきかない。空を埋め尽くすほどの、おびただしい数。

「っ、リューちゃん！」

「承知ですわ！――〝極天解放〟!!」

「――〝黒天窮《こくてんきゅう》〟!!」

聖堂すら呑み込んだ特大の禍星が、再び放たれた。それが、一度で五百体以上の使徒を呑み込み消滅させる。

想定していなかったわけではないのだ。神が降臨しないことも、その場合、使徒による物量戦をしかけてくる可能性も。

千体を軽く超えているのは想像以上だったが、出てくる場所が分かっているなら問題ない。それごと呑み込めばいい。最強の重力魔法から逃れる術《すべ》はないのだ。何千体でも手札が尽きるまでやってやる。

だが、そんなミレディの戦意を嘲笑《あざわら》うかのように、

「っ、まずい！　どこにでも出せるのか!?」

オスカーが、黒眼鏡越しの映像に表情を引き攣《つ》らせた。〝天網〟を組み込んだレンズには地上の様子が映っていたのだが、その神都の上空にも白銀の渦が生み出されたのだ。

「ナっちゃん！　神のいる場所に！　あの渦の向こうに！」

「既にやっている！　だが……くそっ。すまんっ」

焦燥と悔しさを滲《にじ》ませるナイズの様子で察する。境界干渉の神髄に触れた今のナイズでさえ神の領域には届かないのだと。

渦の向こうの魂も感知できない。情報を看破することも、渦そのものを消滅させることもできない。神代魔法の理《ことわり》を超える何かが、そこにはあった。

ミレディ達の表情が引き攣る。神を侮るようなことはしていなかった。公開処刑さえなければ、神と相対する方法や確勝のための情報収集にも時間をかけていただろう。

だが、それでも〝今の自分達なら〟と心のどこかで思っていたのも事実で。

甘かった！　と歯噛《はが》みしながらも、ミレディはなお戦意を叩き付けた。

「怖《お》じ気《け》づいたのっ、エヒト！　引きこもって人形に全てを任せる神なんかを、誰が信じる！　戦わなければ、お前に未来はないぞ！」

『勘違いも甚だしい』

せせら嗤《わら》い、エヒトは告げた。

『私が未来だ』

どんな形であれ、繁栄も衰退も、創造も崩壊も、全て己が決めること。

『むしろ、ミレディ・ライセン。お前に未来はあるのか？』

ほぅら、神都が戦場になるぞ。無辜《むこ》の民が巻き込まれるぞ？　と言外に告げるエヒトの愉しげな声音に、ミレディは唇を噛《か》み締めた。血が流れるほど強く。

その震える肩に、温かい手が置かれた。オスカーの手だ。

「ミレディ。僕達は最大の目標を達成した」

冷静な声音に、自分の心も落ち着くのが分かる。

「救うべきを救い、伝えるべきを伝えた。そうだろう？」

その通りだ。悔しくはある。できることなら今、神を打倒したい。

けれど、神の領域に届かない以上、使徒を吐き出す渦は止められず、乱戦になるのは必定。そうなれば、神都の人々を守り切れない。

大義・宿願のためでも、民を犠牲にすることはできない。それは解放者の根幹が崩壊するのと同義だから。

「撤退するっ!!」

ミレディの決断が、通信機を介して地上の総員へ伝わった。

『あい分かった。撤退計画２でよいな？　ミレディ』

サルースも撤退すべきと判断していたのだろう。打てば響くような確認が返ってくる。

なお、撤退計画２とは、今のような事態を想定したもの。ミレディ達とラック・エレインが囮《おとり》となり、他は〝黒門〟で散り散りに撤退し潜伏するのだ。

『姫君、まだ終わりではないよ。再会を楽しみにしている』

『陛下、こちらはお任せを。ミレディ殿、生きてまたお会いしましょう』

『おう、ミレディ。良い言葉だったぜ？　すべきことはできたんだ。きっと世界は変わる。胸を張って逃げようや？　な！』

ラスール、シム、バッドから通信が入った。ラウスの魂魄《こんぱく》感知が彼等《ら》の撤退を確認していく。それを受けて、ミレディは〝黒天窮〟を消した。

「直《す》ぐに戻ってる。必ず、お前を打倒するッ」

エヒトは答えなかった。ただ嗤い声だけが、ずっと木霊していた。


ラック・エレインの艦橋にサルースの怒号が響く。

「撤退状況は!?」

神都上空に発生した白銀の渦からは、既におびただしい数の使徒が溢《あふ》れ出てきている。その光景に、生き残りの騎士団は歓声を上げているが、中央広場の民達《たち》はみな、どこかおぞましいものを見るような目を向けていた。不安と恐怖に苛《さいな》まれている様子だ。

「撤退確認！　問題ありません！」

〝黒門〟による総員瞬時撤退も計画のうち。みな、無事に神都から脱出できたようだ。

「よし、転移準備開始じゃ！」

ラック・エレインは王宮へと速度を上げて突き進む。

使徒の攻撃を相手に中央広場を守り抜く自信などなく、離れる方が得策だったからだ。

「結界消失！　残存魔力二十パーセント！」

「装甲七十五パーセント喪失！　穴だらけにされてます！」

「推力低下！　このままでは！」

次々と上がってくる甚大な損傷報告の数々。と、そこで白銀の渦に黒く渦巻く星が重なった。更に、周辺にいた使徒が衝撃で吹き飛び、あるいは巨大戦棍《せんこん》で薙《な》ぎ払われる。

ミレディ達が来たのだ。代わりに、八千メートル上空からも、まるで入道雲そのものが落ちてきているかのように錯覚するほどの数の使徒がやってくる。

『急いでっ、サル爺《じい》！』

「わぁーっとるわ！　転移は⁉」

「お待ちを……魔力充填完了！　いけます！」

「よし、突っ込め！」

ラック・エレインが増速して王宮に突撃する。だが、再び体当たりを目論《もくろ》んでいるわけではなかった。艦搭載の巨大ゲートが起動し、船首の先の空間が渦巻く。

ミレディ達を殿《しんがり》に、ラック・エレインは一目散にゲートへ飛び込み……

視界が切り替わった。無事、転移を果たしたのだ。

出現先は、【神山《しんざん》】の北側三百キロほどの位置。海まで五十キロくらいの場所だ。

黒煙を噴き、あちこち外壁のない吹きさらし状態になったまま、一路、北の海を目指す。

しばらくすると、艦橋前の甲板にミレディ達も転移してきた。

ミレディが胸元を握り締めている。

神に届かなかった悔しさ、命を散らした少なくない仲間への哀切、撤退中の仲間への憂慮。いろんな感情が綯《な》い交《ま》ぜになって飽和したような、そんな表情をしている。

「……もうちっと喜んでもいいと思うんじゃがなぁ」

計画は概《おおむ》ね成功したのだ。救助は叶《かな》い、神の真実は暴露でき、教会の絶対神話は崩れ、解放者の想《おも》いも伝えられたのだから。

とはいえ、そう簡単に割り切れるのは、自分のような爺《じじい》だけかと苦笑い。

しばらく、誰もが何かしらの想いに浸り、静かな時間が流れた。が、休息がてらの時間も、そう経《た》たずに終わりを告げる。不意にミレディ達が振り返り、叫んだ。

『サル爺！　奴等《やつら》が来る！』

一瞬にして、艦橋が再び張り詰めた糸のような緊張感に包まれた。

サルースの「転移準備！」の指示に、「魔力不足！　無理です！」と悲壮な答えが返る。

『撤退計画２の２！』

「聞こえたな！　準備せよ！」

悲鳴を上げるように軋《きし》むラック・エレイン。サルースは「もう少し頑張っておくれ」と肘掛けを撫《な》でながら呟《つぶや》き、険しい眼差《まなざ》しを外へ向けた。

銀の閃光《せんこう》が流星群のように艦の周囲を追い越した。千体を超える使徒の群れだ。

「こいつらっ、ラック・エレインを狙って!?」とオスカーが声を荒らげる。

確かに、ミレディ達を追撃しにきたと言うより、その狙いはラック・エレインの破壊にあるように思えた。あるいは、その搭乗員達か。

『神の悪辣さってやつだろう!』

ヴァンドゥルが転変し、氷竜の巨体と竜鱗《りゅうりん》で肉壁になりながらブレスで迎撃する。ナイズが空間拡張と結界で、メイルは遅滞領域で攻撃を防ぎ、ミレディとオスカーは重力魔法と分解砲撃で、ラウスは分身体を飛ばして迎撃。リューティリスが支援する。

だが、改めて自覚するのは、自分達の想像以上の疲弊具合。

決戦時の出力が出ないのだ。あの〝聖堂の結界破り〟が原因なのは間違いない。

一瞬でも気を抜けば、直ぐに防衛線を食い破られるだろう。艦を修復する余裕なんて、まるでない。

「みんなっ、頑張って! 海までもう少しだ!」

ミレディの声に奮起する。絶対に艦の仲間を墜《お》とさせはしないと。

永遠にも等しく感じる数十分が過ぎ、防ぎきれなかった砲撃で船体がいよいよ浮力すら維持できず高度を落とし始めた頃。

「統括長! 効果範囲に入りました!」

待望の海が見えて、サルースは全艦通信を行った。『脱出せよ！』と。

〝黒門〟による緊急脱出だ。その行先は海岸の岩場に隠したもう一つの船。オスカーがラック・エレインを参考に魔改造し、第二の魔装潜艦に仕立て上げたメルジーネ号だ。

大きさは三分の一。全員が転移すると手狭だが背に腹は代えられない。万が一の場合に備えて、ラック・エレインを墜とさせて囮とする作戦だ。

『ミレディよ、ワシ等も出る！』

サルースの通信が届き、ミレディはラウスを見た。ラウスが魂魄感知でラック・エレインから人が消えたことを確認し頷《うなず》く。

ミレディが「逃げるよ！」と声を張り上げた瞬間、オスカー達も一斉にナイズのもとに集まり転移で姿を消した。

その直後、魔装潜艦ラック・エレインは数多《あまた》の銀光に貫かれ、その長い長い歴史に終止符を打たれたのだった。

一方、すっかり金属製の小型ラック・エレインのような姿に変わり果てた魔装メルジーネ号の艦橋にて、サルース達とミレディ達は息を潜めていた。

北の海は百数十キロに渡り遠浅が続く。深く潜れないので、使徒達が帰還するまで身を隠すのだ。

遠目に、ラック・エレインが墜ち、集中砲火を受けているのが見えた。半生を過ごした場所が徹底的に破壊されていく様を見て、サルースが寂しそうな雰囲気を漂わせている。

やがて、分解砲撃の輝きが一つ、また一つと消えて……

祈るように、そのまま帰ってくれとクルー達が願う中、ミカエラがひくりっと表情を引き攣らせた。

「来ますっ。気付かれています！」

「サル爺！　全速力で逃げて！　浅瀬を抜けて深く潜ればまだ！」

「ミレディよ……」

「その先を言ったら許さないよ！　サル爺ッ」

ミレディの怒声が艦橋に響いた。何を言う気かなんて分かりきっていたから。

使徒は、執拗《しつよう》なまでにラック・エレインを狙っていたのだ。なら、おそらく今度も狙うのはサルース達の方。ミレディ達だけなら、と思うのは自然な帰結だった。

艦橋にいる者達の、満場一致の覚悟を決めたような表情が、ミレディにはたまらなく恐ろしく見えた。お願いだから、そんな顔をしないで、と。

とはいえ、いい加減に限界が近づいているのも確かで。

「こんなところで負けてたまるかっ」

ミレディの燃えるような視線が、迫ってくる使徒の群れを睨《にら》み付けた。

どこまでも付き合うと、オスカー達も肩で息をしながら身構える。

その瞬間だった。

『『『『グルァアアアアアッ』』』』

絶大な咆哮《ほうこう》と同時に、幾千もの閃光が使徒達を襲ったのは。

誰もが「え？」と面食らう中、ミカエラが叫ぶ。

「これは……竜の群れです！　東より凄《すご》い数の竜の群れが！」

ミレディ達が一斉に東の空を見る。そして、五千はいるだろう勇壮な竜の群れを見た。

「いや、違うっ。あれは──」

血の半分が同族だからか、ヴァンドゥルには分かった。ただの竜の群れではない。五千の竜の群れは、全て〝竜化〟した姿。そう、彼等は、

『竜王陛下の命により救援に参った。アストラン竜王国軍・竜将グライス・シュネーだ』

竜人族だった。ブレスの壁が使徒を押さえている間に、美しい藍色の竜鱗の氷竜が艦の傍らに舞い降り、威厳のある声音で正体を明かす。

「しゅねー？」とミレディが、否、全員が呆《ほう》けたままヴァンドゥルを見る。

グライスの竜眼もビシッと固まったヴァンドゥルを捉え、どこか優しげに細められた。

『孫を死なせるわけにはいかん。早急に撤退したまえ』

疑問と困惑が氾濫した川の如《ごと》く溢れるが、しかし、一つ確かなことは。

どうやら、これ以上仲間を失わずに済む、ということだった。

第二章◆竜王国と古の伝承

解放者が撤退した後の大礼拝堂にて。

「レライエ様！　お気をしっかり！　今、治癒しております故！」

白光騎士の一人が、唯一生き残った隊長位レライエ師団長に必死の治療を施していた。咳《せ》き込みと一緒に吐血し、霞《かす》む視界の中、それでもレライエは問うた。

「状況、は？」

「お喜びください。神はやはり、我等《ら》を見捨てなかった。無限に等しい使徒様が降臨し、奴等は堪《たま》らず撤退いたしました」

「だん、ちょう……たちは？」

「……拉致されたものかと。とにかく、もうしゃべらないで。治療に専念を」

指揮権を持つ者がいなくなった白光騎士団にとって、この痛手受けた現状、レライエは失えない。道しるべがなくなるような不安さえ感じる。

そんな部下の想いを感じ取って、レライエは素直に言うことを聞いた。瞑目《めいもく》し、心を落ち着けて……

「？　ッッ!?　ぐぁっ、な、何がっ、だれ!?　やめっ」

「レライエ様!?　どうされたのです!?」

　突然、頭を抱えてのたうち回り始めたレライエ。場が騒然とし、他の生き残りも治癒に加わろうと駆けつけてくる。が、レライエの苦悶《くもん》は直《す》ぐに収まった。

「レ、レライエ様?」

　恐る恐る声をかける騎士。目を閉じていたレライエは、一拍おいてすっと目を開けた。

「なんでもない。治療を急げ」

　抑揚のない声、どこか既視感を覚える冷たい眼差し。それに困惑しつつも有無を言わせぬ圧力を感じて、騎士は迅速に治療を行った。

　五分ほどで重傷部分は癒え、「もうよい」と立ち上がるレライエ。生存者の確認を急げと指示を出し、自らは崩壊した壁際へと歩み寄った。

　喧噪《けんそう》の木霊する神都を見渡す。五体の使徒が巨木の壁を分解しているのが見えた。

　背後に気配。よく知る恐ろしき気配。

「ご無事でしたか、エーアスト様」

「……我等使徒は一にして全。不滅の存在なれば無事でないわけがありませんよ」

　横に並び立ったのは、メイルの封印巨岩の復元で封殺されたはずのエーアストだった。

〝壊刻《かいこく》〟で負った傷も見当たらない。

「ご謙遜を。貴女《あなた》は一番目の使徒。主の愛着を賜っている」

　エーアストは答えなかった。二度も主の手を煩わせたことに、内心穏やかではないのかもしれない。まるで、意趣返しのような言葉を返す。

「そちらこそ無事なのですか？　全て失って」

「いやはや、参りました。まさか全滅とは。時を経る毎《ごと》に強力な固有魔法《こゆうまほう》持ちが減っていく。同じ質を集めるのは、もはや不可能かもしれません」

「そうではなく、貴女の魂の話です」

ああ、とレライエは胸に手を置いて小首を傾《かし》げる。

「少々欠けましたが問題なく統合しております。いずれにしろ、聖剣を取り戻すまでは死にませんよ。……彼女は私のものだ」

最後の一言だけ、鳥肌が立つような執着と狂気が顔を覗《のぞ》かせた。エーアストは「そうですか」と端的に返し、最後に用件を伝えた。

「解放者は今しばらく放置。最後の余興の準備はこちらで。貴女は現状の収拾を」

「御意」

銀翼を一打ち。エーアストは去っていった。

「あ、あの、レライエ様？」

途中から指示を貰《もら》うべく背後に待機していた騎士達《たち》が、先程のやり取りに困惑をあらわにしていた。そんな彼等にレライエは振り返り、

「その名は捨てた。今より私のことはこう呼べ――ダリオン・カーズと」

そう告げた。騎士達の困惑が深まったのは言うまでもない。

決戦の日から、丸十日が経《た》った昼過ぎ。

立派な二階建ての木造屋敷の縁側で、素足をぷらぷらさせているミレディの姿があった。

いつもの服装ではなく、浅葱《あさぎ》色《いろ》の単衣《ひとえ》を帯で締めた恰好《かっこう》――この国で浴衣と呼ばれるものを着ている。髪はおろされていて、ぼぅと庭を眺めている。

だが、美しい山水の庭園の鑑賞を楽しんでいるという雰囲気でもなかった。

考え込んでいるようでいて、何も考えていないようでもあり。

落ち着いているようで、焦燥に駆られているようでもあり。

いずれにしろ、普段の天真爛漫《てんしんらんまん》ウザさ天井知らずとはかけ離れた様子。なんとも声をかけづらい雰囲気だった。

「オスカーくん、ちょっと押し倒してキスでもしてきなさいよ」

「僕に死ねというのか」

「ショック療法よ」

少し離れた外廊下の角で、メイルがオスカーの薄墨色の浴衣をグイグイと引っ張る。

「だいぶ落ち着いたじゃないか」

「そうだけど……なんだか見てられないのよ」

う～んと悩ましげに腕を組むメイル。空色の浴衣の胸元が零《こぼ》れそうで実に悩ましい。というか、着崩しているわノースリーブだわミニ丈だわで、ここ最近、この屋敷の者達をいろんな意味で悩ませている。

「何もしない時間も、きっと今のミレディには必要だ。いや、僕達にも、かな」

「まぁ、どちらにしろ、待ちの一手しかないものね……」

壁に背を預け空を見上げるオスカー。表情は眼鏡が反射してよく見えないが、なんとなくミレディに似た雰囲気に思える。

神との格差を埋める方法の模索。未《いま》だ確認が取れない一部の仲間の安否。

憂慮と焦燥は募るが、メイルの言う通り、今は待つしかない。

正体不明の疲弊状態にある七人と、二百人の被処刑者、虜囚だった者達の療養は必要であるし、撤退中の仲間に何かあった場合も、臨時本部として情報統括をしている魔装メルジーネ号の傍《そば》に待機していた方がいい。何より、

「竜王国の歴史は古い。きっと、何か手がかりが摑《つか》めるさ」

それこそ竜王国が救援に来た理由であり、今、こうしている理由だ。

そう、竜王の目的は、ミレディ達が決戦で得た神の情報。そして、竜王国千年の歴史で最も神打倒の可能性が高いミレディ達の保護にあったのだ。

ミレディ達を逃がすためなら、竜王国軍は全滅の覚悟さえしていたらしい。幸いというべきか、不気味というべきか。使徒は途中で撤退したので事なきを得たが。

そんなわけで、竜王国は現在、得た情報をもとに総力を挙げて古文書の類いを精査して

くれている。その間、ミレディ達は竜将殿の邸宅に居候しているというわけだ。

それがまた、気勢を削がれるような、手持ちぶさたのような、もどかしいような、そんな複雑な心持ちにさせるのである。

「こんなことなら、最初から竜王国にも渡りをつけておけばよかったわねぇ」

「公開処刑のせいで時間的余裕がなかったんだ。言っても仕方ないよ」

何せ、竜王国は【北の山脈地帯】という数百キロに及ぶ天然の城砦《じょうさい》に囲まれている。場所も、かつて一度だけ訪れたことのあるミレディしか知らない。

〝天網《てんもう》〟の配備、新装備の習熟、撤退時の潜伏先の準備。各国首脳陣との秘密裏の会談。やることは山ほどあって、しかし、タイムリミットはあまりに短かった。

「ま、そうよね」と肩を竦《すく》めたメイルは、ふと思い至ったように迷案を口にした。

「差し入れでもしてくるわ。美女の気遣いでやる気倍増よ」

「やめて差し上げろ。調査官達の気が削《そ》がれる。頂き物だからって勝手に改造したその浴衣の布面積、この国の文化だと下着も同然らしいからね。メイル、君、痴女だよ」

「失礼ね！」

メイルが下着の見えそうな蹴りをオスカーに叩《たた》き込んでいると、

「二人共、そんなところで何してる？」

廊下の奥からナイズがやって来た。象牙色の浴衣を見事に着こなしている。

無言で顎をしゃくったメイルを訝《いぶか》しみつつ、角から顔を覗かせ、納得。

「オスカー、甘い言葉の一つでもかけてくるといい。得意だろう？」

「君らは僕をなんだと思っているんだ」

「「エセ紳士の女ったらし」」

「ぶっ殺すぞ」

震える指先で眼鏡をクイッ。話題を変えにかかる。

「それで、皆は？」

「今日はシム戦団長からも連絡が入った。共和国軍は互いに安否確認ができたそうだ」

「樹海に戻ったのかしら？」

「ヴァルフとクレイド、それに半数の戦士は。スイはエントリスに、シムとニルケ、残りの戦士達は連邦と公国の境界にある隠れ里に」

「スイは神国の動向を探る気かな？」

「……おそらく。気が付いたらいなくなっていたそうだが」

「あら、あの子、嫌気が差して逃げたんじゃ？」

「シムの目が、少し遠くを見ていた気がする……」

さもありなん。仕事を押しつけられないよう仲間から隠れた可能性が高し。

三人揃《そろ》って溜息《ためいき》を一つ。気を取り直してオスカーが指折り数える。

「これで、バッドとマーシャル、クリス達……ディーネちゃんとも連絡が取れたね」

「マーガレッタ達ともね。聖母郷の護衛に入ってくれて一安心だわ。これで連絡がついたのは全体の六割くらいかしら。魔王軍が少し心配ね」

「北大陸では目立つからな。上手《うま》くライセン大峡谷を越えてくれれば連絡が来るはずだが、南大陸との境だ。警備の目は厳しい。慎重に動かざるを得ないだろう」

魔装メルジーネ号の大型〝天網〟で、サルース達が各地の安否確認を続けている。

リューティリスはその手伝いだ。この王都内からだと山脈地帯が邪魔で〝天網〟の通信が届かず、昇華魔法で出力を上げることで半ば無理やり通信している。

今のところ追撃の気配もなく特に問題は起きていないらしい。

「……なぜ動かないのだろうな」

ナイズが影の差した表情でポツリと呟《つぶや》いた。追撃のことと察してメイルとオスカーも難しい表情になる。

「教会の戦力がガタ落ちだから……は、理由にならないわね」

「あれだけの使徒がいるからね」

「神威は高まっただろうが、信仰は確実に揺らいだ。バッド達からの報告では、各地で神や教会に対する疑念や不安、一部では義憤が湧き上がっているそうだ」

「ここで使徒のみによる〝狩り〟を行えば民心が完全に離れる？　信仰ではなく、恐怖支配になってしまう？　それほど信仰が大事なのか？」

「あるいは、私達がここからどう足掻《あが》くのか見たいからとか？」

「決戦は不満だったらしいからな。あり得るが……すまん、余計な疑問だった」

今、考察しても仕方ない。まずは文献の調査。

神の思惑は分からないが、時間を貰えるというなら最大限に活用するまで。

そう話を終わらせて、互いに苦笑いを浮かべ合う。

そして、この心地よい庭園がもたらす静かな時間が、少しでもミレディの癒やしになることを願いつつ、今しばらく一人の時間を見守ろうと了解し合い……

ズダダダダッという、雰囲気ぶち壊しの足音が。

「うぇ!? ヴァンちゃん!?」

「ミレディか！　悪いが匿《かくま》ってくれ！」

オスカー達とは反対側の廊下を駆けてきたヴァンドゥルが、面食らった様子のミレディのもとへヘッドスライディングしてきた。

藍色の浴衣が乱れるのも気にせず、そのまま流れるように庭へダイブ。ミレディの素足の間をくぐり抜けるようにして縁側の下へ。

傍《はた》から見ると、まるでミレディの股に頭を突っ込むかのような所業である。「うひゃぁ!?」という可愛《かわい》らしい悲鳴と相まって、オスカーの眼鏡がスタンバイ。

食らえ変態が！　殺人眼鏡ビーム！　と太陽光熱線を放つ前に、メイルが後頭部をぶっ叩き、ナイズが足払いをかけるという阿吽《あうん》の呼吸を見せた。

おかげで顔面強打しつつ床に二つの穴を開けるだけで済む。

その間に、今度はパタパタッと可愛らしい足音が響いてきた。

「まぁまぁ、ミレディさん！　こんなところでどうしたの？」

「あ、ニエシカさん」

やって来たのは、白藤色の髪と瞳に瑠璃色の着物を着た見た目年齢三十代半ばの女性。

名をニエシカ・シュネー。この屋敷の主人グライス・シュネーの夫人だ。

「えっと、綺麗《きれい》な庭園なのでのほほんと」

「まぁ、嬉《うれ》しい。庭師にも伝えてあげてちょうだい。それに、のほほんも大事ね？」

ミレディの隣にちょこんっと正座し、のほほんと微笑《ほほえ》む姿は上品で美しい。

「えっと……」

「うふふ」

にこにこ、にこにこ。ついでにナデナデ。

シュネー夫人の柔らかな雰囲気と頭を撫《な》でる優しい手つきに、珍しくもミレディは戸惑った様子でモジモジしちゃう。

「お着物、よく似合ってるわ。後で髪もまとめましょうか？　似合いそうな簪《かんざし》があるの。ミレディさんは品のある女の子だから、少し落ち着いた柄の羽織も一緒に」

「そ、そんな。別に今で十分です、はい」

「もう、ミレディさんったら。そんなに畏《かしこ》まらなくても。お婆《ばあ》ちゃん、寂しいわ」

「お婆ちゃんだなんて」

「三百年以上生きていれば、みんな老人よ」

なんとなく頭が上がらない。実のところ、オスカー達も同じだった。

世話になっているから。竜王国でも最高位の名家だから。という理由もあるが、やはり人柄が原因だろう。

夫人だけではない。この竜王国の人々はみなそうだった。

入国当初、処刑対象者だったアンディカの民や職人の中には、伝説に語られる邪竜の印象が深く戦々恐々としている者も多かったのだが、少し話せば伝わる彼等《ら》の穏やかな気質と細やかな気遣い、懐の深さに、今ではすっかり安堵《あんど》と親しみを覚えているほどだ。

同時に、自然と背筋を伸ばしてしまうような、そんな敬意も。

「っと、ごめんなさいね。せっかく一人の時間を楽しんでいたのに」

「ただ、やることがなくてぼぅとしてただけなので」

「そう？　歳《とし》を取るとねぇ、すぅぐ長話をしちゃって。許してちょうだい」

コロコロと可愛らしく笑って、夫人はおもむろに片手を上げた。そして、

「ふんぬっ」

「どわぁっ!?」

堅い木材の廊下を拳でぶち抜き、ヴァンドゥルの一本釣りを成し遂げた。怖い。ミレディが「ひぃっ」と悲鳴を上げている。

「酷《ひど》いわ、ヴァン。どうしてお婆ちゃんから逃げ隠れするの？」

「べ、別に逃げ隠れしたわけでは……」

片手で襟首を掴まれ、上半身だけ床から出た状態で猫のように吊《つる》されているヴァンドゥル。盛大に視線を逸《そ》らしている。否、ミレディに助けを求めている！

「こら、話をする時は相手の目を見なさい」

「あ、はい。すみません」

不遜と毒舌がデフォルトの魔王の弟が、借りてきた猫のように大人しい。

実に珍しい光景だ。助け船なんて出せるわけがない。と、ミレディは視線を合わせないようにしつつもチラチラ見る。廊下の角からも頭三つのトーテムポールが。

「もぅ、ちょっと耳かきをしてあげようとしただけなのに」

「いや、あの、俺はもうそんな年齢じゃあ……」

「照れなくていいのよ、ヴァン。もっとお婆ちゃんに甘えなさいな」

吊《つ》り上げ状態から抱き締めに。ついでに良い子と良い子と頭を撫でられ、「おっふ」と変な声が漏れる。あまりの心地よさと安心感に、そのまま身を委ねそうになり……

視界の端に、ミレディの堪《こら》えきれていないニヤニヤ顔を発見。

「ふんぬっ」

祖母そっくりの声を上げて抱擁を振り解《ほど》く！　が、気が付けば膝枕状態になっていた。

武芸百般の達人なのに！　何をされたのか分からない！

ヴァンドゥルが羞恥やら心地よさやら、あるいは悔しさやらなんやら混然とした内心に悶《もだ》えていると、呆《あき》れたような声が耳に届いた。

「ニエシカ、何をしている」

「まぁ、貴方《あなた》。ヴァンが照れ屋さんなうえにやんちゃさんで困っていたのよ」

「全く困っているように見えないが。むしろ嬉しそうだが」

「うふふっ」

はぁ、と溜息を零《こぼ》したのは、シュネー家の当主グライスだった。

群青の髪に瞳。ヴァンドゥルと同じ藍色の着物の美丈夫。常に眉間に皺《しわ》が寄っている厳格な雰囲気の将軍だ。

ヴァンドゥルの視線が泳ぎまくっている。立ち上がりたいのに、絶妙な手さばきで押さえられてできない！

「お前の悪い癖だ。サスリカも、『お母さん、鬱陶しい！』と逃げていただろう」

猫を猫かわいがりして構いすぎ、結局、逃げられるタイプの人。それがニエシカさん。

「すまないな、ヴァン」

「いえ……」

元々、あまり口数の多くない二人である。よく顔は合わせるのだが妙な空気というか。

あれだ。普段は出張ばかりだが久しぶりに休暇を取れた父親と、その子供というべきか。

疎ましいわけでは断じてないのだが何を話せばいいのか分からない、という感じでぎこちない雰囲気になるやつだ。

「あらまぁ、あなたったら。本当に口べたなんですから。本当はもっとヴァンと話したいくせに。昨夜も秘蔵のお酒を片手にうろうろして――」

「言うな」

グライスさんの耳の先が赤く染まった。

こんなやり取りを見れば、誰だって分かる。グライス達《たち》がヴァンドゥルに並々ならぬ愛情を持っていると。

サスリカ・シュネーの、グライスとニエシカの娘の忘れ形見。シュネー一族直系の孫。

望外にも見つかった子は、祖父母たる二人だけでなく、親戚や従者一族、果ては使用人に至るまで歓喜を以《もっ》て迎えられていた。

混血であることも、その血が前魔王のものであることも、まるで関係ないと。

だが、だからこそ、ヴァンドゥルはどこか苦しそうな顔になってしまう。

屋敷に招かれた夜、ヴァンドゥルは二人と朝まで話をした。生まれのこと、今までのこと、サスリカの最期も、全て包み隠さず。

サスリカを死に追いやったのは、自分の暴走だったのだと。

こんな歓迎を受ける資格は、自分にはないのだと。だが、

「あの……俺は……」

何かを言おうとして、しかし、止められる。グライスの大きな手が、ヴァンドゥルの頭をくしゃりと撫で、見上げてみれば穏やかに細められた眼差《まなざ》しがあったから。

ミレディが「わ、私、場違いじゃないかな？　かな？」と居心地悪そうにもぞもぞと薄

いお尻を動かしている姿を見て、グライスは用件を思い出し、咳払《せきばら》いをした。

「陛下から昼食の誘いが来ている。受けるかね？」

視線がミレディを捉え、そして、角のトーテムポール三人衆に流れる。

ヴァンドゥルの頭上に〝!?〟が飛び出し、直後、悶絶《もんぜつ》ブリッジが炸裂《さくれつ》。

オスカー達はニヤニヤしつつ「喜んで」と答えたのだった。


畏れ多くも軍部最高位の竜将閣下の案内を受け、ミレディ達は昼食会場へ向かう。

道中の美しい街並は目の保養になった。

竜王国の王都は山岳の中の巨大なカルデラのような場所にあるのだが、周りが岩石ばかりなのに対し、そこだけ異界の如《ごと》く草木や川が流れている。

家屋は全て木造で、大きくても三階建てまで。建築様式も他では見られない素朴さと落ち着きを感じさせる趣があった。

御所も同じである。絢爛豪華《けんらんごうか》とは程遠く、高さも三階建て。

ただ、朱色の門と、砂利と山水の広い庭は極めて美しく、その奥の御殿はどこか神聖な場所に見えた。ともすれば、そのまま奥に吸い込まれて神域に迷い込んでしまうのでは、と思ってしまうほど。

中に入り、靴を脱ぐという慣れぬ習慣に従う。足裏のすべすべした木の感触が、なんともくすぐったく、それでいて心地いい。

メイルがすぅ〜っと滑り出す。ナイズから駄目な子を見る目が向けられる。

そんなこんなで辿《たど》り着いた会食場。

スライド式の引き戸の奥から、随分と賑《にぎ》やかな声が響いてくる。

「そういうわけで、私はグライスが羨ましいのだ。あれほど才気に溢《あふ》れた子はおるまい」

ヴァンドゥルがビクンッと震える。

「いいや！　うちのミレディが一番じゃ！」

ミレディがボワッと頬を染めた。

「分野によりけりだろ。まぁ、うちのオスカーは全分野に秀でているがな」

オスカーが「んん」と変な声を出す。

「おいおい、誰があいつらを支えていたと思ってんだ。メイル抜きで解放者は語れねぇだろ。流石《さすが》はリージュの娘だぜ。世界に名を売っちまうとはでっけぇ女になった――」

メイルがビキッと青筋を浮かべた。ずんかっずんかっと歩き出し、ミレディ達が制止する間もなく引き戸を蹴り飛ばす。

室内にいた者達が「何事!?」と驚く中、良い笑顔のメイルは「あ、やべ」的な顔をしている男――バハールのもとへ一直線。そのまま脳天に肘打ちを叩《たた》き込んだ。

「いってぇっ。何しやがる！」

「父親面されてカッとなってやったわ！　文句ある？」

「そういう直《す》ぐに手が出るところは全くリージュに似てねぇな」

「ＯＫ。今日が貴方の命日よ。今まで負った傷、全部再生してやるわ」

「やめろっ、馬鹿野郎！」

オスカーの金属糸がメイルを簀巻《すま》きにして引き戻す。ミレディが慌てて頭を下げた。

「竜王陛下、うちのメル姉がすみませんっ」

長テーブルの上座に、暗金色の髪と瞳の精悍《せいかん》な男がいた。グライスと同年代くらいで、彼よりも細身だが、纏《まと》う雰囲気は王のそれ。ただし、萎縮してしまうようなものではない。雄大な山脈を仰ぎ見て、自然の偉大さに感服してしまうような感覚。

竜王――トラグディ・アウギス・アストランは、恐縮しているミレディに穏やかな様子で目を細めた。

「気にすることはない、ミレディ嬢」

その声もまた、低く穏やかで聞き取りやすく、耳に心地いい。

「むしろ羨ましい。私の娘は、そんな風に構ってはくれないのでね」

「お言葉ですけどね、陛下。私はこいつの娘というわけじゃ――」

「メル姉、ステイ」

ぐりんっと向いたミレディの笑顔。「こ、怖いわ、ミレディちゃん」と大人しくなるメイルお姉さん。一応、竜王相手にまでお姉さんムーブをかまさない分別はあったようだが、遠慮はほとんど感じられない。流石は海賊女帝。剛の者だ。

トラグディの快活な笑い声が木霊する。

寛容な方で良かった……と胸を撫《な》で下ろしつつ、ミレディ達も席に着いた。

オスカーがカーグに、ミレディはサルースに、少し恥ずかしげな睨《にら》みを放つ。

メイルもまた、不機嫌そうに鼻を鳴らしながらバハールにメンチを切った。

どこ吹く風で明後日《あさって》の方向を見るオヤジ達。

トラグディは、ますます楽しそうに笑い声を上げた。

「ところで、ラウス殿はどうされた？」

席に視線を巡らし、小首を傾《かし》げるトラグディ。リューティリスのことを聞かないのは、魔装メルジーネ号で一緒だったサルースから遅れてくると聞いているからだ。

「家族と一緒だと思います」とミレディが答える。

「……ふむ。難しいな」

家族。そう、魔装メルジーネ号には連れ出したバーン一家も乗っていたのだ。

四人は郊外の屋敷を提供され、ラウスはそこで家族の話し合いを続けている。否、正確には語りかけ続けている、というべきか。

四人共、解放者や竜人に嫌悪と敵意を抱いており、ラウスの想《おも》いは未《いま》だ届いているとは言い難い。カイムとセルムだけは、食事や鍛錬、散歩などを共にすることができているようだが、彼等の内心がどうなっているのかは分からないままだ。

竜王国としては当然のことながら監視はしており、その報告を耳にしているトラグディは目を伏せた。ミレディが口を開く。

「陛下の寛容に心から感謝します」

「子供二人と、戦いとは無縁の女性二人だ。寛容というほどのことでもあるまい」

女中が食事を配膳してくれる中、トラグディは苦笑いを浮かべた。

なお、カイムとセルムには〝天賦封禁〟を付与したアーティファクトの腕輪がはめられており、使徒化の力を振るえない状態にある。正しく、子供二人であった。

空気を変えるように、トラグディは「さぁ、食べよう」と音頭を取る。

しばらく、昼食に舌鼓を打つ時間が流れた。

竜王国の雰囲気と同じで、大陸の貴族が好むような豪華な盛り付けも飾り付けもない。

だが、五臓六腑《ごぞうろっぷ》に染み渡るような、優しくて温かい料理の数々だった。

この料理にも、竜王国の街並にも、彼等《ら》竜人族の気質が表れているのだろう。

そう思いつつ、ミレディは竜王を盗み見た。

三年前、ミレディはここを訪れことがある。偶然だった。新しい隠れ里の候補地を探していた時のこと、進路上に竜王国があったため、その監視網に引っかかったのだ。

自分達以上に自在に空を駆ける少女は、竜人達からしても驚愕《きょうがく》の存在だったに違いない。

興味を持たれ、紆余《うよ》曲折《きょくせつ》を経た後、この御殿に招かれたのだ。

お伽噺《とぎばなし》の存在。それも教会の伝える〝邪竜〟とは正反対の気質。

ミレディが〝解放者〟に勧誘したのは必然であったが……断られてしまった。

当時のミレディには、〝解放者〟には、竜王国を動かせるほどの変革の実現可能性を提示できなかったからだ。同時に、

「我等は〝邪竜〟であるからな」

それも理由だった。夢から覚めるように、ミレディが過去から戻る。

サルースとトラグディが飄々《ひょうひょう》とした様子で話していた。どうやらサルースが、正式に盟約を結ぶ気はないのかと雑談の延長で持ちかけたようだ。

「ええ、ええ。ミレディから聞いておりますよ。当時は、ご配慮をいただきましたな」

〝邪竜〟の存在は、魔人族とも少々立場を異にする。長年の因縁があるわけでもない。

主義思想の相反する具体的な敵ではない。

正しく、人々の想像する〝邪悪〟なのだ。

かつて、ミレディが誘った時に手を結んでいたとしたら、「ほら見たことか。邪竜の手先だ。混沌《こんとん》を招く邪教徒共だ！」と言われていた危険性があった。

そうなれば、もう解放者の理念を伝えるどころではなくなっていただろう。

だが、神への絶対的信仰心が世界規模で揺らいでいる今なら話は別だ。

「手を結ぶ気がなければ、そもそも招かんよ。竜王国としては貴殿等の変革の志に、心から敬意と賛同を贈りたい」

それは昔、ミレディが聞いたのと同じ言葉だった。ただし、意味は逆だ。

「陛下……心から感謝します」

嬉《うれ》しくて、どうしようもなく表情が綻ぶ。そんなミレディを見て、オスカー達も相好を崩した。サルース達もほっと息を吐《つ》いている。

「君達は希望だ。神に支配され続けた世界を解放する、人類の大切な希望」

だからと、にっこり笑ったトラグディは、

「初めて会った時、私に『お前をペットにしてやるぜぇ！』と言ったことは、気にしなくていいのだよ、ミレディ嬢」

爆弾を落とした。というか、ミレディの黒歴史を暴露した。

「ぶふぅっ!?」とミレディのみならず全員が噴き出す。

「お、おまっ、ミレディ！　なんてことを！」

「ち、ちち、違うんだよ、ヴァンちゃん！　これには訳があって！」

「ミレディ。今後、君とどう接すればいいのか、ちょっと分からないよ……」

「オーくん!?　引かないで!?」

「ねぇ、ミレディちゃん。どの口でお姉さんの無礼を窘《たしな》めたのかしら？」

「もはや無礼すら通り越して、人としてどうかと思うんだが」

「あああっ、メル姉もナっちゃんも話を聞いてぇっ」

ミレディの絶叫が迸り、カオスの風が吹き荒れる。

その様子をニコニコと眺める中々にドSな竜王様。グライスが溜息《ためいき》と苦言を吐く。

「陛下、お戯れがすぎますぞ」

「良いではないか。ここに来てから大人しい姿しか見ていない。ミレディ嬢は天真爛漫《てんしんらんまん》な姿が似合うと、お前も思うだろう？　それに嘘《うそ》ではないしな」

「竜人の存在を隠すため、初対面の時に竜化状態だったことが原因でしょう。魔物のふりなぞしていたからです」

「ほっほぅ。なるほどのぅ。危うく、うちの子にとんでもない性癖が隠れておったのかと焦りましたわい」

冷や汗を流していたサルースが、心底安堵《あんど》したように胸を撫で下ろした。

と、そのタイミングで、先程直されたばかりのメイルに吹き飛ばされた引き戸が、またも吹き飛ぶような勢いで乱暴に開け放たれた。

トラグディと同じ髪色と瞳の女性だ。腰まである長い髪に、鋭い目元が印象的だ。

その女性は、目を丸くしているミレディ達《たち》を見ると、

「いつまでいらっしゃるのかしら？」

なんてことを冷え切った声音で言い放った。トラグディが厳しい目を向ける。

「シーヴル。無礼の極みだぞ。謝罪しなさい」

「失礼しましたわ、お父様。ですが、随分と騒がしい様子でしたので、遊んでいる暇があるのなら、さっさと出て行って変革でもなんでもなされればよろしいのに、と思いましたの。こうしている間にも、我が国が巻き込まれる危険性は高まっているのですから」

まくし立てるように一息でそこまで言い切った女性は、何を隠そうトラグディの実の娘。

つまり、竜王国の王女だ。名をシーヴル。

言外に、解放者を招き入れたことを批難する娘に、トラグディは頭を振った。

「お前の愛国心は誰もが知るところ。私も嬉しく思う。だが、その排他主義的な考え方は竜人の理念に反する。何度も言っているはずだな？」

「鎖国している国の王が、何を今更」

「それは世に混乱を招かないため。お前も理解しているはずだ」

「世に混乱を招いている輩《やから》が、そこにおりますわね」

「シーヴル」

トラグディの気配が剣呑《けんのん》に変わった。空気が帯電でもしているかのようにビリビリと震えている。

にわかにやって来た緊迫の空気に、ミレディが慌てて口を開いた。

「騒がしくして申し訳ありません。調査が終われば直ぐに出て行きますので――」

「三年前、お前が来た時から嫌な予感はしていたのです」

「え？」

シーヴルの竜眼化した目が、怒りを宿してミレディを睨み据える。

「お前が来たことで祖国に悲劇が起きたら……わたくしは決してお前を許さない！」

「もうよい！　出て行きなさい！」

「っ、お父様！　なぜ分かってくださらないのです！　竜人の理念がなんだというのですか！　大切なのは同胞の命でしょう!?」

何度も何度もやって来たやり取りなのだろう。少なくとも客人の前ですることではないくらいに。トラグディは深い溜息を吐いた。

「グライス、すまんが」

「いえ。……殿下、参りましょう」

「付き添いなど！」

シーヴルは涙目になりながらトラグディを睨みつけ、部屋から駆け去っていった。グライスが一礼し、その後を追っていく。

「すまない。みっともないところを見せた。言い訳だが……昔はああではなかったのだ。母親の死が、あの子を変えてしまった」

詳細は語らなかったが、どうやら王妃は人間に殺されたらしい。それも、命を救うために特別に入国を許可した人間に。

竜人の高潔さが危険を招き入れ、幼きシーヴルの好奇心が引き金となったようだ。

それ以来、シーヴルは同族の命を守るためなら全てが許容される、という極端な思想を掲げるようになったらしい。

トラグディの後悔と苦悩が滲《にじ》む表情は、きっと竜王としてのものではなく、一人の夫、一人の父親としてのものなのだろう。

「陛下……」

気遣うようなミレディの声に、トラグディは我に返って苦笑いを浮べた──直後。

「おねぇ～さまぁ～っ！　貴女《あなた》のリューが来ましたわぁ♡　踏んでくださいましっ」

なんか、甘ったるい声を出す変態が万歳しながら飛び込んできた。

そして、部屋の空気に固まる。万歳のまま、一拍、二拍。

「わ、わたくしはただ、遅れた罰を頂戴しようと思っただけで……」

言い訳が酷《ひど》かった。この上なく。

「信じられるかい？　あれでトラグディ陛下と同じ、一国の王なんだよ」

オスカーの言葉で、意気消沈気味だった空気が吹き飛んだのは言うまでもない。

その後、リューティリスも会食に加わり、メイルの放置プレイにハァハァして、竜王の表情が引き攣《つ》り始めた頃。

「陛下！　会食中に失礼いたします！」

文献の調査官が飛び込んできた。何があったかなど聞くまでもない。

ミレディ達は顔色を変えて立ち上がった。


場所を移し、御殿の一角にある座敷にて。

「意志を以《もっ》て魔法に？」

ミレディが困惑の表情を浮かべた。オスカー達も同じだ。

調査官からの報告を聞いたトラグディが、上座で重々しく頷《うなず》く。

「聖堂を守る極彩色の結界。リューティリス殿が結界から読み取った情報と〝意志〟。そして、想定外の疲弊を招いた貴殿等の結界破り」

それらを全て統合し文献と照らし合わせた時、浮かび上がったのは一つのお伽噺だった。

ありふれた、勇者と魔王の戦い。

まだ神々が地上にいたという神話の時代の物語。当代の勇者は、一人の女性を守りたい一心で意志を力に変え、強大な魔王と戦った。

「その物語に出てくる勇者の結界が、極彩色であると描かれている。勇者の切なる意志が究極の守護をもたらした、と」

「しかし……陛下。それは、物語を盛り上げるための想像の魔法なのでは？」

言葉を選ぶようにして尋ねたのは、知らせを聞いて駆けつけたラウスだった。

主人公が強力な力を手にして悪に立ち向かうというのはよくあるパターンだ。

トラグディは頷いた。

「確かに、この話は文献というよりお伽噺だ。だからこそ、我等も重視していなかった」

そもそも、神も出てこないからだ。

出てくるのは、物語の設定によく使われる〝大樹〟、そして〝女神〟。

「女神？　エヒトではなく？」

オスカーの独り言のような疑問にトラグディは答えた。

「エヒトの名は出てこない。奴《やつ》に性別などあるのか疑問故、そうなのかもしれないが」

とにもかくにも、気になるのはそこではなく。

「〝聖域に触れることなかれ〟。勇者の言葉だ」

「確かに、リューが読み取ったのと同じね？」

「背筋が震えるくらい強い想《おも》いでしたわ」

ぶるりと、リューティリスが身震いする中、トラグディは視線を巡らせた。

「結界破りにおける貴殿等《ら》の疲弊。あれは本当に、魔力の消耗だけだったのか？」

「それは……」

ミレディが殊更ゆっくりと言葉を紡ぐ。自分の中の感覚の糸を辿《たど》るように。

「あの時、凄《すご》くね、心強かったんだ」

ミレディの視線がオスカー達を巡る。

「魔力とか昇華魔法のサポートとか、そういうことだけじゃなくて、ああ、みんな傍《そば》にいる。一人じゃない。同じ想いで、一緒に立ち向かっているって」

未《いま》だかつてないほどの一体感を覚えたと、少し照れくさそうに言うミレディ。

「分かるわ。心は一つって、ああいうことを言うのねって思ったもの」

「ええ、わたくしも感じました。この七人なら、なんでもできると思いましたわ」

「私もだ。未知の結界を前に、なぜか確信があった」

「自分も同じだ。一心に解放を願い、それが重なった感覚だ」

「おいおい。まさか、俺達がお伽噺《とぎばなし》の魔法を使ったと言うのか？」

ヴァンドゥルの表情は如何《いか》にも「そんな馬鹿な」と言いたげだ。

オスカーが眼鏡を押し上げながら、大きく息を吐いた。

「けれど、陛下の問いにはこう答えるしかない。魔力の消耗だけでは説明がつかない、と。結界を破った時、何かごっそりと気力のようなものを失った感覚は、皆も同じだろう？」

しんとした空気が漂い、ミレディ達が深く考え込む様子を見せる。

そこで、邪魔せぬよう耳を傾けるに留《とど》めていたサルース達が口を開いた。

「悩んでもしかたなかろう」

「だな。手がかりは見つかったんだ。それがなんであれ、後は辿ればいいだろう？」

「竜王陛下。その後、勇者はどうなったんだ？」

バハールが問うと、トラグディは悩ましげに首を振った。

「分からないのだ。このお伽噺は、勇者が魔王を追って旅立つところで終わる」

だから、聖域の守護は叶《かな》い、魔王は追い払われ、勇者は決着をつけるために旅立ったのだと想像されてきたのだそうだ。

「……樹海に戻りましょうか？」

リューティリスが提案した。大樹も聖域も樹海に関するワードだ。樹海の女王たるリューティリスが知らないことなどないに等しいが、調べるところはそこしかない。

と思われたが、そこでトラグディが待ったをかけた。

「いや、貴殿等は南西の最果て、〝紺碧《こんぺき》の大地〟に行くべきだ」

オスカー達は顔を見合わせ、ミレディは脳内ランプが点灯したような表情を見せる。

「吸血鬼の国に行けと？」

「そうだ。かの種族は、我等竜人より歴史が古い」

竜王国は、過去に何度か迫害を受けている。鎖国する前の時代の話だ。その度に、文献や伝承、口伝の類いで失伝したものも多い。

だが、吸血鬼族の閉鎖主義は徹底している。彼等の方が継承し続けてきたものは多いだろう、と説明するトラグディに、ミレディ達は「なるほど」と頷いた。

「ただ、分かっていると思うが……」

如何《いかん》せん閉鎖的である。究極の排他主義だ。協力してもらう以前に、国に入ることさえできない可能性が高い。

「う～ん、そこはあれ。お姉さんでどうにかならないかしらね？」

うん？　と誰もが疑問の視線を投げる中、メイルは自分の瞳を指さした。

「忘れちゃったかしら？　メイルお姉さんの血の半分は、吸血鬼よ？」

「「「「あ」」」」とミレディ、オスカー、ナイズ、そしてヴァンドゥルが目をぱちくり。

「えっ、そうでしたの!?　どうして教えてくれなかったんですの!?」

「なっ、それじゃあリージュの前の男は、吸血鬼ってことかっ」

敬愛するお姉様の新情報にリューティリスが興奮し、バハールが別に知りたくはなかったことにギリリと歯を鳴らす。

メイルは、そんなリューティリスを無視し、バハールにスッと指をさした。そして、思いっきり仰《の》け反《ぞ》ってニヤァッと嗤《わら》う。

「母は父を愛していたそうよ！　ざまぁっ」

「こ、こんのクソガキぁっ」

バハールの額にビキビキッと青筋が浮かぶ。カーグが肩をポンポンして慰める。

「で、でもメル姉のお父さん、やんごとなき身分の人だったんだよね？　だから、リージュさんは自分から身を引いてアンディカに来たって。もしかしたらいろいろ大変なことになるんじゃ……」

「だからいいんじゃない？　取るに足らない存在より迷惑千万な存在の方が無視できないわよ。ふふふ」

「無法者の娘じゃなぁ」

サルースのしみじみとした言葉に、どういう意味だゴラァッと、バハールとメイルから眼光が飛んだ。血の繋《つな》がりなどないのに親子のようであった。

「ふむ。望外の繋がりかもしれんな。それで、どうするね、解放者のリーダー殿？」

トラグディの問いに、ミレディはメイルへ少し心配そうな目を向けるも、頭をポンポンされて頷いた。オスカー達《たち》も異論はないらしい。強い眼差《まなざ》しが返ってくる。

ミレディは決断した。

「行こうと思います。最も古き国に。ダスティア王国に」

その日の夕方。

トラグディのほか大勢の竜人達が見送りのため御殿に集まり、ミレディ達を囲っていた。サルース達は引き続き竜王国を臨時拠点とするので同じ見送り側だ。

「もう行ってしまうのね、ヴァン」

「……はい。すみません」

少し離れた場所で、ニエシカがしょんぼりと肩を落とす。どう声をかければいいのか分からず視線が泳ぐヴァンドゥルの肩に、巌《いわお》のように硬い掌《てのひら》が置かれた。

「また、帰ってきなさい」

グライスの仏頂面だが優しい眼差しに、やはり苦しくなる。

「その……俺には一族が……」

本当のシュネー一族とは関係のない、母から名だけを貰《もら》ったヴァンドゥルの家族。マーガレッタ達のもとこそが、自分の帰る場所。

「馬鹿者」

肩を掴《つか》む手が強くなった。痛いくらいの強さ。けれど、

「お前の家族は私達の家族だ。今度は全員連れて帰ってきなさいと、そう言ったのだ」

とても温かくて、安心できて、寄りかかってしまいそうになる。

「ヴァン。あの子の、サスリカのことで罪悪感を抱くのは、もうやめてちょうだい」

今度はニエシカがヴァンドゥルの手を取った。

「あの子は望んで外の世界に行った。調査官として世界を見ることを、あの子は自分の意志で選んだの。貴方《あなた》を産んだことも、育んだことも、家族を作ったことも、全てあの子が選んだことよ」

あの子が、一度でも誇りを失ったことがあったかしら？　と穏やかな表情で尋ねるニエシカに、ヴァンドゥルは静かに首を振った。

「母は、いつだって高潔だった。竜人のなんたるかを失ったことは一度もない」

きっぱりと断言する。ニエシカも、グライスも、その言葉を心に染み込ませるように、しばし瞑目《めいもく》した。そして、

「ならば、お前も胸を張りなさい。誇り高き竜人サスリカ・シュネーが身命を賭したことは間違いではなかったのだと」

「私達は誇りに思うわ。あの子のことも、辛《つら》い境遇に負けず、こんなにも立派に成長したヴァンのことも。だから、ね？」

涙が零《こぼ》れそうだった。でも、出発前に情けない姿は見せたくなかったから。

「行ってきます。そして帰ってきます。俺の家族を連れて。……お祖父様《じいさま》、お祖母様《ばあさま》」

二人の目をしっかりと見返して、初めて、そう呼んだ。

グライスとニエシカは、それはもう花が咲いたような満面の笑みを浮かべたのだった。

「それでは陛下、申し訳ないが、家族を頼みます」

「ラウス殿、安心召されよ。ご家族は竜王の名において保護いたす。いつの日か、きっと分かり合える日が来ると私も信じている」

「感謝の念に堪えません」

ラウスとトラグディが固い握手を交わした。カイム達も引き続き残るのだ。数日後には、自分の代わりにと呼び寄せたシャルムとラインハイトも来る。

「それじゃあ行こうか。トラグディ陛下。ご助力、本当にありがとうございました」

「ミレディ嬢。君の、君達の未来に光のあらんことを」

微笑を浮かべ、頷《うなず》き合う。ナイズがゲートを開いた。

盛大な激励を背に受けながら、ミレディ達は再び前へ進み出した。

不確かな希望を掴むために。

第三章◆吸血鬼の国と失われた魔法

南大陸・魔王国領北方にある山間部。

その渓流の辺にて、ミレディ達は野営を行っていた。

吸血鬼の国【ダスティア王国】――通称〝鬼国《きこく》〟は、竜王国からはちょうど大陸の対角線上にある。北東の最果てが竜王国なら、南西の最果てが鬼国だ。

果てしない距離である。本来なら南西へ向けて一直線に進みたいところ。

にもかかわらず、わざわざ南下したのは待ち人がいるからだ。

川のせせらぎと虫達の奏でる音をBGMに、ミレディ達が焚《た》き火《び》を車座に囲いながら食後のお茶を楽しんでいると、不意にラウスが顔を上げた。待ち人が来たようだ。

五分ほどして、苔《こけ》むした岩場の陰から人形《ひとがた》が浮かび上がってくる。

「……遅れたか？」

現れたのは黒装束の二人組だった。両方とも二十代前半くらいで、髪の色も同じ黒。オールバックと海藻のような癖毛だ。揃《そろ》って気配が薄く、黒装束と相まって闇夜に溶け込むようであったが、反面、顔は陶磁器のように白く、紅色の瞳は鮮やかで、遠目に見ると顔だけが浮かび上がっているような不気味さがあった。

「いや、僕達もさっき到着したばかりだよ」

特に警戒した様子もなく、オスカーが岩を錬成して座る場所を整える。

「我々の方が早く到着するかと思ったんだが」

「北の山脈地帯からここまで、どれだけ距離があると……」

感心半分呆《あき》れ半分といった様子で腰掛ける二人に、ナイズが「夕食の残りがあるが？」と勧めるも首を振って固辞した。

どこか緊張が感じられる二人に、「二人共、本当にもう大丈夫？」とミレディがにこやかに話しかけると、続いてヴァンドゥルが、

「……俺が言うのもなんだが無理はするな。ラウスが精神的負荷を和らげてくれたとはいえ、お前達が受けた魔王城での仕打ちは想像を絶するものなんだからな」

痛ましそうな、申し訳なさそうな、強《こわ》ばった顔で気遣う。

そう、この二人こそ、かつてミレディ達を苦戦させた〝対神代魔法使い部隊キメラ〟の吸血鬼コンビだった。

オールバックの方が〝暗殺剣《アサシンブレード》の黒装束〟モーガン・カーティス。

癖毛の方が〝籠手《こて》の黒装束〟ネブライ・フィスト。

鬼国に行く旨を〝天網《てんもう》〟で各地に連絡した際、聖母郷で療養中だった彼等《ら》が通信に出て同行を申し出たのだ。彼等の祖国である。確かに同行はありがたかった。

とはいえ、彼等は過酷な実験と肉体改造、長く意思を縛られていたせいで心神耗弱状態

だったわけで。

「気遣いはもう十分だ。解放者には贖罪《しょくざい》すべき理由も恩義もある」

モーガンがそう言うと、ネブライも「ああ。少々、心苦しいね」と苦笑い。

「……だが、二人は俺の変成魔法のせいで祖国に……その……」

帰りづらくなっただろう？　という言葉を言い淀《よど》むヴァンドゥル。

「魔人族や獣人族の特性が融合した身では、もはや祖国に居場所はない。だったか？」

「血統を重んじる閉鎖的な種族故、とお聞きしていますわ」

確認するように、ラウスとリューティリスの視線がモーガン達に向けられる。

事実、魔王城から灰色装束達や被験者達と共に連れ出され、氷雪地帯との境にある森で療養していた一ヶ月の時、希望するなら鬼国まで送るというミレディ達に、二人はそう答えた。

聞きかじっていたことを思い出したラウス達に、ヴァンドゥルは険しい表情になる。

だが、なぜか逆に、モーガン達は益々《ますます》気まずそうな表情に。

「その件だが、すまない。半分は嘘《うそ》だ」

全員の目が丸くなる。「嘘？　え、何が？」とミレディが戸惑いの声を上げる。

「祖国に帰れないという点だ。あと」

「心的外傷《トラウマ》で、もう戦えないというのもだね」

実のところ、ミレディ達とてキメラ部隊を全く警戒していなかったわけではない。

何せ、重力・空間・再生・魂魄《こんぱく》魔法を阻害・中和できるうえに、獣人の身体能力と魔人族の魔法適性を有し、吸血による超回復と擬似限界突破まで可能という超人達である。

仮に、錯乱して暴れ出したり、回復した途端に吸血鬼至上主義的な思想――たとえば他種族を血の提供者、悪く言えば食料程度に見ている――で里の者達を襲い出せば非常に危険なことになる。

なので、南の森にいた時は、折に触れて彼等の言動を確認していたのだ。

そんな、さりげない警戒を二人は感じ取っていて、ある日、

『恩人に牙を剝《む》くほど、吸血鬼という種族は恥知らずではない。出て行けと言うならそうするが、行くところがない。精神的に戦うこともできそうにない。だから、可能ならここに置いてほしい』

と、自ら頼んだのだ。

実際、自己申告通り疲れ切った様子であったし、少しの物音にも怯《おび》えるような有様で、けれど、コリン達の献身的な看護に少しずつ心を開いている様子だった。

結論から言えば、共和国の戦争が始まった時、ミレディ達がすんなり離れたことが彼等に対する信用の証明だった。

ラウスの精神的ケアを受けてかなり復調した時も、やはり帰郷を望む様子はなく、穏やかで戦いとは無縁に生きていたいのだと思われた。何せ、彼等も、

「ま、まさか。コリンを聖母だと言っていたのも嘘だったのかい!?」

「そんなわけないだろう。あの子は聖母だ。間違いない」

「彼女から離れるのだけが心残りだったよ。まずい。思い出したら禁断症状が出そう」

オスカーに真顔で反論するぐらい聖母《コリン》信者だし。

「うちの息子《シャルム》といい、あの子は魔性か」

「「「聖母だと言ってるだろうが！」」」

ヴァンお兄ちゃんも加わって見事にハモった。女子がドン引きしている。大変心外。

モーガンが少し頬を染めて咳払《せきばら》いした。

「我々はもう戦えるし、確かに肩身の狭い思いはするだろうが、受け入れてくださる方との伝手《つて》もある」

「それでも帰らなかった理由があるんだね？」

こくりと頷いて、今度はネブライが答える。

「俺達《たち》は、さる御方《おかた》から密命を受けてたんだ。長い旅になるだろう捜索の任務だよ。今から三年ほど前のことになる。まぁ、出国して早々、魔王軍に襲われたんだけど」

「捜索？　探し人ってこと？」

ミレディの問いにネブライは頷き、視線をメイルへと向けた。よく似た紅《あか》い瞳が交差する。オスカー達がハッとした表情になる。

「あら？　もしかして私なのかしら？」

「はい。おそらくは」

「おそらく？」

「二十歳前後。海人《うみびと》と吸血鬼の特徴を併せ持つ可能性が高い」

「後は魔法が使えるはず。血統的に回復系の可能性が高い。以上が捜索対象者の特徴です」

なるほど、メイルなら当てはまる。

だが、そのこと以上に、二人の口調が改まっていることが気になった。

「……母からは、父が高貴な身分の人だと聞いているわ。もしかして、その父からの？」

「いいえ、我等の主は……陛下ではありません」

メイルが面食らった表情となり、ミレディ達も「陛下!?」と驚きをあらわにする。

当然だろう。それはつまり、

「私の父は、ダスティアの王なの？」

「主の予測が正しければ。我等の主はアルファード・イル・ダスティア王太子殿下です」

「貴女《あなた》は国王アレサンド・イル・ダスティアの娘、王家の直系となります」

モーガンとネブライの真剣な眼差《まなざ》しに、しばらく誰もが言葉を失った。

そんな中、オスカーがふと何かに気が付いた様子を見せ、恐る恐るナイズに尋ねた。

「……ナイズ。君、実はシャルード連合の高位者だったりしないかい？」

「いきなりどうした。辺境の村出身だと話しただろう」

「心の友よ！」

「本当にどうした⁉」

だって、この場にいる連中ときたら、魔王国の王弟殿下、共和国の女王、神国の最上位名家の当主に、帝国の元伯爵令嬢だ。そこに鬼国の王族だったとか。

貧民街の孤児や村人との格差が酷《ひど》い。

「ナイズ。メイルは裏切ったけど僕達はズッ友だよ」

「嬉《うれ》しい言葉のはずなのに、なんだろうな。悲しくなったぞ」

「酷い言いがかりだわ。案外出自とか気にしてたのかしら？」

「オ、オーくん！　生まれなんて関係ないよ！　それにほら！　オーくんは〝聖母のお兄ちゃん〟だよ！」

「……すまない、ナイズ」

「なんで謝った？　内容次第では眼鏡をかち割るぞ」

モーガンとネブライが戸惑っている。え、何この流れ。シリアスどこいった？　みたいな表情だ。果たして、妙な空気を変えるためだったのか、それとも本心が転がり出たのか。

指摘はせず、ラウスが空気を戻す。

「その王太子殿下が、なぜメイルを捜させた？」

「聞かされていない。そもそも実在しているかも定かではなかったんだ」

「だが、推測はできる。それこそ、我等が隠れ里に留《とど》まった理由の一つだ」

「あれかしら？　王家の血筋に混血がいるなんて耐えられない。見つけて殺せ、とか？」

「殿下はそのような方ではない！」

モーガンの怒声が、渓流のせせらぎを弾《はじ》くように木霊した。肩を竦《すく》めるメイル。

「悪かったわね。別に父に含むところはないのよ。ただ、私のような存在は、普通に考えて疎ましいんじゃないかと思っただけ」

「いえ、こちらこそ声を荒らげてしまい」

モーガンは激昂《げきこう》を恥じたように頭を掻《か》く。

「構わないわよ。むしろ、敬語はやめてちょうだい。私はダスティア王家のメイルじゃないわ。メルジーネ海賊団《ファミリー》のメイル・メルジーネよ」

モーガンとネブライは顔を見合わせると、ふっと肩の力を抜いた。

そして、改めて語るところによると、なんでも三年前の時点でアレサンドは重い病を煩っていたらしく、万が一に備えて次の王位継承者を指名したらしい。

それがアルファード。長兄スヴェート王子を差し置いての指名だった。

変わり者で放蕩《ほうとう》息子の気があった弟殿下が選ばれたのは誰にとっても予想外。

アルファード自身が何度も兄の方が相応《ふさわ》しいと撤回を直談判《じかだんぱん》するほど。

だが、何がそうさせたのか。アレサンドは頑として決定を覆さなかった。

日に日に思い詰めるようになったアルファードは、ある日、腹心で幼馴染《おさななじ》みでもあったモーガンとネブライに頼んだのだ。

父には隠し子がいるかもしれない。戴冠する前、外の世界で父が愛した女性との子が。

その子を探し出してほしい、と。

「まさか……」

メイルが物凄《ものすご》く嫌そうな顔になった。モーガンが困り顔で頷《うなず》く。

「明言されたわけではない。だが、もしかしたら、貴女に王位を譲る気なのかもしれないと、我々は想像している」

「王にだけはなりたくないって殿下は言っていたからね。どうやって陛下の戴冠前のことを知ったのかは聞かされていないけれど、かつて愛した女性の子になら、陛下の心も変わるはずって考えたのかも」

当然ながら、吸血鬼は大半が純血主義。代を重ねた血統をこそ尊ぶ。王族が混血の子を儲《もう》けていたなどスキャンダル以外の何ものでもなく、国の混乱は必定だ。

だから、見極めたかった。メイルという女性の在り方を。心根を。

図らずとも呪縛から解放してくれた者達の一人が、まさかの探し人という好機を逃したくなかったのだ。隠れ里にいれば追従せずともメイルの行動は耳に入る。吸血鬼の身で表舞台に出るという祖国への危険を孕《はら》むこともしなくて済む。

それが、隠れ里への滞在を望んだ理由だった。

「……メル姉のお母さんは、メル姉を守るために身を引いたんだよ」

「ミレディちゃん？」

両手で持つカップの中を見つめながら、ミレディが不機嫌そうな声で言う。

わらない。

「勝手だね」

モーガン達は「あくまで我々の想像だ」と弁解するが、ミレディのムスッとした顔は変わらない。

メイルの目がとろけるように甘く細められた。ミレディの隣に移動し、腕を回してぐいっと胸元に引き寄せる。なでなで。

「ちょっ、なにっ。こぼれるっ」

「まぁ、お姉様ったらずるい！　わたくしも！」

オスカーを押しのけて反対側に座り、やはりぴっとりと。両側から巨乳にむぎゅむぎゅと挟まれるミレディが「け、喧嘩売ってんのかぁ⁉」と顔を真っ赤にして咆える。

ラウスが口角を上げて小さく笑いつつ、「ともかく」とまとめる。

「王族に伝手があるのは悪い話ではない」

「だね。向こうの思惑はともかく、僕達の目的を考えるなら望外の繋《つな》がりだ」

「スヴェート王子と純血主義者には警戒が必要だがな。弟に王権を取られそうで、そこに王家の血を引く隠し子だ。荒れそうだろ？」

「まぁ、大丈夫ではないか？　無法者達の都を暴力で奪い取ろうとした海賊女帝だぞ？　自分はむしろ、メイルが私利私欲で私腹を肥やそうと画策しないか、そちらの方が心配だ」

「「確かに」」

ちょっと男子ぃ～っという声が女子達のジト目から伝わってくる。

「と、取り敢《あ》えず、紺碧《こんぺき》の大地を越えるに当たって我々は案内ができる。それから秘密の方法で殿下と連絡を取るつもりだが、構わないか？」

「何せ三年前のことだから、通じるかは分からないけれどね」

巨乳の暴力から脱出したミレディが頷く。

「うん。感じ悪くしちゃってごめんね。お互いに利があるってことで、よろしく！」

「ああ。よろしく頼む」

「まぁ、神は俺達吸血鬼にとっても宿敵だから、その邪魔になるようなことは殿下もしないよ。あの人は、そんな愚鈍な人じゃないから」

随分と慕っている。それが伝わってきて、少し安心するミレディ達。

それから数日後。

一行は、ようやく大陸南西の果てに辿《たど》り着いたのだった。


その都は、巨大な段々畑のような石灰色の大地の上に、豊かな緑や水と共にあった。

落ち行く滝が水煙を漂わせ、あちこちに虹が架かっている。

遠くには雄大な山々や森も広がっていた。

誰も信じないだろう。

まさかこんな楽園のような場所が、決して晴れない薄霧に包まれた危険地帯――【紺碧の大地】の奥にある邪悪な吸血鬼の国だなんて。

大地と同じ石灰色の美しい建築物が余裕を持って段々状に並ぶ都の、一番高い場所に勇壮な王城があった。

そのテラスに、紅色を基調とした美しいドレスを纏《まと》う貴婦人がいた。アッシュブロンドの波打つ髪と真紅の瞳。匂い立つような色気を纏う妖艶な美女だ。

都を見下ろしているが、その実、淡く輝く瞳に映っているのは別の光景だった。

「何事もなく追い返せればいいのだけれど……」

疲労の滲《にじ》む溜息《ためいき》が憂いと共に吐き出される。

貴婦人の瞳には、薄霧に包まれる川や泉、泥沼の中の蓮《はす》の葉のように存在する緑の大地と浸水した森林が見えていた。

王城から五百キロも先にある【紺碧の大地】の中程の光景だ。

動物や魔物と五感を共有できる固有魔法《こゆうまほう》〝使い魔契約〟により、湿地帯に待機させていた小鳥の使い魔の視覚を共有しているのである。片言だが遠隔で話すことも可能だ。

【紺碧の大地】は鬼国《きこく》にとって防波堤である。

底なし沼や有毒ガスの噴出口など天然トラップは数知れず、足場は悪く、遠くを見渡すこともできず、川は迷路の如《ごと》く数多《あまた》の支流が交わって奇々怪々な流れを形成し、更には強力な魔物で溢《あふ》れている。

加えて、この危険地帯は実に広大だ。南大陸の南西一帯を切り取るような曲線を描く帯状の領域で平均二百キロもの幅があるのだ。

そして、踏破できたとしても最奥で待っているのは断崖絶壁と、その上に常駐している各領地の国境警備隊であり、そのうえまだ王家の秘宝による守護もある。

なので、〝侵入者発見〟という報告が来ても彼等《ら》に任せておけばよい。よいのだが……

妙な胸騒ぎがして、貴婦人は様子見せずにはいられない心持ちだったのだ。

あるいは、二日前にもたらされ急報——最も近い魔王国の町に潜り込んでいた諜報員《ちょうほういん》が持ち帰った外世界で起きた大事件の情報が原因かもしれないが……

結果的に、その感覚は当たっていた。

警備兵と争う侵入者の一人を見た瞬間、貴婦人は呼吸を忘れた。視線が釘付《くぎづ》けになる。

同族らしき二人はいい。見覚えがある。常軌を逸して強いうえに、数年前から行方不明だったので気にはなるし、報告にあった神代魔法使いらしき者達が一緒に来訪していることも大変な事態だが、理屈も、為政者としての思考も何もかも飛んで。

目が。あの紅《あか》い瞳が。

「っ、今すぐ戦闘を中止なさい！」

気が付けば、喉が嗄《か》れかねない勢いで叫んでいた。部屋の中に控えていた侍女が何事かと動揺しているのが伝わってくる。

「アニア・イル・ダスティアの名において命じます！」

動揺は、視覚共有の向こうでも同じ。

「その子をっ――いえ、全員で構いません。連れてきなさい」

途中で淑女らしさの喪失に気が付き、慌てて深呼吸を一回。

落ち着いた声音ではっきりと命じれば、警備兵達が戸惑いつつも従うのが見えた。

鬼国の王妃たる女性は少し複雑そうな表情を晒《さら》すと、胸に手を置き、瞑目。しばらくして目を開くと、王妃に相応しい威厳と気品を以《もっ》て踵《きびす》を返した。

夫の、本当に愛した女の娘を迎えるために。


断崖絶壁の上にある砦《とりで》の広間にて。

二人の女が無言で見つめ合っていた。かれこれ五分ほど、立ったまま。

メイルと、王妃アニアである。

驚いたことに、この砦に通されて待機しろと言われた後、半日ほどして王妃自らがやってきたのだ。ほとんど供も付けずに黒い大鷲《おおわし》に乗って。

王城からここまで三百キロはある。つまり、強行軍である。

貴人中の貴人がやることではない。王妃が姿を見せた途端にピリピリしていた兵士達が啞然呆然《あぜんぼうぜん》の醜態を晒したくらいあり得ないことだ。

そして、そのアニア王妃は兵士達が止めるのを無視し、この部屋にやってきてメイルと見つめ合っているというわけだ。

正直、異様な空気に誰も口を挟めない。てっきり、神代魔法使いの来訪故に自らやってきたのかと思ったら、この有様なのだ。ミレディ達も戸惑っている。

そんな中、メイルが遂《つい》に口を開いた。

「初めまして。メイル・メルジーネよ。どうやら、私が何者か確信しているようね？」

ざわりと、部屋の半分を埋める兵士達がざわめいた。剣呑《けんのん》な空気が復活する。王妃様相手になんて口の利き方だと。

だが、王妃は咎《とが》めるでもなく、じっとメイルの瞳を見つめたまま。

「ええ、初めまして……リージュの娘」

兵士達は訝《いぶか》しむが、ミレディ達はドッと冷や汗を噴き出した。

『ど、どうしよう、オーくん！　これって修羅場だよね!?』

『僕に振られても困る！　モーガンっ、どういうことだい!?』

『し、知らん！　王妃様が何か知っているなど、殿下は一言も！』

『そうですわ！　ここは最年長かつ既婚者のラーちゃんさんに執り成していただいて！』

『ふっ、私の家庭は崩壊中だが……そんな駄当主でもよければ』

『ダメだ。ラウスの目が死んでるぞ』

『今のラウスは家人としての自信が粉微塵《こなみじん》状態か……竜王国で何があったんだ』

なんて兵士達の耳を考慮して〝念話通信《アーティファクト》〟でこそこそ話していると、アニア王妃がようやく動き出した。兵士達に部屋から出るように命じ、ミレディ達との会談内容を聞くことを一切禁じると言う。

「なりませんっ、王妃様！」

「カーティス男爵家のモーガンとフィスト子爵家のネブライと言えば、アルファード殿下の部下。三年前から行方が分からなかった二人ではありませんか！」

「その二人が、このような穢《けが》らわしい有様で不法入国を手引きしたのですっ。連中にいったいどのような仕打ちを受けていたのかっ」

「碌《ろく》でもない敵であるのは間違いありません！　お考え直しを！」

酷《ひど》い言い様である。だが、キメラ化の犯人であることも不法入国も事実。

つまり、反論できない！

ミレディ達は冷や汗を流しながらひたすら自分の足のつま先を見つめた。

やましさたっぷりな雰囲気に、兵士達の目がますます剣呑に尖《とが》っていく！

「〝真意の裁断〟は彼女等を是としたわ」

それは、王家に伝わる秘宝の名だった。王城から放射状に点在する中継塔と、崖上に沿って一定間隔で存在する各領地の砦を起点に展開している不可視の結界。

悪意や敵意を持つ者は王族が必ず感知し、侵入を阻むことができる。

アニア王妃が一瞬だけラウスに視線を向けたのは、魂魄《こんぱく》魔法で誤魔化せる可能性に思い当たっているからか。しかし、結局は何も言わず。

「王家の機密に関わる話もあるのよ。何より」

一度言葉を切って、アニア王妃は冷徹な表情で兵士達に視線を巡らせた。

「神代の魔法使いが七人。本気になれば無意味よ。私が対応すべき案件だと理解し、彼女達が理性的であるうちに引きなさい」

「っ、それは……いえ、承知しました。近くに待機しております故。何かあれば」

「ええ。ありがとう」

屈辱的であろう。守るべき国母に力不足だと言われたのだから。

だが彼等は優秀で、それ故に現実が見えていた。王妃の言葉は正論だ。悔しくとも言う通りにするしかない。

「ま、まるで天災みたいな扱いですけど、本当に何があっても害する気はないので。し、信じてほしいかなぁ～なんて……はい、すみません」

ミレディがにへらぁと笑顔で主張するが、兵士達からは感情を押し殺したような眼光だけが返されて尻すぼみになってしまう。

それに少し溜飲《りゅういん》を下げつつ、兵士達は渋々と出て行った。

アニア王妃が無詠唱で部屋全体に風を渦巻かせる。おそらく防音したのだろう。

一人掛けソファに座りながら、ミレディ達にも座るよう促す。

モーガンとネブライは直立不動のまま。同族達に裏切り者を見るような目や、侮蔑の感情をぶつけられても表情一つ崩さなかったが、今は見て分かるほど緊張している。

「まずは」

アニア王妃の視線が僅かな間だけモーガン達に向くが、彼女の表情はメイルと邂逅とした時とは異なり、完全に為政者のそれになっていた。

「解放者、でしたか？　あなた方の用件を聞きましょう」

ミレディもまた、組織の長としての顔になって居住まいを正した。

そして、自己紹介と共に〝解放者〟という組織のこと、今まで成したこと、そして〝神打倒の手がかりを摑《つか》むため、知識を求めてきた〟ということを簡潔に伝えた。

顎に人差し指を添えるようにして考え込むアニア王妃。

少しの間、物音一つしない静寂が漂った。

改めて見ると、アニア王妃の美しさに息を吞《の》む。異性同性関係なく。

まるで芸術品。〝神の使徒〟に勝るとも劣らない人間離れした造形美は、こうして黙って動かずにいると精巧に作られたビスクドールのようにさえ思えてしまう。

威厳と気品が彼女を成熟した大人の女性に見せているが、これであどけない笑顔でも浮かべれば少女にすら見えたかもしれない。

無意識のうちに誰もが芸術品を鑑賞するような雰囲気で見惚《みと》れていると、考えをまとめ終わったらしいアニア王妃が動きを見せた。

それで、夢から覚めたようにミレディ達も現実に復帰する。

「結論から言えば」

アニア王妃の静かな声音と眼差《まなざ》しがミレディ達を巡った。緊張に口元をキュッと引き結んだミレディへ、最後に視線を止めて告げる。

「期待には応えられません」

しんとした空気が漂い、ミレディは歯を食いしばるようにして懇願する。

「……貴重なものだというのは分かってます。けれど、吸血鬼を邪悪だと迫害するエヒトは、貴女方《あなたがた》にとっても宿敵のはず。利害は一致しているのではありませんか？」

何も、ダスティア王家が保有する知識の全てを寄越《よこ》せと言っているのではない。

ただ、竜王国で知り得た情報を補完するような何かを。

少しでも手がかりを。

そう身を乗り出すようにして訴えるミレディへ、アニア王妃は手を突き出し止めた。

「勘違いされぬように」

「え？」

「今の王家は、膨大な歴史の記憶と知識を、お伝えする術《すべ》がないのです」

どういうことだと、ミレディ達は困惑したように顔を見合わせる。

「そして、それこそがあなた方を招き入れた理由です」

言外に、何か王家に問題が起きていること。そして、その解決への尽力を条件に協力が可能と伝えてくるアニア王妃。

「あら、てっきり私に文句の一つでもあるのかと思ったわ。道中、あの小鳥を通して随分と熱い視線をくれていたものだから。やぁねぇ、これじゃあ自意識過剰みたいじゃない？」

空気を読まないメイルお姉さんは、どんな時も空気を読まない。

おや？　アニア王妃の様子が……

なぜか、頬を染めて恥じらうように目を伏せて？

凄《すさ》まじく儚《はかな》い、それでいて可憐《かれん》な魅力が溢《あふ》れ出ている。男達が一斉に視線を明後日《あさって》の方向へ向けた。見続けると、なんだか引き込まれてしまいそうで。相手は人妻なのに！

ミレディの超ジト目がオスカーに突き刺さっている。

「貴女の瞳が……あの人とそっくりだったから」

どこか言い訳じみた言葉だった。為政者の顔が崩れ、メイルを見る目には追憶と思慕の念がしっとりと宿っているように見えた。

「それは……」

「ええ。貴女のお父様のことよ」

あっさりと認められた。そのことにモーガンとネブライが白目を剝《む》きそうになっている。

「知っていたのね」

「いいえ。確信したのは、貴女を見てから」

目を眇《すが》めるメイルに、アニア王妃は虚空へ視線を投げた。

「戴冠式の前の日に、私は見たの」

自室に籠もっていたアレサンドを心配して、決して誰も入るなと言われていたのに、使い魔を使ってこっそり様子を見に行ってしまった。

「見た？　何を？」

「ある肖像画を愛《いと》しそうに眺めているのを。それを、辛《つら》そうに破り捨てるところを」

「それって、まさか……」

察して目を丸くするメイルに、アニア王妃の視線が戻った。

「貴女、お母君にそっくりね」

その眼差しがどういうものか、メイルにも、他の誰にも表現することはできなかった。

ただ、負の感情も正の感情も、全てを呑み込み飽和させてしまったような瞳だった。

こんな瞳で見つめられる男がいたなら、きっと深く沈んで溺れて、二度と彼女から離れられないだろうと、そう思わせられるほどに。

「〝すまない、リージュ〟。そう呟《つぶや》いていたわ」

誰なの？　とはついぞ聞けなかった。

ただ、見てはいけないものを見てしまったのだと、そう理解した。

「……それでも、愛しているのね」

「ええ、心から。たとえ政略結婚であったとしても、今までも、これからも、ずっと」

メイルは何も答えなかった。ただ、真《ま》っ直《す》ぐにアニア王妃を見つめ返した。

ミレディ達《たち》に口を挟むことなどできるはずもなく、再び、二人が見つめ合う時間を静かに待つ。

やがて、僅かにも揺らがないメイルの紅い瞳《あか》に何かを見たのか、アニア王妃は儚げに笑い、頭を振った。メイルが呟くように言う。

「陛下と私を会わせたくないのね」

「いいえ。会わせてあげたかったわ。でも、もうできないの」

あえて〝父〟ではなく〝陛下〟と呼んだメイルに目を細め、アニア王妃は告げた。

「アレサンド様は二年前に亡くなったわ」

モーガンとネブライから「そんなっ」と驚愕《きょうがく》と悲嘆の声が漏れ出す。それはミレディ達も同じだ。

「……亡くなった」

「ええ、病いで。苦しまず、眠るように」

何を思うのか。メイルは「そう」と一言だけ呟き、僅かに目を伏せた。それがメイルの冥福の祈り方なのかは分からなかったが、アニア王妃にはそう見えたのだろう。ほんの少し目尻を下げて、穏やかな表情を見せた。

「お、王妃殿下。口を挟む無礼をお許しください。陛下が、陛下が亡くなったというのは……それではアルファード様は既に即位を？」

モーガンが動揺もあらわに尋ねる。

メイルを気遣うミレディ達も、アニア王妃も、それで気持ちを切り替えた。

「ごめんなさい。話が逸《そ》れたわね」

そう前置きをして、アニア王妃は更なる衝撃的事実を口にした。

「アルファードは今、行方不明よ」

「!? ど、どど、どういうことですか!?」

「駆け落ちしちゃったわ」

「いや、本当にどういうことですか!?」

「端的に言うなら、アレサンド様と私の気質を余すことなく受け継いで、しかも破天荒な方へ爆発した感じかしら？」

「「意味が分からないっ」」

本当に意味が分からなかった。次王に指名されていた次男が駆け落ち失踪とは。

主君の王族としてあり得ない行動に、モーガンもネブライも頭を抱えている。

「えっと、もしかして、その辺りが協力できないって言ってたことと関係が？」

ミレディのおずおずとした質問に、アニア王妃は溜息《ためいき》交じりに頷《うなず》いた。

「説明する前に確認よ。モーガン、ネブライ。三年間、どこで何をしていたのかしら？その様子では、アルファードに協力して匿《かくま》っているわけではないのね？」

「滅相もありません」

どうにか心を落ち着け、モーガンが今までのことを説明する。

実験と肉体改造の話にはアニア王妃も眉をひそめ、

「尊き血筋になんてことを。カーティスもフィストも由緒ある純血の家柄だというのに

「……」

と呟き、モーガン達に僅かな嫌悪感を見せた。が、それも本当に僅かな間のこと。

ハッとしたように顔をしかめると驚いたことに、

「ごめんなさい。あなた達の心も、あの子への忠義も変わらないというのに酷《ひど》い侮辱ね」

深く謝罪したのだ。これには黙って耐える覚悟をしていたモーガン達も泡を食う。

「い、いえっ、そのようなっ」

「顔をお上げくださいっ、王妃様！」

当然ながら、アニア王妃の生家は純血中の純血。遠くとも王家の血が入った公爵家であり、最も尊き血統の一つだ。

つまり、彼女の思想は典型的で伝統的な吸血鬼族のそれ。

血統を重んじ、重ねた血筋の歴史にこそ敬意を示す。混血は穢《けが》れであり、蔑みの対象だ。親も子も、もはやダスティアの貴き一族と認められない。

そう考えると、アレサンドの秘密を薄々察していながら黙認したアニア王妃の愛には、少し背筋が寒くなるほどだ。

とはいえ、だからこそモーガン達を受け入れることができたのだろう。

同時に、それは懺悔《ざんげ》でもあったらしい。

「いいえ、改める必要があるわ。少なくとも、アレサンド様を愛した私には。自分を棚に上げ、あの子を、アルファードを追い詰めてしまったのだから」

そう言って目を伏せ、悔いるように、絞り出すようにアニア王妃は語った。

アルファードには、何年も前から恋人がいたこと。

その恋人は、人間の少女であったこと。

アレサンドが亡くなり、王位継承を求められた際、その事実を公表したこと。

そして、彼女との婚姻を認めない限り、絶対に〝王位継承の儀〟は執り行わないと宣言したこと。

モーガンとネブライが得心したように頷く。

「そうか……それで殿下はメイル殿の捜索を……」

「前王の秘密をメイル殿の存在を以《もっ》て証明し、前例ありとしたかったんだね」

あるいは、そのまま本当に王位を譲っても良かったのかもしれない。

とにもかくにも、純血以外の貴族を認めない鬼国《きこく》の固まった価値観を打破するために、アルファード殿下はメイルを求めたのだろう。

「ここは吸血鬼族の聖域だと思っていたのですけれど、アルファード殿下も外に出ておられたのですか？」

リューティリスが、そもそも少女とどこで出会ったのだと小首を傾《かし》げる。

「我が国には〝人間村〟があるのよ」

「……どういうこと、ですか？」

僅かに、ミレディの声音が低くなった。最悪の可能性が頭を過《よ》ぎったのだろう。

「悪いようにはしていないわ。外で生きられない者達を匿う対価として、無理のない範囲で血税を払ってもらう。人間族の血が私達には一番合うのよ」

オスカーが思わずと言った様子で口を挟む。

「それは……もしかして、異端者と認定された者達ですか？」

「そういう方々もいるわね」

今では代を重ね、ほとんどが鬼国で生まれた者達だけれど、と説明するアニア王妃に、ミレディ達は顔を見合わせた。解放者以外にも、否、それよりずっと昔から保護されている異端者達はいたのだと、どこか安堵《あんど》にも似た気持ちが湧き上がる。

「しかし、王太子でありながら駆け落ちとは……」

モーガン達の件で神妙に視線を下げていたヴァンドゥルが、言葉を濁した。

だが、アニア王妃には「無責任では？」という言葉の続きが察せられたらしい。美貌に苦々しい感情が浮かんだ。

「愛しい相手を暗殺されそうになれば、それは逃げるでしょう」

「暗殺!?」

「穏やかではないね」

ミレディとオスカー、他の者達も表情が険しくなった。

聞けば、一部の高位貴族がやらかしたらしい。そして、兄殿下スヴェートは事前にそれを知ったが黙認したという。

「アルファードは襲撃に気が付き恋人を守ったわ。襲撃者達を返り討ちにして、首謀者達を吐かせて、そのまま彼等《ら》の屋敷に殴り込んで半死半生にして……」

「す、凄《すご》い行動力ですね」

ミレディが思わず呟けば、オスカー達も激しく頷き同意。だが、まだ続きがあって。

「彼等の私財を奪った後、屋敷を破壊して更地にして……」

「「「「「「「強盗!?」」」」」」」

七人仲良くドン引き。モーガン達は遠くを見る目に。殿下ならやる、と思っている顔だ。

しかし、アルファード殿下の怒りはその程度では鎮まらなかったらしい。

「首謀者達を裸に剝いたあげく屈辱的な縛り方をして、都のど真ん中に放置していったわ。彼等の罪を血文字で地面に書き置きして」

「やり方がえげつない!?」

ミレディが悲鳴のようなツッコミを入れた。高位貴族なら、正直、死ぬより辛いだろう。まさに生き地獄を味わわされた気分に違いない。

メイルが「へぇ、王子様にしてはやるじゃない?」と感嘆し、リューティリスが「まぁ！　少しときめいてしまいましたわっ」と興奮している。ラウスが〝ちょびっと衝《しょう》魂《こん》〟で二人を諌《いさ》める。

「そのまま姿を消して、二年経《た》った今も見つかっていないのよ。今は、スヴェートが国王代理として政務を行っているわ」

アニア王妃も、それを補佐する形で政務に携わっているらしい。

「おそらく、アルファードはスヴェートの黙認を察したのね。元々、スヴェートとアルファードの間には溝があった。スヴェートの一方的なものではあったけれど、それは決定的なものになってしまったわ」

許せなかったのだろう、とアニア王妃は言う。

アルファードだけでなく、スヴェートの方も。

真面目で純血主義に忠実で努力を怠らない兄と、奔放で趣味人で血統にこだわらない弟。性格が合わないのは昔からだ。

そこに次王の指名がなされ、挙げ句、その弟は人間の少女を王妃と認めない限り王にはならないと宣言したのだ。自分の全てを否定されたような気持ちになったのだろう。

「あの子は、純血主義の中でも特に至上派だから」

すなわち吸血鬼族こそ至上の種族であると選民的思想を持つ派閥のことだ。真面目すぎる性格と強すぎる責任感をこじらせたらしい。

「一応、説明するが我々の純血主義は差別主義ではない」

モーガンが口を挟んだ。ミレディ達が先入観で間違った印象を抱かないために。

「吸血鬼族は積み重ねた歴史を尊ぶ。血統はその証《あかし》だ。だが、それが等しく他種族への見下しに繫《つな》がるわけではない」

「自分達に誇りを持っているだけってことだよね？」

ミレディの理解に微笑を浮かべて頷くモーガン。ネブライが補足する。

「加えて言うなら、同族を神から守るためでもあるんだよ」

「どういうこと？」

「吸血鬼族同士では子供が生まれにくいんだ。だから、全種族の中で最も人口が少ない。つまり、稀少《きしょう》であれるんだよ」

たくさんあって、いくらでも増える遊戯の駒と、使い捨てし難い貴重な駒。神が手を伸ばしやすいのはどちらか。

つまり、純血主義とは「いいんですか？　あんまり派手に弄ばれると我々は簡単に絶滅しちゃいますよ？」という出生率調整による守りでもあるというわけらしい。

アニア王妃が口を開く。悩ましげに吐息を漏らしながら。

「私のことも、察していたでしょうね。アルファードは」

「え、まさか王妃様も黙認を？」

ミレディがショックを受けたように尋ねると、アニア王妃は首を振った。

「いいえ。知らなかったわ。けれど、あの子が宣言をした時から予想はしていた。誰かが禍根を断とうと動き出すのではと。でも、何もしなかったのよ」

「どうして……」

「期待してしまったの。あの子は強いからきっと恋人を守り抜くでしょう。けれど同時に、二人の関係がどれだけ危険か、それも実感してくれると」

「……私の母が身を引いたように。あるいは陛下が諦めたように。ということかしら？」

「ええ」

「なるほどねぇ。両親の気質を受け継ぎ、その上を突き進んでいるわけね」

アニア王妃は、気を取り直すように大きく息を吐いた。

「王位継承の話をしましょう。それこそが、あなた方の求めるものだから」

そう前置きをしてアニア王妃が語るに、ダスティアの王に即位するには、前王からの指名だけでは足りないらしい。

王位継承の儀、そう呼ばれる儀式をクリアしないと王とは認められないのだと。

「王城の地下、その最奥には魔法陣が刻まれているわ」

触れた者の記憶を精査し、王の資質を図り、認められれば天を衝《つ》く光の柱が国民に新王の誕生を知らせる神代に創られた魔法陣。

アルファードが触れることを拒否し、スヴェートは王と認められず。

「王位継承の儀で認められると、魔法陣は〝知識の蔵〟を授けてくれる」

「もしかして、それが……」

ミレディが少し困ったような曖昧な表情で尋ねると、アニア王妃は頷いた。

「代々、王が継承する膨大な歴史の記録。頭の中に直接、刻まれるのだそうよ」

「そっか……だから、今は伝えられないんだ」

王の座が空位であるから。鬼国が保管する膨大な知識や記録は書物などではなく、全て王の頭の中にしかなかったということだ。

「これは……ちょっと予想外だ。困ったね」

オスカーが眼鏡を押し上げがら眉を八の字にする。

「記憶を確認されるんじゃダメね。王家の血だけでいいなら、お姉さんがパッと行って知識だけ奪ってくるのだけど……」

なんかメイルお姉さんがとんでもないことを言い出した。

王妃様もモーガン達《たち》もギョッと目を剝《む》く。ミレディ達が「すみません！　この人、生粋の海賊なもので！」と平身低頭。ラウスの〝いい加減にしなさい衝魂〟がメイルの性根をぶっ叩《たた》く。

「ごほんっ。そこで、あなた方に依頼したいと思うの」

ようやく、ミレディ達を招いた理由に辿《たど》り着き、アニア王妃はパチリと指を鳴らした。

秘密の会話はここまで、ということだろう。

防音していた風の結界が解かれ、同行していた侍女の名を呼ぶ。

黒髪で冷たい印象の侍女さんは、分かっていたかのようにカートを押しながら入ってきた。載っているのは湯気と共に芳醇《ほうじゅん》な香りを漂わせるお茶だ。

それを優雅に、しかし極めて素早く配膳し、惚《ほ》れ惚《ぼ》れするような一礼をしてスッと部屋の脇に待機すれば、ミレディ達も驚くほど気配が薄くなった。

「す、素晴らしい……」

メイドスキーオスカーが思わず称賛を口にする。侍女さんが少し驚いた様子を見せ、ほんのりと笑みを返してくれる。

ミレディからも、にっこり笑顔が。背筋が寒くなる笑みだった。

オスカーは無言でお茶をいただいた。眼鏡が気を利かせて曇ってくれる。

アニア王妃は少し興味を惹《ひ》かれた様子を見せつつも、喉を潤し、依頼の内容を口にした。

「アルファードを見つけ、連れ戻してくれないかしら？」

「それと引き替えに、私達の求める知識を授けてくださる。ということですね？」

「ええ。アルファードの説得は私達がするわ。和解したいのよ」

「それはスヴェート殿下も、でしょうか？」

モーガンの確認に、アニア王妃は頷《うなず》いた。

「先程言った通り、王位継承の儀で認められない限り、ダスティアの王にはなれない。民は、決してスヴェートを王とは認めないわ」

王の座は、もう二年も空位が続いている。民心には不安と不満が募っていて、諸侯は実権の掌握に動き出しており、ギスギスとした空気が国中に蔓延《まんえん》し始めている。

この二年で、スヴェートは思い知った。自分に王の資質が足りないことを。

すっかりやつれ、それでも投げ出すわけにはいかないと無理を重ねている。

「スヴェートも和解を願っているわ。考え方も、少し変わったのよ」

ただ、とアニア王妃は頭痛を堪《こら》えるように言う。

「二年の間、捜し続けているけれどアルファードを見つけられない。そして、たとえ見つけても、また逃げの一手を打たれたら誰にも捕まえられないわ」

「それは」

なぜ？　と尋ねようとしたミレディの疑問には、苦笑い気味のモーガンが答えた。

「強いからです」

「つよい」

「はい。もう、理解できないくらいに」

「三年前の時点でも、一人で歴戦の将校達相手に無双できたくらいだからね」

鬼国《きこく》最強は誰か、と問われれば彼の名が出るくらいらしい。

だから、とアニア王妃の藁《わら》にも縋《すが》るような眼差しがミレディ達を巡る。

「招く危険性を考慮してなお、揺らぐ祖国を立て直すためにあなた方の力を求めたのよ」

何せ、神代魔法使いが七人である。これで逃げられたら、もうお手上げだ。

「それで、どうかしら？　取引は成立と考えても？」

こてりと首を傾《かし》げて問うアニア王妃。

答えは当然、決まっていた。

「そういうわけで、駆け落ち王子の捜索をすることになった」

『なんということだ。素晴らしいね、その王子様は！　実に漢《おとこ》だ！』

〝天網《てんもう》〟の盤に映る兄、ラスールのご機嫌な様子を見て、ヴァンドゥルはさもありなんと溜息《ためいき》を吐《つ》いた。

今日も空が青い。快晴だ。山頂から見る【紺碧《こんぺき》の大地】は美しい。

後ろから、鬼国兵達とナイズの会話が聞こえてくる。

「お、おい。あれが本当に魔王なのか？」

「気持ちは分かる。だが、魔王だ」

「あの陽気な愉快犯みたいな男が？」

「そうだ」

「なんということだ。自らメイル殿の椅子になろうとする樹海の女王といい、その……外の世界は大丈夫なのか？」

「いや、まぁ、いろんな意味で大丈夫ではないから貴国に訪れたわけだが」

「まぁ！　酷《ひど》いですわ！　わたくしはただ――」

「リューはちょっと黙っててくれ」

「!?　ナっちゃんさんも最近わたくしに冷たい……ハァハァ」

「そ、外の世界は恐ろしい、じゃなくて大変だな」

鬼国からは〝天網〟による直接通信ができないと判明したのは、アニア王妃との会談が終わった後のこと。例の〝真意の裁断〟が外部との通信を阻害してしまうらしい。

仕方なく、現状報告のため、ヴァンドゥルとナイズ、リューティリスは監視兼付き添いの鬼国兵達と共に、こうして大湿地帯の外に出てきていた。

最果て故に全体通信が無理なのは自明のことだったが、安否確認の遅れていた魔王軍が、この大湿地帯の北にある【前線地帯】の砦に無事到着してくれていたおかげで、そう離れずに連絡が取れたというわけだ。他の仲間へはラスールが伝達してくれるだろう。

代償（？）に、吸血鬼族の魔王に対する印象がガラガラと崩れ落ちたようだが。

映像の後ろでエルガーが遠い目になっている。レスチナも「ラスール様ぁ、もっと威厳をっ」とオロオロ。

このままでは魔人族全体に風評被害が広がり兼ねない……が、ヴァンドゥルの報告と今後の話が終わった直後、ラスールの雰囲気は一変した。

映像越しでも分かる圧倒的な王威に、吸血鬼達が思わず息を吞《の》んでいる。

『そちらの事情は了解した。今度はこちらの情報を伝えよう』

「……何かあったようだな、兄上」

険しい表情で頷いたラスールが、数日前に各国首都で教会が発表した内容を口にした。

『新教皇が選任された。……名を、ダリオン・カーズ』

「馬鹿な！　奴《やつ》は死んだはずだ！」

『その通りだ。護光騎士団の全滅は世界も知るところ。にもかかわらず、生き残った司教や枢機卿《すうききょう》の誰かではなく、あえてダリオンの名を出したところが非常に不気味だ。公式発表では生き残っていたと言っているが詳細は不明だよ。今、解放者の諜報部隊《ちようほう》が真偽のほどをどうにか確かめようとしている』

「……教会は何を企《たくら》んでいる？」

『分からない。だが、ヴァン。急いだ方がいいかもしれない。私の勘が、もうずっと警鐘を鳴らしている。何か、よくないことが起きるとね』

「兄上の勘はよく当たるからな。分かった。ミレディ達に伝える。……兄上、くれぐれも気を付けてくれ」

『ふっ、誰にものを言っているんだい？　私は魔王だよ？』

最後に、誰もが息を呑んだ威厳ある魔王の顔から、元の悪戯《いたずら》小僧のような顔に戻って肩を竦《すく》めるラスール。

それから、仲間の安否確認がほぼ取れたという朗報に少し心を軽くしつつ、ヴァンドゥルは通信を切った。振り返れば、ナイズとリューティリスも革命者の顔を見せている。

鬼国兵達は、そんな解放者達を見て、外世界の激動と潮流に圧倒されたように喉を鳴らしたのだった。


翌日の早朝より捜索は始まった。

ミレディが飛行を請け負い、ラウスが魂魄《こんぱく》感知を全開で捜索、メイルが回復するという三人チームだ。

他にモーガン班にオスカーとナイズ、ネブライ班にヴァンドゥルとリューティリスという形で三手に別れている。

アルファードの幼馴染《おさななじ》みでもある二人は、幼少期からの心当たりのある場所を当たってみることにしたのだ。オスカーとリューティリスが別れているのは、それぞれ〝情報看破〟で隠形の類いを暴くためだ。

ラスールからの伝言を受け取り、一刻も早くアルファードを見つけねばと意気込みつつ、それはそれとして、という感じでミレディがニマッとメイルを見る。

「もぉ、メル姉。いい加減に機嫌を直しなよぉ」

「なんのことかしら？」

「一晩中、王妃様に説教されたからって拗《す》ねない拗ねない♪　たとえぐぅの音も出なかったとしてもね！　ね！　ところでお父さんの後妻さんにめちゃくちゃ構われるのってどんな気持ち――痛いッ!?」

一瞬で放たれた水の鞭《むち》で顔面をはたかれて錐揉《きりも》みするミレディ。それでもラウスとメイルへの重力魔法は全く揺らがないのだから無駄に卓越している。

「そういえば最近ウザさが鳴りを潜めていたわね。懐かしくて、つい手が出たわ」

「お前達、真面目にやれ」

必死に最大展開の魂魄感知を行い、動物や魔物の魂まで逃さず処理しているのでしんどそうなラウスが青筋を浮かべている。

「だってだって、ラーちゃん。目で必死に助けを求めてくるメル姉、おもしろ――じゃなくて可愛《かわい》くなかった？」

「まぁ、珍しく幼子のようであったが」

「ちょっと、ラウス君までやめてくれる？」

「年上を君付けで呼ぶのはいかがなものか、と叱られていなかったか？」

「うぐっ」

本当に珍しく、メイルが言葉に詰まる。

実は砦での会談の後、正式に取引成立となったミレディ達は王城に招かれた。

捜索計画の策定のほか、国中を動き回ることになるので国王代理であるスヴェートへの挨拶も必要で、アルファードを連れ帰った後の計画も練る必要があったからだ。

スヴェートと極一部の側近にだけ事情が知らされ、アルファードが戻ってくるならとミレディ達は受け入れられた。が、メイルの素性を知った時は……

取《と》り敢《あ》えず、スヴェート殿下には魂魄魔法〝鎮魂〟の連射が必要だった。

そうこうしているうちに夜となってしまい、一行は王城で食事と寝床をもらうことに。

そうすると、だ。

アニア王妃が、殊更メイルを気にするのである。

やれ食事の作法が～、やれ言葉遣いが～、やれ年上への態度が～などなど。

最初は、やはり隔意があって嫌がらせしているのかと思われたのだが。

「凄《すご》かったよねぇ。好きな食べ物は何か、スイーツは何がいいか、アクセサリーはどんなものが好みかって、根掘り葉掘りだったもんね」

そう、どう見ても嫌がらせの類いではなく、善意であり、厚意。

あげく、女の子なのにそんな薄着をしていてはと、侍女に大量のドレスを持ってこさせて試着させたり、持ち帰らせようとしたり。

「何か裏があるのかと侍女にそれとなく確認したんだがな。アニア王妃、ずっと娘が欲しかったらしい――」

「あーあー聞こえないわぁ～っ」

「静謐《せいひつ》の代名詞みたいな人なのに、あんなにはしゃいでいる姿は久しぶりに見たって」

「ああもうっ、うっさいわね！」

メイルお姉さん、地味にキレる。ムッスゥとした表情だ。

「どういう神経してんのかしらね。隠し子よ、隠し子！　普通、嫌悪するか、少なくとも疎ましく思うでしょ！　それをあんな……挙げ句の果てには、あれがダメこれがダメもっと恥じらいを、もっとマナーを！　お母君が悲しむだのなんだの、ほんっと大きなお世話よ！　クドクドクドクドどれだけ説教したら気が済むのって話よね！」

なぜだろうか。怒濤《どとう》の勢いで愚痴が吐き出されるのだが……

「口で言うほど嫌がってないよね？」

「反抗期の子供だな。まったく、それで〝お姉さん〟とは笑え――痛いッ」

バチコンッと、ラウスのツルツルの頭を水の鞭が直撃した。濡《ぬ》れた頭が陽光にキラリと反射して、ミレディから「眩《まぶ》しいッ!?」と悲鳴が。

いじられ慣れていないメイルお姉さんが本格的に拗ね始めたので、ミレディとラウスは失笑を呑み込んだ。

昨夜、アニア王妃に連れられてアレサンドの墓に花を供えに行った後、二人はしばらく戻らなかった。父親がどんな人だったか、語られていただろうことは容易に想像できる。

見た目は普段通りであったが、果たしてメイルの内心はどうなのか。

「気遣いどうも。お姉さんは絶好調よ」

ミレディとラウスの内心の方がバレバレだったらしい。

何はともあれ、当初はどうなるかと思われたメイルの出生と鬼国の関係は、予想外に丸く収まったわけで。メイルのツンとした横顔に、ミレディは嬉しそうに笑い、

「良い風が吹いてきてるね！　私達ならアルファード殿下も直ぐ見つけられるし！」

意気揚々と声を張り上げたのだった。

で、その三日後。

「……見つからないっ」

死んだ目で頭を抱えるミレディがいた。目の前の夕食も手に付かない。

それはオスカー達も同じで「マジかよ……」と、干からびたような表情になっている。

同席しているアニア王妃とスヴェート殿下も遠い目だ。気持ちは良く分かると、この二年を思い出しているらしい。

「もしかしてだが、あいつ、もう国にいないんじゃ……」

食事の席がビシッと凍り付いた。まだ二十歳になったばかりなのに、既に金髪の生え際が鋭いV字を描き始めている銀縁眼鏡の国王代理スヴェートに、全員が油を差し忘れた絡《から》繰《く》り人形のような動きで視線を向ける。

「い、いや、あくまで可能性の話だ」

「でも、もしそうだとしたらお手上げよ？」

メイルが思わず天を仰ぐ。ないと思いたい。それは、アルファードが完全に祖国に見切りをつけたということに他ならないから。同時に、捜し出すことが至難中の至難となってしまうから。

「……そう言えば、湿地帯は全く捜してませんわね？」

リューティリスがふと思いついたように言えば、「そんな危険地帯に」と一笑に付しかけて、はたと気が付く。

「アルファード殿下なら、湿地帯は別に危険地帯ではないのでは？」

そう口にしたのはオスカーだった。スヴェートが引き攣《つ》り顔で補足する。

「北西の海に面した湿地帯は、巡回もほとんどしていない場所だ。森林が多く、独自の生態系が形成されていて、湿地帯の中でも特に危険な場所だが……」

そんな場所から回り込んで不法入国を企むくらいなら、海に出て船で回り込んだ方が早いし確実。なので、警戒も薄い。

全員が顔を見合わせる。次の捜索場所が決まった瞬間だった。

その翌日。再び三手に分かれて湿地帯の北西一帯を捜索し始めたミレディ達は、馬鹿げた予測が大当たりだったことを知ることになった。そう、

「……追っ手か？」

ミレディ班が遂《つい》にアルファードを発見したのだ。

幻術と認識阻害を組み合わせた結界は違和感が欠片《かけら》もなく、魔力の痕跡も感じられない。魂魄感知か情報看破がなければ見つけることは至難だろう。

海岸に近い、泉と川、森の木々に囲まれた静かな場所で、奥には蔦《つた》や花に飾られたログハウスがあり、手作りのブランコや広々とした畑もある。

そこに、一人の美しい貴公子がいた。

短く切り揃えた輝く金髪に、アニア王妃を彷彿《ほうふつ》とさせる芸術品のような容姿、服越しでも分かる均整の取れた彫像のような肉体。

ただし、麦わら帽子にオーバーオール、首にはタオルを巻いて、鍬《くわ》を肩に担いだ農作業スタイルだったが。ベテランの農民オーラが凄い。

「あ、あのぅ、アルファード殿下……ですよね？」

「そうだ。分かっているということは、やはり迷い人というわけではないようだな？」

スッと警戒したように目が細められる。だが、農民スタイルだ。

雰囲気も剣呑《けんのん》ではあるのだが、いかんせん白い肌を汚す尊き労働の跡に愛嬌《あいきょう》があって、いまいち緊迫した空気にならない。

「は、はい。アニア王妃の依頼を受け、貴方《あなた》を捜し出しました」

「ふん？」

訝《いぶか》しげに目を眇《すが》めるアルファード。なぜ、外界の者が？　と疑問に思っている顔だ。

真紅の瞳が見定めるようにミレディ、メイル、ラウスの順に巡る。

メイルを見て一瞬、何かを感じたように視線を止めたが、直後、ラウスがログハウスの方へ視線を向け、僅かに目を細めた瞬間——轟音《ごうおん》。

「え？」

「ちょっと!?」

ミレディとメイルが慌てて視線を転じれば、そこには拳を振り抜いた姿のアルファードと、腕をクロスさせながら背後の木にめり込んでいるラウスの姿があった。

「チッ、その顔、知ってるぞ。白光騎士団の長だなっ」

アルファードの気配が一気に膨れ上がる。臨戦態勢だ。

「待て！　私はもう教会の騎士ではない！　解放者の、対教会組織の人間だ！」

「対教会？　白光の長が？　ハッ、それを真に受けるほど俺の頭はめでたくない。それに今、何か魔法を使おうとしたな？　家中に向けててっ」

ラウスは内心で「ぬかったっ」と己をぶん殴った。

確かに、魂魄感知の魔法を使おうとしたのだ。家の中に人の気配を二つ感じた気がして。

一人は彼の恋人に違いなく、ではもう一人は？　もしや何者かがこの機に乗じて侵入を？

と、そう思って。

ついでに言えば、まさか察知されるとは思いもしなかった。ミレディ並に魔法に対する感覚が鋭い。

「待って！　誤解です、殿下！　話を聞いてください！」

「俺の最愛が殺されかけた時と同じセリフが聞こえるな！」

次の瞬間、虚空に出現したのは星の数ほどの火炎弾。しかも、一つ一つが上級クラスの威力を圧縮したもの。

それはまさに、ミレディの魔法技〝積乱〟に匹敵する技量だった。更に、

「落ち着きなさいってば」

メイルが水の防壁を張ろうとする。水源が豊富なので周囲の川や泉を利用――

「あら!?」

できなかった。メイルの魔力が弾《はじ》かれ水に浸透しない。

「ここは俺のテリトリーだぞ？」

優秀な奴《やつ》ほど効率的に周囲を利用する。なら、対策を施すのは当然だろう、という言外の指摘にメイルは僅かに頬を引き攣らせた。

火炎弾が豪雨のように降ってくる。更に、周囲の地面が泥人形《クレイゴーレム》に変わって全員の下半身に纏《まと》わり付き、そのうえ、水草や周囲の草木が伸びて上半身の拘束まで。

——魔法技　領域支配

技を受けてようやく気が付いた事実。この辺り一帯の自然にはアルファードの魔力が浸透している。他者の干渉を弾くほど濃密に。それを以《もっ》て、まるでリューティリスのように自然を意のままに操る技法を手中に収めているらしい。

「ラーちゃんがごめんなさい！　でも本当に危害を加える気はないんだよ！」

「そうか。なら、ひとまず逃げさせてもらうが文句はないな？」

「それは困る！」

時間に余裕はないのだ。また雲隠れされるわけにはいかない。と、ミレディはやむなく重力魔法を使った。火炎弾が全て壁にぶつかったみたいに地面へ落ちる。

アルファードが瞠目《どうもく》した。が、動揺も一瞬。手を地面に。

「——〝雷蛇《らいだ》〟」

いつの間にか広がっていた水を媒介に全員へ逃げ場のない雷撃を放つ。

咄嗟《とっさ》に己を包み込むように防壁を張る三人だが、密着する泥人形や草木の水分まではどうしようもなく硬直を強いられる。

一瞬で重力魔法の特性を理解し、最も防ぎづらい方法を選択するその戦闘センスには舌を巻かざるを得ない。

恐ろしいことに、その絶好のタイミングで更に、針のように細い枝が疾風に乗せて放たれた。枝には樹液が滲《にじ》んでいる。何かの毒物だろう。

目立たず、必要なタイミングで必要最小限の攻撃を素早く的確に。

並の相手なら何をされたのかも分からず無力化されたに違いない。もちろん、三人は〝並の相手〟ではないが。

ミレディの重力魔法が針を全て叩《たた》き落とし、

「悪いが、こちらも必死だ！　世界の命運がかかっている！」

ラウスの〝衝魂《しょうこん》〟が迸《ほとばし》ってアルファードの動きを止め、

「いい加減にお姉さんも怒るわよ？」

メイルが〝宝物庫〟から自前の水を召喚し、直撃と同時に水牢《すいろう》を形成する鉄砲水を放った。元より、力尽くでも連れてくるようにと雇われたのだ。傷付けない程度の反撃は許されるだろう、と。

だが、それでは少々甘かったらしい。

「チッ、とんだ手練《てだ》れだな」

「うそ!?」

メイルの水牢が瞬く間に四散してしまった。否、四散なんて生易しいものではないと、ミレディ達は直《す》ぐに看破した。

――魔法技　解体

魔法というものは遠距離で放つ場合、必ず構成を維持する〝核〟が含まれる。

設計図とも言えるそれを、なんとアルファードは一秒にも満たない間に読み解き、魔法の構成自体を解体してしまったのだ。

なるほど、モーガンが理解不能の強さと称した理由が分かる。

センスだけでは無理だ。膨大な魔法の知識に、たゆまぬ反復訓練による条件反射的魔法技能があって初めて成立する絶技である。

動揺が僅かにミレディ達の動きを止めた。その隙に、アルファードは蒼《あお》き獄炎の海を頭上に創り上げた。

蒼き炎の巨塊を放つ最上級攻撃魔法〝蒼炎《そうえん》〟と、一帯を炎の海で覆い尽くす〝劫火浪《ごうかろう》〟の複合技。一切を灰燼《かいじん》に帰す殲滅《せんめつ》の海〝蒼天浪《そうてんろう》〟。

「ちょっ、そんなの放ったら殿下だって無事じゃあっ」

むしろアルファードだけが無事では済まない可能性を思い、もしや自棄《やけ》になったのかと焦るミレディ達に、アルファードは首を振った。

「安心しろ。大したことにはならない」

もしや見かけ倒し？　それとも別の意図で出した？　と少し安心したミレディ達に、アルファードはにっこり魅力的な笑みを浮かべて言った。

「少なくとも、俺は」

「私達は!?」

ほいっと気軽に落とされる蒼い炎の海。周囲の森が一瞬で蒸発していく。凄《すさ》まじい勢いで川や泉から水蒸気が上がり、生物に死滅を強いる灼熱《しゃくねつ》空間が出来上がる。

「お前達は危険だ！　ここで、確実に仕留めさせてもらう！」

「なんでそんなに殺意が高いの！」

「ああもうっ、頭が固いわね！」

「それより油断するな！　何をしてくるか分からんぞ！」

なんて怒声を上げげつつ、〝蒼天浪〟に対処するミレディ達。おそらく、この魔法は対処されることが前提なのだ。本命はきっとメイルの干渉を弾く水蒸気のベールであり、それを隠れ蓑に致命的な攻撃が来る――

「んん!?　しまったっ、図られた！」

ラウスが叫ぶ。と同時に、「ミレディ！　構わん！　周囲一帯呑《の》み込め！」と指示を出す。わけが分からないが、とにもかくにもラウスを信じて〝絶禍《ぜっか》〟を形成。水蒸気も蒼炎の海も丸ごと全部呑み込む。

アルファードが範囲に入っていたら、ただでは済まないが……

杞憂《きゆう》だった。アルファードの姿は海岸線にあったのだから。

「「……」」

ミレディとメイルの目が点になる。あれだけ殺意塗《まみ》れで「絶対に殺す！」と宣言しておいて、その実、魔法を放つと同時に全力で逃走していたなんて誰が思おうか。

拳を振り上げ雄叫《おたけ》びを上げながらバック走するようなものである。

「とんだ食わせ者だぞ、あの王子様は」

そう言うラウスの声には感心が含まれていた。

アルファードの隣には、黒髪の素朴な雰囲気の女性がいる。彼女の腕には一、二歳くらいの幼子が抱きかかえられていた。

アルファードが振り返って「ゲッ、マジかよっ」と言いたげな焦った顔になっている。

そう、彼は最初から感情に任せて戦ってなどいなかったのだ。

おそらく、途中から害意がないという言葉にも聞く耳を持っていたに違いない。

とはいえ、相手は教会最強に、重力干渉者。

ラウスの最初の魔法も発動を感知はできたが、もしあれが攻撃系であったなら防げていたか怪しい。そのうえ、何やら切羽詰まった様子で逃亡を見逃せないという。

それは恐怖だ。

己の分析が勝機なしと伝える相手の手が届く場所に、最愛の家族がいる。

話を聞いたとして仮に決裂した場合、彼等《ら》がその必死さ故に家族に手を出さないとなぜ信用できるのか。到底許容できない恐怖であった。

だから、戦闘意欲旺盛に見せて、その実、家族の安全だけでも確保するために撤退の算段を整えていたのだ。

と、次の瞬間、アルファードが懐から宝石を取り出し、魔力を込めて――

「ミレディ！　下だ！　押さえ込め！」

「どわぁっ――〝禍天《かてん》〟!!」

地面から猛烈な魔力反応。即座に三人揃《そろ》って飛び上がりつつ超重力をかける。

すると、地面が爆裂して盛り上がりかけた直後、一気に沈み込んだ。

とんだブービートラップである。

「ほんと油断ならない王子様だねぇっ」

見れば、海岸の北から大きな黒鷲《くろわし》が飛来して着陸するところだった。更にログハウスを起点に牢獄《ろうごく》のような多重結界が張られている。どうやら中に強力なアーティファクトがあるらしい。それこそ〝黒天窮《こくてんきゅう》〟でも放たないと破れそうにないレベルだ。

「徹底してるな」

「感心してる場合じゃないよ！」

「ああもうっ、こっちが下手に出ていればいい気になって！」

メイルお姉さんの我慢が限界に達したらしい。すぅっと息を吸うと、

「アルファード～っ。ずっと私を捜していたのでしょう！　会いに来たのに、知らないふりなんて酷《ひど》いわぁっ」

なんて、著しく誤解を招きそうなことを叫ぶ。

案の定、黒髪の女性がビシッと動きを止め、

「ア、アル様？　どういうことですか？」

困惑した様子で尋ねる声が微《かす》かに聞こえてくる。

だが、そんな意図的に家庭崩壊を招かんとする悪魔の如《ごと》き所業に、現在進行形で家庭が崩壊しているラウスさんが戦慄の眼差《まなざ》しを向けているのも気にせず、

「あなたが望んだ娘がここにいるわよぉーー!!」

「メル姉ぇ！　語弊ぇっ！」

「こいつっ、悪魔かっ」

確かに、メイル自身がアルファードの望んだ父の娘であるが、致命的に言葉が足りない。まるでメイルが産んだアルファードの娘がいるかのような発言である。悪魔だ。

だが、アルファードは強かった。

「あんな女、知らん」

ばっさりである。ほんと？　と小首を傾《かし》げる恋人に一切の動揺なく頷《うなず》き、更にはビシッとメイルに指をさして大声で主張する。

「見ろ、セレネ！　あの女の滲み出る駄目っぷりを！」

「え？」と声を漏らしたのはメイルの方。セレネさんも「？」とメイルを見る。

「あれは典型的な駄目女だ。怠惰で自己中心的、欲望に忠実で嗜虐《しぎゃく》趣味もありそうだ」

「当たってる!?」

「ミレディちゃん!?」

「きっと、家事なんて壊滅的だぞ。料理なんて作らせた日にはグロテスクな異界物質を生

み出し、死人が出かねない騒動になるに違いない！　かといって働くこともない！　働くくらいならチンピラよろしく強奪を選ぶタイプだ！」

「すごいっ、完璧な分析！」

「最高級のお布団なんて与えてみろ。ミノムシのようになって出てこなくなるぞ！」

「まるで見てきたかのように！」

ミレディの絶賛が迸る。アルファード殿下の洞察力は神代魔法級だ！　と。

メイルお姉さんが思わぬカウンターを食らってプルプルしている。

「そんな女に俺がなびくと思うか？　こんな素晴らしい女性であるセレネを放って？」

「アル様……」

「何もかもだ。あの女が、いや、世界中を捜したってセレネに魅力で勝てる奴なんて一人もない。今も昔もこれからも、俺が愛しているのはセレネだけだ」

「も、もう、アル様はいつも大袈裟《おおげさ》です……」

頬を染めてモジモジしているセレネさん。お子さんが揺られて心地よさそう。

「私達《たち》はいったい何を見せられているんだ？」

ラウスの目が死んでいる。その間にも、抱擁と見せかけてさりげなく黒鷲にセレネと子供を騎乗させるアルファードだったが、不意に響いた懐かしい声に動きを止めた。

「殿下！　お待ちを！」

ようやく事前に連絡していた他の捜索班が駆けつけた。

アルファードの目が大きく見開かれる。

「モーガン！　ネブライ！　お前達、生きていたのか!?」

二人が少し離れた場所で跪《ひざまず》く。その後ろにオスカーとヴァンドゥル、リューティリスが並び、一拍おいて、ナイズが結界をすり抜けてミレディ達を転移させてくる。

アルファードの表情に緊迫が浮かんだ。冷や汗が頬を流れる。

「殿下！　ただいま帰還いたしました。予定を大幅に遅れたこと伏してお詫《わ》び申し上げます。ですが、密命は果たしましたことを報告させていただきます」

「果たした？っ、そうか。彼女は……」

アルファードのメイルを見る目が変わった。

「確かに、特徴に合致するな……貴女《あなた》の母の名は？」

「リージュよ」

「そうか……今更だが、こう呼ぶべきか？　姉上殿と」

「メイルお姉ちゃんでいいわよ？」

アルファードはウインクするメイルをあっさり無視した。メイルの額に青筋が浮かぶ。

「あの、アル様？　姉上殿とは、もしかしてあの？」

妙な空気を察してか、泣き始めた子供をあやしながらセレネが尋ねた。

年の頃は十八、九歳くらい。愛嬌《あいきょう》のある容貌だが、どこか垢《あか》抜《ぬ》けない村娘といった雰囲気だ。魔力も体も鍛えられているようには見えない。

「ああ、セレネ。以前、説明した通りだ。実在していたらしい。一目見て妙な既視感を覚えたんだが……」

白光騎士団団長の存在感に吹き飛んだと苦笑い。

セレネは慌てたように黒鷲から降りて、メイルに頭を下げた。

「セレネと申します、お義姉様《ねえさま》。アルファードの妻でございます」

思わず、メイルは「へぇ」と声を漏らしてしまった。

実際に鬼国《きこく》の村出身だというのに、実に堂々とした言動だったからだ。王族の妻を名乗るに卑下するところが全くない。

しかも、それは選ばれたという傲慢から出たものでないことは、メイルの目を真っ直《まっす》ぐに見つめてくる鳶色《とびいろ》の瞳が何より雄弁に物語っていた。

彼女には、アルファードの妻であることに誇りと覚悟があり、そして子に恥じることのない母であろうという気概があった。

なるほど、ただの村娘などではない。言うなれば、荒野に一本だけ凛《りん》と咲き誇る野花のような魅力が彼女にはあった。

「初めまして、セレネちゃん。お姉さんはメイル・メルジーネ。海賊団の船長よ？」

「海人族《うみびとぞく》ですものね」

なぜか納得し、しかも尊敬の目を向けるセレネさん。

ミレディ達が「あれ？　ちょっとずれてる？」と小首を傾げる。

「その子は？」

「はい、アルバノールと申します。一歳の男の子です」

「アルバノール……良い名ね」

「ありがとうございます。古い言葉で〝夜明けの月〟という意味です」

「あら、ますます素敵ね。黒髪に金のメッシュだなんて、あなた、小さいのにおしゃれさんねぇ？」

いつの間にか泣き止《や》んだアルバノールが、メイルに興味津々の目をじっと向けている。モーガンとネブライは驚愕と歓喜の入り交じった表情で、ミレディ達も愛くるしい赤子にほんわりした空気になっている。

それで、アルファードの警戒もかなり解《ほぐ》れたらしい。

一つ、深呼吸をして気持ちを落ち着けると、モーガンとネブライを改めて見て顔をしかめた。だがそれは嫌悪ではなく、後悔と罪悪感に塗れたような表情で。

「お前達……何があった？」

「話せば長くなります。確かに肉体はご覧の通りですが、どうか信じていただきたい。我等の忠誠と友愛の心に一切の陰りがないことを！」

「どうか彼等の話をお聞きください。世界は今、大きく揺れております。俺達はそれを目の当たりにしてきました。殿下のお力が必要なのです！　どうか！」

「なら、いつまでも平身低頭するな。顔を上げて、俺の目を見て言え」

モーガンとネブライが顔を上げる。真っ直ぐな眼差しを返す。

それを射るような目で見返したアルファードは、やがて肩から力を抜いた。そして、

「お帰り、モーガン、ネブライ。俺のわがままで辛《つら》い目にあわせた。本当にすまない。お前達が生きていて……よかったっ」

膝を突いて、二人を抱え込むようにして抱き締めた。震える肩が、その憂慮の度合いを示している。モーガン達も、ようやく帰ってきたのだと実感したのか、少し涙ぐんでいる。

やがてアルファードは立ち上がり、ミレディ達に視線を巡らせた。

白光騎士団団長に、父親の忘れ形見。重力干渉者に、魔人だか竜人だか。全身アーティファクトと、結界無視の男、それに気品のある森人《もりびと》。

「どっちにしろ逃げられそうにはないな。それに、どうやらのっぴきならない状況のようだ。……いいだろう、モーガン達を信用し、話を聞こう」

苦笑いを浮かべるアルファードに、ミレディ達はホッと安堵の吐息を漏らしたのだった。


その後、ログハウスに場所を移して一時間ほどした頃。

「なるほどな。まさか、この一年で世界がそんなことになっているとは」

現状と事情の説明を受けたアルファードは、一度頭の中を整理するように天を仰いだ。

隣にぴっとりと寄り添っているセレネが、腕の中で眠るアルバノールを撫《な》でながらも、

アルファードへ気遣わしげな目を向けている。

「神を打倒する千載一遇のチャンスか。一国の王位継承でゴタゴタしてる場合じゃないな。いいだろう。全面的に協力しよう」

「ほ、本当に？　いいんですか？」

あまりにもあっさり承諾を得られて、逆にミレディの方が狼狽《うろた》えてしまった。驚いているのはオスカー達も同じだ。

「ああ。これが頭のおかしい理想主義者の妄言なら話は別だが、実際に倒せる可能性があるなら、これに協力しないことは、すなわち人類に仇なすことと同義だと、俺は思う」

そう言って、隣に座るセレネと子を愛《いと》しげに見つめるアルファード。

「大切な者達が健やかであれる未来に、神はいない方がいい」

「アル様……」

「セレネ……」

ほわほわ～と桃色の何かが発生している気がする。渋めの紅茶が出されているが、ナイズがそっと戻した。たぶん、砂糖の味しかしないと思ったのだろう。

「では、殿下。遂《つい》に王位を継承されるのですね？」

モーガンが期待を込めた目で尋ねる。

「しないが？」

え？　と全員の目が点になった。

「セレネを認めぬ国の王になど、なぜ俺がならなくてはならないんだ」

至極当然、といった様子で言うアルファード。まるで世の常識を説いているかのよう。

あれ？　おかしいのは自分達の方だったかな？　とうっかり思ってしまいそうだ。

「し、しかし、殿下！　今、祖国は不安に揺らいでおります！」

「知らん」

「知らんって！　あなたはまたそういうっ」

「わがまま言ってる場合じゃないんすよ！」

「うっさいわ！　いいかっ、よく聞け！」

幼少期に戻ったように喧々囂々《けんけんごうごう》と言い募るモーガンとネブライに、アルファードはビッと指をさして世の道理（？）を声高に叫んだ。

「セレネとアルバノールの命は、全吸血鬼のそれより重い！　自明のことだろうが！」

「王族が言っちゃいけないこと言いやがった！」

「この破天荒王子！　いつもいつも斜め上の言動しやがって！」

お互いに立ち上がって、「ああ？　なんか文句あんのかこら」とチンピラのようにメンチを切り合う幼馴染《おさなな》《じ》み達。

ミレディ達があわあわしつつ、「奥さん、なんとかして！」と視線で訴えるが、当の奥さんは「もぉ、アル様ったら」とうっとりしていらっしゃる。

ダメだ。この人、やっぱりちょっとずれてる。と諦めて、ミレディが強引に割り込む。

「王妃様が〝知識の蔵〟は王位継承の儀で手に入れられるって言ってましたよ？　エヒト打倒に協力してくださるなら継承していただかないと」

「ああ、継承はする。そして、次の王を直ぐに指名する」

「はい？」

「なんならメイルでもいいぞ。そうすれば口頭説明の手間は省け、メイルは〝知識の蔵〟どころか王権も得られ、俺は家族を危険に晒《さら》さずに済む。うん、ウィンウィンだな」

「「アホですかぁーーーっ」」

モーガンとネブライの絶叫が響いた。

一瞬、アルバノールがぐずるように「あぅあぁ」と声を漏らしたが、直ぐにむにゃむにゃとセレネの胸元に顔をすり寄せ、そのまま睡眠続行。

中々に太い神経をお持ちだ。ただ、絶叫はいただけない。と、セレネママの笑顔がモーガン達に突き刺さる。無言の圧力が凄《すご》い。王妃みたい。二人は即行で平謝りした。

ちょっと声を潜めつつ、メイルが気を取り直して尋ねる。

「ええっと、そもそも私が継承できるの？　スヴェート君も無理だったのに？」

「それは〝前王の指名〟という前提条件をクリアしていないからだ」

つまり、一度アルファードが王位を継承し、その後、直ぐにスヴェートを指名して継承の儀を行えば、おそらく問題ないということ。前例がないので確実ではないが。

「魔法陣は王の資質を図るが、それは何も特別なものではない。王は一人だが、一人で国は守れない。周囲が助けたいと思える者であればいいんだ」

魔法陣が読み取るのは〝独裁者〟の可能性。たとえば、〝王の指名〟が脅迫や洗脳の類いでなされていないかなど、継承者の悪意を確認しているのだ。

「そもそも、俺は一年くらいで見つかって、兄上に王位継承させる予定だったんだ」

「そ、そうなのですか？」

驚くモーガンや他の者達《たち》にアルファードは頷《うなず》く。

「身を隠したのは、当時、既にセレネが身ごもっていたからだ。暗殺の対象になっちまった中で、安心して出産なんてできないだろう？」

「それは、まぁ」

「で、一年も放置すれば兄上もいろいろ自覚する頃合いだ。頭は固いが、努力家で優秀な人なんだからな」

同時に、領土内の捜索で見つからなければ、自然と大湿地帯に目を向けるはず。おそらく一年くらいで見つかるだろう。と、予測していたわけだが「なんで二年もかかってるんだ？」と呆《あき》れ顔《がお》になるアルファード。

「王族の責務を放棄した阿呆《あほう》など知らん！　と勘当された可能性も考えたぞ。上手《うま》くやって、王位継承の儀なんぞなくても民に王と認めてもらえたのかもしれんと」

「いや、あのですね、殿下。普通、危険地帯の中でも最も危険な場所に恋人連れて隠れているなんて、誰も思いませんよ」

「いや、俺だぞ？」

「くっ、それを言われると確かにっ。なぜ思い当たらなかったっ」

王も王太子も不在での執政に、それだけ必死だったのだろう。

スヴェートやアニア王妃の疲れた様子を思い出し乾いた表情を晒すミレディ達に、アルファードは肩を竦《すく》めた。

「話を戻すが、仮に魔法陣が認めずとも問題ない。メイルが継承したということにしておけばいいんだ。ばれなければ嘘《うそ》も真実さ。みんな一蓮托生《いちれんたくしょう》だな」

こいつ、最悪の秘密で全員を共犯者にする気だ！　と戦慄が駆け巡った。

モーガンとネブライが「ああっ、また殿下が突飛もないことをぉ！」「でも最後はなんか上手くいくから、いつも何も言えないぃっ」と頭を抱えている。

破天荒だが、最後には不思議と帳尻が合うというか、上手くいくらしい。

「そもそも、メイルを捜させたのも、父上の秘密を握って脅迫――ごほんっ。説得するためだったんだ」

「今、脅迫って言ったよ！　この人、実の父親を脅す気だったよ！　セレネさん、一言どうぞ！」

「やると決めれば容赦しないアル様、素敵ですっ」

「ダメだ。セレネさん、基本的に全肯定だっ。この人達、ヤバい夫婦だったよ！」

ミレディも頭を抱える横で、メイルが「ん～」と不思議そうな顔になる。

「私の存在を父に突きつけて、暴露されたくなければ王位指名を変更しろって脅したかったのよね？　でも、貴方は母の名を知っていたわ。父は結局話したの？」

「順番に話そうか」

アルファード曰く、元々、相当前から〝父には昔、愛した外界の女がいたのでは？〟と推測はしていたらしい。

というのも、若かりし頃のアレサンドは生粋の絵描きで、元々継承権が低く王位に就く予定もなかったから、外界に絵描き旅に出ていたことは有名な話だった。

にもかかわらず、不慮の事態で戴冠することになってからは一切描かず、理由を聞けば描きたいものがなくなったからだと言う。

アルファードの鋭い洞察力は、それを嘘だと見抜いた。同時に、一度だけ、その話を聞いていたアニア王妃が妙な反応を見せたことも印象に残っていた。

「普段から父上は純血の誇りを説くことがなく。貴族連中に同意を求められても曖昧な笑顔で応えるだけ。ここまでくれば、もしやと思うさ」

アルファード自身が、他種族の女性に心を寄せたのだから。

「確信したのは、父上にセレネの存在を打ち明けた時だ」

王位指名後、再三に亘り説得したが応じなかったため、危険は冒したくなかったが伝えたのだ。王家のスキャンダルである。流石の父も撤回せざるを得ないだろうと。

「勘当も覚悟したが、父上は、ただ〝そうか〟とだけ答え、結局、指名を撤回することはなかった」

気のせいでなければ、少し笑っていたように思う。まるで、血は争えないな、とでも言うかのように。だから確信し、〝なら、隠し子もいるのでは？〟と考えた。

「だが、一年が経ってもモーガン達は音信不通で、何度か捜索したが全て空振りだ」

「ちょっと待ってください。まさか、殿下自身が？」

「当たり前だろう。元は俺のわがままだ。何より、友を見捨てるわけにはいかない」

モーガンとネブライが実に複雑な表情になっている。

嬉しく思う気持ちと、立場も弁《わきま》えずなんて危険なことをと苦言を呈したい気持ちで。

「そうこうしているうちに、父上の容態が急激に悪化し出した」

この放蕩王子めぇと睨む二人から視線を逸らしつつ、アルファードは続ける。

「隠し子は、もう間に合わない。だが俺は、説得とは関係なく、父上の気持ちを聞いてみたくなった」

アレサンド自身も、似た道を辿る息子に、死ぬ前に一度くらい胸の奥にしまった想いを語りたかったのかもしれない。今際に、リージュのことだけ話してくれたのだという。

「頑として、隠し子の存在だけは否定したがな」

「……きっと、リージュさんの身を引いた理由を最期まで尊重したかったんだよ」

ミレディが柔らかな表情でメイルの手を握る。きっと、そうなのだろうとメイルも思った。父もまた、メイルを遠ざけることで守ろうとしてくれたに違いないと。

そんな二人を穏やかな目で眺めながら、アルファードもまた思う。

「俺に期待したのかもしれない。吸血鬼の価値観を変えることを」

だから、覚悟を決めた。一度は周囲を説得しようとした。セレネとの婚姻を王位継承の条件とし、諸侯とも腹を割って話そうとしたのだ。

だが、同族達は文字通り問答無用に牙を剝《む》いた。

少し神妙な空気になって、ミレディがおずおずと言う。

「あの、アルファード殿下。王妃様もスヴェート殿下も謝りたいと言ってました。戻ってきてほしいって。もちろん、セレネさんのことも受け入れると」

「そうか……兄上もか……」

少しだけ、アルファードは感情を呑《の》み込むような雰囲気を見せた。

暗殺を黙認した兄へのわだかまりが消えたわけではない。けれど、自分の在り方が兄を追い詰めていたことも理解している。

「アル様」

そっと手を握られて、アルファードは知らず俯《うつむ》けていた顔を上げた。

微笑《ほほえ》む妻の顔があった。

「心がいっぱいで、動けないこともあります」

黙して、認めたわけではない。きっと。

「お義兄様《にいさま》も、お義母様《かあさま》も、アル様の家族でしょう？　だから、大丈夫です」

「……ああ、そうだな」

手を握り返して、妻と息子の額にキスをする。

「それでも、俺は王にはならない」

少し困ったような、しょうがない人を見るような目を向けるセレネ。

アルファードは視線を逸《そ》らし、なんだか居心地の悪そうなミレディ達に苦笑しつつ、

「さて、善は急げだ。さっさと解放者が必要とするものを用立てようじゃないか」

空気を変えるように立ち上がった。

その日の夜。

ミレディ達の姿は王城の地下にあった。セレネとアルバノール、モーガンとネブライ、そしてアニア王妃とスヴェート王子も一緒だ。

石造りの迷宮のような通路を抜け、十階ほど下りた先の広間である。

〝前王の指名〟を受けていない者が訪れると起動する古代の門番《ゴーレム》を、アルファードが一蹴したところだ。「ぱぁぱ、すぉい！」という息子の称賛に、なんか香ばしい勝利のポーズを取っている。

この広間の先にあるのが〝継承の間〟だ。

本来なら諸侯を召集し、民に布告してから〝王位継承の儀〟を始めるのだが、今回はこ

の場にいる者達だけで密《ひそ》かに行う。

セレネとアルバノールの存在が紛糾を呼ぶことは目に見えており、それに対応していてはミレディ達が情報を得られないからだ。

なお、王族一家の和解は……

現在、アルバノールを抱っこしているのがアニア王妃であることが何よりの答え。

アルバノールは、アニア王妃のほっぺがお気に入りらしい。「ばぁば！　すぉい！」と早速覚えた呼び名を口にしながら、陶磁器のような王妃のほっぺをぺちぺち。父親の活躍を訴えている。

アニア王妃は「そうね、パパは凄いわね」とデレデレ顔だ。抱っこしてからというもの、一瞬も孫から目を離していないのだが……

実は、スヴェートにはまだ子がいないので今の戦いも見ていないので、さりげなく初孫であり、その感動で純血主義も吹っ飛んだらしい。

「母上……そんな顔もできたんですか」とスヴェートが目を見開いている。

そんなこんなで、いざ鋼鉄の門を開いて〝継承の間〟へ。

中は円柱状の広間となっていた。入った途端に壁に埋められた宝石が発光し、同時に、部屋の中央に複雑怪奇な魔法陣が浮かび上がる。

「あれだな」

特に感慨もなさそうに躊躇《ためら》いなく魔法陣へ踏み込むアルファード。

お前、もうちょっとさぁっと言いたげなスヴェートに、モーガン達も「分かりますよ、殿下」と共感の表情。

「ふわぁ、まぁま！　きぃーねぇ！」

「まぁ、アルバノール。ばぁばは綺麗《きれい》じゃない？」

「ばぁば！　きぃーねぇ！」

「ふふふ、ありがとう、アルバノール」

「いえ、あの、お義母様？　容姿のことではなく、継承の儀のことです」

孫パワーに当てられてポンコツ化していたアニア王妃が、ようやく現実に復帰した。

アルバノールのきゃっきゃっとはしゃぐ声をＢＧＭに、ミレディ達も「おぉ」と感嘆の声を漏らしていく。

それほどに、目の前に広がる光景は美しかった。

燐光《りんこう》が散り、光の螺旋《らせん》がアルファードを包み込んでいる。

魔法陣の輝きは刻一刻と増していき、直後、光の柱が噴き上がった。

石造りの天井を透過し、〝継承の間〟を光の海に変える。美しい光の欠片《かけら》が乱舞する様は幻想的で、その中心に立つアルファードもまた、息を呑むほど勇壮であった。

それは実に、〝王〟に相応《ふさわ》しい姿で。

外では、光の柱が王城を突き抜けるようにして天へと昇り、ダスティア全土に新王の誕生を知らせたことだろう。

やがて、空気の中に溶け込むようにして光が消え、眉間に皺《しわ》を寄せて瞑目《めいもく》していたアルファードもゆっくり目を開いた。

未《いま》だ、僅かに光を纏《まと》う姿に、モーガンとネブライは自然と傅《かしず》いていた。

アニア王妃は感動したように目を細め、スヴェートも何か意地を張って無理やり背負っていた重い荷物を、ようやく自分の意思で下ろせたような、そんな吹っ切れた表情をしている――が、

「で？　メイルと兄上、どっちが継承する？」

部外者のミレディ達でさえ新王誕生の瞬間に感動していたというのに、当の本人はもうびっくりするくらい軽かった。

やはり、王位を継承する気がない。

それを理解して、アニア王妃は目を伏せた。スヴェートも苦い表情になる。

「私はミレディちゃんに従うわ。ねぇ、リーダー？　吸血鬼を統べる力は必要かしら？」

「必要ないよ」

ミレディの視線はメイルではなく、アルファードへと向いていた。

「解放者が必要とするのは神打倒の手がかりのみ」

鬼国《きこく》を背負うことはできないと、明確に告げる。

「何より、メル姉に国を渡すとか正気？って思う」

「ミレディちゃん？」

「さもありなん、だな。俺もそう思う」

「ちょっと表に出なさいよ。あなた、弟の分際で生意気よ」

青筋を浮かべて蛇腹刀に手をかけるメイルを、ラウスとヴァンドゥルが二人がかりで羽交い締めにして押さえる。

「というわけで、だ。兄上を次の王に――」

「待ってくれ！」

アルファードの指名を止めたのは、他の誰でもないスヴェートだった。

「王は、お前だ。アルファード」

「いいや、兄上がなるべきだ。俺が指名を受けた時から、ずっと言ってるだろう？」

「この二年でっ」

スヴェートの絞り出すような声音が木霊する。アルファードを見る目には苦しみが見えたが、それは後悔と罪悪感の色であると誰にでも分かった。

「この二年で、自覚した。私には王は無理だ」

「そんなことは――」

「あるんだよ、アルファード。よく分かったんだ。私は、心が弱すぎる」

何があっても動じない。同調圧力をいとも簡単に撥《は》ね除《の》ける。確固たる己があって、大樹のように真《ま》っ直《す》ぐ立っている。

都に降りて好き勝手しているように見えて、結局、最後には民を笑顔にしている。

それが、アルファード・イル・ダスティア。

戦闘力だけの話ではない。人として、強いのだ。

その強さに、民は、惹《ひ》かれているのだ。

だから、民の不安は晴れない。スヴェートが先頭に立っても〝王の座は空位〟という認識が全くなくならない。きっとそれは、継承の光が昇っても変わらないだろう。

「学べば、全ての答えが分かると思っていた。学ばぬお前を見下していた。でも違ったんだ。本当に学ぶべきは書物の中だけではない、現実の中にあったんだ。お前は、きちんと必要なことを学んでいた」

私には見る目もない。と肩を下げるスヴェートに、アルファードは首を振った。

「兄上は真面目すぎるだけさ。貴方《あなた》ほど責任感と愛国心に溢《あふ》れた者はいない」

スヴェートは、そこに初めて弟の自嘲に歪《ゆが》む顔を見た。

「俺は、祖国より、たった一人の最愛を選んでしまう男なんだ。父上とは違う。何を捨ててもセレネとアルバノールを諦められない」

それこそが、王に相応しくないという何よりの証明。

「俺は、王族として失格なのさ」

そう言って、アルファードはモーガン達《たち》へ眉根を下げた表情を向ける。

「すまん。俺は、お前達にも忠義を向けてもらえる男じゃない。失望していいぞ。友情まであなくすのは少々寂しいが」

「馬鹿なことを言わないでくださいよ。元々、そんなに尊敬はしてないですよ」

「中々言うじゃないか」

軽口を叩《たた》きながらも、モーガンとネブライは何か訴えようとして。

しかし、アルファードの妻と子へ向ける表情を見ると、結局、何も言えず。

アニア王妃も口を噤《つぐ》み、ミレディ達は「これでいいのだろうか」と顔を見合わせたが、他国の内政に関することであるから結局は口を閉ざしたまま。

「さて、解放者がお待ちかねだ。さっさと――」

「本当にいいのですか？」

唐突に木霊した静かな声音は、セレネのものだった。

全員の注目が集まる中、セレネはアニア王妃のもとへ歩み寄って両手を差し出した。アニア王妃は、まるで従うことが自然なことであるかのように、気が付けば孫を返していた。

きょとんとしている息子を抱き、あたかも彼女こそが王族であるかのような雰囲気でアルファードの前へ。

「愛してくれてありがとう、アル様。私も、この子も世界で一番の幸せ者です」

そう言って微笑むセレネは村娘とは思えないほど美しく、同時に、アルファードは「まさか」という思いに囚《とら》われた。

メイルの母のように、身を引く気なのでは……と。

だが、どうやらセレネは、破天荒王子が選んだに相応しい女性だったようで。

「でも、そんな情けない顔をさせるくらいなら、愛してほしくはありません」

「セレネ……」

まるで、泣き言の理由に使うなと言われたみたいで、アルファードが言葉に詰まる。

「全部、大切なんでしょう？」

国も、民も、兄や母も。だから、最愛の恋人を暗殺されかけても、付かず離れずの距離にいた。兄に王位継承できる日を待っていた。

「私は弱くて守られるしかありません。だから、これはわがままだけれど……」

アルバノールと一緒に最愛の夫に寄り添って、

「私達のために大切なものを切り捨てながら生きてほしくはありません。私達だって、貴方を愛しているんだから」

だからと、もう一度尋ねる。

「本当にいいのですか？」

「……」

真っ直ぐに見上げてくる妻に、アルファードは思わず天を仰いだ。

そこへ、スヴェートが歩み寄って肩に手を置く。言葉はないが、その瞳が何より雄弁に支えになると伝えていた。アニア王妃の眼差《まなざ》しが柔らかく解《ほぐ》れて、アルファードの気持ちを後押ししてくれていると分かる。

「アル様が私達を守る。私達がアル様を支える。それでこの国は絶対に大丈夫です」

最愛の妻の微笑が、最後の一押しだった。

その日、諸侯と民はアルファードの帰還と王位継承を知った。

当然、セレネとアルバノールの存在に諸侯は激怒に近い紛糾を見せたが……

意外にも民の大半は受け入れ、祝福までする者が数多くいた。

暇さえあれば下町を練り歩き民と関わってきたアルファードの人柄、彼がいなくなって改めて実感した存在の大きさ、そしてアニア王妃とスヴェート王子が心からの祝福を公言したことが、固まった価値観を少しだけ緩めたに違いない。

もちろん、鬼国の人間達はお祭り騒ぎである。

そして、そんな民の後押しを受けつつ、

「暗殺上等。ただし、私と息子が死んだら旦那様の理性が間違いなく飛びます。復讐鬼《ふくしゅうき》になって全てを滅ぼすと思いますが、覚悟があるならどうぞ」

「王にはなってやる。ただし、俺の妻と子に何かしたら今度こそ見限る。国ごと滅ぼすから覚悟の上でやれ」

なんてことを夫婦揃《そろ》って公言したものだから、むしろ、民が諸侯を監視するような状況が出来上がり、ひとまず即座に騒動が起きるということは抑えられたのだった。

誰もが思ったものだ。

セレネ王妃って……本当に村娘ですか？　と。

吸血鬼の新王が立ったのと同じ時、神国の総本山跡地には大勢の人影があった。

夕刻、火炎の海の如《ごと》き焼けた空の下、元々は大神殿の門があった場所に佇《たたず》む法衣の女性に、おずおずとした雰囲気で司教の一人が話しかける。

「きょ、教皇聖下」

無言のまま振り返ったのは、元白光騎士団師団長の弓使いレライエ・アーガソン——ではなく、今はダリオン・カーズと名乗る新教皇だ。

「測量等、終わりましてございます」

大神殿の再建計画。そのために集まった職人や教会関係者達も、どこか恐ろしそうな、あるいは未だに困惑が抜けていないような表情でダリオンを見つめている。

「よろしい。各国の来訪者達は、もう自国へ帰還しただろうか？」

「ハッ、そのように報告を受けております」

「神都も王宮も相応に片付いた。大掃除もそろそろ最終段階だな」

「……その、聖下……」

何やら奥歯に物が詰まっているような司教の様子に小首を傾《かし》げる。

「総本山の再建は確かに大事でありますが……」

「分かっている。異端者共のことだろう？」

「加えて、世界の不信心な潮流も……神国全体が、いえ、世界が揺らいでおりますれば」

教皇に即位してからというもの、やっていることは決戦の後片付けばかり。

そもそも、ダリオンだと名乗っていることも理解できないし、そんな彼女を使徒様が新教皇に任命したことも彼等《ら》には少々不満があった。一介の騎士風情が、と思っている高位聖職者達も多いのだ。この司教もその一人。

ダリオンは、ふっと笑みを浮かべた。

「言っただろう。大掃除も終盤だと」

は？　と戸惑いの声を上げる司教に背を向け、ダリオンは片手を掲げた。

直後、出現したのは、あの日に見た白銀の渦。

動揺が広がる。中には腰を抜かす者も。

そんな彼等に頓着することなく、ダリオンは目を細め、遠くを見た。

「最後の余興である。せいぜい足掻《あが》くといい。哀れな駒達よ」

その呟《つぶや》きは呑《の》み込まれた。銀の流星群が世界へ散っていくという、凄《すさ》まじい光景への悲鳴とも歓声ともつかない騒ぎの中に。

「つまり、ダリオン・カーズは初代勇者？」

ミレディの困惑に満ちた声が、ダスティア王の私室に響いた。

完全防音されており、ここにいるのはアルファードとミレディ達のみだ。

「本人かは分からん。何せ千年以上前のことだ。だが〝知識の蔵〟によれば、初代勇者の名はダリオン・カーズという名の青年であり、魂を分割し他者に移すことで疑似的な不死身となる力を持っていたそうだ」

それが事実なら、護光騎士団は全員がダリオンだった可能性すらある。

竜王国で耳にした物語の詳細を尋ねた結果、返ってきた事実は衝撃的だった。

あのお伽噺《とぎばなし》は、決してただのお伽噺ではなかった。

何せ、物語の中の勇者こそがダリオンであり、魔王とはすなわち神エヒトのことだったのだ。

ダリオンが守っていた〝聖域〟とは、やはり樹海のことで、具体的には〝大樹ウーア・アルト〟のこと。否、より正確に言うならば、

「大樹の化身〝女神ウーア・アルト〟。その魂を聖剣に宿し、勇者と共に邪神に立ち向かう、ですか。樹海の女王としては無知を恥じるばかりですわね」

それこそが、ダリオンが守っていたもの。リューティリスからほぅと溜息《ためいき》にも似た吐息が漏れた。

「だが、おかしいだろう？」

「そうだな。もし本人なら、なぜ今は神の騎士などしている？」

オスカーとナイズが険しい表情で尋ねると、意外にも答えたのはメイルだった。

「女神様が大切だったからじゃないの？」

「メル姉？　どういうこと？」

「……分かるでしょう？　エヒトは健在なのよ」

それで全員が察した。

物語の最後、消えた聖域と勇者の謎。その答えだ。

彼は、勝てないと理解してしまった。けれど、聖剣に魂を封じた女神ウーア・アルトを失いたくなかったから。だから、エヒトの軍門に降《くだ》ったに違いない。

たとえ、世界を、そして女神自身を裏切ることになっても。

ヴァンドゥルが視線を下げて呟く。

「〝聖域に触れることなかれ〟、か」

それはきっと、何より大切な女神に触れるなという勇者の魂の叫びだったのだろう。

ラウスが神妙な顔付きでアルファードを見やる。

「陛下、教えていただきたい。初代勇者の想《おも》いが具現化したとしか思えぬ、あの極彩色の結界の正体は？　〝意志を以《もっ》て魔法に〟、その意味するところは？」

その答えこそ、神打倒の手がかり。

それを求めて、この国に来た。

命運が決するかのような緊張がミレディ達の間に張り詰める。

アルファードもまた、どこか緊張した様子で一度深呼吸すると、厳かに告げた。

果たして、

答えはあった。吸血鬼の歴史を重んじる性質が、一滴の希望をもたらした。

「概念魔法だ」

ミレディが反芻《はんすう》する。触れれば壊れそうな宝物を扱うかのような声音で。

「概念、魔法……」

アルファードが頷《うなず》き、正体を語る。とはいえ、それは実に雲を摑《つか》むような話であった。

「お前達は、必要条件を満たしている」

曰《いわ》く、概念魔法とは文字通り、概念を具現化する究極の魔法。

一切の法則を無視し、願いのままに事象を発現する。

ただし、その前提条件として、七つの理《ことわり》に干渉できること、その理の神髄を理解していること、莫大《ばくだい》な魔力を有していることが必要だ。

そして、最後の発動の鍵。それこそが、概念魔法という究極にして万能の力が失伝してしまっている最たる理由。

「後は、〝極限の意志〟が必要らしい」

「きょくげんのいし」

思わず、シリアスな雰囲気を霧散させるようなミレディのオウム返しが木霊した。

アルファードと見つめ合う。もっと具体的な発動方法が出ると信じて、待つ。

全員の額から、嫌な汗が出て来た。

ミレディが、聞き間違いかと視線を泳がせつつ恐る恐る聞いてみる。

「曲芸の石？」

「極限の意志だ」

答えは無慈悲なまでに変わらなかった。ミレディ、爆発する。

「意味が分かんないよ！　何そのふわっとした説明ぇ！」

「知らんわ！　〝知識の蔵〟にはそれしかないんだ！　文句言うな！」

オスカー達《たち》も参戦。

「いやいや、もうちょっと何かあるでしょう⁉」

「アルファードっ、気張りなさいよ！　捻《ひね》り出すのよ！」

「そうですわ！　どこか隅っこの方に転がってるかもしれませんし！」

「頭をぶっ叩《たた》けば出てくるんじゃないか⁉」

「ナイズ！　ナイスだ！　それで行こう！」

「よし、ヴァン。陛下を押さえろ！　ついでに魂魄《こんぱく》にも衝撃を叩き込んでおく！」

「や、やめろ！　一国の王に何をする気だ！　ちょっ、こわっ⁉　衛兵！　衛兵ぇ！」

喧々囂々《けんけんごうごう》。答えは得た。神打倒の力が実在することも分かった。

だがしかし、その方法のふわっと感と言ったら……

期待が大きかっただけにミレディ達は半ば発狂してしまい、結局、その日の夜は「お客人方がご乱心！」と王城を巻き込んでの大騒ぎになってしまったのだった。

それから丸一週間。

ミレディ達はずっと王城の一室にこもっていた。一切の邪魔が入らないようにしてもらい、食事や洗濯なども任せっきりという大変お世話になりながら。だがしかし、

「ンナァアアアアアッ」

「まずいっ、またミレディが発狂した！」

「ラーちゃんさん！〝鎮魂〟を！」

「いつまでこうしていればいいのだろうシャルムは私を覚えているだろうかシャルムにまで嫌われたら私の存在意義もなくなってもう家族のやり直しなんて――」

「ダメだっ、こっちも壊れかけてる！」

「ナイズ！　転移を頼む！　メイルが布団にくるまって出てこない！」

概念魔法は発現せず。ひたすら瞑想《めいそう》したり、過去再生で何度も悲劇を思い出したり、魂魄魔法で感情を無理やり増幅したり……

持続効果を持たせられるよう、概念魔法を付与するアーティファクトもオスカーが用意したが、あらゆることを試しつつ七人で力を合わせて魔力を練り上げ続けても、全くちっとも発現する感じがしない。

神のいる場所へ、あるいは神を地上に引きずり落としたい。

そして、打倒したい。

無意味に魔力を使い霧散する度に、その意志は極限ではないと突きつけられているようで精神的にも限界が近づいていた。

不意に部屋の扉が開き、アルファードが入ってきた。アルバノールを抱っこしたセレネも一緒だ。

「……ダメみたいだな」

「ミレディさん、大丈夫ですか？」

「あーほぉー」

「誰がアホかぁっ」

「ミレディ！　相手は赤ん坊だから！」

きゃっきゃっと嬉《うれ》しそうにはしゃぐアルバノール君。セレネ王妃がメッと叱り、アルファードがめちゃくちゃ緩んだ表情でそれを見ている。

「……何をしに来た。ダメな家長である私への当てつけか？　笑いに来たのか？」

「ラウス、落ち着け。病みすぎだ」

カイムとセルムが半使徒化して殺しにきた時の記憶を蘇《よみがえ》らせすぎたらしい。幸せな家庭は、今のラウスお父さんにとって劇物と同等だった。

三角座りをしているラウスの背を、ナイズがサスサスしてあげている。

「相当追い詰められているようだと世話係の侍女達に聞いてな。夕食に誘いに来た」

「堅苦しいものではありません。身内だけの食事会です。美味《おい》しい料理とお酒で、少しリフレッシュしてください」

オスカー達は顔を見合わせた。

一向に切り札ができないことに、特にミレディの精神がかなり不安定になっているのは事実だ。焦りはある。だが、焦っても仕方ないのも事実。

「ミレディ」と、オスカーが優しく話しかけると、ミレディは「うぅ」と唸《うな》り声《ごえ》みたいな返事をして、一拍。ボサボサの髪を更に掻《か》き毟《むし》って苛立《いらだ》ちを少し発散させ、

「お呼ばれします」

厚意に甘えることにしたのだった。

で、その日の真夜中頃。

「あんの腰抜けがぁっ。ガタガタ言ってないで姿を見せろって話だよ！　ミレディさんがそんなに怖いんですかぁ？」

「幼稚な人格破綻者めっ。あんなのは貧民街に行けばいくらでもいるんだよ！」

「同じ顔の人形に囲まれて悦に浸るとか気持ちわるっ。エヒトって絶対モテないわね！」

「おまけに一人遊びの達人ですわよ、お姉様！　わたくしを超えるボッチですわ！　ああ、哀れですわ！　哀れですわぁ！　ふふふっ」

「引き籠もり如きが！　神の領域なんぞ絶対にぶち壊してピーピー泣かしてやるわ！」

「ナイズ、よく言った！　絶対に逃がさんぞっ。どこにいようと必ず見つけ出して、家庭崩壊の責任を取らせてやるっ」

「アルファードはどこだぁっ。知識の蔵に記録させてやるぞぉっ。自称神が土下座するところをなぁっ」

七人の解放者はお手本のような酔っ払いと化していた。

最初は、こんなことをしている場合ではないという意識もあって、出されたお酒もちょびちょびと嗜《たしな》む程度だったのだが……

少し酔えば、一気にタガが外れた。

それでも、最初はまだ良かったのだ。ミレディが素直可愛《かわい》いモードになってオスカーに甘えたり、オスカーの理性が飛びかけたり、メイルがナイズに絡み酒したり、絡まれながらもナイズがオスカーをぶん殴って止めたり、リューティリスが変態したり、ラウスが泣き上戸と判明したり、ヴァンドゥルが壁に向かって語り出したり。

少なくとも他人に迷惑はかけておらず、アルファード達も苦笑いで済ませていたのだが。

溜《た》まりに溜まった鬱憤。世界救済のプレッシャー。

それらのストレスは、決壊した川の氾濫と同じだった。

次第に目が据わり、全員から剣呑《けんのん》な雰囲気が溢《あふ》れ、誰ともなく始まる罵詈雑言《ばりぞうごん》大会。

叫ぶだけならともかく、攻撃魔法まで八つ当たりのように飛び交う始末。

止めようとすれば、逆に絡まれ危険地帯に引きずり込まれる。

結果、周囲一帯に隔離措置がとられ、アルファード達は既に避難していた。

それにも気が付かず、壁がなくなり、一部夜空が見えている天井の下、ミレディ達はガッパガッパと酒をあおり続け……

その夜、鬼国《きこく》の人々は戦々恐々と一夜を明かした。

だって、王城から新王誕生時より強烈かつ七色の光が溢れ出していたから。

そして、いったい何が起きているのだと騒然とする中で、

「「「「「「「エヒト死ねクソ野郎ぉおおおおおおおおっ!!」」」」」」」

なんて感じの大絶叫が何度も、世界に響けと言わんばかりに木霊していたから。

翌朝。

アルファードが、まるで猛獣が潜む洞窟を訪れたような心持ちでミレディ達のもとへ行くと、何やら、嵐にあった後みたいな荒れ果てた部屋のど真ん中で車座になって呆然《ぼうぜん》としている七人の姿が見えた。

「ど、どうした?」

恐る恐る聞いてみる。すると、ミレディが表現のし辛《づら》い曖昧な笑みを浮かべて、

「で、できちゃった……」

なんてことを呟《つぶや》いた。アルファードは一瞬硬直し、しかし直《す》ぐに真顔になると、一言。

「……オスカーの子か?」

「？　ッッ!?　違うわぁっ」

顔を真っ赤にしたミレディ曰く、どうやら概念魔法の創造に成功したらしい。

神打倒の切り札は、なんとも締まらない方法で生み出されたのだった。

一つ。神越の短剣。刃渡り二十センチ、蒼穹《そうきゅう》色の剣身が宿す概念は〝神殺し〟。
一つ。導越の羅針盤。指針一本の懐中時計型。宿す概念は〝望んだ場所を指し示す〟。
一つ。界越の矢。黒水晶の如《ごと》き一本。宿す概念は〝境界の破壊〟。

「凄《すさ》まじいものだな」

これほど濃密な力、強烈な意志は感じたことがないと口にするのは、鬼国の境界線である崖上までミレディ達を見送りに来たアルファードだ。

「えっと、その、どうも」

ミレディの歯切れが悪い。普段ならウザいほどドヤァッするはずなのに。だが、指摘する者もいない。オスカー達もみな同じ微妙な顔だ。

「極限の意志を発現したいなら、極限まで酔っ払えばいいと記録しておこう」

「やめてぇ!?」

歴史に醜態を残したくない！　とミレディが慌てふためき、アルファードは思わず噴き出した。一緒に見送りに来ているセレネやアニア、それにスヴェートも笑い出す。

「そ、それより、これどうぞ！」

居たたまれなくなって、ミレディは〝宝物庫〟を渡した。お礼として、アルファード用にオスカーが用意したものだ。

様々なアーティファクトが入っているほか、概念魔法創造の過程で創ったもの――エヒトが総本山で放った支配の言霊、〝知識の蔵〟曰く〝神言〟という魔法の対抗用アーティファクト〝はぁ？　ちょっと何言ってんのか分からないんですけどぉ？〟等も入っている。

「ふむ。ちょっと何を言ってるのか分からないんだが？」

「ミレディのネーミングセンスが〝あれな感じ〟で申し訳ない」

「オーくん、普段からセンスをからかわれてるの根に持ってるね？」

なんて話をしている間に、早朝故まだおねむのアルバノールがセレネの腕の中でぐずり出した。それを区切りに、お別れとする。

ミレディが手を差し出した。

「いろいろお世話になりました」

「それはこちらのセリフだ」

そう言って握手に応じたアルファードは、最後に目を細めるようにして微笑《ほほえ》み。

「信じさせてもらうよ。君達《たち》の選択こそが、世界の最良であると」

ミレディは思いがけないことを言われたというように目を丸くして、一拍、照れたような微笑を返したのだった。


「さてさて、みんなに朗報だぜぇ～、ふっひゃひゃ♪」

飛翔《ひしょう》しながらくるくると踊るように回るミレディ。

ご機嫌だが、纏《まと》う雰囲気は苛烈だ。神に届き得る力を手にして充溢《じゅういつ》する戦意が抑えきれない様子である。

自然と飛翔速度は上がり、あっという間に【紺碧《こんぺき》の大地】を出た。早速、仲間と連絡を取るために〝天網《てんもう》〟を起動する。

「んん？　繋《つな》がらないね？　リューちゃん」

「いえ、昇華魔法は正常に効いてますわ」

最果ての地故に出力が足りないのか。ミレディの視線がヴァンドゥルに向けられた。

「兄上達は前線地帯の砦《とりで》に駐留しているはずだから届くはずだが……移動したのか？」

最も近い場所にいるラスール達に通信が届かない。

「オーくん、羅針盤を」

オスカーが頷《うなず》き〝導越の羅針盤〟を起動する。ラスール達の所在を確かめる。

「ラスールは東に移動しているみたいだ。峡谷沿いだけど……北大陸に戻ってる？」

「なに？　全軍でか？　留守を置いていないのか？」

「待ってくれ。ラスールじゃなくて選抜軍の方で探ってみる……いる、ようだね。ここから北東に千キロくらいの位置にある砦だ。けど……なんだろう？　イメージがぼやける。まるで軍が散らばってるような」

ざわざわと、何か嫌な気配が背を這《は》い上がってくるような気がした。

「……行こう。直接行った方が早いよ。砦にある〝天網〟の方が出力は大きいし」

「ですわね。昇華させれば中継なしでシャンドラにもヴァルニカにも届きますわ」

ミレディ達は少し強《こわ》ばった顔で頷き合い、一気に移動を開始した。

そうして、砦に辿《たど》り着いたミレディ達は……

「なに、これ」

見てしまった。崩壊し、多くの遺体が転がる砦を。

選抜魔王軍は、壊滅していた。

「メル姉！　ラーちゃん！」

「分かってるわ！」

「ああっ」

ミレディの悲鳴のような号令に、メイルとラウスが砦へと駆け寄る。

ラウスが魂魄《こんぱく》を必死に探るが、その口から出るのは生存者確認の言葉ではなく「くそっ」という悪態だけ。

ミレディ達は、とにもかくにもと〝天網〟が設置されている最奥の部屋に向かった。

元より砦の司令部だ。最も堅固な造りである。

もしかしたら、生存者が立てこもっているかもと一縷の希望を抱き……

「扉が……」

司令部の部屋は開け放たれていた。誰もが青ざめた顔で飛び込む。

窓のない薄暗い室内はおびただしい血飛沫《ちしぶき》で染められていて、幾つもの遺体の発する死臭が鼻腔《びこう》を突いた。どう見ても死後数日は過ぎている。

そのうちの一人を見て、心臓が凍り付くような感覚に襲われた。

「そんな……エルガー将軍……」

壁に寄りかかって静かに鼓動を止めている老将軍の前に、ヴァンドゥルは崩れ落ちるようにして膝を突く。金槌《かなづち》で頭を何度も殴られているような衝撃に、しばし自失してしまう。それは、ミレディ達も同じだった。

「天網は壊されている……けど」

オスカーだけが唇を噛《か》み締めながらも行動する。

その黒眼鏡が壁の一角に微弱な魔力反応を捉えた。よく見れば土属性の魔法で乱暴に埋められたような跡がある。錬成で取り除けば、その中には〝天網〟の小型端末があった。

「映像記録か……」

決戦の記録を後世に残すため、セキュリティ向上と同時に付けられた機能の一つが生きているようだった。

ミレディ達が、その言葉に反応して飛びついてくる。直ぐに映像を再生すると、

『姫君が、これを見てくれることを祈る』

姿を見せたのはラスールだ。その顔にいつもの軽快な笑みはない。二十センチ四方の小さな画面には、酷《ひど》く切羽詰まった険しい表情が映っている。背後からは激しい戦闘音と、レスチナの怒声も聞こえてくる。

『世界が狂った』

どういうことだと目元を険しくするミレディ達。

『狂わされたのだ。各国は一斉に解放者狩りを始めた。世界中の軍が動いている。それどころか町中の人間もだ。子供も老人も関係ない。世界は、狂信の坩堝《るつぼ》に堕《お》ちた！』

ちょうど、やりきれない顔のラウスとメイルが部屋に入ってきて、オスカー達共々呆然とした顔になる。

「え？　何を言ってるの？　意味が……」

狼狽《うろた》えて声を震わせるミレディを、まるで叱咤するような厳しい声音が響き渡る。

『君達がいつ現状を知るかは分からないが、急げ！　生き残りを見つけろ！　一刻も早く助けに行くんだ！　全てが失われる前に！』

ミレディが零《こぼ》れんばかりに目を見開いた。

オスカー達が肝を潰したように青ざめる。

そうして、理解した。

これが、神の用意した最後の遊戯なのだと。

第四章◆世界の終わり

時は遡り、ミレディ達が鬼国《きこく》を出る五日前。

――ウルディア公国・公都ダムドラック

満月が異様なほど赤く輝いている夜、公都の路地裏に二人の人影があった。

「……なんなんだ？　この空気は」

「妙に静かで気味が悪いわね」

目深に被《かぶ》ったフードの奥から、臭いものでも嗅いだような顔を覗《のぞ》かせたのはクリスとキャティーだった。

神都から撤退した海賊団は、この公都の北西にある山中の隠れ家に潜伏していた。

そして、公都の支援者から随時、街や人の様子を伝えてもらっていたのだが……

――都の雰囲気が、どこかおかしい

そんな報告が来たのが数日前のこと。

元より、あの決戦の様子は〝天網〟で公都の人々も知るところであるから、騒然とした雰囲気ではあった。

神や教会への疑心と恐怖、ミレディの切なる訴えへの戸惑いがもたらす、一つの選択。神を信仰し続けるべきか否か。

そんな以前ならあり得ない議論がひっそりと。しかし、隠しきれぬほどに公然となされていたのだ。公都の教会支部が止めきれず、逆に萎縮してしまうほどに。

だが、今はどうだ。静かなる喧噪ともいうべき雰囲気が、まるでない。

びゅうびゅうっと勢いよく吹いていた風が、いつの間にか凪《な》いでしまったかのように。

なるほど、確かに、どこかおかしい。

嵐の前の静けさ……そんな言葉が不意にクリス達の脳裏を過《よ》ぎった。

「とにかく、まずは安否確認だ」

「そうね。無事なら何か情報を摑《つか》んでいるだろうし」

二人が公都へ潜入したのは、支援者からの定時連絡が来なかったからだ。

嫌な予感を覚えつつも頷き合い、路地裏から出て歩き出す。

できる限り人目につかないルートを選ぶが、その必要がないくらい人通りが少ない。生活を営む音が聞こえない。誰もが息を潜めているみたいに。

支援者の拠点――表向きは舟渡の商店へ辿り着くのは拍子抜けするほど簡単だった。

裏に回り込み、扉を符丁通りにノックする。

返事はない。しんとしている。人の気配も、感じられない。

窓もカーテンごと閉め切られていて中の様子は分からない。ただ、灯《あか》りがついておらず、普通に考えるなら留守なのだろうと考えられた。

「あるいは……拠点を変えたか？」

「連絡もなく？　緊急事態だったとしても、行先の手がかりくらい残すんじゃない？」

クリスは「確かにな」と頷き、ドアノブに手をかけた。鍵はかかっていなかった。

頭の片隅で警鐘が鳴っている。直感は離れるべきだと訴えているが、確かめないわけにはいかない。キャティーと視線を交わし、意を決して扉を開く。

直後、キャティーの表情が緊迫に強張《こわば》った。

「血臭っ」

クリスから「チッ」と舌打ちが転がり出る。扉を蹴破るようにして突入する。

中は、凄惨の一言だった。皆殺しだ。あちこち血が飛び散っていて、部屋の真ん中には死体が積まれている。この店の支援者達に相違なかった。

羽虫が集《たか》っている。死後二日は経《た》っているだろう。ただ、奇妙な点が一つ。

「撲殺、だと？」

騎士が希《まれ》に使う戦槌《せんつい》の一撃ではない。もっと稚拙な、闇雲に何度も殴打したような。

まるで、そう、

「素人に複数人がかりで？」

アンディカ民ならよく知っている路地裏の喧嘩《けんか》と一緒だ。適当な棍棒《こんぼう》や角材なんかで滅多打ちにしただけ。断じて、戦闘訓練を受けた者による攻撃ではない。

不可解だった。押し入り強盗にしては残虐すぎる。だが、手口は素人……

「クリス！　なんだか……やばいっ!!」

推理に没頭していたクリスの頭が、キャティーの動揺した呼び声で現実に帰る。

ようやく気が付いた。幾つもの殺気に囲まれていることに。窓の外に、

「おいおい、冗談だろ……」

血走った目で覗き込んでくる無数の――住民がいることに。

キャティーが思わず一歩後退《あとずさ》った直後、異様なまでの敵意が濁流のように押し寄せた。

「キャティー!!　上に行けッ」

クリスが背中の剣を一息に抜き、巨大な斬撃を天井へ放った。三階建ての建物に即席の吹き抜けが作られ、二人は迫る暴徒から逃れるため屋上へと飛び出す。

そして、周囲の光景を目の当たりにして、凍り付いた。

「……ちょっと……なんなのよ、これ」

震えるキャティーの問いに、クリスは答えられなかった。冷や汗が噴き出て、喉が引き攣《つ》り、現実逃避したくなる。これは、悪い夢だと。

通りを埋め尽くすほどの人、人、人。手に武器とも言えぬ武器を持って、男も女も、子供も老人も関係なく殺到してくる。

転倒者が出てもお構いなしに踏みつけ、ベランダから人が落ちても気にしない。

聞こえてくるのは「反逆者を殺せ！」のシュプレヒコールのみ。

狂気だ。公都には狂気が満ちていた。

『聞こえますかっ、クリスさん！　キャティーさん！　無事ですか!?』

不意に少女の焦燥に塗《まみ》れた声が鼓膜を叩《たた》いたおかげで、我に返るクリスとキャティー。

「ディーネか！　どうした!?」

三階の窓から、あるいは隣の建物から多数の住民が飛び移って来ようとしているのを見て、二人は応答しつつも屋根から屋根へと逃亡を図る。

応答があったことに安堵の吐息を漏らしたディーネだったが、直《す》ぐに緊迫した声音で状況を伝えてきた。最悪の状況を。

『公国軍です。いつの間にか山に入り込んでいました。隠れ家の場所も把握されているようです。現在、撤退中ですが数が違いすぎます。完全に山狩り態勢です』

「国軍まで動いてる、だと……ちくしょうっ。そういうことか！」

クリスは察した。これが〝神の遊戯における最後の一手〟なのだと。

「とにかく今は逃げろ！　いざって時の撤退計画通りだ！」

『クリスさん達《たち》は？』

「公都の天網《てんもう》を確認しに行く。俺達の携帯型じゃあ他の支部と連絡が取れねぇ」

手っ取り早く公都の状況を伝えるとディーネは絶句し、事態の重さに声を震わせた。

『分かりました。黒門は持ち出しています。できるだけ早く脱出してくださいね』

『おう。うちの連中を頼むぜ』

それを最後に通信は切れた。

会話の間、飛来する魔弾や矢を切り払い続けていたキャティーが、ぽつりと聞く。

「……ねぇ、クリス。これって、ここだけよね？」

「……さてな。そうであってくれとは思うがよ」

全ての隠れ里に〝黒門の鍵〟があるわけではない。実行部隊だって一人一人は持っていない。決戦での怪我《けが》や疲弊が癒えていない者も、メタル・バトラムなど有用なアーティファクトを失ったままの者も多くいる。

一般人も国軍も関係なく、数日前までの教会への不信感が夢幻だったかのように神を称《たた》え、狂ったように異端者を殺しにかかるなんて。

完璧な不意打ちだ。それがもし、世界規模で、同時多発的に起きているなら……

「とにかく、他の支部と連絡だ。無理なら速攻で逃げ帰る！」

「……うん、そうね。うちのお姫様を守んなきゃだし！」

無理やり気持ちを切り替えて、二人は狂乱の中へ踏み込んでいった。

狂気の魔手が解放者の人員そのものに伸びている可能性に、気が付かないまま。

――オディオン連邦・山間の隠れ里
「連邦各支国に動きあり、か。詳細はまだ摑めんのか？」

隠れ里の空き地を間借りして張っている天幕の中に、シム戦団長の声が響いた。

選抜戦士団の幹部全員が集まっており、そのうちの一人、ニルケ戦士長が答える。

「はい。支援者にも確認しておりますが、町にも異常はないようで」

「解放者を支持する新興集団の鎮圧……というわけではないか」

「ええ。ただ東へ向かっているということしか分からないようです」

事実、連邦の幾つかの町では、そんな集団が生まれつつあるという朗報が届いている。

教会が手に負えず連邦に頼ったのかと思ったが違うらしい。

「うぅむ。まさか、再び樹海に侵攻するつもりではないと思うが……」

連邦の意図が分からず唸《うな》り声《ごえ》を上げてしまうシム。

会議の場に困惑が漂い、何か嫌な雰囲気だけが感じられた。

そこへ場違いに明るい声が。

「みなさぁん！　お食事の時間ですよ！　入ってもいいですか？」

「おお、もうそんな時間か。構わない！　入っておいで！」

扉を開けて入ってきたのは、純朴そうな二十代半ばの人間の女性だった。

元シスターだが、司祭の不正を告発したところ、家族諸共に異端者認定されてしまい、処刑される寸前で解放者の実行部隊に助けられたという経緯の持ち主だ。

柔らかな雰囲気で母性が強く、里の子供達にも大人気である。

そんな彼女の手には大きなバスケットがあった。香ばしい匂いが漂ってくる。

「いつも手間をかける」

「なんのなんの。こんなことしかできませんから」

くすりと笑って、慣れた手つきで配膳していく女性の姿に、シムは目を細めた。

彼女には、獣人に対する嫌悪が欠片《かけら》もない。仲良くしようと努力している様子もない。

そこには当たり前があった。人が人に接しているだけ。種族の違いがもたらす障害など何もないと言わんばかりに。

こうなればいいと心から思う。世界に、この〝当たり前〟が広がれば、どれだけ素晴らしいだろうかと。

「そう言えば、昨日、町へ買い出しに行っただろう？」

ほんの一瞬、女性の手が止まった気がした。

「……ええ。この里では自給自足だけでは厳しいので。行商に扮《ふん》して定期で仕入れに行ってます。滞ると逆に注目されちゃいますから」

「ああ、それはいいんだ。ただ、町で噂《うわさ》などは聞かなかったかと思ってな」

配膳を終えつつ「特には」と首を振る女性。

「あ、でも。ちょっと良いことはありました」

そう言って、女性は嬉《うれ》しそうにネックレスを襟元から取り出した。

「綺麗《きれい》でしょう？　ある方から頂いたんです！　〝最期の忠誠〟と言うんですよ？」

「……アーティファクト？」

シムとニルケ、獣人の中でも魔力を持つ二人が、その事実に気が付く。

ニルケの表情が次第に変わり、女性の顔を注視し始めるのを横目にシムが尋ねる。

「少し物騒な名だね？」

「え、素敵な名前じゃないですか！　最期に忠誠を示せるんですよ！　あの方に――」

女性が、見た目だけは満面の笑顔でシムに近寄った。

だが、その笑顔に、シム達はなぜか背筋がゾッとして……

「戦団長！　何かおかしい！　離れて――」

ニルケが女性を取り押さえようとした、その瞬間。

「エヒト様にぃいいいいいっ」

ぐりんっと上向く目玉。裂けたようにつり上がる口元。

狂気と一緒に絶叫が迸り、呼応するようにネックレスが強烈な閃光《せんこう》を放った。

そして――

凄《すさ》まじい爆発音と共に、天幕が木《こ》っ端微塵《ぱみじん》に吹き飛んだ。

離れた場所にいた者達は揃《そろ》って間抜け顔を晒《さら》し、一拍おいて顔面蒼白《そうはく》となる。

「せ、戦団長ぉっ」

「何が起きたっ!?」

混乱しながらも慌てて駆けつけようとするが、

――オォオオオオオオオッ

まるで、今の爆発が合図だったかのように無数の雄叫《おたけ》びが響き渡って足を止められる。

周囲の山岳からわらわらと、明らかに一般人にしか見えない人々が姿を見せた。

どこも隠れ里へ通じる秘密の通路がある場所だ。尋常でない数の人々が雪崩落ちてくる。

「な、なんでこの場所がっ」

その理由は直ぐに分かった。集落の内側からも雄叫びが上がったのだ。

いつの間にか入り込んでいた裏切り者。凶相を浮かべた一般人の大群。

敵味方の区別すらままならず、混乱が更なる混乱を呼ぶ。

指示を出すべき幹部達の安否は、あの致命的な爆発に呑《の》まれて不明。

「お、応戦するぞっ」

「馬鹿を言うな！　相手は一般人だぞ！」

「だが、明らかに普通じゃないだろ！」

「尚更《なおさら》だ！　解放者の信条を忘れたのか!?　俺達は賛同してここにいるはずだっ」

「っ、とにかく戦団長の安否確認だ！　天網と黒門の鍵も見つけないと！」

救援要請と脱出の要。それらはシムの天幕にあった。

果たして無事か。もし壊れていたら……ここは孤立無援の死地となり得る。

獣人戦士達の顔には、早くも悲壮な感情が浮き出ていた。

——白の大樹海・ハルツィナ共和国

静寂の森は、今、再び戦乱の喧噪《けんそう》に包まれていた。それも連邦軍およそ百万の死兵による猛攻撃によって。

「第四戦団より報告！　防衛線、突破されましたっ」

「中央、もう抑え切れません！　不殺は無理です！　数が多すぎる！」

「陛下の権能なき白霧では、この数の人海戦術に太刀打ちできません！」

大樹の王宮。その玉座の間の更に奥に設けられた大型〝天網〟が設置されている部屋に、獣人達の悲鳴じみた報告が響き渡る。バッドが焦燥を隠せない様子で声を荒らげた。

「おい！　本部とシム戦団長への連絡はまだつかねぇのか！」

「ダメです！　ずっと途絶したままです！」

それを聞いて、思わず「くそがっ」と悪態が飛び出る。

三日前のことだ。

連邦の首都アグリスの隠れ家に潜伏していたマーシャル達から急報が届いたのは。

——連邦に異変あり。共和国へ侵攻開始

おまけに、軍のみならず一般の人々の全てが一斉に。

総長国どころか他の支国からも、樹海の北部、中央、南部と半包囲するように。

なんの冗談だという話だ。

だが実際に今、狂気の津波に共和国は呑まれかけていた。既に不殺の余裕もなくして殺し合いに突入している者達もいる。深夜になっても勢いは止まらず、樹海は刻一刻と血と死体で凄惨に染め上げられていた。

「パーシャ！　無理だ！　全軍を引き上げさせるぞ！　都で籠城戦をするしかない！」

宰相パーシャが苦渋に顔を歪《ゆが》めた。

都は最後の砦《とりで》だ。この三日で樹海の民の多くを避難させている。まして、今の大樹は弱っているのだ。最も大きな的でもある。

できることなら戦場にはしたくない。が、既に選べる状況でもない。

「陛下が戻るまで耐えるのが正解か……よかろう。呼び戻せ！」

バッドが頷《うなず》き、通信手達が各地の防衛線に伝える。

そこへ「バッド！」と耳慣れた男の声が響いた。三日前、警告を寄越《よこ》してから音信不通になっていたマーシャルだった。

「マーシャル！　てめぇ、どこで油を売って――」

「いいから黙って聞け！　今すぐ、各地の隠れ里に警告しろ！」

「そりゃ世界の状況は伝えてるが――」

「そうじゃねぇ！　狂信は、解放者の人員にも及んでる可能性があるんだよ！」

息を呑むバッドの両肩を掴《つか》んで、マーシャルは鬼気迫る形相で訴えた。

「いいか、よく聞け。トニーもエイヴもやられた！　アングリフ支部で生き残ったのは俺だけだ！　隠れ家がバレていたんだ！　手引きしたのは――」

通信手の一人がマーシャルの言葉を善意で遮った。彼に朗報を、と。

「マーシャル殿！　シュシュ殿がご無事です！　今、正門のところに――」

「よせ！　シュシュを入れるなっ！」

「は？　しかし」

「あいつは敵の手に堕《お》ちたっ。隠れ家を密告したのは、シュシュだ！」

バッド達《たち》が青ざめ、通信手が飛びつくようにして正門へ警告するが……遅かった。凄まじい轟音《ごうおん》が鼓膜を叩く。慌ててテラスに出てみれば、正門から土煙が上がっていた。

同時に無数の雄叫びが響いてきた。

共和国の歴史上、決して許さなかった都への人間の侵攻。

それが、あまりにもあっさりと実現されてしまった瞬間だった。

連邦の兵士と一般の人々が雪崩《なだ》れ込み、獣人達の悲鳴と怒声が上がる正門。

無表情・無言で立ち尽くすシュシュの背に、呆然《ぼうぜん》とした声がかけられた。

「なに……やってんだ、お前」

シュシュが肩越しに振り返る。狂気のない、けれど冷め切った視線が、ちょうど帰還した戦士長――ヴァルフを捉えた。

「何をやってんだって聞いてんだよっ。答えろ！　シュシュ――ッ!!」

無力化すべく飛びかかるヴァルフだったが、衝撃波を受けて吹き飛び地面を転がる。

「何って……復讐《ふくしゅう》だよ」

「……シュシュ、お前……」

連邦兵が、愕然《がくぜん》とするヴァルフに容赦なく襲いかかる。それを部下達が必死に食い止める中、ヴァルフは思い出す。決起集会の時のことを。

あの時、シュシュは言ったのだ。祖国へのわだかまりは、もう水に流すと。世界を変えるために、自分も変わるのだと。話し合いの末に、そう言ったのだ。なのに……

「利用、されちまったのか。お前の心を」

ふつふつと湧き上がったのは、怒りだ。シュシュの必死に変わろうとする心の間隙を、何者かが突いた。狂信者は無理でも、心の天秤《てんびん》を復讐者の方へなら傾けられる、と。よりにもよって、彼女の大切な仲間へ牙を剝《む》くように！

「シュシュッ、目を覚ませっ」

ヴァルフが再び飛びかかる。シュシュは汚物でも見るような目で衝撃波を放った。

だが、今度は吹き飛ばなかった。固有魔法《こゆうまほう》〝浮身〟を巧みに使って重心を保ち、最大限に身体強化して、腕をクロスさせて防御する。

「言ったよな？　二度と見捨てねぇって」

そこへ追加の衝撃。だが、倒れない。血反吐《ちへど》を吐きつつも、ヴァルフは前進した。シュシュの表情がぴくりと動き、直《す》ぐさま衝撃波が放たれる。

「がはっ……今は、俺が戦士長だ。あの時とは違うッ」

話し合いの時、ヴァルフは一つ告白した。シュシュが祖国に拒絶されたあの日、対応した部隊に自分もいたことを。当時はまだ戦士長ではなかったが。

「掟《おきて》は守らなきゃならねぇっ。同胞を守るためだ！　けどっ、ぐはっ、ッッ……それでもっ、助けるべきだった！　少なくとも、拒絶するお前の傍《そば》に行くべきだったっ」

「チッ。うるさい……」

衝撃、衝撃、衝撃。大気が歪んで見えるほど連続して放たれる衝撃波の嵐。

骨が砕け、内臓が激痛を発し、視界が霞《かす》み始めても、ヴァルフは倒れない。なぜなら、

「人間のガキがっ、お前を受け止めたのにっ」

本当は、直ぐに気が付いた。ミレディが共和国に初めて来た時、あの時の子だと。

器の違いを、守ることへの覚悟の差を、思い知らされた気分だった。

だから、きっとメイルのことで突っかかってしまったのだ。今の自分は違う。同族を守るのは、今度こそ俺の役目なんだと、それを教えてやりたくて。

「助けてやれなくてすまなかったっ。あの時、お前から目を背けて悪かったっ」

「うるさいって言ってるだろっ」

「俺は、祖国はっ、二度とお前を拒絶しねぇっ」

「──ッッ」

一歩、また一歩と着実に、自分を真っ直ぐ見つめて歩み寄ってくるヴァルフに、黒々と

した復讐心に埋め尽くされていたシュシュの思考が、乱れた。

　割り込んだのは、今よりずっと小さいミレディの姿。自分を圧倒した彼女とは異なり、ヴァルフは今にも死にそうだが……なぜだろう。姿が重なった。

　途端に激しい頭痛が起こり、鈍化していた心が火をくべられたように感情を取り戻す。

　最初に湧き上がったのは、罪悪感。

「あ、あっ、そんな……あたし、あたしはっ、なんてことをっ」

「シュシュ！」

　ヴァルフが、遂《つい》に辿《たど》り着いた。パニックになって衝撃波を放ち続けるシュシュを、血を吐きながらも抱き締める。シュシュから小さく「あ」と声が漏れて。

　ヴァルフの「大丈夫だ。もういいんだ」という言葉に、〝拒絶〟も解けて。

　だから、それは絶好の機会だったのだろう。

「戦士長ぉっ」と部下の一人が絶叫したと同時に、投槍《なげやり》がヴァルフを貫いた。抱き締めるシュシュごと。二人の心臓を繋《つな》ぐように。

　二人揃って膝を突き、額を合わせるようにして支え合う。

「ごめん……ごめんなさい……ごめんなさいっ」

「……もういいって言ったろ。ちと、休もうぜ？」

　周囲にいた部下達が氾濫した川の如き人波に呑まれていく。死人に興味はないのか、ヴァルフとシュシュなどまるでいないかのように、その横を通り抜けていく。

絶望的な状況で、しかし、二人はどこか安心したような顔で、そのまま鼓動を止めた。

一方、大樹の根元では、バッドとマーシャルを筆頭に獣人戦士達が、王宮内への侵入を阻むために奮戦していた。

「鏖殺《おうさつ》はダメだぜ――エグゼスッ!!」

頭上で大回転する大鎌が、漆黒の小さな弧月を放射する。秒間百発の魔力刃は、元より魔力がそれほど多くない一般人の意識を、魔力枯渇を以《もっ》て不殺のまま昏倒《こんとう》させていく。

だが、正規軍はそれほど簡単ではない。

加えて、戦士団の大半が帰還できていない現状、相手の数が暴力的すぎる。

豪雨のような数の矢を捌《さば》いて捌いて、数百本のうちの一本が脇腹に突き立つ。絶技が数百の攻撃を受け流すが、何百分の一の攻撃が少しずつ少しずつ、バッドに牙を剝く。

「マーシャルぅ！　彼女持ちが俺より先に死んでんじゃねぇぞぉ！」

「うるせぇ！　告白一つできねぇヘタレが！」

悪態と軽口を叩《たた》き合うのは、生存確認のため。目視している余裕はない。

自分達が倒れたら、王宮に避難した者達が皆殺しにされる。クレイド達近衛《このえ》が最後の砦として残っているが、時間の問題だろう。

だから、戦って戦って、時間も何も分からなくなるほど全身全霊で戦い続ける。

どれくらいの間、そうして戦っていたのか。

おそらく一、二時間。もしかしたら五、六時間。自分が呼吸しているのかも、もう分からない。でも、意地で動く。背にしているのは、惚《ほ》れた女の大事な場所だから。

ただ、困ったことに。心は過熱しているのに、心臓が冷たくて。

「……よぉ、ミレディ。神殺しの算段は立ったか？」

戦いながら、唐突に独り言を口にし始めたバッド。

おかしくなったわけではない。これは過去視を見越しての――遺言だ。

「すまねぇな。俺等《ら》はここまでだ」

いつものように軽薄に笑いながら、肩に、もう何本目か分からない矢を受ける。

「本来なら組織のナンバー2として、絶対に神を殺せ！　とか言うべきなんだろうが……まぁ、無理そうなら逃げてもいいからな？」

熱線が大腿部《だいたいぶ》を貫いた。がくりっと体勢が崩れる。

「今更何を馬鹿なってか？　はは、悪い。俺達の末路は、俺達の選択の結果だからさ、それを理由に気負うなって話だよ」

〝風刃《ふうじん》〟を迎撃し損ねて首筋が切れる。多量の出血を強いられる。

「情けねぇ大人で悪かった。できれば、生き残ってくれ」

意識が、走馬燈《そうまとう》と現実の狭間《はざま》に揺らぎ始めた。

「リューも、そこにいんのかな」

トットッと胸に軽い衝撃。矢が更に二本突き立ったが、バッドはもう気にした素振りも見せず、ただひたすら非殺傷の魔力刃を振るい続ける。

「実は俺、あんたに惚れてたんだ。俺がウルの精霊を祭る一族の出だって話はしたよな？　初めて会った時、リューのこと精霊様だと思った。つまり、あれだ。一目惚《ひとめぼ》れだ」

ははっと笑って、突っ込んできた十人の敵兵の足を纏めて打ち砕く。代わりに、左腕をざっくりと斬られた。力が入らなくなる。

「でもま、俺じゃぁダメだな。だって俺、どう考えてもリューのこと、罵倒したり踏んだりできねぇもん」

妙に静かな気持ちのまま、けれど、死を前に妙に湧き上がる力を相棒に込めて一振り。生きている方がおかしい有様なのに、たった一振りから放たれた魔力刃は巨大で、一瞬のうちに百人以上が意識を飛ばされた。

狂信に堕ちてなお、僅かに、連邦兵の顔に畏怖が浮かんだ。

「はは、驚いたか？　知ってたぜ、リューがちょっとあれな女だって」

彼女が未来で驚く様子を想像して、悪戯《いたずら》っぽく笑うバッド。

「はぁはぁ……それから、なんだっけな。あ、そうそう。エグゼスな、奪われてなくて、次の使い手も見つからなかったら、ウル湖の底に沈めてくれ。放置は危ねぇんだ」

あれほど苛烈だったエグゼスの漆黒のオーラが、急速に消えていく。

それはまるで、使い手の命を示しているようで。

「それで、後は……う～ん、ねぇな。うん。もう、なんも言うことねぇや」

巨大な火球を、最後の力を振り絞って斬断かつ吸収。

だが、オーラは増えない。バッドの目から光が消えていく。

だが、倒れず。大鎌使いの解放者は、大樹を背に仁王立ちで、

「さて、諦めの悪い男の足掻《あが》き、たっぷりと味わいな」

なんて最後の最後まで軽薄に笑って、迫り来る軍勢に立ち塞がり続けた。

――アストラン竜王国
世界が狂う僅か一日前。

竜王国南部の山間に停泊する魔装メルジーネ号の艦橋にて。

「嫌な夜じゃな……」

ぽつりと呟《つぶや》いたのはサルースだ。窓際で空を眺めている。

「こんなに赤い月は、久しぶりですね」

返したのはミカエラ。〝魂の眼《め》〟が、盲目でも嫌に赤く輝く月を捉えている。

なんとも妖しい雰囲気が漂う夜に、今夜の当直メンバーもどこか落ち着きがなく、サルースは苦笑いを浮かべて己の独り言を反省した。

「流星の情報は？」

気を取り直して〝天網《てんもう》〟の通信手を務める部下の青年に尋ねる。

「いえ、まだ何も。新教皇に関する情報も来ていません」

渋い表情で溜息《ためいき》を吐《つ》くサルース。

数日前のことだ。各方面から〝空に銀の流星を見た〟と報告が上がってきたのは。

銀色で連想するものなど一つだ。当然、各地に潜伏する者達《たち》に例外なく緊張が走った。

新教皇が選出された十日前に、既に諜報《ちょうほう》部隊は送り込んでいる。

元エスペラド支部のジンクス率る諜報部隊とスイだ。

だが、彼女達からの連絡はない。決戦以降、厳戒態勢の神都への諜報であるから、容易に連絡できないのは想像に難くないが……

「いかんな。どうにも悪い方向に考えてしまう」

胸騒ぎが、もうずっと続いている。

ミレディ達は神打倒の手がかりを掴《つか》み、世界は着実に教会への不信を募らせ、人々は自分の頭と心で何を信ずべきか考え始めている。流れは、確実に〝解放者〟へ向いている。

なのに、サルースの波瀾万丈《はらんばんじょう》の長き人生がもたらす直感が、急げ急げと焦燥を搔《か》き立てるのだ。

と、その時、通信手が「統括長！　諜報部隊から通信です！」と朗報を叫んだ。

「直ぐに繋げ！」

待ちに待った情報。何より、彼女達の無事が分かって安堵《あんど》が湧き上がる。だが、それは少々早計だったらしい。

「スイッ！　ッ、お主……無事なのか!?」

画面に現れたのは、満身創痍《まんしんそうい》のスイだった。

荒い息を吐いて壁にもたれかかるスイは、頭から血を流し、片方のウサミミを失っていた。肩口や脇腹も怪我《けが》をしているように見える。

スイは、サルースの問いを無視した。そんな余裕もないと言いたげに。

『今すぐ全ての仲間に警告を。決して町に近づかないように。町にいる者は直ぐに脱出し、可能な限り樹海へ避難してください。そして、一刻も早く陛下を呼び戻して』

「待て、スイ！　何があったのじゃ！　ジンクス達はどうした!?」

『諜報部隊は、私《スイ》を残して全滅しました』

淡々と無表情で事実を端的に伝える姿には、逆に壮絶さを感じさせられた。

だが、状況は既にジンクス達の死を悼む時間も与えはしなかった。

『いいですか？　よく聞いてください。連中は使徒を通じて世界中に――』

スイが詳細を報告しようとした、まさにその時、突如、凄《すさ》まじい轟音《ごうおん》と衝撃が艦を襲った。サルースが転倒し、ミカエラ達が悲鳴を上げる。

「な、何が起きた！」

「分かりませんっ。衝撃は内部？　艦内通信が……全艦通信に切り替えます！」

直後、艦内全体に響いたのは、

『ほ、報告ッ。天網に損傷！　くそっ、なんで彼等がっ』

切羽詰まったティムの声。ハッとディスプレイに視線を転じれば、スイが何かを必死に訴えている姿だけが映っていた。声は届かず、画像も乱れに乱れている。

「ティム！　彼等とは!?　侵入者か!?」

サルースの怒声に、しかし、返ってきたのは通信越しの悲鳴と二度目の爆音。

そして、答えたのは直接視《み》たミカエラ。

「そんな……」

「ミカエラ！　何が視えた！」

僅かな間、絶句していたミカエラは、信じられないと言いたげな表情で口を開いた。

「竜人です。護衛のために乗艦している竜人が艦内を襲撃しています！」

サルースの目が見開かれる。全身が総毛立つような感覚に襲われる。

「っ、警報発令！　リーガンに通信は可能か!?　竜王国の状況を知りたい！」

「ダメです！　通信、繋げません！」

確かに、今にも消えそうな〝天網〟の映像。スイの方も襲撃を受けているのか、背中で扉を押さえながら何かを言っている。教会、洗脳、世界……

「もうよい、スイ！　お主も逃げろ！　樹海へ戻れ！」

映像が途切れる寸前、スイもまた唇を読んだのか苦笑いを浮かべた。そして、

『……いえ、その前に行くところがあるので』

そんなことを言った、ように見えた。映像がぷつりと消える。

「緊急浮上！　竜王国へ戻る！　竜王陛下が裏切ったとは思えん！」

サルースの指示に操舵手《そうだしゅ》が迅速に従う――寸前にミカエラの警告が割り込んだ。

「障壁の展開を！　空からも来ます！」

制空権は既に竜人の部隊に握られているらしかった。

艦橋を照らす数多《あまた》の閃光《せんこう》。それは、幾条もの〝竜の咆哮《ブレス》〟だ。

「……ミレディ。すまん」

絶望的な光景を前に、サルースは、そう呟くほかなかった。


同時刻、竜王国の都に無数の咆哮《ほうこう》が迸《ほとばし》っていた。

あちこちで火の手が上がり、ブレスが飛び交い、怒号と悲鳴が都を席巻《せっけん》している。

クーデターだった。竜王国は、味方の奇襲を受けたのだ。

外部からの侵入・侵略を最大限に警戒していた竜王国にとって、それはまさに青天《せいてん》の霹《へき》靂《れき》。まして、若手軍人を中心にした多数の一般人の反乱となれば、奇襲としては完璧といわざるを得ない。

軍の半数、特に有力な将校は初撃にて殺されるか無力化され、それを免れた軍人達も誰が敵で誰が味方なのか分からず、民同様、大混乱に陥っていた。

そんな中、彼等の標《しるべ》たる竜王トラグディ・アウギス・アストランはというと。

『目を覚ませっ、シーヴル!!』

崩壊した御殿の上空にて黄金のスパークを放つ〝雷竜〟となり、この謀反の下手人と相対していた。そう、実の娘、竜王国の王女シーヴル・アウギス・アストランと。

父と同じ黄金の雷竜形態で、シーヴルは叫ぶ。

『目を覚ますのは、お父様の方です。何度も申し上げたはず。竜人の未来のためには教会と手を結ぶべきだと。なぜ分かってくださらないのですか!』

『竜人を邪悪とするは教会ぞっ』

『従属すれば神竜となります。獣光騎士団の穴を、わたくし達が埋めるのです。もう迫害されることはない。お母様のように、理不尽に殺される同胞もいなくなる!』

『今、まさにお前が煽動《せんどう》した者達が同胞を殺しているぞ!』

『これは革命です。古き竜、古き価値観は壊さなければ。この先の新たな竜王国千年の歴史のために、必要な犠牲なのです』

『シーヴル……お前は……』

掟《おきて》より、誇りより、命こそが大切。シーヴルの価値観を否定はしない。

だが、これは、こんな犠牲を当然という考え方は……

『まさか……』

極端な思想。冷静なようで瞳に宿る狂気じみた妄執。

湧き上がった嫌な予感は、天空より放たれた銀光により証明された。

『ぐぉっ、くっ、やはり！　教会ッ』

赤い月を背負う〝神の使徒〟。放たれた分解砲撃が、トラグディの肩口を抉《えぐ》る。

加えて、西の山脈を越えて、南の海を渡って、神国の飛空船が押し寄せてくる。

シーヴルは、神の軍勢を祖国に招き入れたのだ。

『堕《お》とされたのか、シーヴル』

悲しげなトラグディの声は、竜王というより、きっと父親としてのもので。

『いいえ、お父様。これは、わたくしの意志です』

使徒と並び立つシーヴルは気にした様子もなく、最後通告をする。

『全軍に即時降伏の通達を。退位し、わたくしを竜王に』

『そして神の走狗《そうく》に成り下がるか。命が下れば、生きとし生けるものを滅ぼし尽くすか』

『全ては竜人の未来のためです』

教会の残存勢力が混乱の最中にある都へ降りていく。

シーヴルの配下が次々とトラグディを囲んでいく。使徒化騎士達も次々と加わる。

トラグディは、万の感情が過《よぎ》る瞳で娘を見つめた。

『……シーヴル、私は、良い父親ではなかったな』

シーヴルの目が瞬き、次いで微笑を浮かべ『お父様、では』と期待する。が、直《す》ぐに身を強《こわ》ばらせた。微笑が凍り付く。

『全ての民に告げる。今宵《こよい》、竜王国は滅ぶ。都を放棄し逃げ延びよ。全ての軍属は民を逃がすことに身命を賭せ！　竜王トラグディ・アウギス・アストラン、最後の命令である！』

雷鳴のような命令が都の全てに降り注いだ。

天空に凄まじいスパークが走る。空気が帯電し、雷鳴が轟《とどろ》き、稲光が迸る。

『なぜ、私の傍《そば》に護衛がいないか、忘れたか？』

シーヴルの配下の竜人達が、畏れ戦《おのの》くように下がった。圧倒的なプレッシャーに、それだけで地に叩《たた》き落とされそうになる。

竜王とはすなわち、竜人最強。

分かっていた。知っていた。その強大さを。護衛がいないのは邪魔になるからだと。だから呼んだのだ。神代魔法使いを除けば、今の世に、竜王トラグディに勝てる存在など、もはや〝神の使徒〟くらいしかいないが故に！

雷を従える天空の覇者が、咆哮を上げた。

それだけで、今度こそ耐え切れずに配下の竜人達が白目を剝《む》いて墜落する。

『竜王の名が伊達《だて》はないことを、教えてやろう』

獰猛《どうもう》に、牙を剝いて、かかってこいと使徒に眼光を叩き付ける。

民と、大切な客人達が逃げる間、少しでも戦力を引きつけて時間を稼ぐ。

竜王最後の戦いが、今、始まった。

天に竜王の咆哮が響く中、竜人の部隊に集中攻撃を受けている場所があった。

解放者や保護された者達が宿泊する三階建ての木造家屋だ。建物の左右が崩壊していて、〝聖絶〟で守られた中央だけが、断面図のように中が見える状態で原形を保っている。

その右側の一角、壁と壁が支え合うようにして辛うじて空間ができている屋内に、

「お父さん！　どこっ、返事をして！」

シャーリーの声が響いた。頭から血を流し、ふらついている。

微《かす》かに呻《うめ》き声《ごえ》が聞こえて、爪が剝がれるのも気にせず必死に瓦礫《がれき》を搔き分けた。

「あ……」と声が漏れる。リーガンがいた。胸部が潰れた状態で。

「シャー、リ」

「お、お父さん！　大丈夫よ！　なんとか延命さえすれば、まだっ」

「革命、など……生きて、し……あわせに……」

会話をしている意識もないのだろう。今際《いまわ》の譫言《うわごと》。だが、生粋の革命家の、革命など捨ててほしいというまさかの願いに、父の本心に、シャーリーは言葉を失い、ただ、彷徨《さまよ》う父の手を握った。そして、

「ミレ、ディ……君、も……」

「お父さん……」と、呼び掛けるも、もう返事はなかった。轟音と争乱の音が鼓膜を乱暴に叩くが、シャーリーの心は何も感じなかった。

こんなにあっさり……どうして……と、そんな思いがぐるぐると回って、力を失った父の手を握り締めながら呆然《ぼうぜん》としてしまう。

と、次の瞬間、爆音と衝撃が襲い来て柱が倒れてきた。それを、見るともなしにぼぅと眺めるシャーリー。危うく潰されるという寸前で、

「ばっかやろう!」

間一髪、横から体当たりするようにバハールが飛び込んできた。

倒れた柱が当たって、支え合っていた壁が嫌な音を立て始める中、未《いま》だに自失しているシャーリーに、バハールが怒声を上げる。

「しっかりしろ、小娘! どうにかして結界まで行くぞっ」

「で、でも、お父さんが……」

「リーガンは死んだ! だが、お前は生きてる! 足掻《あが》かなきゃならねぇ! 違うか!?」

端的な事実と、パンッと頬を張られた衝撃で、ようやく目が覚める。

そうだ、ぼぅとしてる場合じゃない。リーガン・ネルソンの娘が、諦観を抱いて死を待つなどあってはならないと。

「結界……ラインハイトさんっ」

そう、今、竜王国にはラインハイトとシャルムがいる。ラウス達《たち》が出発した三日後に到着し、それからラウスに代わってカイム達と接していた。

「大した反応だぜ。いや、称賛すべきは坊主の直感か。初撃の直前にギリ展開しやがった。

おかげで半数は生き延びた」

逆に言えば、半数が死んだ。せっかく処刑から生き延びた人達が。

とはいえ、ここは三百人を収容できる大きな屋敷だ。刹那のうちに全てをカバーできないのは仕方がない。まして、無数のブレスを防ぐ強度が必要なのだから。

「リーガン、じゃあな。先にあっちでゆっくり休んでやがれ」

バハールなりの冥福の言葉を聞いて、シャーリーはぐっと唇を噛《か》み締めた。言葉が出なくて、心の中でさよならを言う。

瓦礫の中から這《は》い出ると、ブレスが飛び交っていた。

どうやら軍人でもないのに近所の竜人達が駆けつけてくれたようだ。そのおかげで、どうにか瓦礫の中を這いずるようにして進み、結界の中に飛び込むことに成功する。

「戻ったな。リーガンは……いや、いい。シャーリーの嬢ちゃん、無事で良かった」

「カーグさん……はい……」

アンディカの民や虜囚だった者達が身を寄せ合う中、座り込んで何やら必死に作業しているカーグが出迎えた。雰囲気からリーガンのことを察して口を噤《つぐ》む。

「軍はまだか？　このままじゃ持たねぇぞ」

バハールの視線の先には、縁側で仁王立ちするようにして〝聖絶〟を展開し、集中砲火に耐え続けているラインハイトの姿がある。

幾条もの〝竜の咆哮〟を防ぎ続けている点、流石《さすが》は勇者と絶賛すべきところだが、その歯を食いしばる様子からは長く持つようにも思えない。

「分からねぇ。考えたくねぇが、クーデターのセオリーが成功してたなら……」

「将校クラスが全滅ってか？　確かに考えたくねぇな」

二人の会話を耳に入れつつ、誰かを捜すように視線を彷徨わせていたシャーリーが訝《いぶか》しげに問う。

「シャルム君は？　あの子はどこですか？」

ぴくりっと反応したのはラインハイト。カーグを筆頭に、保護されている者達が気まずげに顔をしかめる。まさか、と蒼白《そうはく》になるシャーリーに、ラインハイトが答えた。感情を押し殺したような声音で。

「シャルム様は、ご家族のもとへ向かいました」

「え？　まさか、一人で行かせたんですか!?」

バーン家は一応、捕虜でもある。なので万が一に備えて、彼等《ら》は郊外の屋敷で暮らしているのだ。この争乱の中、八歳の子供を一人で行かせるなど考えられない。

「今、行かなければ二度と会えない。シャルム様の直感が、そう訴えたのだそうです」

「だからって一人で!?」

「私は、皆さんを守らなければなりませんから」

淡々と答えるラインハイトに、シャーリは苛立《いらだ》ったように叫んだ。

「貴方《あなた》が仕える大事な子でしょう!?　絶対に手を離しちゃ……今からでも！」

「そのシャルム様が命じたのですッ!!」

皆を守って！　そう言って、初撃の直後にシャルムは飛び出していった。

本当は止めたかった。実際に止めた。けれど、シャルムのそれは、状況の読めぬ子供の癇癪《かんしゃく》などではなくて、覚悟ある者の〝選択〟だったから。

主たるラウス・バーンと同じ目で、己の守護騎士を信頼してなされた命令に、忠義の騎士が逆らえるはずがない。何より、

「私は騎士だっ。力なき者の守護こそが責務！　私欲で大勢より一人を選ぶことなどあってはならない！」

それこそラインハイト・アシエの本質であり、教義。

ラウスも、シャルムも、それを理解していて、だからこそ無類の信頼を彼に置いたのだ。

本当に必要な時は他者をこそ守ってくれる。自分達が、きっとそうするように、と。

自分に言い聞かせるような叫びに、シャーリーが声を詰まらせる。

だから、代わりにカーグが応えた。

「これでっ、いけるはずだ！」

ずっと行っていた作業。円柱形の何かの修復。それに手を叩き付け、仕上げに叫ぶ。

「──〝錬成〟ッ」

元オルクス工房の棟梁《とうりよう》が行う超一流の錬成魔法。それが、息子《オスカー》が万が一にと置いていった結界用アーティファクトの、初撃で破損した部分の最後の修復を行った。

直後、発動したのは〝聖絶〟に重なるようにして陽光に輝く空間遮断結界。

「よしっ。発動部分だけならなんとかなったな！」

ラインハイトが目を見開いて振り返る中、更に、職人衆が声を上げていく。

「カーグさん！　メタルっ子が戻ってきましたよ！」

「流石はオスカー《棟梁》の作品だ。アーティファクトどころか生存者も連れてきましたぜ！」

床にぼこっと穴が開いて、そこからメタル・バトラムが出てきた。生存者とアーティファクトを巻き付けて。

実のところ、オスカーが置いていったアーティファクトはそれなりにある。決戦でほぼ消費したメタル・バトラムの残り全て。結界、盾、魔剣、魔矢とクロスボウ等々。

そこに加えて、上階からドタドタと数人のアンディカの男が「アーティファクト、取ってきたぞ！」なんて威勢よく合流してくる。

そう、カーグ達はただ守られていたわけではない。ラインハイトを送り出すために、できることをしていたのだ。

「行けっ、ラインハイト！　ここはもういい！」

「し、しかし……」

「時間稼ぎくらいは俺達だってできるんだよ。だが、長くは持たねぇからな？　坊主達を連れてさっさと戻ってきてくれよ？」

見れば、全員の視線がラインハイトに向けられていて、その目は、ただの一人の例外もなく「行け」と訴えていた。

「勇者に守られる人達だって、勇者を守りたいと思うんですよ？」

「ガキを見捨てて守られる側の気持ちも考えやがれ」

シャーリーとバハールの苦笑い気味の言葉が背中を押した。

「……ありがとう、皆さん。直《す》ぐに戻りますっ」

泣きそうな顔でそう言って、ラインハイトは駆け出した。

完全に姿が見えなくなるまで見送った後、カーグは盛大に息を吐いて――倒れた。

「っ、カーグ！」

「カーグさん！」

バハールとシャーリーが慌てて駆け寄る。他の者達も血相を変えて寄ってくる中、バハールがカーグを助け起こす。

「おいっ、しっかりしろ！　いったいどうした⁉　魔力切れか⁉」

「……はは、違ぇよ。限界が来ただけだ」

そう言って服をはだけたカーグ。バハール達が絶句した。

カーグの右脇腹がメタル・バトラムに覆われていた。その隙間から血が滴り落ちている。

「お前、最初から……」

苦笑いは肯定の証《あかし》。カーグは、初撃で致命傷を受けていたのだ。それをメタル・バトラムを流し込むことで無理やり止血していたのである。

「よく聞け。修復は、できたが……完全じゃねぇ。あくまで……応急処置だ……」

途切れ途切れに、通常より魔力を消費すること、一度停止したら再起動する保障はないこと、協力して魔力供給し続けるよう説明するカーグ。

バハール達は、歯を食いしばるようにして聞いた。カーグの顔には死相が浮かんでいたから。今すぐメイルかディーネが駆け付けない限り、もう彼を救う術《すべ》はない。

だから、己の役目を果たした一流の錬成師の最期の言葉を、黙って受け取る。

「……オスカーに……いや……もう、言うことはねぇ……信じた通りに、と」

「ああ、必ず伝える」

「……嬢ちゃんに……礼を……息子を、連れ出して……くれて……それから……」

小さな小さな囁《ささや》き声。カーグの最期の言葉は、〝あんま無理すんなよ〟だった。

静かに息を引き取ったカーグに代わり、バハールが結界維持を引き継ぐ。

そして、轟音《ごうおん》と閃光《せんこう》の中、

「てめぇら、生き残るぞっ」

沈んだ空気を殴りつけるような怒声を以《もっ》て叱咤《しった》したのだった。


争乱に満ちた都を、郊外にある高台から眺める者達がいた。

カイムとセルム。バーン家の兄弟だ。そして、

「ああっ、やはり神は私達をお見捨てにならなかった！」

「ええ、ええ！　当然ですよ、リコリス。私達は由緒あるバーン家なのですから！」

リコリスとデボラだ。神国の飛空船、飛び回る使徒化騎士達を見て、燃え盛る都や混乱する竜人達には目もくれず歓喜の涙を流している。

確かに、喜ぶべきなのだろう。それが神国の民として正しい反応だ。

「……兄上……いえ、すみません。なんでもありません」

傍らのセルムの表情を見て、カイムは少し安心した。どうやら、この奇妙な心持ちは、自分だけではないようだと。

「お二人共、ご安心を。事前に伝えられた合流場所に間違いありません」

「ええ、必ずお迎えが来られますよ」

竜人の青年二人が、にこやかに言う。カイム達を見て不安を感じていると思ったようだ。

先程、見張りとは名ばかりの、バーン家の世話係を務めていた同胞を殺したとは思えない明るい雰囲気だ。それが、無性に苛立つ。

「仲間を殺した分際で、良い笑顔じゃないか」

皮肉げに口元を歪《ゆが》めて言えば、彼等は困った顔になりつつも、

「残念ではありますが……大義のために必要な犠牲でした」

「お二人をお返しすることは、我等が神にお仕えするにあたって大切なことですから」

「まぁ！　おぞましい邪竜とばかり思っていましたけれど、神の威光はお前達をも改心さ

せたのですね」

「はい。これからは我等が獣光となり、神の国を守護すると誓いましょう」

「素晴らしいわ！」

気持ち悪い……

竜人の青年二人と、母と祖母の会話を聞いて、カイムとセルムはそう思ってしまった。

いつからだろう。何かと気を使ってくる竜人達《たち》に、自ら話しかけだしたのは。

いつからだろう。彼等との食事の席に、心が浮き立つようになったのは。

いつからだろう。彼等の深い見識と知識に、興味をそそられるようになったのは。

どれだけ罵詈雑言《ばりぞうごん》を放ち、愚弄し、悪意をぶつけても、彼等が激して襲い来ることはなく、価値観を押しつけてくることもなかった。

――彼等と、よく話すといい。高潔とはどういうことか、きっと分かる
不意に、裏切り者《ラウス》の言葉が過《よぎ》った。

「……これのどこが、高潔だ」

小さな呟《つぶや》きに、青年が「何か？」と小首を傾《かし》げるが無視する。見ていられなかった。

「無事なようだな」

不意に、聞き慣れた女の声が響いた。

「レライエ・アーガソン、師団長……？」

弾《はじ》かれたように振り返ったカイム達の視界に、レライエと騎士達の姿が入った。

　カイムの言葉が疑問系になってしまったのは、彼女の雰囲気が以前とはまったく違っていたから。服装も白光騎士団のものではない。その手にあるのは弓ではなく、聖槍《せいそう》。

「口を慎め。新教皇の御前だぞ」

　カイム達から「なっ」と驚愕《きょうがく》の声が漏れ出した。

　教皇の殉職と、新教皇にダリオン・カーズが選出された旨は、カイム達も聞かされている。だからこそ意味が分からず、絶句してしまう。

「魂魄《こんぱく》の扱いはバーン家の専売特許ではない」

　その一言で想像がついた。レライエの身に何が起きたのか、ダリオン・カーズの本当の力とは何か。その恐ろしさに体が震える。思わず尋ねてしまう。

「レ、レライエは、どうしたのですか？」

「重要か？」

　口を噤《つぐ》むしかない。リコリスとデボラ、そして竜人の青年二人が、ようやく目の前にいるのが新たな世界の指導者だと理解して、慌てて膝を突く。

「人員の欠如が激しい。拉致された失態は、神敵の鏖殺《おうさつ》を以て償いとせよ」

　使徒化を抑えていた腕輪が、聖槍の一振りで正確無比に斬断された。大剣型第二聖剣と、第二聖杖《せいじょう》も渡される。それを手に取り、じっと見つめる。

（これでいい。見限られず、機会を与えられた。喜ぶべきだ）

　そう、自分に言い聞かせる。なぜ歓喜できないと、頭を掻《か》き毟《むし》りたくなるような苛立《いらだ》ちを覚えながら、踵《きびす》を返したダリオン教皇の後に追従する――

「兄さんっ」

弾かれたように顔を上げると、そこには息を切らしたシャルムの姿があった。いかにも間に合わなかったと言いたげな苦い顔つきだ。

どうやって見つけた。なぜ来た。何を考えている。そんな困惑、焦燥、疑問が噴出して心を埋め尽くし、カイムは咄嗟《とっさ》に言葉を出すことができなかった。

「ふむ。手間が省けたか……」

ダリオンが、なぜか嗤《わら》った。シャルムがレライエの姿を見て訝《いぶか》しむ。そして、

「……ダリオン・カーズ？」

一目で看破した。ダリオンから「ほう？」と興味深そうな眼差《まなざ》しが注がれる。

カイム達も驚愕に目を見開く中、真っ先に反応したのはリコリスだった。

「穢《けが》れた子の分際で聖下を呼び捨てするなんてっ」

鼓膜を引っ掻くような金切り声。シャルムを見る目は既に母のそれではなく、汚物に対するのと同じ。シャルムの顔が悲し気に歪むが、それすら気に喰《く》わないと言わんばかりの鬼の形相。それは、祖母たるデボラも同じだった。

「カイム！　まさに神が与えたもうた絶好の機会ですよ！　この一族の汚点を貴方の手で払拭し、バーン家の名誉回復の一助とするのです！」

デボラの叱咤に、カイムは自分の体が強張《こわば》るのを自覚した。

ほんの少し前までなら、同じように思っただろう。誅《ちゅう》を下せることに歓喜し、シャルムを斬り裂くことに躊躇《ためら》いなど覚えなかっただろう。なのに、そのはずなのに、

（やれっ、やるんだ！　聖下が見ているっ）

体が動かない！　まるで、心と体がバラバラになってしまったみたいに。

路傍の石の如《ごと》く価値のない、ないはずの、ここに来てからのシャルムとの日常が止めどなく脳裏を過《よぎ》る。

どれほど邪険にされようと、毎日毎日何度も語りかけてきた姿が。

殺そうとした自分を、未《いま》だに兄と呼んで笑いかけてくる姿が。

カイムを見かねて、否、きっと同じだから、セルムが苦し気に提言を口にした。

「聖下……奴《やつ》を連行し、改めて教育するというのは、いかがでしょうか」

ダリオンの虫を観察するような目がセルムを見る。

言葉など不要だった。次の発言次第ではセルムが殺されかねないと分かる目だった。

揺れる心を見透かされたみたいで、セルムは萎縮し身を竦《すく》めてしまう。

リコリスとデボラの顔が、まるでこの世の終わりでも見たかのように青ざめる。

「聖下っ、違います！　あの男が、ラウス・バーンが子供達を惑わせたのです！」

「カイムっ、セルム！　正気に戻りなさい！」

そう叫ぶリコリスとデボラこそ、正気には見えなかった。

「シャルム・バーンは、ここで殺す。バーン家の不始末は、バーン家が処理せよ」

はっきりと命が下された。神の代弁者たる教皇の命令が。

カイムの手が、大剣の柄《つか》を痛いほどに強く握り締める。シャルムを睨《にら》みつける。

敵視してくれていたらいい。兄を見る目ではなく、異端者らしい反抗的な目をしてくれていたら……そう、思っても、やはり、

「兄さん、教会に戻っちゃダメです。今度こそ、自分を失ってしまう」

澄んだ瞳で、真っ直ぐに自分を見て、

「黙りなさい！ カイムっ、早く殺すのです！ 聖下のご命令なのですよ!!」

「戦ってください。他の誰でもない、自分達のために。僕のことはいいから、母上とお祖《ば》母様《あさま》を連れて切り抜けてくださいっ」

そんなことを言う。

リコリスが痺《しび》れを切らした。焦燥と狂気に彩られた顔付きで、竜人の青年が持っていた腰の短剣を引き抜き、シャルムへと駆け出す。

「は、母上!?」と、カイムとセルムが叫ぶも止まらない。

「お前など産まなければばっ」

「っ、母上っ。僕はっ」

「黙れ黙れ黙れっ。私は異端者の母親なんかじゃないっ」

もつれ合うようにして倒れ込んだ二人。リコリスの逆手に持った短剣が振り下ろされ、シャルムは咄嗟に腕で庇《かば》った。細腕を貫通する刃。シャルムから苦悶《くもん》の声が漏れ出す。

リコリスの腕にしがみついて追撃を防ぐ。それどころか、なお説得しようとしている。デボラがハッと我に返り、近くに落ちていた木の棒を拾って駆け出した。リコリスを止めるためではなく、末の孫を打擲《ちょうちゃく》するため。

殴られ、斬りつけられ、瞬く間にボロボロになっていくシャルム。

それを、使徒化騎士達が満足げに眺め、竜人の青年二人は「素晴らしい覚悟だ」などと称賛までする。

母親と祖母が、末の子を殺そうとしている光景を見て、だ。

――この世には、お前達の知らない素晴らしいものがたくさんあるのだ
父親の言葉が、不意にカイムとセルムの頭に過った。

海岸で共に眺めた夕日。竜人の家族が楽しそうに遊ぶ光景。普通の、家族。

誇りだったはずなのに、母と祖母の有様に胸の奥が痛くなる。

「ふむ。ラインハイト・アシエが、こちらに向かい始めたか。さて、シャルム・バーンが身内に殺されたとなれば、魂は相当揺らぐと思うが……」

ダリオンが何か言ってるが、まるで頭に入ってこない。

「カイム兄さんっ、セルム兄さん！　呆《ほう》けるなっ」

そんなものより、シャルムの眼差しに心臓を鷲摑《わしづか》みにされる。あれだけ痛めつけられているのに、どうしてそんなにも強い目ができるのか。

――ようやく、お前達の父親になる覚悟が、できたからだ

してほしいことがあるなら言えと父親面をするから、何度も決闘を望んでやった。

あわよくば殺せればと思ったが、結局のところ稽古をつけられたようなものだった。

いつしか、転がされることに腹も立たなくなって。

自分達の父親は、やはり最強の騎士だったと実感して。

そんなこと絶対に口にはしなかったが、代わりにポロリと零《こぼ》れ落ちた問いに、ラウスはそう答えた。我ながら情けないと自嘲しながら、もう何人《なんぴと》にも、神にさえ、お前達の自由を奪わせはしないと、そう断言した。

「二人だけでも逃げてっ。早く！」

リコリスとデボラが、シャルムの想定外の足掻《あが》きに息を切らしている。

元より深窓の令嬢でしかない二人では、子供とはいえ、殺意と凶器を前にしても、どれだけ傷ついても、決して抗《あらが》う意志を捨てない者を殺し切ることは手間取るようだ。

「……もうよい。どけ」

痺れを切らしたダリオンが一歩を踏み出した。自ら止《とど》めを刺す気だ。

その光景が、カイムにはやけに遅く見えた。同時に、脳裏を過っていく走馬灯の如き想《おも》い出《で》の連続。自分達に語り掛け続ける父親の姿。

凄《すご》いな、二人とも優秀だ。と嬉《うれ》しそう褒めてきた。初めてだった。

事あるごとに頭を撫《な》でてきた。父親の手は驚くほど大きいと、初めて知った。

冗談を、初めて聞いた。初めて、魔法の指導を受けた。父の作る料理は、不味《まず》かった。

初めて、家族とはどういうものか理解した。そして、

――自分のことは、自分で決めてよいのだ
守りたいものも、戦う理由も、信じるものも、全て。

選択肢は己の手の内にあると、初めて教えられた。

「立ち、止まるなぁっ」

「――ッ」

現実逃避と言うべき状態から、横っ面をぶん殴るような怒声で我に返る。

ダリオンが、聖槍を振りかぶっていた。その足下で、血に塗《まみ》れ、片方の手足が折れて立ち上がることもできず、けれど、死を前に恐れることもなく叫ぶ末の弟の姿が、

「自分のことは、自分で決めていいんだぁっ」

最強《ちち》の騎士《うえ》と、重なった。気が付けば、

「……どういうつもりだ？」

カイムは聖槍の穂先を受け止めていた。大剣を背負う形で、弟に覆いかぶさるようにして。直後、〝分解の白砲〟が襲来し、狙われたダリオンが飛び退《の》いて回避する。

「にい、さん？」

「黙れ、愚弟」

シャルムの目が大きく見開かれた。たとえ罵倒でも、確かに〝弟〟と呼ばれたから。

カイムが身を起こすと同時に、セルムが並び立った。

言葉を失っているリコリスとデボラ、そして使徒化騎士達《たち》。そこへ、

「シャルム様ーーっ!?」

ラインハイトが駆けつけてきた。シャルムの状態を見て青褪《あおざ》め、直《す》ぐ傍《そば》に立つカイム達へ一瞬、憤怒の表情を見せるが……。

「この雑魚勇者が！　お守《も》り一つできないのか！」

カイムの怒声と同時に、セルムが〝縛煌鎖《ばくこうさ》〟で搦め捕ったシャルムを投げ渡してきたことで、困惑の表情になる。

「さっさと行けっ」

大剣の穂先が、ダリオンへと向けられる。

セルムもまた、冷や汗を噴き出しながらも第二聖杖を使徒化騎士達へと向けた。

その姿、覚悟の定まった目を見て、ラインハイトは思い違いに気が付き息を呑《の》んだ。

「兄さんっ、ダメだ！　一緒にっ」

シャルムが傷だらけの腕を伸ばし、ラインハイトは逡巡《しゅんじゅん》する。

「ああ、聖剣。我が女神……」

ダリオンの目が妖しく輝いた。

まるで頭の中に異物が無理やり侵入してくるような凄《すさ》まじい不快感に襲われ、ラインハイトが呻《うめ》き声《ごえ》を上げて膝を突く。だが、それだけ。ダリオンが「やはり、そのままでは無理か……」と、乗っ取れない忌々しさに舌打ちする。

「っ、させませんっ」

セルムが固有魔法《ゆうまほう》〝禁忌指定〟を発動した。固有魔法を封じる力がダリオンを抑える。

「チッ。面倒な」

ダリオンが一足飛びでラインハイトへ襲い掛かるが、その前にカイムが割り込んだ。

固有魔法〝聖導〟を発動。表層意識の読み取りと意識誘導を用いながら、後先考えない全力を以《もっ》て引き離す。

信じ難いことだった。カイムとて、まだ成人前の少年だ。それが、あのダリオンを足止めできている。この瞬間に命を燃やし尽くすかのような猛攻だった。

「長くは持ちませんっ。早く行きなさい！　多勢に無勢だと分かっているでしょうっ」

〝衰罰執行〟と流星群の如き怒濤《どとう》の光弾で使徒化騎士達の足止めをしているセルムが叫ぶ。

確かに、遠目に竜人と使徒化騎士の部隊が向かってきているのが見える。

何より、シャルムの怪我《けが》が不味い。重傷だ。今すぐ治療しなければ危うい。

だが、ようやく心が通じたかもしれない兄弟を、こんな形で……

「バ、バ、バーン家の長子として命じる！　護衛騎士ラインハイト・アシエ！　次期当主を死守しろぉっ」

カイムの、その一言がダメ押しだった。

「っ、ご命令、確かに承りましたっ。申し訳ございませんっ」

腕の中で「ダメだ、兄さん達を！」とシャルムが藻掻《もが》くが、ラインハイトはカイムの命令にこそ従い、全力でその場を離脱した。

「我が女神っ」

聖槍《せいそう》が一層輝き、カイムを強引に吹き飛ばす。胸に一文字を刻まれ、血を吐きながらも極大の〝天翔閃《てんしょうせん》〟を放ち、追いかけようとしたダリオンを牽制《けんせい》する。

「兄上っ」

「はっ、ラウス・バーンに比べれば、どうということもないな！」

駆け寄ってきたセルムに、いったい何度決闘して負けたと思ってると不敵に笑う。

ラインハイトの姿は既に見えない。ダリオンの視線がカイムに向いた。

「所詮は、背信者の子か」

苛立《いらだ》ち交じりの言葉を、カイムは鼻で笑って返した。

「生まれて初めて、自分で決めただけだ」

大剣を構え直す。母と祖母が真っ青な顔で何か言っているが、聞く気にはなれない。

それよりも、

「すまん、セルム。死んだ」

選択の果ての逃れ得ない結果だけを、もう一人の弟に謝罪する。セルムは肩を竦めた。

「仕方ありません、愚弟のためです」

第二聖杖《せいじょう》を構えて、短期間ながら父に授けられた技を反芻《はんすう》し、ポツリと言う。

「あの人、喜びますかね？」

弟のために、自分で決めたことを、あの不器用な父親は称賛してくれるだろうか。

「……馬鹿を言え。激怒するに決まってる」

「はは、でしょうね。生きてほしいって言ってましたから」

だが、それでも、願わくば。

——貴方《あなた》の誇りであれ
結局最後まで、肝心なことは口にせず。

バーン家の兄弟は、末の弟のために死地へ踏み込んだ。


狂騒の夜に、少年の慟哭《どうこく》が木霊する。

「あの時と同じだっ。何も変わってないっ」

ラインハイトに担がれ回復魔法の光に包まれながら、シャルムは血と涙でくしゃくしゃになった顔で叫ぶ。

「僕はあと何度生かされればいいっ。何度大切な人を置いて逃げればいいんだっ」

「申し訳、ございませんっ」

護衛騎士でありながら、いつだって全ては守れない。助けられてばかりで、取捨選択の連続で、感じるのは無力ばかり。

ラインハイトの己を憎悪さえしていそうな謝罪を聞いて、シャルムは痛みを分け合うかのように首筋に抱きついた。

「強くなりたいっ。強く、なりたいよっ、ラインハイトッ」

「なれます！　貴方なら必ず。誰よりもっ」

主従の心からの叫びが木霊する。

それに気が付いたのか、上空から使徒化騎士が強襲をしかけてきた。放たれた〝天翔閃〟を〝極大・天翔閃〟で呑み込み、そのまま相手を両断。第二聖槍を手に突進してきた騎士の一撃を回転しながらかわし、すれ違い様に首を斬り裂き撃墜。

足を止めず、一直線にカーグ達のもとへ戻る。

竜王の戦いは激しさを増し、都の夜空全体が稲光の天蓋に覆われているようだ。

勇者なのに、聖剣に選ばれた今代の伝説のはずなのに、その天空の戦いに自分が参戦できている姿が、まるで想像できない。

（なんて役立たずっ）

自分を罵るも救援が望めない以上、カーグ達だけは逃がさねばと決意を新たにする。

「ラインハイトッ」

だが、それを否定するように事態は切迫した。シャルムの警告が飛ぶと同時に、周囲の民家を突き破るようにして数十人の使徒化騎士が急迫してくる。

悪態を吐《つ》く暇もない。回避、回避、迎撃、受け流し。シャルムは降ろせない。回復魔法を絶やせないというのもあるが、何よりカイム達の時間稼ぎが無駄になってしまう。

だが、多い。次から次へと四方八方から。挙句の果てには竜人兵まで。

（ダリオンの命令を受けたかっ）

異常なほどの戦力集中。数の暴力が次第に足を鈍らせる。呑み込まれる――

「まだだっ――〝限界〟」

使用後の副作用を度外視してでも、今を生き延びることを選択する。が、その寸前。

「切り札は残しておきなさい」

群青色の閃光《せんこう》が、使徒化騎士の一部を薙《な》ぎ払った。

更に、色とりどりの閃光が周囲の敵を吹き飛ばしていく。

「グライス殿！　生きておいでしたかっ」

「危うく死ぬところだったがな」

ラインハイトの隣に、竜翼を一打ちして着地したのは竜将グライス・シュネー、その人だった。更に、続々と竜人兵達が飛来し、ラインハイトとシャルムを守るように円陣を組んでいく。その中にはニエシカもいた。

「良かったわ、二人共見つかって。さぁ、早く行くわよ。案内するわ」

「案内？　どちらへ……」

「秘密の逃げ道よ。安心して。もう既にバハールさん達も撤退しているわ」

ニエシカに促され、ラインハイトはグライスを見た。

「グライス殿は……」

「王を置いて、将がこの地を離れることはない。役目を果たす」

部下達が使徒化騎士と雄叫《おたけ》びを上げて衝突し始める中、グライスは肩越しに振り返り、胸の奥が締め付けられるような優しい表情でニエシカを見た。

「さらばだ、我が愛《いと》しき妻よ」

「さようなら、私の愛しい旦那様」

ニエシカもまた愛情溢《あふ》れる微笑を返し、ラインハイトの腕を取って一気に駆け出した。

「ニ、ニエシカ殿」

「何も言う必要はありません。竜人の誇りに従っただけのことです」

厳しくも優しく諭すように言われて、ラインハイトもシャルムも言葉を継げなかった。

その後、ニエシカに連れられ無事にバハール達と合流したラインハイト達は、百人ほどの竜化した竜人達に乗せてもらう形で、竜王国を脱出した。

しかし、安堵《あんど》する者など一人もいなかった。

大勢の死、竜王国が辿《たど》るだろう末路……。樹海を目指し東南へ逃げる中、辛うじて鬱々《うつうつ》と沈まずにいられたのは、ニエシカ達竜人の気遣いのおかげだろう。

およそ四日の逃避行。

山脈地帯の山間や谷間に隠れながら進んだおかげか追手はなく、遮蔽物のない樹海北部を低空飛行で飛行すること半日。

『大樹が見えてきたわ。もう直ぐよ』

白藤色の竜ニエシカが、首を曲げて背に乗るラインハイトとシャルムに知らせる。

「ありがとうございます。竜人の皆さんのおかげで、どうにか辿り着けました」

『よしてちょうだい。ミレディさん達に任されたのに、身内が調略されて大勢を死なせてしまったのよ。これくらいしないと顔向けできないわ』

そんなことは、とラインハイトは首を振った。

『それより、シャルム君はどうかしら？』

「よく眠っています。熱はまだありますが……」

『そう……辛《つら》いことがたくさんあったから、きっと心も疲れてしまっているのね。ラウスさんが早々に戻ればいいのだけど』

そんな会話をしている間にも大樹は近づいてきて、そして、気が付く。

「え？　霧じゃない？　火の手？」

『っ、この雄叫び……少し高度を上げるわよ！』

後続に待機を命じ、ニエシカは一気に上昇した。そして、理解した。

「そんな……共和国も？」

『あるいは世界中、かしらね……』

とんでもない数の軍勢が樹海外縁部から流れ込んでいることを。共和国が今まさに侵攻されていることを。

「っ、退避を！　どこまで侵攻されてるか分からない以上、皆を連れては行けない！　東へ……そう、樹海の東海岸へ！　そこなら隠れることもできるはず！」

『分かったわ。総員、東へ転進――』

ニエシカが号令を出し身を翻した、その瞬間。

地上から放たれた銀の閃光が、ニエシカの脇腹をごっそりと消し飛ばした。

『構うな！　行きなさい！』

落下しながらも竜人達《たち》へ命じるニエシカ。シュネー家の女主人に忠実な竜人達は歯噛《はが》みしながらも即座に従い離脱していく。シャーリー達のラインハイトを呼ぶ声が聞こえるが、返す余裕はない。地上から二発目が放たれた。

「ニエシカさんっ」

『シャルム君のことだけ考えなさい！』

落下しながら翼を一打ち。突風を巻き起こして、シャルムを抱えるラインハイトを吹き飛ばす。同時に〝竜化〟を解いてサイズダウンして回避する。

三人はそのまま樹海へと落ちていった。

ラインハイトは、地上に激突する寸前で空中の足場を形成し、勢いを殺して着地した。

直《す》ぐにニエシカのもとへ行きたいところだったが、それは許されなかった。

「っ、使徒ッ」

樹海の木々を消滅させながら、銀の乙女が一直線に飛来。そのままの勢いで双大剣を薙ぎ払ってくる。聖剣で受け止めるが、破壊力が尋常ではない。踏ん張ることもできず吹き飛ばされ、背後の大木にめり込む。

「ぐっ、かはっ、しまったっ」

片腕に重みがない。シャルムがいない。揺れる視界の端に、地面に投げ出された姿が見えた。衝撃で目は覚めたようだ。目の前の状況に驚愕《きようがく》している。

「私から逃げられるとお思いか？　ウーア・アルト。我が愛しき女神」

感情がないはずの使徒が、まるで熱に浮かされたように語り掛けてきた。

「まさか、ダリオン・カーズか!?」

「かつて、私は言ったはずだ。貴女《あなた》さえいればいいと」

ラインハイトの声など、まるで届いていない様子。その視線は聖剣だけを捉えている。

「世界も仲間も切り捨てた。神の狗《いぬ》に成り下がった。全て、貴女と共にあるためだ！」

双大剣を荒々しく切り払い、激情を言葉にして叩《たた》き付けてくる今のダリオンは、まるで妄執の権化。

「たとえ何度新たな勇者を選定しようと、何度私のもとを離れようと、しばらく過ごせば、いつだって理解したはず。私こそが、貴女の永遠の勇者だと！」

聖剣が強く輝いた。その力強さとは裏腹に、ラインハイトは確かに感じた。深い悲しみと後悔を。黒髪の美しい少女が、涙を流しながら彼を止めてと懇願する姿を。

とはいえ、使徒のスペックが相手では、正直な話、今のラインハイトではまだ勝ち目がない。何より、シャルムの安全を確保することが優先で——

「もう逃げることは許さん」

視線が、シャルムを捉え、樹海を巡り、大樹の方に転じられる。

逃げれば他の者が死ぬ。言葉より雄弁に伝わった。

ここでダリオンに捕捉された時点で、もはや逃亡の選択肢はなくなっていたのだ。

だから、
覚悟を決める。限界の限界を超えて、目の前の堕《お》ちた勇者を打倒《きゅうさい》する！

「――〝限界突破・覇潰《はつい》〟ッ」

「私以外に勇者はいらない。その肉体、私に寄越《よこ》せ」

初代と今代の勇者が激突した。

樹海の木々が次々と粉砕され、倒壊していく。クレーターが幾つも発生し、一秒毎に見晴らしが良くなっていく。

死に物狂い。まさに、そう表現すべき有様でダリオンに喰《く》らい付くラインハイト。

今この瞬間も聖剣から知識を引き出し、歴代勇者の戦いを己に叩き込む。

「おぉおおおおおっ」

極限の状況の中、命を懸けて――

「歴代勇者の大半を乗っ取ったのは、私だぞ」

その全てを、初代は踏み潰した。目の前でラインハイトが勇者に選ばれた時とは違うのだ。動揺などない。故に、相打ちなんて奇襲も、もはや通じない。

一之大剣が、ラインハイトを袈裟《けさ》斬りにする。

止まらず応戦するが、弐之大剣に大腿部《だいたいぶ》を斬り裂かれ力が抜けかかる。

必殺の一撃がなんなく弾《はじ》かれ、肘打ちを叩き込まれる。肋骨《ろっこつ》が砕けて、血を吐き出す。

あらゆる武技が通じない。相性が悪すぎた。ある意味、対勇者戦のエキスパートだ。

だから、その時は来てしまった。

「あ……」

かくんっとラインハイトの膝から力が抜ける。〝限界突破・覇潰〟のタイムリミットだ。

「ようやくか」

使わねば勝利の見込みはなく、使えば魂が弱り、乗っ取られやすくなる。

まさに、勇者にとって悪夢のような存在――初代勇者。

ダリオンの視線が転じられる。シャルムへと。

「悲嘆に溺れるがいい」

弱った魂への追い打ちで、確実に乗っ取りを成功させる。それを察して「やめろっ」と叫ぶが、言葉などで止まるわけもなく。ダリオンの足がシャルムへと向いた。

「に、逃げて……シャルム、さまっ」

掠《かす》れる声で叫ぶ。だが、それだけ。手すら伸ばせない。

霞《かす》む視界の中、シャルムが踏みつけられる。悲鳴が上がる。

（くそっ、くそぁっ、動け!!）

血反吐《ちへど》を噴き出しながら足掻《あが》いても、体は泣きたくなるほど緩慢だ。

（どうして私はいつもっ。戦うんだっ、戦えっ。命を懸けると誓っただろうっ）

叱咤《しった》し、誓いを胸に……ふと気が付く。

聖剣に選ばれた時、自分は思ったはずだ。〝命を捧《ささ》げたって構わない〟と。

（そうだ。いつから命を懸ける程度に収まっていた？　違うだろう。救うべき者のためなら、身命を捧げるのが私の教義だろうっ）

聖剣が再び輝いた。やはり悲し気な、でもラインハイトの心に沿うように優しく。

（救わせてくれっ、命を捧げるから！　今、この瞬間だけでいいから！　力を！）

大剣がシャルムに突き立つ、というその瞬間、ドンッと爆音が広がった。

否、そう錯覚するほどの力の奔流。

ダリオンが余裕の失せた表情で振り返る。そこに天を衝《つ》く純白の輝きがあった。

――限界突破・特殊派生　殉教者
全スペックが十数倍化。ただし、効果は僅か十秒、かつ、命を代価に。

たった十秒間に、残りの命の全てを捧げる一生に一度の神技。

「オァアアアアアアアアッ」

「っ、貴様!!」

今度はダリオンが吹き飛んだ。即座に追撃する。もう、次はないから。

「お前は、ここで打倒するっ」

聖剣がこれまでにない輝きを纏《まと》う。光の刃を形成する。防御に回った一之大剣が、まるで紙切れのように両断された。

色褪《いろあ》せた時の流れの遅い世界で、ダリオンが目を見開くのが分かった。

弐之大剣が迫る。片腕を差し出し、刃が骨に食い込んだ瞬間に捻《ひね》って軌道を逸《そ》らす。

無防備になった相手の胸に、使徒の核がある場所に、生涯最高の〝突き〟を放った。

並みの刃では傷さえつかない使徒の肉体に、聖剣は、まるで鞘《さや》に納めるが如《ごと》く容易《たやす》く突き立った。

「聖剣っ、ウーア・アルト！　彼の妄執を終わらせてやれぇっ」

「な、馬鹿なっ」

ダリオンの魂は一つだ。たとえ分けても繋《つな》がっている。だから通信もできた。

なら、逆にそれを辿れば全ての魂に力を及ぼせる。

ダリオン・カーズの全ての魂を斬り裂ける！　たとえエヒトにさえ無理でも、聖剣ウーア・アルトになら、ずっと彼の魂と共にあった女神になら！

光が膨れ上がる。強烈な閃光《せんこう》が樹海に広がり、狂気の軍勢すら動揺して足を止める。

「……女神よ……私は……」

光の粒子が星のように散らばる中、引き抜かれる聖剣に手を伸ばすダリオン。

一瞬、項垂《うなだ》れる黒髪の青年と、彼の手を握り締める黒髪の少女の姿が、見えた気がした。

ダリオンが倒れ伏し、ラインハイトもまた膝から崩れ落ちる。

「ラインハイトっ」

這《は》いずるようにして寄り添うシャルム。ラインハイトは、最後の力を振り絞って聖剣を差し出した。シャルムは、その手を柄《つか》ごと包み込むようにして握り締める。

「……結局、相打ちが……精一杯、でした」

「ラインハイト……」

涙が零《こぼ》れ落ちる。体の痛みなど気にもならなかった。直感で、この忠実な護衛騎士と言葉を交わすのは、これが本当に最期なのだと理解してしまったから。

「ごめん、ごめんよ。僕は、何もできなかったっ。君に、何も返せないっ」

ラインハイトは優しげに目を細め、首を振る。

「……ウーア・アルト、お願いします。どうか……この方に力を」

「ラインハイト？」

淡く輝く聖剣に、ラインハイトは請う。

「優しい騎士の子……シャルム・バーンに……聖剣の継承を」

シャルムが目を見開いた。直後、聖剣がラインハイトの手を離れ、ひとりでに浮く。

ラインハイトの願いに応えるように、シャルムに寄り添う。

今代の勇者と、次代の勇者の視線が絡んだ。

「なれますよ……貴方《あなた》なら……誰よりも……強く」

それが、ラインハイトの最期の言葉だった。

「っ、っ、なる、よっ。強く！　誰よりもっ」

騎士のように誓いを立て、少しの間、追憶し、そしてシャルムは立ち上がった。

戦争の音が聞こえる。ここにも直に押し寄せるだろう。

「もう、うんざりだ」

宙に浮く聖剣を摑《つか》み、剣腹を額に当てて瞑目《めいもく》する。

「どうすれば、こんな戦いを止められる？」

静かな声音で語り掛ければ、聖剣が淡く輝いた。

シャルムの視線が、真っ直ぐに大樹を見やる。「うん、構わないよ」と、疲弊と怪我《けが》で今のシャルムには危険な方法を、静謐《せいひつ》な森の泉の如き瞳で請け負った。

「シャルム、くん……」

そこへ、脇腹からおびただしい血を流すニエシカが現れた。木にもたれて支えとし、荒い息を吐きながら、事切れたラインハイトと聖剣を握るシャルムに目を丸くしている。

「ニエシカさん。ごめんなさい。貴女の翼が必要です」

十歳にも満たない少年の瞳に、ニエシカは思わず気圧《けお》されそうになった。が、直ぐに嬉《うれ》しそうに微笑《ほほえ》む。

「竜人にとって最高の誉れだわ。小さな勇者様」

転変。光と水を司《つかさど》る白藤色の竜が、小さな勇者を乗せて空を駆ける。

大樹の枝葉を避けて都の上空へ。

仁王立ちしているバッドの姿が見えた。狂った雄叫《おたけ》びを上げる軍勢が脇を駆け抜けていくが、なんの反応もない。大樹の入り口にはマーシャルが倒れていた。

「っ、根元へ！」

水流を生み出し軍勢を押し流したニエシカが着陸する。

生き残りの戦士達《たち》や、王宮の上から絶望的な顔を覗《のぞ》かせていた獣人達が唖然《あぜん》としている中、シャルムは、大樹を背に聖剣を地面に突き立て集中し始めた。

そのシャルムを、ニエシカが竜の大きな体で包み込んだ。

元より致命傷を負った身。幾ばくもない命ならば、その身を盾にと。

戦場に突然飛来した竜に、軍勢が集中砲火を向ける。ニエシカの竜体が砕けていく。

だが、守った。守り切った。

「聖剣ウーア・アルトに請い願う！　勇者シャルム・バーンに一時の王権を！」

聖剣が強烈な閃光を放った。大樹が呼応するように燦然《さんぜん》と輝き、その輝きの奔流がシャルムに流れ込む。

そして、大樹から爆発的な〝真白の霧〟が噴き出した。

まるで雪崩のように、瞬く間に王宮を、都を、樹海を呑《の》み込んでいく。

一寸先も見えない、ある種の異界が創造された。軍勢は一人の例外もなく認識を狂わされ、敵を追っているつもりで樹海の外へ駆けていく。

シャルムの意識が、緩やかに閉ざされた。

聖剣を介して、強引に〝樹海の王〟となった代償は大きい。持って二日か三日。

それが、身命を賭して戦争を止めたシャルムの、命のタイムリミットだった。

――エントリス商業連合都市・最北東の町ホルロ

反逆者狩りの熱狂が渦巻く宿場町の一角。

町の東門に近い路地裏のゴミ箱の陰に、一人の少女が息を潜めていた。

ワンダの宿の看板娘、キアラである。

汗だくで、呼吸は荒く、頬には涙の跡が残っている。今はアーティファクトで隠れているウサミミが忙《せわ》しなく周囲を探り、今、ビクリッと震えた。

仲良くなった地元の子供達の声が聞こえる。キアラを「お姉ちゃん」と呼んで慕ってくれた女の子の声も。……今は聞くに堪えないが。

「世界の裏切り者めっ、どこいる⁉」

「早く神様の敵を殺さなくっちゃっ」

殺そう！　殺そう！　反逆者と友達になっていたなんて許せない！　神様にお詫《わ》びしなくっちゃ！　殺そう殺そう！　神様の敵は、み～んな殺そう！

そんな子供達の唱和が聞こえてきて、キアラは思わずウサミミを手で押さえつけた。

「なんで、なんでこんなことにっ」

思い出す。日常の崩壊は夕暮れに始まった。

教会前広場で行われた強制の集会。行かない者も多かったが、教会はやはり絶対だったと信じたい気持ちと、見極めてやるという気持ちの半々で住民の多くが集まり、ワンダー家も情報収集のつもりで少し離れた場所から参加した。

時間になって現われたのは見慣れた老女の司祭だったが、何か強烈な違和感があった。

今思えば、その時点で逃げていれば良かったのだ。

そうすれば、もしかしたら、

(お父さんもお母さんも、きっと死なずにすんだっ)

演説が始まって数分。教会への人々の疑念は、気持ち悪いほどあっさりと反転した。

根拠も何もない、誰が聞いたって心のない軽い言葉で。

――解放者は、神に仇《あだ》なし世に混乱を招かんとする〝反逆者〟である

ミレディ・ライセン含む幹部七人は神の子でありながら、神に成り代わって世界を支配し、我欲を満たさんと欲している世界の裏切り者なのだと。

なんだそれは。そんな説明を誰が受け入れる。

内心で呆《あき》れ返るキアラ達だったが、気が付けば、周りの親しかった人達がみなワンダー家を見ていた。狂気の宿った瞳で。

そこからはあっという間だった。

解放者の言葉に心を傾けていた者、集会に参加しなかった者達は瞬く間に暴徒の波に呑

まれ、キアラ達も親しかった近所の友人達に襲われた。

その時、父マーカスは、キアラとベラを逃がすために立ちはだかった。

——お前達二人なら逃げられる！　行けっ、生きろ!!

それが、最期に聞いたマーカスの言葉。

彼は分かっていたのだ。自分が一緒にいては妻と娘の生存率が下がると。

なぜなら、ベラもキアラも〝兎人族《とじんぞく》〟だから。気配操作に長《た》け、全種族で最も逃げ隠れが上手《うま》い種族だから。

けれど、結局、母ベラも町を脱出しようとした際、既に待ち伏せていた者達に襲われ、キアラを逃がすために命を捨ててしまった。

——立って走りな！　あたしの娘だろう！

殴られて倒れたキアラに凶刃を振り下ろす、マーカスと仲の良かった地元の狩人《かりゅうど》の男。

悪夢のような光景に動けなかったキアラをベラは庇《かば》い、その背で刃を受けて、なお男に組み付き、そう叫んだのだ。

嫌だ、自分だって解放者だ。救える命を見捨てたりしないって。

本当はただ、母を置いて行くなんてできないだけだったのに、強がって。

そんなキアラに、ベラはとびっきりの優しい笑顔で、

——お母さんに、娘を守らせて
そんなことを言った。

その後のことを、キアラはあまり覚えていない。ただ、泣き声を押し殺しながら必死に逃げて、逃げて、逃げて。でも町は封鎖されていて、次第に逃げ場がなくなって。

気が付けば、この路地裏で身を潜めていたのだ。

(私に、もっと力があればっ。あいつみたいに!)

不意に思い浮かんだのは、一人の同族。

嫌みったらしくて、卑屈で、怠惰で、オブラートに包んでもクズ。

だが、彼女は強かった。獣人の聖地で、五強の一人に数えられる英雄だった。

決戦の後、再び諜報《ちょうほう》任務に就くまでワンダの宿に潜伏していたのだが、転がり込んできた彼女の口元は、自ら口にしたという毒で醜くただれ、味覚も失っていた。

それでも、そんな重傷すら大したことではないと全く変わらぬ態度で、キアラに嫌みを言いながら一日中ゴロゴロしていた。

そんな彼女の強さが、羨ましくて、妬ましくて。

(馬鹿。そんなこと考えてる場合か! 立って動け! お父さんとお母さんの想《おも》いを無駄にするな!)

己を叱咤《しった》し、立ち上がる。絶対に生き延びるのだと目元を乱暴に拭う。が、

「あ……まずいっ」

足音が聞こえる。路地裏の両サイドから人が来る。

気を逸《そ》らしすぎた。逃げ場がない。隠れる場所も、ない。

数秒後には狂信に堕《お》ちた人々が、この路地裏を覗き込み、襲いかかってくるだろう。
キアラの表情が、泣き笑いみたいに歪《ゆが》んだ――次の瞬間。
屋根の上から何かがひらりと舞い降りて、キアラの目の前に着地。更には口元を塞ぎ、
「静かにしろ。騒げば殺す」
なんて恐ろしいことを囁《ささや》きながらキアラを壁に押しつけ、自らも密着した。
絵面は完全に犯罪のそれである。けれどキアラは、その相手を見て驚愕《きょうがく》すると同時に、
ただただ安堵《あんど》の気持ちに包まれた。
直後、狂信者達が姿を見せた。遮るもののない路地裏を見る。見ている。
なんの反応も示さずに。
反対側の通りにも別の男達が姿を見せた。だが、やはり反応せず。
片側の男達が路地に入ってきた。血走った目をギョロギョロさせながら進んでくる。
そして、キアラ達の前を素通りした。
そのまま向かい側の者達と合流し、どこかへ走り去っていく。
そこでようやく、口元から手がどけられた。
「ぷはっ、あんた、どうしてここに……って、その怪我っ」
「ああもう、うっさいですねぇ」
間一髪でキアラを救ったのは、直前まで思い浮かべていた同族――スイだった。
体が離れて初めて気が付く。スイはボロボロだった。片耳がなく、黒い戦闘服がなお黒

ずむほど、あちこち怪我だらけ。気怠《けだる》そうなのは性格のせいだけではないだろう。

「さっさと脱出しますよ」

相変わらず、キアラには雑な態度だ。だけど、だからこそ不思議だった。

キアラの質問には一切答えず、その手を取って引っ張る。

「……なんで、なんであたしなんかを助けに来たのさ」

スイは、ここに来る必要などなかった。彼女の価値は計り知れない。たかだか支援者の小娘一人のために、こんな大怪我をしているにもかかわらず助けに来るなど、合理的に考えればあってはならないことだ。

特別に親しいわけでもないのに。顔を合わせれば喧嘩《けんか》ばかりなのに。

貴女《あなた》みたいな陽気なタイプは嫌いだと、面と向かって言われたことも数知れず。

なのに、なぜ。

そう問うもスイは答えず。不可視の固有魔法《こゆうまほう》であっという間に門へ辿《たど》り着き、やはり、封鎖している者達をあっさり素通りして外へ出てしまった。

「町外れの森にクオウがいるんで、その足で黒門の効果範囲まで行きます。樹海までは三日程度でしょう」

決戦の日以降、クオウ率いる魔狼部隊は、撤退時の計画通り共和国軍と行動を共にしていたのだが、今回の諜報任務にあたりスイ達の足代わりとして派遣されていた。クオウを残して魔狼達も全滅してしまったが。

「もっと近くの拠点には行かないの？　天網《てんもう》で報告しないと……」

「相変わらず能天気ですねぇ。このクソな状況が片田舎の町だけで起きているとでも？」

「え、それって……まさか世界中で？」

「そのまさかですよ。世界中に散った使徒が各地の司祭なんかに化けて、住民を片っ端から魅了系の魔法で洗脳してるんです」

「洗脳……それじゃあ、うちの町の司祭も」

「中身は使徒でしょうねぇ。厄介なのは、人から人へも間接的にかけられる点と、どういう原理か、解放者と関係者、その思想に新たに強く賛同した人達だけは、基本的に除外される点ですね。世界規模の自動洗脳・自動異端審問ってところでしょうか」

笑えますよねぇ、と全く笑えない衝撃的な現状を教えられ、キアラは呆然《ぼうぜん》となった。

「そんな……そんなのどうすれば……」

「さぁ？　陛下達ならなんとかできるのでは？　できなきゃ終わりですね」

「そんな簡単にっ」

「簡単な話ですよ。とにかく、今は樹海に逃げ込むことが先決です。少しでも避難と戦力の帰還を進めて、防備を固めて生き残るんですよ」

そう説明しながらスイは思う。ラック・エレインを失ったのが本当に痛いと。

転移と長距離通信が可能な空飛ぶ武装拠点である。あれさえ健在なら、地上の狂乱など無視して救援に駆け回れたのだ。

(……いえ、だからこそ執拗に追撃されたんですね)

暗鬱な気持ちで溜息を吐いているうちに、森の境界に到着した。

奥の方で気配が生じる。クオウだ。気配遮断と不可視化の中でも、優れた嗅覚で接近に気が付いたのだろう。

のそりと草木をかき分けて姿を見せたクオウは、魔装を装備していなかった。美しかった雪の如《ごと》き毛並みは乱れ、固まった血があちこちにこびり付いていた。

神国からの帰還が、如何《いか》に過酷なものであったかを物語っている。

「陛下さえ戻れば白霧の結界が張れますから、後はミレディさん達《たち》に期待を――」

今後の方針を語りながら森に入り、指を微《かす》かに鳴らしてクオウに合図を送る。

クオウの視線が何もないはず場所、スイとキアラの所在に正確に向けられ――

その瞬間、トンッと。

何かに押されたように、スイは一歩、二歩とたたらを踏んだ。そのまま、かくんっと力が抜けて膝立ちになってしまう。

「え？　スイ？　どうしたの――ッ!?」

「かふっ」と、呼気と共にスイの口から大量の血が飛び出した。

心臓付近が瞬く間に濡《ぬ》れそぼり、裾から血が流れ落ちる。その地面にひらりと、一枚の銀色に輝く羽も落ちた。

射貫《いぬ》かれた。狙撃だ。どこから？　なぜ位置が？　マークされていた？

悲痛に歪む顔で自分を抱き起こそうとするキアラと、唸《うな》りながら駆け寄ってくるクオウが視界に入る。だが、疑問も、視界も、直《す》ぐに薄れて消えていく。

致命傷だ。一撃で仕留められた。狩人がウサギにそうするように。

だが、ここにいるのは、か弱い小動物などではないから。

「な、めんなぁあああっ」

獣のように咆《ほ》えながら小瓶を取り出し、意識が消える前に瓶ごと噛《か》み砕いて飲み干す。

特製の劇薬だ。毒薬である。飲めば死ぬ。

だが、どうせ死ぬ間際なら、ほんの少しの間、限界以上の力を与えてくれる。

「クオウーーッ！　こいつを連れて行けぇっ」

膝立ちから回転するように跳ね起き、同時にキアラを蹴り飛ばす。

その反動で横っ飛びすれば、刹那、一瞬前までスイとキアラのいた場所に銀の砲撃が着弾し、地面をごっそりと消失させた。

密《ひそ》かなる一撃で行動不能にし、砲撃で仕留める。二撃確殺を狙った殺意極高の攻撃に、

「か弱いウサギ二匹相手に本気とか、恥ずかしくないんですかねぇっ」

精一杯の嫌味を響かせて、高速で飛来してきた老女司祭に渾身《こんしん》の力でナイフを投擲《とうてき》した。

魔力と空間を切断する魔剣だ。使徒とて無視はできず弾《はじ》く。目論《もくろ》み通りに。そうすれば、その衝撃で柄《つか》部分にセットした魔力阻害の粉末が爆発したように広がる。

「ァアアアアアアアアッ」

手は緩めない。この数十秒だけ持てばいい。

猛毒、溶解液、魔力吸収、雷撃、炎熱、氷結、石化……

残存武器の機能と能力を全開放し、呼吸の間も惜しんで全力で投擲し続ける。

「スイ！　ダメだよ！　一緒に！　クオウ、放してぇっ」

既に遠くなりつつあるキアラの声。

一瞬の躊躇《ためら》いもなく、クオウはスイを見捨ててキアラを確保し逃走を図ったようだ。

賢い狼《おおかみ》だと、スイは笑った。

この場には、万が一にも勝利などないのだから。

クオウが生き残ってくれていて良かったと思う。彼はヴァンドゥルの最高位の従魔だから、魔物でありながら〝黒門の鍵〟を保有し、開門することができる。

きっと、キアラを、あのむかつく陽気な同胞を樹海へ――

「あ……」

痛みは、それほどなかった。

壮麗な大剣が胸の中心を貫き、地面に縫い留められてしまったけれど。

魔力阻害の粉煙を払って、老女司祭姿の使徒が降りてくる。

スイの身命を投げ捨てた猛攻も、結局、使徒には傷一つ与えられなかったらしい。

「まさか、神都を脱出できるとは思いませんでした。脆弱《ぜいじゃく》で臆病な兎人には不相応な性能です」

　恐ろしいほど透き通った美声が、朦朧《もうろう》とするスイの耳に入ってくる。

「あのような無能な同胞を助けにさえ来なければ、逃げ切れたでしょうに」

　ずるりと大剣が引き抜かれる。

「ご安心を。特に殺さない理由はありませんが、わざわざ追いかけてまで殺すほどの理由もありませんから」

　大剣についたスイの血を分解しながら振り払う使徒が、用は済んだと踵《きびす》を返した。

「いずれにしろ、守りたいと願った人々に狩られて死ぬでしょう」

　まるで、草刈りでもしたかのような態度だ。実際、放置しておくと相当目障りだが、処理自体は簡単だからやっておく、くらいの感覚なのだろう。

　とはいえ、神の遊戯外での排除には相違ない。だから、スイは嗤《わら》った。嗤ってやった。

「いつか」

「？」

「いつの日か、必ず生まれてくる。私など及びもつかない、本当の英雄が」

　使徒が肩越しに振り返った。そして、僅かに身を引いた。

「覚えておけ。兎人《とじん》の未来が、お前達の未来を、必ず叩《たた》き潰すッ」

　凄絶。そうとしか表現のしようがない笑みが、僅かに上げられた顔に浮かんでいた。

　死の間際にあって、そのギラギラと輝く瞳の凄《すご》みと言ったら。

　断じて、負け惜しみなどではなかった。そこには、確信があった。

「……戯言《たわごと》を」

むしろ、使徒の方が負け惜しみじみたことを口にして、付き合い切れないと言わんばかりに姿を消した。

スイの体から力が抜ける。妙に、頬を撫《な》でる風を心地よく感じた。

（ま、頑張りましたよ……）

自分で自分を褒めて、死に身を委ねる――前に、

「スイッ」

泣き声が聞こえた。霞《かす》む視界にキアラが映る。雨粒が頬に当たった。やたらと温かい雨粒が。

「なに……戻って、きてんですか……間抜け」

「ごめんっ、ごめんねっ」

それは助けられないことか。それとも、自分を守らせてしまったことか。

自分の手を握り締めて蹲《うずくま》る同胞の少女を、スイはぼんやりと見る。

口は、自然と動いていた。

「兎人族は……強いんです」

「スイ？」

「……臆病、なのは……一番、命の……重みを……知ってるから……」

「……うん」

「今は……ダメでも、命を……繋《つな》げば、可能性は……」

それが、スイの戦う理由。怠惰で、本当は臆病で、それでも命さえ惜しまず戦ってきたのは、全て同胞の未来を、その可能性を守るため。

スイのボロボロの指先が、キアラの止めどなく流れる涙を拭う。

「……お前なんか……嫌いです。明るくて……可愛《かわい》くて……むかつきます」

「スイ……」

「でも……スイの、次には……良いウサギです」

なら、きっと、その未来も可能性に満ちている。だから迎えに来た。助けにきた。

「馬鹿だよ。自分の可能性を一番に信じれば良かったのに」

頬に添えられるスイの手に、キアラも自分の手を重ねて言う。

「あたし、やっぱあんたが嫌いだ。強くて、かっこよくて、むかつく。でも、ずっと憧れてたんだよ」

スイがふっと笑った。嫌味のない、でも、どこか自慢げな清々《すがすが》しい笑顔。

「必ず、生き残るんですよ、キアラ」

「必ず、生き抜いてみせるよ、スイ」

言葉は、そこで途切れた。スイの手から力が抜けた。

くぅんと哀悼を捧《ささ》げるように、静かに控えていたクオウが鳴く。

「クオウ。一緒に乗せてあげてもいいかな？」

いっぱい頑張ったから、せめて故郷の地で眠らせてあげたい。

その想《おも》いに、クオウは鼻先をこすりつけることで返答とした。

「ありがと」と泣き笑いのような表情で礼を口にして、スイを抱きかかえる。

クオウの背に乗り、涙を拭い、変装用アーティファクトのネックレスを外す。

ウサミミが現れ、髪色が元の色に戻った。

「行こう、クオウ」

ウサミミをピンッと伸ばし、真っ直ぐに前を見る。

兎人族は強いんだ！　と胸を張って。

「オォン」と力強く応え、クオウは夜の森を走り出した。

――ヴェルカ王国・南部の山林

【前線地帯】の砦《とりで》にて襲撃を受けたラスール率いる選抜魔王軍。

その数少ない生き残りは、人間族の領域で潜伏していた。【ライセン大峡谷】と、王国最南部の人里の中間にある山林の中で野営をする形だ。

なぜ、わざわざ狂乱の中にある北大陸へ戻ったのか。

答えは簡単だ。南大陸もまた、決して安全ではないから。

「ラスール様。やはり魔都《イグルド》に戻るのはやめませんか？」

天幕の中にレスチナの物憂げな言葉が響いた。

質素なパンをもそもそと口に運んでいたラスールの手が止まる。視線を向ければ、たった数日で随分とやつれた様子のレスチナが俯《うつむ》いていた。

「一度、共和国に保護を求めるべきです。北大陸なら黒門での移動も多くできます。何より、今、御身が城に戻るのは……」

「自殺行為、かな？」

「っ、はい……」

感情の矛先を失っているみたいに、膝の上で拳を握り締め、唇を噛み締めるレスチナ。

その気持ちはよく分かった。

なぜなら、今のラスール達にとって最大の敵とは、同族。すなわち、祖国そのものなのだから。

そう、砦を襲撃したのは他でもない。本国が派遣した魔王国軍だったのだ。

決戦を見た。その勇姿に感銘を受けた。陛下の共存の思想に、過激派も賛同し援軍に来たと、そう言われて嬉《うれ》しくないはずがなく、砦に迎え入れないわけがない。

そうして、内側から奇襲を受けてしまったのだ。

「まさか、こんな形で人間と魔人の共闘が叶《かな》うなんてね。神の悪辣さには脱帽だよ」

魔王国は現在、教会の〝反逆者を討て〟に賛同し、協力態勢にあるらしい。

あり得ないことだ。

宰相カルムや将軍アンゴルなど上層部が狂信に堕《お》ちたのか。あるいは、排除されたか、今も抵抗しているのか。いずれにしろ、だ。

「確かめねばなるまい。私は、魔王なのだから」

祖国が惑乱の中にあって、王が背を向けるなどあってはならない。

たとえ、自殺行為であったとしても、それだけはできない。

「……お供します。どこまでも」

分かっていたから、レスチナは憂いに沈みながらも、そう答えるしかない。

と、その時、にわかに外が騒がしくなった。襲撃かと顔色を変えて外に飛び出すラスールとレスチナ。

「何事だ！」

「陛下！ 人間の少女が周辺をうろついておりまして、捕縛したところです！」

「……解放者狩りか？」

「いえ、周囲に他の人間はおらず、少女一人です。両親の様子がおかしくなったことに怯《おび》え、一人で逃げ出してきたとのことですが……」

部下が報告するや否や、まだ十歳にも満たないだろう幼い少女が連れてこられた。

兵士達《たち》は気が立っているようで、かなり乱暴な扱いだ。少女は痛みと恐怖で泣きじゃくっている。明らかにやりすぎだが、無理からぬことではある。今の世界は、子供だって狂っているのだから。

「おい！　やめろ！　まだ子供だ！」

止めたのは、意外にもレスチナだった。

ラスールだけでなく、兵士達まで目を丸くする。生粋の魔人族至上主義で、ただラスールへの忠誠心だけで共存派に属しているにすぎないはずのレスチナが、自ら動いたのだ。

誰だって驚く。レスチナ自身も。

この時のレスチナは、多分に衝動的だったのだ。脳裏に、あの決戦の時に助けた神都の少女が過《よぎ》ったせいで。

――たすけてくれてありがとう！　きれいなお姉さん！

魔人たる己に、そう笑顔で言って、自身の宝物だというハート形の小石を贈ってくれた。

ただの、少し珍しい形の小石だ。愚かなる人間の子供が差し出したもの。

けれど、どうしてか捨てる気になれず、それどころか、今は紐《ひも》に括《くく》り付ける形でネックレスにして下げている。

それはきっと、レスチナの頑《かたく》なな価値観が、少女の一言、小石一つのお礼で僅かなりとも変わった証《あかし》だったのだろう。

だが、事この現状においては、兵士達の対応こそが正しかった。レスチナの共存に傾いた望ましき心根が、彼女から最悪のタイミングで警戒心を奪ってしまった。

「っ、待つんだ、レスチナ――」

「ほら、小娘。泣くな。直《す》ぐに治療を――」

ラスールとレスチナの言葉が重なるのと、しゃがみ込んだレスチナの目を、少女が見開いた目で覗《のぞ》き込んだのは同時だった。次の瞬間、

「ッッ!? ぐっ、ぁああっ」

灼熱《しゃくねつ》の赤が、野営地を呑《の》み込んだ。

固有《こゆう》魔法《まほう》〝赤熱化〟が発動し、レスチナを赤く染め、周囲一帯に炎の波が広がる。当然、少女も、直ぐ近くにいた兵士達もまとめて燃やし尽くされた。

「レスチナ!」

「いけませんっ、陛下! お下がりを!」

火炎の竜巻がレスチナを中心に噴き上がり、天を衝《つ》いた。周囲の草木が瞬く間に消滅し、初撃を凌《しの》いだ者も圧倒的な熱量に障壁を破壊されて次々と呑まれていく。

──反逆者を許すな。狩り尽くせ

──全ては神の意思。従属こそ最大の幸福

──異端の思想を排除せよ! 己の大切な者のために!

ガンッガンッと頭に響く声。心を埋め尽くしていく信仰。ただ一つの〝正しさ〟に塗り潰されていく思考。自分という人間が、その意思が、消えていく……

共存に傾いた心は、未《いま》だ傾いたレベルであったが故に、悪辣な術で天秤《てんびん》を傾けられてしまった。

(ラスール、さま……)

辛うじて自我を保てているのは──

主への忠誠心。敬愛の心。滲《にじ》む視界に、障壁を張りながら近づこうとしているラスールの姿が見える。

狂信の副作用か。リミッターが外れ、限界以上の力を暴走させている今、自分でも何が起きるか分からない。だから、必死に〝来ないで〟と念じるが、

（ああ。貴方《あなた》はきっと、止まってくれない……）

確信があった。同胞のためなら、自殺行為と分かっていても祖国に戻ってしまう人だから。

己を信じてくれる者を、決して見捨てられない人だから。

吹き荒れる火炎により紅蓮《ぐれん》に染まった世界で、レスチナは剣を抜いた。

何人の仲間を殺してしまったのか。迂闊《うかつ》な己には、ちょうどいい末路に違いない。

「ラ、スール、さま……」

「レスチナ！　待っていろ！　今、助けてやるっ」

あるいは、ラスールならなんとかしてしまうかもしれない。

でも、できなかった時、取り返しがつかないから。それだけは、絶対に嫌だったから。

「ご武運を」

「!?　よせっ、馬鹿なことをするな！　これは命令だ！」

レスチナは精一杯の微笑を浮かべ、刃を自分の首に添えて、

「さようなら、私の愛しい人《マイ・ロード》」

「よせぇぇぇぇぇぇぇっ」

生涯ただ一度の命令違反を、愛を込めて実行した。

炎の海にどさりと倒れ込む彼女の姿を、ラスールは手を伸ばしたまま呆然《ぼうぜん》と見やった。

生き残った数人の兵士達が必死に消火しつつ、未だ燃え盛る中心地にいるラスールに呼びかける。が、ラスールが反応することはなく、むしろ、獲物を見つけた狂信者共の雄叫《おたけ》びが響いてきた。尋常な数ではない。

「陛下！　脱出しましょう！　このままでは！」

炎の壁が邪魔で未だ近づけず、兵士の一人が叫ぶ。その間にも山林の奥から狂気に染まった人の波が迫ってくるのが見えて、兵士達の顔色が真っ青になった――その時。

『兄上っ!!』

強烈な冷気交じりの下降気流が炎を吹き飛ばす。ラスールが緩慢な動きで顔を上げた。

『呆《ほう》けている場合か！　乗れ！』

もう目前まで迫ってきている狂気の波。

兵士の一人が「お許しを！」とラスールを乱暴に担ぎ、他の数人の兵士と共に着地した氷竜形態のヴァンドゥルの背に飛び乗る。

飛んでくる槍《やり》や矢、魔弾の類いを氷壁で防ぎつつ、ヴァンドゥルは飛び立った。

沈痛な雰囲気が漂う。誰も彼も、ラスールにかける言葉が見つからない。

ヴァンドゥルの背で膝を突き、打ちひしがれた様子のラスールを見れば、もしかするとレスチナは、彼にとって〝信頼できる部下〟を超える存在だったのかもしれないと思える。

レスチナが、ラスールに対してそうであったように。

やがて、天を仰いだラスールは、ふと苦笑いを浮かべて姿勢を正した。

「……ありがとう、ヴァン。助かったよ」

『……すまない。間に合わなかった』

「いいや、間に合ったさ。魔王を救ったのだから」

声に覇気が戻ってくる。たとえやせ我慢だとしても、たとえもう部下が数人しかいなくとも、魔王であるうちは心折れはしないと。

「ヴァン。バトラムの分体でいい。飛竜モードの彼を貸してもらえるかい？」

『！　まさか、城に戻る気か!?　やめろ。俺と一緒に共和国へ行くんだ、兄上』

「ヴァン。私は魔王なんだ」

穏やかな口調なのに、思わず傅《かしず》きたくなるような威厳が感じられた。

それは、生き残りの兵士達も同じなのだろう。諦観の滲んでいた顔に覚悟が宿る。

まだ洗脳を免れている同胞がいるかもしれない。魔王の助けを待っている者がいるかもしれない。ならば、

「私は私のなすべきことをなす。お前も、そうしなさい」

諭すように言い背を撫《な》でる兄に、ヴァンドゥルは僅かな間だけ逡巡《しゅんじゅん》し、確認を一つ。

『死ぬつもりではないんだな？』

「当たり前だ。武運を、祈られたからね」

『……分かった。バトラム、兄上を頼む』
鱗《うろこ》の内側からしゅるりと出てきたスライムが、ラスールの首元でマフラーと化した。
「ヴァン。これは本体では……」
『いくら兄上でも今の魔王国の全ては救えない。それは忘れるな』
引き際を見誤らないこと。そして、必ずバトラムを返すこと。
そんな弟の意図をラスールは正確に読み取った。くすりと笑い、頷《うなず》く。
マフラーが空中に飛び出し、一瞬で擬態飛竜に変じた。
ラスール達はそちらに乗り込み、ヴァンドゥルと併走する。
『ぬかるなよ、兄上』
「そちらもだ、ヴァン。また会おう」
兄弟の視線は絡み合い、そして、再会を誓って分かたれた。

――黒の大雪原・北部
樹海との境界から十数キロ地点。珍しく吹雪のない雪上を進む行列があった。
解放者の隠れ里・聖母郷の者達だ。従魔の氷雪狼《ひょうせつろう》達が、それぞれ数十人は乗れる大きなソリを引いて南下している。
上空には飛竜ウルルクに騎乗するマーガレッタを筆頭に、シュネー一族の姿もあった。

「コリン、寒くねぇか？」

「うん、平気だよ。ルースお兄ちゃん」

ソリ上で、防寒具に身を包んだルースが問えば、コリンは笑顔で答えた。

だが、その表情を見て、ルースの顔が曇る。無理をして浮かべた笑顔だと丸分かりだったからだ。青白いのも、寒さだけが理由ではないだろう。

当然だ。ここには聖母郷の全員はいないのだから。

灰色装束達と元ライセン支部の非戦闘員達の約半数が、未だ樹海にいる。凄《すさ》まじい数の帝国軍が人海戦術で反逆者狩りをしている場所に、だ。囮《おとり》である。

このまま里にいても見つかるのは時間の問題。おまけに、昨日、遂《つい》に共和国との通信が途絶し逃亡先に選べなくなった。他の支部も同じだ。

それなら、いっそ【黒の大雪原】に逃げ込もうと結論付けたのだ。

元より、万が一の場合の逃亡先として想定されていたので、雪原装備はオスカーが残してくれている。距離はあるが、シュネー一族の旧隠れ家もある。

なので妥当な結論ではあったが、問題が二つあった。

どうあっても約三百人の移動の痕跡を完全に消すのは困難であること。移動速度も、ある程度限られてしまうという点だ。

だから、灰色装束達は囮を買って出た。戦闘者だけの移動では怪しいから、体力のある非戦闘者も多数いた方がいいと元ライセン支部の者達も残った。自分達こそ聖母郷の住人だと樹海内を逃げ回って、少しでもルース達が遠くまで逃げられるように、と。

「みんな、無事だよね？　また、会えるよね？」

聞いても仕方ないと分かっていても、コリンには尋ねずにはいられなかった。

すると、前方のソリからユンファのでっかい声が届いた。

「当ったり前でしょ！　聖母コリン親衛隊を自称する変態さん達《たち》だよ？　殺したって死なないってば！」

「こらユンファ！　不謹慎よ！」

ユンファの毒舌が炸裂《さくれつ》し、スーシャお姉さんが窘《たしな》める。

それぞれのソリに乗っている大人達、更に、後ろのソリに乗っているモーリン達が笑い声を上げている。いつもと変わらぬ光景に、コリンの不安が少し和らいだ。

「まったく……ん？　なんだ？」

ルースが何かに気が付いて空を見上げる。上空で警戒していたマーガレッタ達が騒然としていた。進路の先にある山脈のような氷山の端、切り立った崖を指さしている。

予定では、あの崖部分を迂回《うかい》して裏に回り込み、そこから氷の谷間を進んでいくことになっているのだが……

直後、その崖の向こう側からブレスの閃光《せんこう》が空に放たれた。

顔色を変えたマーガレッタが急降下してくる。

「総員、南西へ！　麓の樹氷群に逃げ込め！　待ち伏せだっ」

そんな馬鹿な。誰もがそう思う中、崖の端から先行偵察に出ていたシュネー戦士と飛竜が飛び出てくる。

その後に、大きな船影が続いた。出てきたのは帝国の飛空船だった。だが、真に驚愕《きょうがく》すべきことは別にあった。

「奴等《やつら》は魔王国軍だっ。帝国と魔王国軍が手を組んでいる！　早く逃げろ！　私達が時間を稼ぐ！」

そう号令を出して、マーガレッタ達は一気に加速した。呼び止める間もなく、氷雪狼達は一斉に方向転換していく。

こんな開けた場所では、確かに全員を守り切れない。それは分かっているが、飛空船は一隻や二隻ではなく船団規模で、まるで死地に飛び込んでいくかのようだ。

「くそっ、なんでだよ！　黒の大雪原だぞ⁉　来るかどうかも分からない相手を、こんな極寒の地でっ、それも俺等程度のために、なんであんな戦力を！」

実際には、ルース達を待ち伏せていたわけではなかった。

東側諸国が共和国攻めをする中で樹海の民が逃げ出した場合、北の山脈地帯か南の雪原へと出てくる可能性を考えただけのことだ。

帝国は国内と樹海南方一帯の反逆者狩りに手一杯なので、雪原周辺の封鎖を魔王国軍と連携したわけである。飛空船団の貸与は、その一貫だった。

背後で戦闘が始まった。空中戦が繰り広げられている。

獣光騎士団とだって対等以上にやり合ったマーガレッタ達だ。きっと勝利して戻ってくる。たとえ、不殺を貫いたとしても。

そう信じて、祈って、一向は氷山の山脈の麓に広がる樹氷の森に飛び込んだ。

そして、

「あ……っ、逃げろぉおおおおおっ」

赤く煌《きら》めく樹氷に気が付いて、ハッと見上げた時には遅かった。

特大の火炎弾が豪雨のように降ってきたのだ。

敵船団が氷の山脈の向こう側だからといって、敵の全てが搭乗しているとは限らない。

最も逃げ込みやすい場所に張っているのは当然だった。

氷雪狼達が必死に直撃コースを避け、更に、固有魔法《こゆうまほう》を使って氷の防壁を生み出す。

直後、凄まじい爆音と衝撃がルース達を襲った。

誰もがソリから投げ出され、雪上を転がり、あるいは樹氷に激突する。

噴き上がった大量の水蒸気が視界を遮る中、ルースは不吉な音を聞いた。

何かがガラガラと崩れ落ちる音。地面から伝わる激しい振動。

「コ、リンっ、無事か!?　コリンっ」

咄嗟《とっさ》に、コリンを抱き締めたおかげで離れ離れにはなっていない。外傷も見当たらない。

「うっ、だ、大丈夫……」

コリンが身を起こしてほっとするのも束《つか》の間《ま》、風で流れる水蒸気の狭間《はざま》に現状を確認する。幸い、前方にいたディラン達のソリは無事だった。大人達が彼等を庇《かば》ってくれたらしい。少し離れた場所にはスーシャ達もいる。倒れているが意識はあるようだ。

では、後続は？　そう思って視線を転じて、ルースは最悪の光景を見た。

大地が割れていた。対岸まで十メートルはある。隊列を真横に分断する巨大クレバスだ。運の悪いことに、爆撃の集中砲火で地上部分が崩壊し、古い谷が顔を出したらしい。

亀裂上にあったものの末路は明白だ。考えるまでもない。

「か、母さん……」

今まさに同じ末路を辿《たど》ろうとしているソリがあったから。その上にモーリンがいた。

ルースと目が合う。目を見開き、届かないと分かっていながら手を伸ばそうとしたルースに、モーリンは微笑を浮かべて首を振った。

「見るなっ」

咄嗟に、コリンの顔を覆うように抱き締めて、モーリンが谷底へ消えていく光景を遮る。

胸元から「え、あ、うそっ、そんなっ」と妹の震える声が聞こえる。

だが、悲しみに浸る暇も、この狂った世は許してはくれない。

雄叫びが轟《とどろ》いた。魔人軍が樹氷の森の奥から迫ってくる。

灰色装束達が迎撃に打って出るが、こちらが五十人程度なのに対し、向こうは数え切れないほど。少なくとも千は超えるだろう。早く移動しなければ数に圧《お》し潰される。

明白な事実を前に、キメラ部隊の元被験者達の一人が叫んだ。

「坊や達っ、先に逃げなさい！」

メイルとラウスの治療を受けるまで、死んだ目で独り言を呟《つぶや》くだけだった魔人の女性が、壊れたソリに積んでいた量産型魔剣の一本を手に取って駆け出していく。

他の壊れたソリに乗っていた元被験者達も、数ヵ月前まで廃人だったのが嘘《うそ》のように、ルース達に一度笑いかけて駆け出していく。

「ま、待ってくれ！　死んじまう……そんなこと頼んでないっ」

「俺達も頼んでないよ。あんなに献身的に世話を焼いてくれなんてさ」

それが、それだけが、彼等が戦いに出た理由だった。全ては、地獄から救い出してくれた解放者への、そして心を救ってくれた子供達への、せめてものお礼。

「違うっ、違うよぉっ。そんなつもりでお世話したんじゃないよぉっ」

コリンの泣き声が胸を締め付ける。

無事だった大人達が横転したソリを戻し、投げ出された人達を乗せていく。

「ソリさえ無事なら！」

ルースは駆け出した。氷雪狼の雪上速度に追いつくのは、それこそ飛翔《ひしょう》でもしない限り普通は無理だ。ソリさえ直せば、彼等が撤退できる余地も生まれる。

そう思って駆け出して、再び吹き飛んだ。

数の暴力が、決死の覚悟を嘲笑《あざわら》い牙を剥《む》いたのだ。防ぎ切れなかった火炎弾が散発的に降り注ぎ、その一発が近くに着弾したのである。

耳鳴りがした。鼓膜が麻痺《まひ》した。衝撃で頭がぐらぐらする。

霞《かす》む視界に、コリンが自分の方へ駆け出してくるのが見える。

スーシャがユンファに覆い被《かぶ》さり、爆撃から必死に守ろうとしているのも見えた。

そして、前線を抜けてきた数十人の魔人兵のうち二人が、彼女達の背後に迫る様子も。

大人達や氷雪狼が止めようとするが他の魔人兵に邪魔をされ……間に合わない！

「兄貴っ、コリン達をっ、助けてくれぇえええっ」

ルースが心の底から助けを求めて絶叫した。その時。

コリンに振り下ろされた凶刃が、割り込んだ人影の持つ剣に防がれた。

「オスカー兄さんじゃなくて悪いけど、まぁ、僕も一応、兄だからね」

回転しながら剣の腹で魔人兵の後頭部を打ち昏倒《こんとう》させる少年に、ルースとコリンの目が大きく見開かれる。

「ディ、ディッ、ディラン!?」

やけに様になった動作で量産型魔剣を切り払ったのは、確かにディランだった。更に、

「ちょっと、あたしには何もないわけ？」

「ケティ!?」と声を上げたのはコリン。

見れば、スーシャ達に迫っていた魔人兵が手足の健を切られて倒れ伏している。

その傍らに立つのは、短剣型の魔剣を両手に持ったケティだった。

「ケ、ケティちゃん？　あ、ありがとう」

「え、っと、ありがとう、ございます。ケティさん？」

「ふふん、いいのよ！」

スーシャとユンファの戸惑い気味な礼に、ツインテを払いながらドヤ顔する。

そんなところは以前のまま。けれど、どうしたことだろう。二人揃《そろ》って纏《まと》う雰囲気が全く違う。視線は鋭く、まるで歴戦の戦士のようだ。

「ケティとディーお兄ちゃん、だよね？」

目覚めたのは嬉《うれ》しいが、困惑してしまう。ディランとケティに苦笑いが浮かんだ。

「まぁ、古代の戦士の魂が混じってるからね」

「私達だって、ただ寝てたわけじゃないんだからね！」

斬る斬る斬る斬る。魔剣の〝魔斬り〟があるとはいえ、飛来する魔弾の類に危なげなく対応する姿は驚嘆の一言。

周囲の大人達も、驚愕の目で目覚めたディラン達を見ている。

元より、オスカーのアーティファクトで目覚めることは分かっていた。だが、それはまだ五ヶ月は先の話。実際、二人以外の子供達は、まだ目覚めていない。まさか、達人の如《ごと》き妙技を以《もっ》て戦力になるとは思いもしない。

それが、最初にメイルの〝再生〟を受けて以降、解放者として頑張る兄弟の姿を知り、精神世界ともいうべき場所で奮起した二人が、各々の魂に混じった古代の戦士の記憶を追体験し、戦技の極意を取り込んできた結果と知るのは、もう少し先の話。

「詳しい話は後で。まずは生き残らないと」

「時間を稼ぐわ！　コリン達は早く氷壁の中に入りなさい！」

前線を抜けてくる魔人兵達に、ディランとケティが対応する。

超人的な二人が戦力に加わったものの、依然、危機的状況に変わりはない。

大人達は慌てて投げ出されたり怪我《けが》をした者達をソリに乗せ、スーシャはそれを手伝い、ルースはソリの修復、コリンとユンファはソリに乗り込む。

と、その時、凄《すさ》まじい爆発音と巨大な爆炎が東の空に発生した。一拍遅れて、樹氷を薙《な》ぎ倒すような衝撃波が襲い来た。全員が身を伏せて、吹き飛ばされないよう堪える。

「あれは、マーガレッタさん達⁉」

船団の足止めをしていたシュネー一族の側で何かあったのだ。

だが、それを確かめる暇もなく、次の危機が襲来する。

ゴゴゴッと地鳴りのような音が耳に届いた。男の一人が青ざめた顔で叫ぶ。

「雪崩だ！　雪崩がくる！」

最悪の事態だった。動けるソリから順次、急いで離脱していく。

「ルース！　もういい、戻れ！」と大人の一人が叫ぶ。いずれにしろ、前線に出てしまった灰色装束や元被験者達は、もう間に合わない。

「くそっ、くそぉっ」と泣きそうになりながらコリン達のソリに戻るルース。

前線が雪崩の中に消える。ディランとケティも戻ってソリに乗り込んだ。

もう一刻の猶予もない。

というタイミングで他のソリに視線を巡らせていたユンファから「スー姉？　スー姉はどこ!?」と焦燥に満ちた声が。

ハッとして見回す。確かに、救助の手伝いをしていたスーシャの姿が見えない……

否、見えた。クレバスの縁に片腕と頭だけが。先の爆風で飛ばされ、転落しかけているのだ。自力では上がれないようで、必死に堪えているのが分かる。

スーシャの視線が、迫る雪崩を捉えた。そして、

「スー姉ぇっ。待ってて！　今、助けるからっ」

今にも飛び出そうとしているユンファと、コリン達《たち》と、苦渋の表情で止めようとする大人達を見て……

「来ないでっ」

そう叫んだ。彼女の人生で最も厳しい声音は、ユンファ達の動きを止めるに十分で。

姉妹の視線が絡む。スーシャは、愛《いと》しさで溢《あふ》れる微笑を浮かべた。

姉が何をしようとしているのか察して、ユンファの顔が蒼白《そうはく》となった直後、

「……あの人を、頼むわね？」

自ら手を離した。スーシャの姿が、消える。

「いや、いやぁあああああああっ」

ユンファの絶叫が響き渡った。コリンが泣きながらユンファを抱き締める。

ソリが急速発進し、雪崩の脅威から必死に逃げる。
彼等《ら》は生き残った。多くの大切なものを失いながら。
オスカーとナイズが駆けつける、僅か一日前の出来事だった。

第五章◆未来へ繋ぐ契約

太陽が沈んでいく。

いつもなら美しいと思う夕刻の空が、今はただひたすら胸をざわめかせる。

まるで世界が劫火《ごうか》に焼かれているかのよう。

もう何度目かも分からない、噛《か》み締めた唇から流れ出た血を呑《の》み込んだミレディは、高速で飛行しながら、一緒に飛ばしているメイルとラウスへ視線を向けた。

真《ま》っ直《す》ぐ前を見ている。気丈な様子だ。

けれど、その内心が打ちのめされていることは手に取るように分かる。瞳の奥の悲嘆、表情にちらつく痛み、それらは隠しようがない。

かける言葉が見つからなかった。

メイルもラウスも、大切な家族を失ったのだ。何を言えというのだろう。

唯一の救いは、メイルが今大事そうに抱えている妹——ディーネが無事であったこと、そして、竜王国からシャルム達が脱出した情報があることか。

「……ラーちゃん。シャルム君は大丈夫だよ。だって……」

だって、なんだと言うのだろう。ラインハイトやニエシカもいるはずだから、絶対生きているとでも言えばいいのだろうか。

絶対などありはしない。そう信じてきて、その通りに、ミレディ達は痛手を負った。

この世で、〝女王のいる樹海〟の次に安全なはずだった竜王国は崩壊し、多くの仲間が死んだのだ。

魔装メルジーネ号は、山間に半壊状態で打ち捨てられ、サルースもミカエラも他の仲間も皆、その命の灯を絶やしていた。

ラウスの蘇生《そせい》が効くのは死後数時間が限界だ。昇華魔法があっても半日程度。

死後数日は経《た》っている彼等を救う術《すべ》はもはやなく、回収できたのは再生した過去のみ。

信頼していた竜人の奇襲という信じ難い光景と、過去再生を見越したサルースの今際《いまわ》の警告を受けて、ミレディ達は竜王国に潜入した。

そこで見たのは、処刑されて磔《はりつけ》にされたトラグディ竜王陛下とグライス竜将ほか数多《あまた》の竜人達。そして拘束された多くの竜人達。

なのに、その凄惨な光景を背にして声高に竜王国の未来を語っているのが、シーヴル王女、否、新竜王なのだ。使徒と騎士達を左右に侍《はべ》らせて、若い竜人を筆頭に数千人単位の同胞達が熱狂する中で。

何が起きたのか、察するに余りある光景だった。

まさに悪夢の具現。

救いなのは、過去再生で身を隠している者達がいないか確認し回っていたところ、少なくない竜人達が山脈地帯の方々へ脱出していたこと。

その中に、ニエシカ達に連れられたシャルムやラインハイト達の姿があったこと。

「ミレディ、気を遣うな」

言葉に迷うミレディに、ラウスがひび割れたような声で言う。

「家族を失ったのは、私だけではない」

確かに、サルース達はミレディの家族同然だった。

喪失の痛みは、ミレディとて同じ。

「それに、サルース達も、カーグも、グライス殿も、みな己の役目を全うした」

オスカーに、なんて言えばいいのだろう。

せっかく再会できた祖父とのあまりに早い別れに、ヴァンドゥルはどう思う？

彼等の最期を見た。

確かに、決して無様に、無意味に命を落としたわけではなかったけれど。

「カイムもセルムも、自分の意思で道を選び取った。あの顔を見ただろう。してやったりと満足そうだった」

彼等は、最期の最期までダリオン率いる使徒化騎士達と戦い抜いた。

リコリスとデボラは最後まで信仰を捨てられず、ダリオンに命じられ、シャルムにそうしたようにカイム達に襲い掛かったが、兄弟は動揺しなかった。

それほどに強い覚悟を以て、今までの全てだった教会と相対したのだ。

結局、天空の戦いが終結するまで、彼等はダリオンと数多の騎士を釘付《くぎづ》けにした。

そのおかげで逃げ延びられたのは、シャルム達だけではないだろう。

でも、だけど、カイムとセルムのボロボロの亡骸《なきがら》を抱き締めて、ただ無言で涙を流すラウスの姿は、あまりに痛々しくて。

連れて行く余裕はないからと、近くの雑木林に家族の墓穴を掘る後ろ姿の、なんと小さなことか。多くを背負ってきた最強の騎士の背は、その時ばかりは疲れ果てた老人のようだった。

そんな姿を見てしまえば、自分は解放者のリーダーだから、何か、何かを……

「もう一度言う。気を遣うな。私は……私はあの子達を――」

ラウスの、あらゆる感情を詰め込んだ震える言葉が、それでもはっきりと口にされる。

「誇りに思う」

「…………うん」

唇を真一文字に結んで、ミレディは泣くのを堪《こら》えるように頷《うなず》いた。

「メイル、お前もだろう？」

ラウスの問いに、メイルは空の彼方《かなた》へ遠い目を向けた。

「……どうしてもね、思ってしまうのよ」

思い出すのは、竜王国への道中にある海賊団が潜伏していた山中のこと。

発見したのは、死屍累々《ししるいるい》と倒れ伏す海賊団の姿。過去再生すれば、

『無理だっ。数が違いすぎる！』

『もうほとんど包囲されてるぞっ。逃げ切れない！』

『俺達が囮《おとり》になる！　その間に、どこかに隠れろ！』

『ディーネ！　もういい！　それ以上〝復元〟を使えば死ぬぞっ』

『副船長命令だ！　キャティーッ、ディーネを連れて突破しろ！』

彼等が不撓不屈《ふとうふくつ》に足掻《あが》き、それでも無理だと察して、ただディーネ一人を生かすためだけに最後の力を振り絞る姿が映っていた。

仲間の最期を察して泣き笑いの顔で『任せなさい！』と請負い、ディーネを担いで駆け去るキャティーと、その肩越しに手を伸ばして、死ぬ時は一緒だと、私だってファミリーだと泣きじゃくるディーネの声が耳にこびりつくようだった。

『わりぃ、船長。先に逝く。俺達のお姫様は守るからよ、勘弁してくれや』

それが、クリスの最期の言葉。

その言葉通り、彼等は確かにファミリーのお姫様を守り抜いた。

山頂に近い標高にある大きな滝。その内側にひっそりと存在した洞窟に、キャティーとディーネはいた。

俯《うつぶ》せに倒れるキャティーの背には何本もの矢が突き立っていて、致命傷を受けようとも、この場所まで走り切り、そのまま事切れたようだった。

だが、彼女もまた守るべきものを、親友の宝物を、死守したのだ。

倒れる彼女の下には、無傷のディーネがいた。

何度も何度も〝復元〟を使い、魂魄《こんぱく》が衰弱するほど力を振り絞ったせいで危険な状態ではあったが、確かに生きていた。

治療を受けてしばし。目を覚ましたディーネは、

『ごめんなさいっ、ねえ様、ごめんなさいっ。皆を守れなかったっ』

ただひたすら、メイルに謝り続けた。

胸を抉《えぐ》るような慟哭《どうこく》。そのまま気絶するように眠りにつき、今も目を覚まさない妹を撫《な》でながら、メイルは独白する。

「公国軍の遺体、一つもなかったわ」

それは、自分達が窮地にありながら〝解放者〟として教会戦力以外への不殺を貫いた証《あかし》。

だからこそ思う。思ってしまう。

「ほんと、お馬鹿さん達ね」

無法者の都の海賊共が、何を律儀に殉じているのか。

命の瀬戸際でくらい利己的になって、無様になんでもして生き残れば良かったのだ。

生き残って、いてくれれば良かったのに……

「死んだら、もう鞭《むち》も罵倒も浴びせてやれないじゃない」

「メル姉……」

解放者の信じる道が、彼等に死をもたらした。

ディーネの髪に埋《うず》まるようにして表情を隠すメイルを見て、ミレディは言葉に詰まる。

心がぐちゃぐちゃに掻《か》きまわされるようで、またも唇を噛み締めて血を流す。

「ごめんなさいね、ミレディちゃん。解放者失格よね」

「ちがっ、そんなことっ。私は――」

必死に何か言い募ろうとしながら近寄ったミレディに、メイルの手が伸びた。

傷つき真っ赤に染まっているミレディの唇に、ぴとっと指先を当てる。

不吉な夕日とは似て非なる優しい光が噛み傷を癒していく。

「ラウス君の言う通り、誇るべきなんだわ」

彼等が、たとえ命を失っても貫き通したものを。他の誰でもない、メルジーネ海賊団の船長たる自分が。

そう己に言い聞かせるように口にして悲しげに微笑《ほほえ》むメイルの手を、ミレディは自分の頬に添えて、強く、強く押し付けた。きつく目を瞑《つぶ》って、奥歯を噛み締めて。

「今は急ぐぞ、ミレディ。悲嘆も、弔いも、追憶も、全て終わってからでいい」

「ええ。まずは樹海での合流を急ぎましょう」

救助を続けるにしろ、他の手を打つにしろ、まずは確かな拠点、避難場所が必要だ。

強引に助け出した正気の竜人達も数日以内にやってくる。大人数と一緒ではミレディ達の足が鈍るからと、先に行くよう言ってくれたのだ。

何より、自国ですらこの様なら共和国も無事とは思えないから、と。

リューティリスは、樹海では無敵に近いから先に一人で向かわせたが……

確かに、何が起きてもおかしくない。

加えて、事態は現在進行形で逼迫《ひっぱく》しているのだ。解放者や、その賛同者・協力者達《たち》の悲鳴は、今、この瞬間も上がっている。

羅針盤が、対象の場所だけでなく状態まで示してくれればと思わずにはいられない。

「どうか、無事でいて」

今、生きている全ての人に祈って、ミレディは音速の壁を突破した。


ミレディ達が樹海に到着したのは、その日の夜中だった。

樹海外縁部、【白の戦場平原】におびただしい数のかがり火が見えた。数十万、否、百数十万単位。しかも、西の方から今この瞬間も人が押し寄せているのが分かる。

「リューは結界を展開できたようね」

真夜中でも、大量のかがり火で地上は相応に明るい。

見た限り、次々と樹海に踏み込んでは何事もなかったように出てくる、という状況が繰り返されているようだった。

樹海は、侵入者の排除に成功している。

それを目の当たりにして、ミレディ達の間に僅かながら安堵《あんど》の雰囲気が漂う。

だが……

大樹の都に上空から入ったミレディ達が見たのは、燃やされ、破壊された数多の家屋と、寝かされて顔に葬送の大葉を被《かぶ》せられた数え切れないほどの遺体だった。

今この時も、生き残り達が回収した同胞の遺体を並べていく。

遺族のすすり泣く声が、都中から聞こえてくるようだった。

「あ……」と、ミレディから声が漏れ出した。

大樹の根元に近い場所で永遠の眠りについてる者達を見つけてしまったから。

バッド、マーシャル、シュシュ、ヴァルフ……

そして、ラインハイトとニエシカ……

「馬鹿な……ラインハイトッ」

蒼白《そうはく》となって駆け出すラウス。その声に驚いて、ようやくミレディ達に気が付いた周囲の人々がざわめく。

ラウスの魂を見る魔法が、僅かな可能性に縋《すが》りつくようにラインハイトの亡骸を視《み》る。

結果は言うまでもなく。

そのまま、せめて誰か一人でもとバッド達にも視線を向けるラウスだったが、その瞳に映るのは無慈悲な結果だけ。

完全に霧散し欠片《かけら》も残っていない魂魄が、彼等《ら》の覆しようのない死を示していた。

癒しの聖女、神代の魔法使い達に縋るように人々が集まってくる。

そこへ、頭上から声がかかった。

「良かった。間に合いましたのね」

リューティリスだった。思わず、何を言っているのかと八つ当たりじみた反論が口に出かけるが、リューティリスの女王としての顔が有無を言わせない。

「早く上に！　まだ助けられますわ！」

頰を叩《たた》かれたような気分だ。そうだ、何を呆《ほう》けているんだと。

ミレディ達は顔を見合わせ、急ぎ大樹の王宮へと上がった。

テラスから直接、玉座の間へ。

広々とした大きな空間は今、野戦病院の如《ごと》き様相を呈していた。

そこに、オスカーとナイズ、バハール達にコリン達もいた。

一様に、あらゆる手段を尽くして重傷者を介抱しており、ミレディ達が来たのを見て僅かに安堵の滲《にじ》む微笑を向けてきた。

言葉を交わす間もなく、リューティリスが玉座の右側の一角に指をさす。

「まだ半日程度です！　お早く！」

リューティリスの昇華魔法がラウスとメイルにかけられる中、ラウスは気が付いた。

「っ、シャルムっ」

宰相パーシャや近衛《このえ》戦士長クレイドなど獣人達に並んで、最愛の息子がいることに。

近寄らずとも分かる。魂を見る目が教えてくれる。

この一角にいる者達は、まだ死出の旅に出ていない。その入り口にいるだけだと！

「まとめていくぞっ。――〝限界突破〟〝反魂〟ッ!!」

夜の帳《とばり》が降りゆくように、煌《きら》めく闇色の魔力がシャルム達に降り注いだ。

「こっちも全員に行くわよ。――〝絶象《ぜっしょう》〟!!」

朝焼けの光が波紋を打つように広がる。

この玉座の間に集められた〝死の瀬戸際にあるがメイルとラウスがいれば助かる人々〟が瞬く間に治癒されていく。欠損部位が完璧に復元されていく。

シャルム達がひゅっと喉を鳴らして息を吸った。目を覚ますにはまだ少し時間がかかるだろうが、確かに蘇生《そせい》したのだ。重傷者達も悪夢から目覚めたみたいに身を起こしていく。

玉座の間に、泣き笑いのような喜びの声が上がった。

獣人達がラウスとメイルのもとに集い口々に感謝を述べていく。

安堵の吐息を漏らしつつ、ミレディはオスカーとナイズのもとへ歩み寄った。

そして、ようやく気が付いて目を丸くする。

「ディラン君!?　ケティちゃん!?」

「お久しぶりです……というのは変かな？　ミレディさん」

ディランが困ったような微笑を浮かべた。ケティも笑顔を浮かべるが、かつてのようなツンツンした雰囲気はなく、むしろ儚《はかな》げで、目覚めたのなら喜ぶべきなのにミレディの胸の奥がざわついた。

「二人共、ルースやコリンを助けるために目覚めてくれたんだ。古代の戦士の力を継承してね」

オスカーが誇らしそうにディランとケティの頭を撫でながら、でも、どこか棘《とげ》が刺さっているような表情で説明してくれる。

胸のざわつきが膨れ上がって、ミレディは二人の快気を祝う余裕もなく視線を巡らせた。

少し離れたところにルースがいる。ミレディの視線に気が付いて手を振ってくれる。

コリンもいた。座り込んで、ミレディに真っ赤に腫れた目を向けてくる。

ナイズがいて、眠ったままの少女を、ユンファを大事そうに抱き締めている……

「あ、あれ？　スーちゃんは？」

誰もが辛《つら》そうに顔を逸《そ》らした。ミレディから「うそ……」と愕然《がくぜん》とした声が漏れる。到底、信じられない。信じたくない。

けれど、ふと目を覚ましたユンファがぼうとナイズを見て、キョロキョロと周囲を見回して、現状を認識して、

「……ナイズ様、スー姉が、スー姉がっ。ナイズ様ぁっ」

「すまない……間に合わなくて……すまないっ」

きつくきつく抱き締めるナイズに自らもしがみつき、心が張り裂けそうな泣き声を上げる姿を見れば嫌でも分かる。

よろりとミレディがふらついて、オスカーが咄嗟《とっさ》に背中へ手を回して支える。

「ほ、他のみんなは……」

「全滅はしていない。重傷者以外は、他の部屋で休んでいるよ」

「モーリンさんは、無事、だよね？」

静かに首を振るオスカーに、ミレディは目に見えて青褪《あおざ》めた。

「わ、わたし、竜王国で……」

「分かってる。シャーリーが教えてくれた。何があったのか」

哀切に揺らぐ瞳でミレディを見つめて、オスカーは言う。

「流石《さすが》は父さんだ。腹に穴を開けたまま、僕のアーティファクトを修復して皆を守るなんて凄《すご》すぎるよ。そうだろう？」

「……うん。うんっ」

ディランとケティが、ミレディごと囲むようにオスカーに寄り添う。

視界の端に、メイルとバハールが映った。ディーネを受け取ったバハールは、娘の無事を嚙《か》み締めるように抱き締め、無表情のメイルを見て、一拍。

大きな手をメイルの後頭部に回すと、自分の肩口に引き寄せた。

抵抗しようとしたメイルだったが、何かを囁《ささや》かれると大人しくなり、そのまま動かなくなった。小さく震える姿は、泣いているように見えた。

それでオスカー達も察する。なぜ、ディーネしかいないのか。

胸を押し潰すような悲憤に、誰もが奥歯を嚙み締め肩を震わせる。

しばらくして、静観していたリューティリスがパンッと柏手《かしわで》を打った。

「皆さん、動きましょう。事態は依然、逼迫したままですわ」

女王の威厳が、全員の心を叱咤《しった》した。

深呼吸を一つ。ミレディは強く頷《うなず》き視線を巡らせた。

「効率的な救援計画を立てないといけない。情報共有が必要だね。ヴァンちゃんが未《いま》だ戻っていないから、誰か――」

迎えに、と言う前にピクリと反応するリューティリス。

「ご無事のようですわね。ヴァンさんが戻られましたわ」

ラスールの救援のほか、彼には諜報《ちょうほう》部隊の安否確認を任せていた。従魔《クオウ》との繋《つな》がりを辿《たど》れるからだ。何か新たな情報があるかもしれない。

そう考えて、ミレディ達は頷き合い、一斉に外へ飛び出した。

白霧を攪拌《かくはん》するようにして氷竜が降りてくる。

背にクオウが乗っているのが見えた。そして、諜報部隊の代わりに意外な人物が乗っていることにも気が付く。思わずミレディの声が上擦った。

「キーちゃん!?」

クオウに寄りかかっていた女の子は、紛れもなくキアラだった。

ミレディを見た途端に緊張の糸が切れたのか、ぶわりと涙を噴き出すキアラ。彼女は、誰かを大事そうに抱き締めていた。重力魔法で降ろせば、その正体が分かった。

「スイ？」

リューティリスが呟《つぶや》く。返事はない。いつもの毒舌も、怠惰な言動も、何も。

「課報部隊は全滅らしい。スイはキアラを助けに行って、使徒と戦ったそうだ」

竜化を解いたヴァンドゥルの神妙な報告に、全員が息を呑《の》む。

女の子座りでスイの亡骸《なきがら》を抱き締めるキアラが、腹の底から叫ぶ。

「スイがっ、守ってくれましたぁっ」

その涙に濡《ぬ》れる瞳は、集まった獣人全てに注がれているようだった。

懸命に、大事な友達の故郷の人々に、その最期を伝えようと声を張り上げる。

「兎人族《とじんぞく》は強いんだ！　今はダメでもっ、命を繋げば、いつか必ずっ。そう言って、笑って逝きましたっ」

嗚咽《おえつ》と共に木霊したキアラの言葉。最初に反応したのは覆面戦闘服を着込んだ生き残りの隠密《おんみつ》達だった。キアラの前に集まり、物言わぬ戦士長を見つめる。

そして、そのうちの一人が呟いた。

「このクズウサギめ」

死者に鞭打《むちう》つような罵倒に、キアラが目を見開く。だが、

「最後まで一人でやって、一人で逝きやがって。どこまで勝手なんだ」

「史上最悪の戦士長だったわ。いつか、引きずり落としてやるつもりだったのに」

「使徒も無視できなかったとは。歴史に残る性悪ウサギだぜ」

「なんだよ、安らかな顔しやがって」

次々に飛び出す罵倒は、なぜか温かくて。

一斉に、覆面が取られた。素顔を晒《さら》した彼等の頬には一筋の涙が伝っていた。

「我等の英雄に最大の敬意を」

壮年の男が胸に手を置いて声高に言えば、全員がザッと足音を鳴らして姿勢を正し、同じく胸に手を置いて瞑目《めいもく》する。

「同胞のお嬢さん。俺達《たち》の戦士長を連れ帰ってくれて、ありがとう」

キアラの瞳から更に滂沱《ぼうだ》の涙が溢《あふ》れ出した。

ミレディが、スイごとキアラを抱き締める。両親のことは聞かない。ここにいないという事実だけで分かるから。その悲しみごと包み込む。

「お帰りなさい、スイ。大いなる樹海は永遠に貴女《あなた》の献身を忘れません」

ご苦労様。ゆっくり休んで。そんな想いを込めて、リューティリスはスイの頭を撫《な》でた。

その光景を少し離れた場所から見つめているヴァンドゥル達。

オスカーやナイズ、ついてきた子供達が何か言葉に迷う様子を見せている。

そこへ、「ヴァン様！」と呼ぶ声が。

都の入り口の方から、遺体回収を手伝っていたシュネー一族が駆けてきた。

ヴァンドゥルの目が見開かれる。先頭を駆けてくるマーガレッタを、穴が開くほど凝視している。まるで、失ったはずの宝物が不意に手元に転がり込んできて頭が真っ白になってしまったかのような目で。

「ヴァン様っ、申し訳――」

マーガレッタの言葉は、途中で止められた。ヴァンドゥルに抱き締められたせいで。

「へぇ？　んぁ!?　ファ!?」とマーガレッタから変な声が漏れる。トードレッタ達が長の今まで見せたことのない姿にビシッと固まった。

「死んだと思ったぞ」

「それは……ウルクとの繋がりの消失を感じたから、ですね？」

「ああ。あいつが死ぬほどだ。騎乗者であるお前が生きているはずがないと」

マーガレッタは、包帯だらけの腕をヴァンドゥルの背に回した。

自分は生きている。そう温《ぬく》もりで伝えるように。

「……相手が自爆をしたのです」

帝国が誇る軍船に、魔人軍の膨大な魔力。

それらを意図的に暴走させて三隻分同時に行われた自爆行為。氷山の一角が丸ごと崩壊するほどの破壊力を乱戦中に受けて、それでもマーガレッタ達が無事だった理由は一つ。

「寸前で私は部下のもとへ飛ばされ、ウルルクが一族の盾に」

「そうか……あいつは、家族を守ったか」

「申し訳ありませんっ。貴方《あなた》の大事な――」

「いい。何も言うな」

悔やしさと申し訳なさで震えるマーガレッタの肩を軽く叩くヴァンドゥル。

だが、そのヴァンドゥルに、オスカーは更に伝えなければならない。

「ヴァン。ここに、ニエシカさんがいる」

「何？　やはり竜王国で何か……」

訝《いぶか》しむようにオスカーを見て、その沈痛な表情に血の気が引く。

視線を辿り、そこにバッド達と並んでニエシカが寝かされているのを見て、ヴァンドゥルの表情はとうとう凍り付いた。

「何が、何があった？」

「それは、わたくしも知りたいことですわ」

リューティリスが歩み寄ってくる。

「わたくしは間に合ってなどいない。戻った時、結界は既に発動していたのです」

そう言って視線を、シャルムを抱いたラウスへ向ける。

「シャルム君が結界を発動していたのですわ。聖剣を手に、眠るようにして」

「馬鹿な……」

ミレディがキアラから離れ、「メル姉」と呼ぶ。メイルは直《す》ぐに過去再生を発動した。

そうして映し出されたのは。

バッドの遺言と、仁王立ちの死に姿。マーシャル達の奮戦。

王宮内に軍勢が踏み込んで一刻、ニエシカと共に降り立つシャルム。

ニエシカが盾となってシャルムを包み込み、そして、聖剣を通じて白霧の結界を発動した、騎士の誓いのような片膝立ちで動かなくなったシャルムの姿。

過去の映像が消える。

リューティリスがふらりとバッドの傍らへ膝を突いた。

何を想っているのか。言葉はなく、ただ冷たいバッドの手に自分の手を添えて目を瞑《つぶ》る。

ラウスもまた、ラインハイトの傍らに膝を突いた。詳細は分からない。でも一つ確かなことは、ラインハイトが命を捨てて戦い、忠義を貫き、シャルムに〝勇者〟と〝聖剣〟を継承させたということ。

「……本当に、私には過ぎた騎士と息子だ」

遡った過去から、シャルムは丸二日も結界を維持し続けていたことが分かる。寝食なく、魔力が枯渇しても命を削って。死を受け入れた者特有の覚悟が、シャルムにはあった。

魂を燃やし、命を捧《ささ》げ――人々に救済あれ。

勇者と称するに相応《ふさわ》しい、忠義の騎士と最強の騎士の息子の絆《きずな》が成した奇蹟《きせき》。

否、最期まで戦った、ここに眠る全ての者達が成した奇蹟だ。

自然と、ミレディ達のもとへ人々が集まってきた。

悲しみと同時に、身命を賭した者達への感謝と敬愛を込めて黙禱《もくとう》が捧げられる。

が、そんな想いすら、神は踏みにじりたいらしい。

「！　この気配はっ」

ミレディが叫ぶと同時に、オスカー達も気が付く。

急速に飛来する、もはや慣れた気配――〝神の使徒〟の襲来！

待つ必要などないと、ミレディ達は一斉に上空へと上がった。

大樹を背に、それぞれ空中の足場に立つ。

直ぐに飛来した使徒は、しかし、突っ込んでくることなく一定距離を置いて静止した。

「戦闘の意思はありません」

「だろうね。今更、たかが一体程度、相手にもならない」

「主より、あなた方にメッセージがあります」

案の定だった。半ば予想していたからこそ、速攻で破壊しなかったのだ。

「我々使徒は、各個体が得た情報を全体で共有しています」

そう告げながら銀翼より無数の羽を飛ばし、それを重ねるようにして頭上に円を作る。

「あなた方の〝天網《てんもう》〟を参考に、共有情報の投影術式を作りました」

一つ、二つ、三つ、四つ……幾つもの円環が空を埋めていく。

「これは、我等《ら》使徒が、今、世界各地で見ている光景です」

銀羽で作られた円環の内側が光り輝く。ノイズ交じりの映像が映り、次第に鮮明になっていく。比例して、ミレディ達の顔色は青ざめていって……

「神の名において告げる」

「やめて」

無数の映像に映っていたのは、各地で同時に行われる処刑の光景。

「やめてよ」

簡易の台座に、見知った者達が磔《はりつけ》に。

それは、ナディアやスノーベルといった砂漠地帯に潜伏した実行部隊の者達であり。

あるいは、キプソンや豊穣《ほうじょう》郷にいた者達、砂漠の町の支援者達であり。

それを、松明《たいまつ》をかかげた狂気の人々が囲んでいて。

目を見開いたミレディが、オスカー達が、使徒へ視線を戻す。

使徒は、ただ無感情に御言葉《みことば》を響かせた。

「チェックメイト」

「やめてぇえええええええっ」

業火が視界を埋め尽くした。全ての映像の中で、人々が処刑台に火をくべていく。

大陸の反対側だ。もう、蘇生《そせい》も間に合わない。

「狩りは続く。人々は死に果てるまで踊るだろう」

今代を滅ぼし、また新たな文明を築くのも悪くない。

しかして、それを望まぬのなら命を差し出せ。

神の子七人、反逆者として処されるか。

世界を犠牲に、なお戦うか。

「どちらを選ぶ？　自由な意思とやらで――」

バチュンッと圧壊する音が響いた。使徒の残骸が銀羽と一緒に舞い落ちる。

一瞬の静寂が樹海の夜空に漂う。そして、

「エヒトォオオオオオオオッ」

地の底から轟《とどろ》くような絶叫。悲嘆は既に飽和した。許容量を超えた憤怒がオスカー達からも溢れ出す。

「速攻で殺すっ」

それが、世界を人質に取った神への、ミレディ達が出せる唯一無二の解答だった。


夜天を流星の如《ごと》く駆ける。

超音速疑似飛行と空間転移の併用は、大陸の約半分を僅か数時間で踏破させた。

とはいえ、もう二、三時間もすれば空が白み始めるだろう頃合い。

長い夜だ。

でも、明けない夜はないはずだから。本当の夜明けを見るために。

「オーくんっ」

「ああ！」

目と鼻の先に見える【神山《しんざん》】の上空へ、オスカーが狙いを定める。

羅針盤が教えてくれた【神域】への境界が最も薄いスポット。そこへ、黒傘にセットし

た境界破壊の矢を、

「ぶち抜けっ、神の座まで！」

放った。七色が入り交じった極彩色の尾を引いて一直線に飛翔《ひしょう》した矢は、聖堂のあった場所の直上に突き立ち、空に巨大な波紋を広げた。

虚空に蜘蛛《くも》の巣の如き亀裂が入り、直後、破砕音が轟く。

矢を中心に、人が数人並んで通れる程度の大きさの極彩色に輝く膜が出現した。と同時に、その周囲に無数の渦巻く白銀の光も出現。濁流の如き使徒が吐き出される。

それは〝界越の矢〟が間違いなく【神域】への道を開いた証《あかし》だ。

「邪魔をっ、するなぁっ」

ミレディの〝極大・黒天窮《こくてんきゅう》〟が発動。渦巻く白銀のゲートそのものを三つ、丸ごと呑《の》み込む。

「購《あがな》ってもらいますわよ――〝禁域解放〟！〝天賦封禁〟!!」

怒れる樹海の女王が昇華魔法を行使する。

「これは八つ当たりだ――〝大震天《だいしんてん》〟ッ」

守るべきを守れなかった砂漠の戦士の一撃が、周囲一帯の使徒をまとめて吹き飛ばす。

「苦痛を感じる心があれば良かったのに――〝悠々緩々〟」

家族《ファミリー》を奪われた海賊女帝の憎悪が、空間爆砕をくぐり抜けてきた使徒達を遅滞領域に捕らえ、

「もう悲劇は十分だ！」

「終わらせるぞ、こんな巫山戯《ふざけ》た世界は！」

神への殺意に滾《たぎ》る希代の錬成師と魔獣の王が、動けぬ使徒を〝分解砲撃〟と〝侵魔破壊〟で粉砕し、

「相対してみせろ！　お前に神のプライドがあるのなら！――〝最終限界・突破〟ッ」

三人に分身した最強の騎士が、辛うじて立ちはだかった使徒数体を戦棍《せんこん》で薙《な》ぎ払った。

その横をミレディが通り過ぎ、重力場がオスカー達《たち》もさらうようにして追随させる。

無数の使徒でさえ止められず、遮るものはなく。

「エヒトォッ」

ミレディ達が、今まさに【神域】へと飛び込む、というその瞬間。

極彩色のゲートが消えた。

道が閉ざされたのではない。逆だ。おそらく、あえて開かれた。故に、向こう側が丸見えとなった。

「え？　ひぃっ⁉」

「なっ、くっ、と、まれぇっ」

矢の向こう側で待ち伏せされている可能性は、もちろん考慮していた。

だから、直接突き立てる剣タイプではなく、中距離でゲートを開き、最速で強引に突破するのがベストと判断して〝矢〟にしたのだ。

だが、誰が予想できるというのか。

【神域】に待ち伏せていたのが使徒ではなく、一般の人々だなんて。

急迫するミレディ達と、怯えた顔で硬直する少女の目が合う。

ミレディは必死の形相で急制動をかけた。何をされても止まる気などなかったから、重力反転の衝撃を完全に逃がす余裕もなく、内臓が悲鳴を上げる。

オスカー達も歯を食いしばり、辛うじて撃ち込みかけていた攻撃を中断した。

その、人々の救済を掲げるからこそ止まらざるを得ない〝弱み〟が。

運命を決した。

地上から突然の喊声《かんせい》。再構築されたらしい地上と総本山を繋ぐ転移陣から、やはり一般の人々が溢《あふ》れ出てくる。

正気の人々が、助けを求めて狂気に堕《お》ちた人々から逃げ惑っている。

何を指示されたのか。【神域】の人々が唐突に身投げを始める。

そんな彼等には構うことなく、使徒共が致命の攻撃を乱射する。

「みんなっ」

ミレディが呼び掛けるまでもなく、オスカー達は動いていた。

ミレディが重力魔法で身投げする人々を受け止め、ラウスが〝衝魂《しょうこん》〟で狂信者の意識を奪い、既に致命傷を負ってしまった者達をメイルが救い、分解砲撃からはナイズとリューティリスの結界が守り、オスカーとヴァンドゥルは迫る使徒達を迎撃する。

故に、一拍だけ、気付くのが遅れてしまった。

【神域】にいた少女が、感情の欠落したような顔で〝界越の矢〟に手を伸ばしたことに。

そして、その少女の髪が、瞬く間に白く染まったことに。

「奪い返せるか？　殺してでも」

明らかに少女のものではない、おぞましい声。顔に浮かび上がる悪意。少女に憑依した神は、その身を盾にするように矢を抱き締めて、銀光を纏い――分解した。

半ばから折れて極彩色の輝きを失ったそれが、ゴミのように投げ捨てられる。

「お前はっ、どこまでっ」

神への怨嗟《えんさ》を迸らせようとも事実は覆らない。

咄嗟《とっさ》に手を伸ばしたミレディのもとへ、折れた矢が吸い寄せられる。それと同時に、【神域】への道が今、閉じた。

直後、使徒と狂信者達の動きがぴたりと止まり、

『よもや、概念魔法に辿《たど》り着くとはな』

神の声が降ってきた。

『お前達は本当に面白い。我を滅し得る概念も創造したな？』

〝界越の矢〟の効力から、そこまで見抜いたらしい。

問いを無視して、ミレディはオスカーへ矢を投げ渡す。メイルも加わって必死の修復が図られる中、神の笑い声が木霊した。

『ふふふっ、ははっ、我を滅す極限の意志！　愉快だ！　実に愉快だ！　よかろう！　世界の滅亡と引き換えに我が足下を目指すがいい！』

オスカーが地獄に垂れた一本の糸を見るような目をメイルに向けているが、懸命に再生魔法を行使する彼女の表情にも絶望の影が見え隠れしている。

「オーくんっ、メル姉！」

〝界越の矢〟は、あの概念魔法特有のプレッシャーを……放たない。

『だが、覚えておけ。お前達が存在する限り世界は踊り続ける！　その狂気は解放者だけでなく、愛すべき者にすら向くだろう！』

話は終わりだと言わんばかりに、地上の人々が凶器を己の首元に添えた。

使徒共が、その手を正気の人々へと向ける。

「どうしてそこまでするっ。なんで、そんなに悪辣になれるッ!?」

「ミレディ！　今は退くんだ！」

「もう退いた！　一度でたくさんだっ」

オスカーに腕を摑《つか》まれても振りほどくミレディ。

虚空を睨《にら》む目元には、流れるのを頑《かたく》なに拒んでいるような雫《しずく》が溜《た》まっている。

気持ちは同じだ。

頭がどうにかなりそうな怒りに、いっそ全てを投げ出して暴れたくなる。

でも、そんなことできるはずがないから。

メイルとリューティリスが二人がかりでミレディを抱き締め、ナイズがゲートを開く。

「態勢を立て直すぞ」

ラウスとヴァンドゥルを殿《しんがり》に、ミレディは引き摺《ず》られるようにしてゲートへ。

そうして転移する寸前、

『……我を理解できぬことこそが悪だ』

吐き捨てるような声音が響いた。それは、神が初めて見せる負の感情だった。


大樹の都に戻ったミレディ達。

子供達を筆頭に大勢が出迎えてくれる。目を覚ましたシャルムやパーシャ達もだ。

だが、彼等《ら》は声をかけられなかった。

「オスカーっ、メイル！　矢はまだ修復できないの!?」

ミレディが触れることを許さぬ雷霆《てい》の如き気配を撒《ま》き散らしていたために。

オスカーとメイルが筆舌に尽くし難い無念を滲ませて、絞り出すように告げる。

「ミレディ、修復は不可能だ」

「なんで!?」

「概念魔法が霧散してしまっているからよ。再生魔法でも復元はできないわ」

「っ、だったらもう一度創るまでだ！」

準備して！　と怒声を上げるミレディの前に、ラウスが出る。

「少し落ち着け」

「落ち着け？　今、この瞬間も仲間が死んでいってるのに？　いつ大勢の人が自殺させられるかも分からないのに!?　解放者を皆殺しにしても人々は止まらない！　今度は互いを殺し始める！　ああ、そうだ……今、生きてる仲間だけでも羅針盤で……いや、でも」

ギラつく目で怒声を上げたかと思えば、顔色を蒼白《そうはく》にして、親指の爪をガリガリと噛《か》み始めるミレディ。明らかに尋常な様子ではなく、狂気に陥る寸前に見えた。

「いいから落ち着け――〝鎮魂〟!!」

精神鎮静の魔法がミレディに叩《たた》き込まれる。普段ならレジストできただろうそれをまともに食らって、ようやく、ミレディの視線が周囲の人達を捉えた。

「あ……」と声が漏れ出す。コリン達の愕然《がくぜん》とした表情に動揺する。

かなり、精神的に不安定なのが誰の目にも明らかだった。

そして、ミレディ達が神殺しをなせなかったことも、また明白だった。

しんと空気が静まる。冷たい絶望の風が吹いているようだった。

ミレディが、よろりと後退《あとずさ》る。まるで、大切な何かを裏切ってしまったみたいな顔で。

違う、違うの。そうじゃないんだよ。大丈夫。まだできる。私はやれる。

きっと神を倒すから。世界を変えて見せるから！

そう言葉を紡ごうとして、でも声にならなくて、震えながらカチカチと歯を鳴らし始めるミレディ。その肩を、オスカーが支えた。

「ミレディ、羅針盤を貸してくれ」

「らしん、ばん？」

思考を回す余裕もなく言われるまま羅針盤を取り出すと、オスカーは、それをパーシャへ渡した。

「竜人の方々、シュネー一族、獣人の皆さん。生存者の捜索と保護をお願いしたい」

オスカー達はどうするのか。そう視線で問う皆への回答。

「僕達は神域に入るための概念を、もう一度創造することに集中しないといけない。誰かを助けに行く余裕がない」

「っ、オスカー!!」

ミレディは思わずキッと睨んだ。が、肩に触れる手が酷く震えていることに気が付いて口を噤《つぐ》む。

「天網《てんもう》の修復、子機と中継器の増産をします。パーシャさんの指示に従ってください。リューは捜索隊に昇華魔法を。シャルム君、きついと思うけど、リューに代わって結界の維持をしてほしい」

淡々と指示を出す姿が、感情を抑え込んでのものであると分からない者はいない。

「エヒトは言った。反逆者がいなくなれば、次は無辜《むこ》の人々同士が殺し合うと」

ひゅっと喉の鳴る音が幾つも聞こえた。誰もが死人のような蒼白顔になる。

「それだけは阻止しないといけない。協力を頼みます」

そう言って頭を下げたオスカーを見て、再び沈黙が落ちた。

最初に反応したのは、バハールだった。

「どっちにしろ、俺はアンディカに戻るつもりだ。向こうが無事なら、西側の連中はアンディカに避難させるぞ。少なくとも大陸の住人が気軽に来ることはねぇからな」

続いて、シャルムが声を上げた。

「僕も問題ありません。女王陛下。昇華魔法をいただけますか？　聖剣が、それなら今の僕でも七日七晩は維持できると伝えてくれています」

それを皮切りに、次々と協力の声が上がっていく。

「時間がない。皆の者、迅速に動け！」

パーシャの喝で、誰もが自分にできることをするために動き出した。

「ミレディ、皆と一緒に鍛錬場へ。あそこが一番落ち着ける。僕とリューも準備を済ませたら直《す》ぐに行くから、精神を研ぎ澄ませておいて」

「……分かった。ごめん」

ミレディの頭をぽんぽんと叩き、メイル達に視線で頼むと伝える。

「急ぎましょう、ミレディちゃん。まだ終わってないわ」

「……そうだね。終わらせてたまるか」

ミレディの重力魔法がメイル達を浮かせ、一直線に樹海の奥の鍛錬場へと運んでいく。

そうして。

丸一日が経《た》ち。未《いま》だ、概念の再創造はならず。

代わりに、また幾つもの隠れ里が焼かれたとの報告が入り。

二日が経ち、竜王国からの避難者が到着したとの朗報が入るも、羅針盤が鬼国内に使徒と狂信者の発生を確認。更に魔王国がラスールの追放を宣言したとの悲報も届いた。

三日目。未だ概念創造に至らず。そもそもヤケ酒の果てに創造してしまったものだ。ノウハウなどないに等しく、できるのは劣化版の矢ばかり。

焦燥だけが募る中、遂《つい》に世界が滅びへと突き進み始めた。

解放者に向いていた狂気の矛先が、他国、他種族へ、今、隣にいる者にさえ向き始める。反逆者の一味ではないか。そんな疑心暗鬼が世界に渦巻いていく。

四日目。魔王国の西方諸領連合軍が鬼国に宣戦布告し、進軍を開始。

帝国、王国も魔王国の本軍と【ライセン大峡谷】を挟んで臨戦態勢に。

竜王国が正式に神国への恭順を示し、反逆者狩りの竜人部隊が結成。

五日目、支援者や被保護者を除く、全ての実行部隊員の死亡が確認された。

そして、六日目。

ミレディが姿を消した。

白波の立つ、夕暮れの断崖絶壁。

そこは聖母郷から真東へ真っ直ぐ進んだ場所であり、秘密の墓所でもあった。

岬の先に立てられた小さな墓石の前に、ミレディがいた。

ぼぅと立ち尽くして、墓石に刻まれた名を見つめている。

そう、ベルタ・リエーブルの名を。

「ベル、みんな死んじゃったよ」

波音に消えそうな小さな声だった。

「上手《うま》く、できないんだ……」

もう少しなのに、手を伸ばせば届きそうなのに、現実では果てしなく遠い。

かつて、貴女《あなた》が教えてくれた世界は。

「なのにね、おかしいんだよ。みんな怒らないんだ」

過去視を見越して遺言を遺《のこ》したのはバッドだけではなかった。

せめてと、ミレディがサルース達《たち》にそうしたように、捜索隊がアーティファクトで過去映像を保存し持ち帰ってくれた。

バッドは言った。生き残ってくれ、と。

サルースは言った。ただの女の子なミレディを見たかった、と。

リーガンは言った。生きて幸せに、と。

ハウザーは言った。希望の光さえ絶やさなきゃ上等だ、と。

クロリスも、ジングベルも、ナディアも、他の今際《いまわ》の過去を回収できた者達はみな、変革の成就よりも、ミレディの未来を想《おも》った。

「私に、こんな無力なリーダーに、生きてって言うんだよ？」

「……できるわけないでしょう？　私だけのうのうと生きろって？　そんなことできるわけがないでしょうっ⁉」

膝を突いて、縋《すが》り付くように墓石を抱き締め、嗚咽《おえつ》を響かせる。

「ベル……会いたいよぉ」

そこにいたのは太陽の如《ごと》き天真爛漫《てんしんらんまん》な最強のリーダーではなく、きっとあの頃の、大好きな人の妹分であれた十歳の女の子。

波音と海風の狭間に、心の奥のありとあらゆる感情を吐き出すような泣き声が加わった。

どれくらいそうしていたのか。

もう間もなく夜の帳《とばり》が降りる頃になって、ミレディは静かに身を起こした。

「……泣き言、聞いてくれてありがとう」

細い指先が愛《いと》しそうに、そっと墓石の名を撫《な》でる。

「でもやっぱり、ただの女の子にはなれないや」

儚《はかな》げに、普通の女の子として生きることはできないと苦笑いを浮かべて。

「決めたよ、ベル」

どうすべきか、何をすべきか、どうあるべきかを。

そして、覚悟を。

すっと立ち上がったミレディ。その横顔は一変していた。

もはや弱々しさは欠片《かけら》もなく、重く、圧《お》し固められたような決意があった。

瞳に宿るのは頑強で鋭い、まるで名匠が鍛造した刀剣の如き意志。

踵《きびす》を返す。その時、一陣の風が吹いた。

――生きて、ミレディ

潮騒《しおさい》と風音が織りなした幻聴か。でも、確かにそれは懐かしいあの人の声で。

立ち止まったミレディは、僅かな間、瞑目《めいもく》し、

「うん。生きるよ。たとえ……独りになっても」

そう微笑《ほほえ》んで歩き出した。もう、振り返りはしなかった。

その日の夜。

ミレディの姿は聖母郷から最も近い帝国の教会支部の中にあった。

しんとした聖堂の中、最前列の長椅子に腰掛けていると、通路を挟んだ隣の長椅子に老人の司祭が座った。

「エヒト、お前と取引をしに来た」

司祭は無反応。だが、聞いていると、聞かずにはいられないはずだとミレディは続けた。

「お前のゲームを、もっと面白くしてやる」

世界中で殺し合いが起きかけている今の世界を、せめて救うために。

そして、未来に希望を繋《つな》ぐために。

その内容を聞き、老人司祭の顔が美貌の使徒のそれに変わる。

顔が愉悦と嘲笑に醜く歪《ゆが》み、悪辣な条件を更に、試すように、面白しろがるように突きつける。しかし、ミレディは動じた様子もなく一点だけ交渉し、他は全て呑《の》み込んだ。

嗤《わら》い声《ごえ》が木霊した。使徒の姿をした神エヒトが腹を抱えて嗤う。

こんなに愚かな選択をした者は、初めてだと。

「貴様の仲間が承諾するとは思えんがなぁ？」

「するよ。してくれると信じてる。お前には分からないだろうけど」

冷徹の視線を以《もっ》て答えを促すミレディに、エヒトは殊更に嗤い……

「誇るがいい、ミレディ・ライセン。神を唸《うな》らせる遊戯の提案、見事だ」

どす黒い悪意に塗《まみ》れた称賛に、ミレディは何も返さず立ち上がった。

神の哄笑《こうしよう》を背に、教会を出て行く。

神と解放者の契約は、ここに成立した。


町を出たミレディは、ふと足を止めた。

目の前に、焦燥を滲《にじ》ませるオスカー達六人がいたから。

「ミレディ……良かった。いきなり帝国に向かったから何事かと……」

オスカーが羅針盤を片手に安堵《あんど》を滲ませる。

実は、ミレディが姿を消した後もオスカー達はその所在を把握していた。一人の時間が必要なのだろうと追わなかったのだ。

それが日が落ちても戻らず、確認してみれば帝国の領内に移動していると分かって、何かあったのかと慌てて追ってきたのである。

「ミレディ、なぜこんな場所に――」

ラウスの少し咎《とが》めるような問いは途中で止まった。皆の心配顔も変わった。強《こわ》ばった。

ミレディの表情に気圧《けお》されたのだ。

彼女が何か重大な決断をしたことがありありと伝わってくる。

「勝手にいなくなってごめん」

ミレディの静かな雰囲気に、オスカーは嫌な予感にも似た胸苦しさを覚えた。

「ミレディ。界越の矢なら、きっともう少しで――」

「うん、それはいいんだ、オ、オーちゃん。まず、私の話を聞いてほしい」

オスカーの目元がぴくりと跳ねた。それは他の者達も同じ。

特にメイルの表情が曇る。同年代以上の異性で、ミレディが〝くん〟付けしているのは一人だけ。それがほんのささやかな、ミレディの〝女の子としての特別の発露〟なのだと分かっていたから。

「……取り敢《あ》えず、ここは目立ちますわ。一度、戻りましょう」

リューティリスの提案に、反対する者はいなかった。

あるいは、ミレディの話を先延ばしにしたい、という思いが無意識に働いたのか。

樹海へ戻る道中、会話はなかった。

そうして、静謐《せいひつ》な樹海の奥の鍛錬場にて。

重苦しい雰囲気の中、全員が切り株へ車座に座るのを確認して、ミレディは口を開いた。

「エヒトと取引をした」

「取引、だと？」

ヴァンドゥルが思わずといった様子で声を漏らす。誰もが信じ難いものを見る目で啞然《あぜん》呆然《ぼうぜん》とする。淡々と語り始めたミレディが、夢か幻に見えた。

「エヒトは言った。私達七人の死と引き換えに今世を救うか。今世を犠牲に、未来のためなお足搔《あが》くか。だから私は、第三の選択肢を採ることにしたんだ」

それこそが、未来に希望を繋ぎ、今世を救う選択肢。

神が無視し得なかった計画。その名を。

——七大迷宮創造計画
「迷宮という名の試練を与えて、攻略者に私達の神代魔法を継承させる」

試練の判定や知識の継承が可能な魔法陣なら、鬼国で見た。

七人の神代魔法使いが総力を結集しても至難である概念魔法の創造を、初代勇者ダリオンは一人でなしたと知った。

そもそもの話、〝極限の意志〟を七人で完全に統一して発現することが、本来、あり得ないことなのだ。価値観も、思想も、想いも、それぞれ違うのだから。

三つもの概念魔法を創造したミレディ達は間違いなく、歴史上、類を見ない強い絆《きずな》で繋がっていたと断言できる。例外中の例外だ。

だから、強き意志がなければ攻略不可能なほどの試練を与えたうえで、

「私達の魔法を一人に集約継承させれば、概念魔法創造の難度も下がるはず」

あるいは、そんな規格外の存在が同時代に幾人も生まれるかもしれない。

そして、エヒトは、そんな継承者を相手に遊戯ができる。

オスカー達は、一瞬、その手があったかと天啓を得た気持ちになった。試練のことではない。自分達七人が、それぞれ他の六人の神代魔法を継承すればいいのだと。

顔色の変わった仲間を、しかし、ミレディは冷静に否定する。

「試してみてもいいけれど、無理だと思う。みんな、自分の神代魔法の神髄に触れているから、なんとなく分かってると思うけれど」

神代魔法使いは、生まれた時から理《ことわり》に干渉できる力が魂魄《こんぱく》に根付いている。例えるなら、既に染まりきった魂というべきか。皮肉なことに、その神代魔法の申し子だからこそ、他の神代魔法を受け付けられないのだ。

否定の言葉は出なかった。苦い表情が如実に肯定を示している。

「何より、エヒトが許さないよ。奴《やつ》は既に私達とのゲームに満足していて、同じ駒で遊び続けることを望んでいない」

とはいえ、ミレディ達レベルの駒が、後の世に出現する可能性は低い。

だからこそ、固有魔法《こゆうまほう》持ちですら徐々に数が減ってきている今、この〝いつの時代も強力な反逆者が現れ得る〟というシステムが、神の興味を惹《ひ》かないわけがなかったのだ。

なるほど、神が取引に応じるわけである。

「私達一人につき一年。七年の猶予を貰《もら》った。それまで狂気の種は残るけれど、人々は戦火に身を投じない。教会は反逆者組織の壊滅と神の勝利を告げる」

反逆者のストーリーはそのままに、最後の七人は未《いま》だに捕まっていない不安を抱えながらも、人々は元の生活に戻る。

契約が履行されない時は、当然、世界は再び狂気の坩堝《るつぼ》に堕《お》ち、今度こそ滅ぶ。

そして七年後、七大迷宮創造計画が成立した暁には、

「ミレディ・ライセンの処刑を以て、システムは完成となる」

「待て！　どういうことだ、ミレディ！」

口を挟みたい衝動を必死に堪《こら》えて聞いていたオスカーが、遂《つい》に我慢の限界に来た。

「僕達七人は、大迷宮の主となるんじゃないのか!?　なぜ君だけが！」

聞き捨てならないと思ったのは他の者達も同じだ。

突き刺さるような六人の視線に、ミレディは苦笑いを浮かべる。

「あのクソ野郎が、なんの条件も出さないわけないでしょ？」

曰《いわ》く、ミレディ・ライセンは組織の長として処刑し、以て解放者の物語を終幕とする。

曰く、ミレディ・ライセンは処刑後、依《よ》り代《しろ》に魂を移し、不死となる。

曰く、七人は終生、相互及び外世界との接触を断絶する。

「ただし、私が独り、迷宮の底で永劫《えいごう》を生きる代価に、他六人に関しては一人だけ他者との接触を許容する。他にもいろいろあるけど、これが契約の概要だよ」

「ふざけるなっ」

オスカーが怒声を上げて立ち上がった。

「ミレディ、少し頭を冷やせ」と、ナイズも怒気を滲ませて睨《にら》む。

「まったくね。お話にならないわ。ミレディちゃん」

「ええ。わたくし達《たち》が、それを許容すると？　心外ですわ」

「馬鹿が。そんな条件を、俺達が呑むと思ったのか？」

続けて、メイル、リューティリス、ヴァンドゥルも吐き捨てるように言い、ラウスだけは苦渋に満ちた顔で項垂《うなだ》れた。理解できてしまったから。その選択肢が現状の最良だと。

だけど、納得できるはずがない。

終生を迷宮の底で費やすことはいい。だが、ミレディだけが終わりの定かでない孤独な旅路になるなんて、許せるわけがない。

「他に、選択肢があるの？」

揺らがないミレディ問いに、オスカー達は言葉に詰まる。

確かに、神を即座に殺すどころか相対の時点で足踏みしている状態では……

【神域】に一部の人々が収容されている点も、人質を庇《かば》わざるを得ないオスカー達には厳しい障害だ。そこをクリアしないと同じことの繰り返しになる。

まして、神は取引に応じたのだ。それは、たとえ継承者が現れても楽しめる余裕があるということで。対峙《たいじ》できたとしても確実に倒せる保証はどこにもない。

「……何か、何かあるはずだ！　他の方法がっ」

「そうだね。何かあるかもしれない」

「なら！」

「だけど、もう時間は尽きた。だから、これしかなかったんだよ」

人々は疑心暗鬼の渦に囚《とら》われ殺し合う寸前だった。

全ての望みを叶《かな》える理想的な選択肢を、捻《ひね》り出すタイムリミットは過ぎたのだ。

だから、オスカー達が反対すると分かっていたから、不義理と分かっていながら時間を惜しんで、ミレディは一人で取引に臨んだのだ。

確かに、ミレディの選択では、この先の未来も人々が神の遊戯に弄ばれる。

問題の先送りに過ぎず、もしかしたら、今世の人々を犠牲にするより、もっと多くの人々が犠牲になるかもしれない。

エヒトの〝これほど愚かな選択はない〟という言葉は、きっと間違っていない。

だけど、それでも、

「未来のために、今を生きる人達を犠牲にすることなんてできないっ。でも、私達が死ねば、未来に希望も繋げないっ」

血を吐くような叫びだった。ズタズタに引き裂かれた心から滲み出たような想《おも》いだった。

ミレディこそが最も苦渋を味わっているのだと、そう感じるほどに。

感情を爆発させるミレディに、オスカーもまた激情に心を委ねた。ミレディを翻意させるべく、あるいは認め難い現実を振り払おうとするかのように。

「だけどっ、分かっているのか!? 継承者が直《す》ぐに現れるとは限らないんだぞ！」

「分かってる！」

「死ぬまで会えないかもしれない！　君を置いて先に逝くことになるかもしれない！」

「それも分かってる！」

「っ、会えずとも仲間は生きて頑張っているって、そんな希望すらも失うんだぞ！　何百年、もしかしたら何千年もの間、君は孤独に――」

「たとえ永遠に等しくたって構わない！」

ミレディの燃えるような瞳が、鋼鉄の如き意志が、オスカーを、メイルを、ナイズを、ヴァンドゥルを、リューティリスを、そしてラウスを射貫《いぬ》く。

「私は待つ！　待ち続ける！　信じてるから！　人は強いって！　いつの日か、このクソッたれな世界を救ってくれる存在が現れるって！」

きっと、ミレディの心が壊れるか否かを試すのも、神が取引に応じた理由の一つだ。

上等だと思う。そんなもの、最初から覚悟していた。

苦しいのは、仲間の余生を迷宮の底に押し込めてしまうこと。一人だけは共に過ごせるという条件をもぎ取ったとはいえ、勝手に決めたことを申し訳なく思う。けれど、

「お願い、みんな。力を貸して」

その無茶で勝手な願いを、他ならないこの六人だからこそ押しつける。

甘えること。頼ること。

ミレディが苦手とするそれを引き出してさえくれる最も信頼する人達だから。受け止めてやると並び立ってくれた特別な仲間だから。

虫さえ息を殺しているような静寂の中。

オスカー達の誰もが心臓を突き刺されたような顔をしていた。苦しげで、唇はわななき、拳は固く握り締められ、目の奥に暗い感情が広がっていく。

出口のない闇の中を彷徨うような長い時間が過ぎた。そして、

「……僕には無理だ。君を孤独にするために全力を尽くすなんてっ」

オスカーが背を向けた。握り締めた拳から血を滴らせながら去って行く。

「少し、考えさせてちょうだい」

メイルも、幽鬼のような有様でふらふらと木々の向こうへ消える。それを皮切りに、

「自分を、孤独な人生から連れ出してくれたのは、お前とオスカーだぞっ」

そう言って歯噛《はが》みするナイズが去り、

「……」

ヴァンドゥルが恐ろしいほどの無表情・無言で踵《きびす》を返し、

「ミレディ。やはり貴女《あなた》は、強すぎますわ……」

悲しそうな目をしたリューティリスが続いた。そして、

「……すまん」

己の無力に殺意さえ抱いていそうな表情で謝罪して、ラウスもいなくなった。

ぽつんと、森に一人、ミレディだけが残された。

天を仰ぎ、目を閉じる。

追い縋《すが》ることも、説得しに行くこともなく、ミレディはその場に居続けた。

それが最初の〝信じて待ち続ける〟だった。

エピローグ

その日、神都には大勢の人々が集まっていた。

世界を混乱に陥れた歴史上最大最悪の大罪人。反逆者達の頭目にして、異端の魔女。

ミレディ・ライセンの公開処刑日だからだ。

「七年前と同じことにならなきゃいいが……」

「滅多なこと言うなよ。魔女以外の六人は、未だ世界のどこかに潜伏してるんだろ？」

当時も見物に来ていた男達が、完全に復興した都を少し不安そうに見回す。

あの時と同じように、中央広場に舞台がある。各国の首脳陣も参列している。

異なるのは、空を警備する獣光騎士団が竜人に変わっていること。教皇、大司教、三光騎士団の団長の全てが別人であることくらい。

「いや、噂《うわさ》では全員死んだらしいぞ？」と、別の男が会話に加わる。

「本当か？　確かに、活動してるって噂はとんと聞かないが……」

「まぁ、何かあってもまた一致団結して倒せばいいさ！」

「そうだな。七年前の争乱は悪夢のようだったが、あの湧き上がる信仰心と一体感だけは、もう一度味わってみたいものだ」

「何せ、魔人族とすら共闘したくらいだもんな。最後の方はやばかったが、結局、教会が執り成してくれて、それ以来、魔王国も大人しいもんだしよ」

まるで良い想い出を語り合うかのような見物人達。

そのうちの一人の背に、ドンッと衝撃が走った。痛みに顔をしかめ振り返れば、ぶつかったと思《おぼ》しき外套《がいとう》と帽子の青年が人混みに消えていくところだった。

舌打ちを一つ。男は再び処刑台へ視線を戻した。

七年の不安に終止符が打たれる瞬間を、今か今かと心待ちにしながら。

一方、その青年は不機嫌そうな雰囲気のまま、人混みから少し離れた路地に入った。

「こら、見てたぞ。目立つなって言っただろう」

待っていた仲間、フード付き外套を羽織った青年の説教に出迎えられる。

バツが悪そうに顔を逸《そ》らしたのは、十九歳になったルースだった。すっかり頑固そうな職人の面構えになっていて、背丈もかつてのオスカーを超えている。

フードの青年はディランだ。鍛え上げられた体は完全に戦士のそれ。精悍な顔立ちなのに、どこか優男にも、あるいは兄のようなエセ紳士っぽくも見える。

「ばかルース。いつになったら大人しくなるのかしら？」

「人を狂犬みたいに言うんじゃねぇ」

路地の壁にもたれて、やれやれと肩を竦《すく》めているのはケティだ。スレンダーかつ引き締まった体は、やはり戦う者のそれである。十五歳の成人を迎えたばかりにしては、中々に危険な香りのする美女に成長している。

「まぁまぁ、ルーお兄ちゃんもケティもそれぐらいにね。目立つから、ね？」

「あ、うん。ごめん……」

そして、笑顔一つで二人を黙らせたのがコリンだ。優しい面立ちはそのままに、十五歳とは思えない母性と包容力が溢《あふ》れている。外套でも隠せない胸元の膨らみに、ケティの目はいつも死ぬ。

そんなコリンの手をなだめるようにそっと握ったのは、父親とは似ても似つかない端正な顔立ちの青年——シャルムだった。

「そろそろですよ、皆さん」

今代の勇者らしい落ち着きと風格を纏《まと》う彼が、寂しげな目を遠くへ向ける。

鐘が鳴った。

ルース達の表情が強《こわ》ばる。軽口を叩《たた》いて紛らわせていた感情が溢れそうになる。

北の表通りを塞ぐ両開きの巨大な白い門が開いた。

そこに、拘束された女性が、ミレディがいた。

幼さが多分に残る容貌はなんだったのかと思うほど、この七年で成長した大人の姿。

腰まである長い金髪はすっかり色褪《いろあ》せ、ばさばさに乱れている。簡素なワンピースから覗く手足は、枷《かせ》で赤く腫れ上がっていた。

垂れ下がった前髪の隙間から少しだけ蒼穹《そうきゅう》の瞳が見えている。強く輝く瞳が。

その姿は、かつてライセン伯爵家の牢獄で『私は抗う者よ』と確固たる己を示したベルタにそっくりだった。

処刑人が先導し、手首の鎖に引かれる。よたよたと、ミレディが歩き出した。

僅かな静寂の後、爆発したように罵声が飛び交った。

厄災の魔女。許されざる大罪人。神の子でありながら世界を裏切った反逆者。

石が、糞《くそ》が、生ゴミが、怨嗟《えんさ》や憤怒の感情と共に投げつけられる。

「あいつらっ」

「ルース君」

一瞬で沸点を突破したルースの肩を、シャルムが摑《つか》んだ。

キッと睨むルースだったが、肩の骨が軋《きし》む痛みで冷静になる。シャルムの手には、まるで万力のような力がこもっていた。

「兄さん達が、未来のために決めたことだ」

震えるディランの声。兄の手を握るケティの手も、やはり震えていた。

「見届けよう。そのために、私達はここに来たんだから」

決然としたコリンの声。芯の強さは、生き残った子供達の中で一番だろう。

聞くに堪えない喧噪《けんそう》の中、ミレディが巨大な十字架に磔《はりつけ》にされた。

火刑だ。十字架の下には可燃物が大量に置かれている。

司祭達が火球を掌《てのひら》の上に浮かべ、家柄だけで選ばれた新教皇の老人が問う。

「魔女ミレディ・ライセン。最期に改心の機会を与えよう。懺悔《ざんげ》せよ。さすれば、慈悲深き神は苦痛なき死をお与えになるだろう」

ボロボロの姿で項垂《うなだ》れていたミレディが、ピクリと反応する。

史上最悪の異端者が、神に許しを請う瞬間を聞き逃さぬよう広場が静まり返る。

「懺悔、します……」

ミレディがゆっくりと顔を上げる。そして、

「なんて言うとでも思ったぁ？　思っちゃったのぉ？　プークスクス！　ないない！　クソ神さんに謝るとかありえなぁ～い！　ミレディさん正直者だから！」

ニィッと実に憎たらしい笑みを浮かべて、そんなことを叫んだ。叫びやがった。

人々も、首脳陣も、教皇や騎士達《たち》も、それどころかシャルム達まで目が点になる。

誰もが状況を呑《の》み込めない中、

「まぁでも、これだけは謝らないとだね。神を殺せなくてごめんなさい」

一転して、心底悔やんでいると分かる謝罪が響いた。

そのコロコロと変わる雰囲気に、誰もが意識を呑まれてしまう。

唯一、反応したのは貴賓席の女――竜王シーヴル。

「聞くに堪えません！　さっさと火をくべてしまいなさい！」

教皇が我に返り合図を送る。司祭達も夢から覚めたような表情で慌てて火球を放った。

瞬く間に燃え上がる十字架の下。

耐え難き熱が襲っているはずなのに、どういうことだろう。

ミレディの表情は、とても優しかった。

世界を貶《おとし》める魔女の顔とは思えなくて、困惑とざわめきが広がっていく。

「ねぇ、みんな。手を取り合うことは、罪なのかな?」

ミレディの衣服が燃え上がり始めた。全身を業火が包んでいく。

「情を……交わすことは?……笑い合う……ことは?」

酸素を炎に奪われて呼吸もままならなくなったのだろう。言葉は途切れ途切れ。

「……好きなものを………好きと、言う……ことは?」

肌が炭化していく。もう表情も分からない。

なのに、声はずっと優しくて。懸命に語りかけていて。

「罪……なんかじゃない……私達は……神の、玩具……なんかじゃない!」

もはや、ただの人の影しか分からない。言葉を紡げているのが信じられない。

けれど、教会の者達ですら目を逸らせなかったのは、

——あなた達の未来が、自由な意思の下にありますように

きっと、壮絶なまでに美しいと思ってしまったから。

人々が物言わぬ骸《むくろ》となった魔女を、ただ呆然《ぼうぜん》と眺めている。

すると、不意に炭化した体が輝き出した。溢れ出した光は十字架の上に集まっていく。

そして、小さな蒼穹の星のようになった直後、

「あ、天に……還《かえ》った？」

誰かの呟《つぶや》きの通り、空の彼方《かなた》へと消えていった。

それはあまりに、幻想的な光景で。

人々は心を奪われたように、いつまでも蒼穹の空を見上げ続けたのだった。


「やってくれるぜ、ミレディの姉貴」

苦笑いを浮かべるルースに、ディラン達の強ばっていた顔が愉快げな微笑へと解れた。

処刑前の重苦しい空気はなく、困惑が満ちる神都に小気味良い気持ちになる。

「さて、僕達もしばらくお別れですね」

シャルムの言葉に、ルース達は頷《うなず》いた。もう、子供の顔ではない。

これより、それぞれの道を行く。

「ディランとケティは、鬼国《きこく》でしたね？」

「うん。今後、異端扱いされた人達の拠《よ》り所《どころ》となるからね。僕も力になりたい」

「アルファード陛下とラスールさんっていう、最高のお師匠もいるしね」

当時、鬼国も狂信に堕《お》ちた者達により内戦が勃発していたのだが、アルファード陛下は

国民より身内を大事にする人。自国民だろうと貴族だろうと躊躇《ためら》わない圧倒的暴力と恐怖を以《もっ》て凌《しの》いだそうだ。

ただ、流石に焦りは覚えたらしく、しがらみなき個人的戦力を欲した。

それが、七年前、祖国を追放されたラスールと、彼が見事に救出した狂気を免れた魔人達である。バトラムも一緒だ。

今では人間村と並んで魔人領が存在し、ラスールはアルファード直属の近衛部隊長兼相談役という大任を拝命している。個人的にも気が合うようで良き友人関係を築いていた。

「お兄ちゃんのこと、よろしくね。ルーお兄ちゃん」

「おう。世話になるのは俺の方だけどな」

ミレディ以外の六人は、一人だけ外界の人間と通じることが許されている。

オスカーの場合、それがルースだ。契約により、攻略報酬以外でアーティファクトは外に出せないがルースを鍛えることはできる、というわけだ。

ラウスは当然、シャルムだ。普段は勇者として、修行と人助けの旅をするらしい。コリンは、そのお供をすることになっている。

「シャルム。あんた、うちのコリンを泣かしたら承知しないからね」

というケティの忠告に、二人揃《そろ》ってモジモジしている点で関係は明白である。

「ユンファとディーネも来られれば良かったんだけど……」

「しょうがねぇだろ。ユンファは、ほら、身重だしよ」

ナイズの繋《つな》がりは、もちろんユンファである。この七年で、ある意味、一番、成長したのは彼女かもしれない。

その妖艶さといったら、まるでスーシャが守護霊となって教授しているかのよう。

成人を迎えると同時に、ナイズは降参した。

「ディーネちゃんも、アンディカだから簡単には来られないしね」

「バハールさんを押しのけて、首領《ドン》って呼ばれて忙しそうだもんな」

そこまで、どこか名残惜しそうに話して、自然と会話が途切れた。

ちょうど人々にも喧噪が戻り、今見た魔女の死に様について、教会関係者が何を訴えるのも構わず興奮気味に話し合っている。

その光景に目を細めつつ、シャルムは拳を突き出した。

「生きて、また会おう」

それこそ、生かされた僕達が最も大切にすべきこと。

そう瞳で語るシャルムに、ルース達はふっと笑って拳を合わせ、一拍。

それぞれの道へと歩き出した。

反逆者の真実を知る者として後世に何かを伝えんと、決意を胸に秘めて。

元ライセン支部があった場所の、峡谷の上に、七人で作る人の輪があった。

そのうちの一人に、否、一体に蒼穹の光が降り注ぐ。

「というわけでぇっ、ミレディちゃん、ふっかぁ〜っ!!」

テンション高く、香ばしいポーズを取るニコちゃん仮面の小さなゴーレム。

七人の神代魔法の粋を結集した、ミレディの新しい体だ。

そう、七年前のあの日、信じて待ち続けたミレディのもとへ、オスカー達は戻ったのだ。

これ以上ないほどの葛藤を味わいながら、生き残った大切な人達と言葉を交わし、その想《おも》いを受けて、最後にはミレディの意志に寄り添ったのである。

各地に大迷宮を創造しながら、この七年間を、ミレディ達は大切に、大切に過ごした。

今日が、その最後の日だ。

「まぁ、ミレディちゃんったら！　二十歳を過ぎて自分をちゃん付けなんて、素晴らしく痛々しいわね！」

「うるっさいよ！　メル姉なんかアラサー――」

「なんですって?」とメル姉が笑っていない笑顔を浮かべる。ミレディは目を逸《そ》らした。

「何をやっているんだ、お前達は」

メイルとミレディの漫才じみたやり取りに、ナイズが頭痛を堪《こら》える仕草をする。

「三十半ばで幼妻に美味《おい》しくいただかれたナっちゃん、何か?」

「あら、幼妻に尻にしかれまくっているナイズ君じゃない。何か?」

「それは言うなぁっ」

ナイズが頭を抱えて蹲《うずくま》る。妖艶で強《したた》かな若奥様は相当お強いらしい。いろんな意味で。

「いい加減にしてやれ。結婚生活とは……難しいものなのだ」

「ラーちゃんが言うと重みが洒落《しゃれ》にならないよ。それはそれとして、毛、最後まで生えてこなかったね……」

「剃《そ》ってるからな！　頻繁に！　頻繁にな！」

こいつ、最後までウザいな！　と憤るラウスをスルーして微妙な顔になるミレディ。

「ヴァンちゃんは……マフラーのセンス、やばくなったね」

「……しょうがないだろう。マーガレッタが嬉々《きき》としてたくさん作ってくるんだ」

ハートマークだらけのピンクのマフラーをなびかせて、顔を逸らすヴァンドゥル。

彼が迷宮への出入りを誰に許したのかは明白である。

なお、シュネー一族は雪原の境界線付近にある森の中の元隠れ里を、そのままシュネーの里にしている。シュネー本家を慕っていた少なくない竜人達も一緒だ。

「ねぇ、リューちゃん。今からでも、あのゴキ◯リの試練、やっぱりやめない？」

「嫌ですわ！　嫌ですわ！　わたくし、またボッチに戻るんですのよ！　せめてあの子達がいてくれないと！」

「いや、キーちゃんがいるでしょ？　お世話係に」

「宿屋の女将《おかみ》と兼務ですわ。それも樹海の外でですわよ！　そのうち絶対、『忙しいから今度にして』とか冷たく言われるんですわ！　寂しくなりますわ！」

よよよと泣くリューティリスだが、数千万匹のゴキ○リが押し寄せる試練を提案・実行した時点で、ミレディ達の心には決して消えない壁ができている。

それを笑って「しょうがない人だねぇ」と流し、世話係を自ら望んだキアラは、実に大物である。兎人族《とじんぞく》は、確かに強かった。

情けない有様のリューティリスを無視し、ミレディは、懐から大事そうに一枚の写真を取り出した。大迷宮創造前に、あの最愛の姉が眠る岬を一望できる丘で撮った七人の集合写真だ。

オスカーが提案し、この七年でたくさん贈ってくれたうちの一枚であり、ミレディが最も気に入っている宝物である。

「へへ、オーちゃん。これ、ありがとね」

「結局、戻らなかった呼び方。ミレディが、普通の女の子になる未来を諦めた証《あかし》。

「七年前の写真じゃないか。お礼なら何度も受け取ったよ」

「何度でも言いたいの！　最高に素敵な写真だし、美少女時代の私が写ってるしね！」

「君、幽体離脱した時の姿、なぜか当時のままじゃないか」

「それはそれ、これはこれ！」

オスカーの少し悲しげな眼差《まなざ》しに、ミレディはあえて気が付いていないふりをして、殊更、元気に、笑顔で振る舞う。

不意に、よく知った気配が離れた空に生じた。

「……時間だね」

監視に来た使徒を見て、ミレディが吹っ切るように言う。

七人の後ろには、それぞれ転移用の小さな魔法陣があり、入れば大迷宮の住処《すみか》に飛ぶ。

転移陣は自壊し、完全な別れとなる。

「それじゃあ、みんな、ここでお別れだ！　ミレディさんと会えなくて寂しいからって、飛び出してきちゃあダメだぜぇ？」

今生の別れだから、茶化すように、最後まで明るく、笑顔で。

語るべきは、もうこの七年でたくさん語り合ったから。

そんなミレディを、六人は記憶に焼き付けるように見つめた。思慕と追憶が心の裡を駆け巡り、瞳に愛しさとなって滲み出る。

最初に踵《きびす》を返したのはナイズだ。転移陣の前で肩越しに振り返り、

「お前と旅ができたことは、自分の最大の誉れだ。ありがとう」

「ナっちゃん……こちらこそ、ありがとう。一緒に戦ってくれて」

夕暮れに友と別れる時のような微笑をミレディに返して、消えていく。

次に別れの言葉を紡いだのはリューティリス。

「ミレディ。わたくしは貴女《あなた》に夢を見た。素敵な夢を。感謝しますわ。その夢は、これから先の未来も続くと信じています」

「うん。私も信じてる。さようなら、リューちゃん」

樹海の女王の最後の笑顔は、大樹のように悠然としていて力強かった。

若草色の転移陣が役目を終える。それを見届けて、今度はラウスが口を開いた。穏やかな声音で、確信と共に伝える。

「ベルタが、お前を選んだのは正解だった」

「っ、ラーちゃん」

「私が言いたいのはそれだけだ。胸を張れ、ミレディ・ライセン」

最強の騎士の表情は、胸が締め付けられるほど優しかった。

ラウスが去り、ヴァンドゥルが続こうとする。が、不意に立ち止まると、なぜかチラリとオスカーを見た。次いでミレディにも視線を向けると深々と嘆息し、かと思えばずんっずんっとミレディに近づく。

「へ？」と呆けるニコちゃん仮面に、バチコンッとデコピンが炸裂。

「あだぁっ、ちょっ、何するの!?」

「意地っ張りへのお仕置きだ」

何事もなかったように踵を返し、少し振り返りながら最後の言葉を贈る。

「お前はウザいくらいの方が魅力的だ。忘れるなよ」

「なんだよそれぇ！」

こんなお別れでいいのかとニコちゃん仮面が憤りを示すが、ヴァンドゥルは快活な笑い声を上げながら行ってしまった。

「ふふ、ヴァン君らしいわね。……さて、ミレディちゃん」

「うん、メル姉」

「成長しても、お胸は残念だったわね」

「そんな話、どうでもいいんだよ！」

メイル！　お前もか！　と言いたげに憤慨するミレディを、メイルは不意打ち気味にぎゅっと抱き締めた。

「貴女に出会えて良かった。もっと、ずっと、一緒にいたかったわ」

「……私もだよ、メル姉」

少しの間、お互いの存在を確かめるように抱き合って、離れる。

「貴女は独りじゃない。たとえ先に逝っても、ずっと、未来永劫《みらいえいごう》、想ってるわ」

「えへへ、知ってるぅ」

笑顔を交わし合う二人。ミレディのそれが、仮面の作る笑顔であることなど関係なかった。二人の間には親愛が満ち満ちていて、まるで本物の姉妹のようで、メイルは最後の一瞬までミレディから目を離さず、已の領域へと去って行った。

「気を使わせたかな」

最後に残ったオスカーが、苦笑い気味に呟《つぶや》く。

「オーちゃん……わがまま、いっぱいしてごめんね」

静かに首を振るオスカーに、ミレディは初めて自分から背を向けた。

真《ま》っ直《す》ぐに、転移陣へと歩いて行く。

「ありがとう。言葉にならないくらい感謝してる。オーちゃんがいなかったら、私はきっとここにいない。貴方《あなた》が、私の一番の心の支えだった」

彼の心に、交わした約束に、背を向けていると分かっているから、せめてと嘘《うそ》偽りない感謝だけは伝える。

転移陣の一歩手前で立ち止まって、背中でオスカーの視線を感じる。

だが、その視線は直ぐに剝がれて、オスカーもまた転移陣へと向かったのが分かった。

愛想を尽かされたかな。最後は笑顔で別れたかったのに、ああ、また上手《うま》くできないや、と金属の指先で仮面を撫《な》でる――

「永遠に等しい時が過ぎたとしても」

「え？」

「たとえ、魂だけになろうと」

「……」

「必ず、君を迎えに行く」

息を吞《の》む音が聞こえなかったのは幸いだ。ゴーレムの体に感謝したい。

「この七年、模索し続けた。君を独りにしない方法を。お伽噺《とぎばなし》にも縋《すが》った。結局、この道以外の選択肢は得られなかったけれど、世界を超えても、生まれ変わってでも、共にある物語はたくさん見つけた」

お伽噺の中の魔法は、確かに実在した。

だから、オスカー・オルクスは信じる。信じて約束する。

「今度は僕が君を見つけよう。地獄の底だろうと、世界の果てであろうと、必ず」

振り返って手を伸ばしたくなった。だけど、それをして普通の女の子が残ってしまったら、きっとこの先の長い旅には耐えられなくなってしまうだろうから、堪える。

それに、ミレディは知っているのだ。いつだって、オスカー・オルクスはミレディ・ライセンの気持ちを、とびっきり大切にしてくれるって。

「君に出会えた幸せを、捨てる気はない。だから、さよならは言わないよ」

「オー、ちゃん……」

「うん。僕はオーちゃんだ。それでいい」

ほら、優しい声で、解放者のリーダーであろうとする心を肯定してくれる。

やってやるぞって、そんな気持ちにさせてくれる。

「またね、ミレディ。行ってらっしゃい」

「うん、またねっ、オーちゃん！　行ってきますっ」

そうして、二人は別れた。

大切な宝物のような気持ちは心の奥にしまいこんで、同じ泣き笑いのような顔で、背筋をシャンッと伸ばして。

最後まで、決して振り返らずに。

その後、反逆者という世界共通の敵を排除した世界は、一時の平穏を享受した。

十年が経《た》ち、百年が経ち。

狂騒の時代の記憶も薄れてきた頃、どこからともなく噂《うわさ》が立った。

世界には、七つの大迷宮が存在する。

それらを攻略した者には莫大な報酬が与えられるだろう、と。

その大迷宮は、あの七人の反逆者が創造したのだ、と。

誰が名付けたのか。

いつしか、大迷宮は七人の名で呼ばれ、時代が大迷宮の存在そのものを忘却させても、不思議なことに、土地、国、人の中に、必ず名が残った。

まるで、彼女達《たち》のことを忘れさせまいとする人々が。

その志を受け継ぎ、自由意思を守らんとする者達が。

いつの時代にも存在していたかのように。

あとがき

ありふれた零《ゼロ》6巻をお手に取っていただき誠にありがとうございます。

原作者の白米良《しらこめりょう》でございます。

遂《つい》に、この外伝シリーズも最終巻となりました。ミレディ達《たち》の物語もこれで終幕かと思うと、なんとも感慨深いものがあります。

皆様はどうだったでしょうか？　解放者達の生き様、七人の大迷宮の主の過去や人柄、現代との繋《つな》がりを示唆するあれこれ等々、楽しんでいただけたでしょうか？

白米は、まぁ執筆が大変で大変で何度も悶絶《もんぜつ》しておりましたが、それでも断言できるのは〝とにかく楽しかった！〟ということです。

書きたいことがいっぱいありすぎて、本巻なんて遂に五百ページ超えですからね。なのにまだ書き足りないという……

仕方ないので、各店舗特典に毎度付いているSSに欠片《かけら》をぶっ込んでおきました。気になるあの子達のその後とか、大迷宮の試練企画会議の様子とか。

皆様が気になっていた点を書いたものもあるかもしれませんので吟味していただければと。……まぁ、あとがきで言うことじゃないですよね、ごめんなさい（目を逸《そ》らしつつ）。

とにもかくにも、零シリーズを無事に完結まで書けたのは読者の皆様のおかげです。

そして、ページ数を聞いて遠い目になっただろう担当編集様と校正様のおかげです。

本編もクライマックス。零から始まった〝抗《あらが》う者達の物語〟は遂に〝ハジメの物語〟へと至り、ミレディの孤独な旅も本当の終わりを迎えます。

彼女の生き様、ぜひ、本編にて見届けていただければと思います。

この点、感謝を込めて、あとがきの後にちょぴっとだけおまけを書かせていただいたので、未来へ辿《たど》り着いたミレディの姿、よろしければ見てあげてください。

来年にはアニメ2期も始まります。本格的に大迷宮攻略をする回が多いので、解放者視点で見ていただくのも面白いかもしれません。

〝神の使徒〟とも本格的に争うので、ぜひ楽しみにしていただければと思います。

そろそろ紙面が尽きてきたので、最後に謝辞をば。

イラスト担当のたかやKi先生、零コミック担当の神地《かみち》あたる先生、原作コミック担当のRoGa先生、日常&学園担当の森《もり》みさき先生、担当編集様、校正様、そのほか出版に尽力してくださった関係者の皆様。

普段から一緒にありふれワールドを楽しんでくださっている、なろう民の皆様。

そして、外伝シリーズにもかかわらず最後までお付き合いくださった読者の皆様。

本当に、本当に、ありがとうございました。

零シリーズはこれにて終幕ですが、ありふれ自体はまだ続きますので、今後ともよろしくお願いいたします。

白米良

遥か未来にて

『神殺しするんで協力しやがれ！　ですぅ！』

取って付けたような語尾を得意げに響かせて、再び来訪したウサギ娘を思い出す。

その言葉がミレディ・ライセンにとって、どれほど待ち望んだものか、どれほど嬉《うれ》しかったか、あの規格外のウサギは分かっているのだろうか。

なんて、七人が写った宝物の写真に愚痴ってみる。

見納めだ。泣いても笑っても今日で最後。

ミレディの長い長い孤独な旅は、遂《つい》に終わりを迎える。

「死んだら魂はどこへ行く？　な～んてね」

ペンッと写真の中で自分が抱き付いている相手にデコピンし、くすりと笑って背を向ける。もう振り返らない。あの時のように。

部屋を出て、最終試練の間へ。

二列に整然と並んだ何百体もの騎士ゴーレムの間を進み、その先の巨大ゴーレム――騎士王の肩に乗る。

天井に巨大な魔法陣が出現した。ただ一度だけ使える、外への転移陣だ。

輝きが空間を満たしていく。

不思議な気持ちだった。

熱く滾《たぎ》っている。それでいて、冷たく静まっている。

鋭く研ぎ澄まされていながら、想《おも》い出《で》に浸るほど穏やかだ。

オスカーが、ナイズが、メイルが、ヴァンドゥルが、リューティリスが、ラウスが、そして、全ての仲間が、直ぐ後ろにいてくれている気がする。

仮面にそっと手をかける。僅かにできた隙間の奥に、魂の輝きが浮かび上がった。

「それじゃあ、みんな」

美しい金髪と蒼穹《そうきゅう》の瞳の少女が、ニィッと不敵に笑った。

解放者ミレディ・ライセン。

幾千幾万の時を超えて、幾億の想いを背負い。

今、最後の戦いに、

「行ってきます」

出陣。

OVERLAP

ありふれた職業で世界最強 零6

発　行　2021年12月25日　初版第一刷発行

著　者　白米 良
発行者　永田勝治
発行所　株式会社オーバーラップ
〒141-0031　東京都品川区西五反田8-1-5
校正・DTP　株式会社鷗来堂
印刷・製本　大日本印刷株式会社

Printed in Japan ISBN 978-4-86554-889-1 C0193